本书获2022年贵州省出版传媒事业发展专项资金资助

中国历代名著全译·丛书

# 陶渊明集全译

[东晋]陶潜 著
郭维森 包景诚 译注

贵州出版集团
贵州人民出版社

学术顾问

陈祖武　张新民

特约编审（以姓氏笔画为序）

于民雄　汪泰陵　易健贤　赵　泓　袁华忠

# 再版说明

◎ 在人类文明历史长河中，中华民族创造了源远流长、博大精深的优秀传统文化，它是中华民族的“根”与“魂”，为中华民族生生不息、发展壮大提供了强大的精神支撑。中华优秀传统文化内容包蕴万千，而浩如烟海的历代经典名著正是其中最为璀璨的瑰宝。

◎ 为了传承和弘扬中华优秀传统文化，使广大读者了解我国历代经典名著的全豹，上世纪90年代，我们在全国学术界许多著名学者的支持下，出版了这套《中国历代名著全译丛书》。丛书分两批，每批50种，精选我国历代经史子集四部名著以全注全译的形式整理出版。由于丛书开名著全译之先河且兼具权威性、通俗性、学术性和资料性，出版之后得到书界的认可和受到读者的喜爱，并于1993年荣获第三届中宣部精神文明建设“五个一工程”奖。

◎ 随着中国开启建设社会主义现代化国家新征程，文化作为一个国家、一个民族的灵魂，在中国特色社会主义事业全局中的重要地位被进一步凸显，提高文化软实力成为实现中华民族伟大复兴的重要支撑。正是由于这样的背景，让我们开启《中国历代名著全译丛书》的再版工作具有非同寻常的意义。此次再版我们主要做了两项工作：一是对书的内容进行全面细致的校订，改正上一版中存在的舛误，同时，在尊重和保持作者学术成果原貌的基础之上，对个别属于历史局限的地方作了适当处理，使其内容更加精善；二是对书的装帧形式重新进行设计，使其形态更具审美价值并符合新时代读者的阅读习惯。

◎ 我们相信，这套新版的《中国历代名著全译丛书》在让读者领略到中华优秀传统文化独特风采与恒久魅力的同时，对提升中华民族文化自觉自信将起到应有的作用。

贵州人民出版社有限公司

2021年1月

# 前言

◎ 陶渊明是中国文学史上的第一流人物，他的著名诗赋，有许多为人们所激赏。他的影响还跨出国门，走向世界，日本、法国、苏联等国都出版过其多种作品译文和论著。对于这样一位重要作家，当然有研究和介绍的必要。

◎ 陶潜，字渊明，又字元亮。浔阳柴桑（今江西九江西南）人。他出生于东晋哀帝兴宁三年（365），卒于宋文帝元嘉四年（427），享年63岁。他死后，友朋谥他为“靖节征士”，故又称陶靖节。

◎ 陶渊明的曾祖父陶侃，是东晋开国元勋。曾官侍中、太尉、都督八州诸军事、荆江二州刺史，封长沙郡公，追赠大司马。陶侃出身孤寒，被士族所轻，但以军功官至极品。陶侃有十七子，名见于《晋书》的有十一人。而渊明的祖父，曾为武昌太守的陶茂，却不在十一人中。渊明之父早死。陶诗《命子》称其父“淡焉虚止，寄迹风云”，大概未正式做过官（或说曾做过安城太守），陶侃诸子多武将，侃死后，互相争杀。同族之人未必有什么往来，渊明的一支久已衰微，故《赠长沙公》诗序称“昭穆既远，以为路人”。陶渊明少时，生活贫苦，“居无仆妾，井臼弗任，藜菽不给”（颜延之《陶徵士诔》）。在这种情况下，他显赫的家世对于他并没有多少影响。颜《诔》说他“韬此洪族，蔑彼名级”可证。至于《命子》诗中历述祖先功业，无非古人的传统观念，想通过夸耀祖先以勉励儿子上进，似难因此就说他有“强烈的门第观念”。亲戚中对陶渊明影响较大的，倒是他的外祖父孟嘉。他写过一篇《晋故征西大将军长史孟府君传》，称他的这位外祖父“始自总发，至于知命，行不苟合，言无夸矜，未尝有喜愠之容。好酣饮，逾多不乱。至于任怀得意，融然远寄，傍若无人”。这简直有点像渊明本人的自画像了。传中还记载了孟嘉风吹帽落的故事，这与渊明本人以头巾漉酒还着头上的故事也颇为类似。从中可以看出嵇康、阮籍辈的遗风余韵。

◎ 渊明“少而贫苦”，很少交游，于是他“委怀在琴书”“游好在六经”，从读书中得到很大的乐趣。在《五柳先生传》中，他提出了“好读书，不求甚解”这句名言。其用意是指“趣味地”读书，为了赏心悦目，期与古人心灵冥合，而不必像当时的章句之学那样，深求一字一句的解释。

◎ 青少年时代的陶渊明也曾有过远大的志向，他曾回忆说：

忆我少壮时，无乐自欣豫。
猛志逸四海，骞翮思远翥。

少时壮且厉，抚剑独行游。
谁言行游近，张掖至幽州。

那是颇有豪侠之气的壮志。结合当时形势，这壮志不外两方面内容：济苍生和复故土。他曾在诗中表扬过那些廉正自守的官吏：

袁安困积雪，邈然不可干。
阮公见钱入，即日弃其官。

昔在黄子廉，弹冠佐名州。
一朝辞吏归，清贫略难俦。

这种赞扬，在一定程度上反映了渊明济苍生的志向。东晋偏安江南，但也多次有北伐的举动。如发生在383年的淝水之战，即是谢玄等将领依靠南北方汉族士民的支持，以少胜多取得很大胜利的一次战争。东晋末年又有刘裕的北伐。陶渊明生活在这样一个时代，当然不会不关心收复故土的问题。他希望行游的地点"张掖至幽州"，正是北方边塞。其《拟古》诗中又特别赞扬田畴："闻有田子泰，节义为士雄。"田畴的主要功绩是协助曹操平定乌丸。因功大，曹操多次要赏赐以爵位，田畴则坚辞不受，陶渊明敬佩田畴。在《赠羊长史》中，渊明更是明确表示怀念中州风土人情，为“九域甫已一，逝将理舟舆”而欣喜。凡此种种，足以说明渊明的壮志也当包括收复国土。随着时间的推移，渊明的壮志逐渐消磨。但其用世之心并未完全消失。《荣木》一诗，自责废学耽饮，“总角闻道，白首无成”。最后说：

先师遗训，余岂之坠？
四十无闻，斯不足畏。
脂我名车，策我名骥。
千里虽遥，孰敢不至！

《杂诗》中又有“及时当勉励，岁月不待人”之语和“日月掷人去，有志不获骋”之叹。即使在完全归隐之后，他还写下了：

精卫衔微木，将以填沧海。
刑天舞干戚，猛志固常在。
……
徒设在昔心，良晨讵可待？

这样金刚怒目式的句子，以及《咏荆轲》那样悲壮豪放的作品。龚自珍说他“二分梁甫一分骚”，正指这些。

◎ 史传记载，渊明早年并未做官。二十九岁时，“亲老家贫，起为州祭酒；不堪吏职，少日自解归”。其后又曾辞州主簿之聘。过了六七年，在三十五六岁时，才又在江州刺史桓玄的州府中任官吏，一两年后又因母丧退归。在家期间曾写了著名的《癸卯岁始春怀古田舍二首》，表示了归耕的愿望。四十岁时又复出为刘裕镇军将军军府参军，第二年转为江州刺史建威将军刘敬宣的参军。同年八月，为彭泽令。十一月，因程氏妹之丧，弃职返里，此时渊明四十一岁。此后便再未出仕。从陶渊明仕宦简历中，我们可以看出：第一，他虽曾出仕，但官职不高并无实权；第二，或作或辍，时间很短；第三，中年即辞官归隐。因此颜延之为他作《诔》时称之为征士，比较得实。前人对渊明曾在后来一度篡晋的军阀桓玄州府中任职，颇多疑问，考证再三，意欲否定此事。其实，当时的情形是：王室十分虚弱，权臣互斗，士人入仕很难有所选择，渊明住在江州，也只得在江州为官吏。他于两年后即辞官，而当刘裕以讨伐桓玄，恢复晋室相号召时，他又复出，接受了镇军参军的任命。即《归去来兮辞》序所云："会有四方之事，诸侯以惠爱为德。"这次任职，似颇有建功立业的愿望。他曾写道：

时来苟冥会，宛辔憩通衢。

投策命晨装，暂与园田疏。

以及前引《荣木》诗，都表现出比较积极的意向。后来大概看到刘裕专权的事实而急流勇退了。

◎ 有用世的壮志，只是陶渊明思想的次要方面，更重要的则是他从少年起就培养了对自然和田园生活的爱好。他写道："少无适俗韵，性本爱丘山。…… 久在樊笼里，复得返自然”，“弱龄寄事外，委怀在琴书”，“静念园林好，人间良可辞”。陶渊明在正式归隐之前，心中始终有一个声音在强烈地呼唤着：“归去来。”当他受命为公事奔波时，这个声音在呼唤；当他静坐沉思时，这个声音也在呼唤。最后，他终于实现了归隐田园的夙愿。

◎ 爱好自然，是陶渊明归隐的主观动机，而客观原因则在于他生活在一个动乱的污浊的社会。这个社会如他在《感士不遇赋》序中所言“自真风告逝，大伪斯兴，闾阎懈廉退之节，市朝驱易进之心”。朝堂之上“雷同共誉毁，…… 咄咄俗中愚”，正直的人是没有出路的。而且长期政治动乱，迫害无端，魏晋以来“名士少有全者”，真是“密网裁而鱼骇，宏罗制而鸟惊”，当权者是靠不住的，“觉悟当念还，鸟尽废良弓”。要保持清高的品性，延性命于乱世，便只有隐居之一途了。“矰缴奚施，已卷安劳”，“但恨多谬误，君当恕醉人”，这是诗人悲愤的心声。和一般认为的静穆和平相反，诗人有着坚贞的品质和刚强的个性。在《与子俨等疏》中，诗人自称“性刚才拙，与物多忤”；在《戊申岁六月中遇火》一诗中也说：“总发抱孤介，奄出四十年 …… 贞刚自有质，玉石乃非坚。”这种性格自然不适合腐败的社会风气。相传他曾因不愿束带见督邮，不肯“为五斗米折腰向乡里小人”而辞去县令。他晚年饿病，江州刺史檀道济馈以粱肉，劝他出仕，而他则麾而去之，真正表现了固穷之节。他还曾应释慧远之约，赴庐山白莲社，又“忽攒眉而去”。他讽刺周续之等三人，应刺史檀韶之请，在靠近马队的公廨中讲礼、校书，写道：“马队非讲肆，校书亦已勤。”他对殷景仁的任官并不欣然，在话别时写下了“语默自殊势，亦知当乖分”这样颇有不满的话。凡此种种，都表现了他不肯苟合的真性情。从陶渊明的性格、作风看，他的归隐确实含有不与统治者合作的含义。

◎ 自从沈约提出陶渊明“自以曾祖晋世宰辅，耻复屈身后代，自（宋）高祖王业渐隆，不复肯仕”一说之后，不少人都相信此说。然而此说并非确论。陶集中有《述酒》一篇，确是以隐晦的语言记叙了刘裕篡晋之事，对于刘裕残杀已让位的晋恭帝，他是有所谴责的。还有一些诗篇，也可能暗指时事，表现了一定的倾向。本来封建时代的士人，在改朝换代之际，依恋正统王朝，反对篡杀者是很自然的。但是忠于晋室在陶渊明思想中并不占主导地位，也不是他归隐的重要原因。他对晋朝的灭亡还有一些客观的批评。《拟古》第九首，以桑树摧折，比喻晋亡的用意较显豁，最后却说“本不植高原，今日复何悔”，是一种批评的语气。可见他并非一味效忠晋室。论者或又以陶集入宋以后只书甲子为理由，证明陶渊明为晋之忠臣，前人已指出入宋以前渊明诗题即多以甲子纪年，此条实不能成立。我们还可以补充，在《与子俨等疏》中称“济北氾稚春，晋时操行人也”，晋亡不久即称“晋时”，可见他也并不以晋亡为讳。前人并曾指出，陶渊明完全归隐距晋亡还有十五年，因此是说不上“耻复屈身后代”的。

◎ 陶渊明归隐之后，并不像某些隐士那样过着相当优裕的生活。他既经历了困苦生活的考验，又承受着种种批评的压力。在《祭从弟敬远文》中，他说“常愿携手，置彼众议”，已透露了个中消息。《饮酒二十首》“清晨闻叩门”一诗，写到田父的规劝：“褴褛茅檐下，未足为高栖。一世皆尚同，愿君汩其泥。”在颜延之所写的诔文中，也记载了颜与渊明关于出世入世的辩论。颜延之劝说：“独正者危，至方则碍。哲人卷舒，布在前载”，明白揭示了社会的压力，劝他不要太执着。在种种压力之下，陶渊明得出了自己的结论：“质性自然，非矫励所得；饥冻虽切，违己交病”，不要勉强自己去做不愿做的事情。他视仕途为樊笼、为羁役，认为摆脱了才能保全自己的人格。

◎ 陶渊明归隐以后，写了不少优美的反映田园风光的诗篇，曾有论著批评他粉饰现实，这是不公平的。陶集中写到生活贫困、农村凋敝的亦复不少。如《怨诗楚调示庞主簿邓治中》一诗：

天道幽且远，鬼神茫昧然。
结发念善事，僶俛六九年。

弱冠逢世阻，始室丧其偏。
炎火屡焚如，螟蜮恣中田。
风雨纵横至，收敛不盈廛。
夏日长抱饥，寒夜无被眠。
造夕思鸡鸣，及晨愿乌迁。
在己何怨天，离忧凄目前。
吁嗟身后名，于我若浮烟。
慷慨独悲歌，钟期信为贤！

战乱频仍，加之自然灾害，农业严重歉收，诗人生活极为困苦，“夏日长抱饥”四句，非亲身经历是说不出来的。由此念及一生困苦，因而指斥“天道”，怨及“鬼神”。《咏贫士》《乞食》也都写出了诗人困苦的处境。诗人记述种种贫困不是无目的的，在《有会而作》序中说：“今我不述，后生何闻哉！”要让后生知道生活的艰苦，知道保持固穷节操多么不易。生活给人教训，促人思考。在《杂诗》“代耕本非望“一首中，诗人写道：“躬亲未曾替，寒馁常糟糠。”吃饱穿暖的愿望也不能实现。“正尔不能得，哀哉亦可伤！”辛苦劳动却不得温饱，天理何在！“理也可奈何，且为陶一觞！”他毕竟是陶渊明，只是借酒消愁而已。但他提出的却是封建社会普遍存在的问题。

◎ 元兴三年（404）浔阳经桓玄军的战乱，义熙六年（410）卢循领导的起义军又曾与官军在浔阳地区大战。这两件重要史事在陶集中竟无反映，论者每多怀疑或者批评。其实陶集中描写农村残破景象，恐怕就与兵燹有关。如《归园田居》“久去山泽游”一首，写一座村落成了废墟，居人已“死没无复馀”。《和刘柴桑》也说：“荒涂无归人，时时见废墟。”《还旧居》也写到相隔六年，居民、邑屋变化之大，这些残破景象肯定跟天灾人祸有关。可见战乱在渊明作品中不是没有反映。论者还指出，那年九月卢循军与官军在巴陵作战，而渊明却写了《庚戌岁九月中于西田获早稻》，让我们看到的竟是一派和平景象，这岂非怪事。或以为魏晋作者鄙视社会现实，以为不堪入诗，这未必不是理由。但渊明并不是一个脱离实际的人。他之所以如此写，倒可能是因为战争对他因避战祸移居的南村，并无很大影响。小农经济的中国农村，以分散隔绝为特点，尽管浔阳地区成为战场，只要没有打到家门口，农民照常春耕秋收。陶渊明也可以照样写他的“西田获早稻”的诗。

◎ 陶渊明的隐居生活，也经过一些发展变化。开始他有一种解脱的欣喜，对田园生活写得美好一些，后来遇到火灾、灾荒、战乱，越来越多忧生之嗟，感受到生活的艰难。但他决不后悔。他以前修为榜样，“谁云固穷难，邈哉此前修”“贫富常交战，道胜无戚颜”“高操非所攀，谬得固穷节”，表现了他的高风亮节。

## (一)

◎ 陶渊明对于人生考虑很多，在自然与人的关系中，他希望能渗透生命的哲理："大钧无私力，万物自森著。""万化相寻绎，人生岂不劳?""既来孰不去? 人理固有终。…… 迁化或夷险，肆志无窊隆。"自然按照规律运行变化，人生亦复如此，因此他产生了"化迁"思想，人应该顺应自然，"纵浪大化中，不喜亦不惧；应尽便须尽，无复独多虑"，一切委之自然，于是他篇篇有酒，借酒消忧。这当然有消极的一面，但是这种思想又有颇为积极的内容，他不相信神仙长寿，如《连雨独饮》一诗：

运生会归尽，终古谓之然。
世间有松乔，于今定何间?
故老赠余酒，乃言饮得仙。
试酌百情远，重觞忽忘天。
天岂去此哉，任真无所先。
云鹤有奇翼，八表须臾还。
自我抱兹独，僶俛四十年。
形骸久已化，心在复何言?

他不相信神仙之说，而强调"任真"，任真自得，可以忘天。他不肯入白莲社，针对慧远等高僧名士立誓共期西方乐土的宗教活动，他写了《形、影、神》一诗，以其化迁的自然观批评了慧远等的灵魂不灭说。他不认为天是有意志的，在他对社会的批评中，也像司马迁一样对“天能福善祸淫”提出责问：

积善云有报，夷叔在西山。
善恶苟不应，何事空立言？
九十行带索，饥寒况当年。
不赖固穷节，百世当谁传？

他对“天道”“鬼神”一概批评，写下了“天道幽且远，鬼神茫昧然”这样饱含怨愤的诗句。

◎“大钧无私力，万物自森著”，认识到自然的本质是平等的，他才能说出“此亦人子也，可善遇之”，才可能叮咛儿子：“落地为兄弟，何必骨肉亲？”将自已归属于自然，他才能心胸开阔达观，“不觉知有我，安知物为贵”“俯仰终宇宙，不乐复何如”，才能摆脱贫困以至死亡造成的心理压力：“应尽便须尽，无复独多虑”“人生实难，死如之何”“死去何所道，托体同山阿”。陶渊明“任真”的思想造就他成为一名真实的诗人，如黄庭坚所云“陶渊明不为诗，写其胸中之妙耳”。真实的心中之善妙，化为真实朴素的语言便成美的诗篇。

◎ 陶渊明的思想接近道家，但也受到儒家深刻的影响。朱自清曾据古直《陶靖节诗笺定本》引书切合的各条统计，陶诗用事，《庄子》最多，共四十九次；《论语》第二，共三十七次；

《列子》第三，共二十一次。陶渊明倾慕的是羲、农时代，追求的是真淳精神，与儒家有很大的不同。但“君子固穷，小人穷斯滥矣”“忧道不忧贫”“朝闻道，夕死可矣”，这样一些儒家的教训，对他也有很大的影响。所以他和玄学家又有很大不同。他曾胸怀壮志，也受过儒家兼济思想的影响。所以他并不像一些玄学家寄心玄远、摆落庶务，他曾写道：“人生归有道，衣食固其端。孰是都不营，而以求自安?”他重视农耕，并且亲自参加实践，这在那个时代是非常可贵的。

◎ 反映了陶渊明的社会理想的，是他的《桃花源记并诗》。前人曾举证说明“桃花源”并非纯属空想，而是有其现实依据的，以至称其为“亦纪实之文也”。汉末以来，人民躲避战乱，或筑坞堡或入深山，建立了一些孤悬于社会之外的居民点。再有中国幅员辽阔，经济分散，一些偏远地区本来就少与外界交通，有的地方生产关系还停留在相当原始的阶段。这些地区因未遭人为破坏，往往是风景绝佳之处，偶经发现，便传为异闻。陶渊明就是由这些得到启发，构思他的《桃花源记》的。桃花源的风景极为优美，“夹岸数百步，中无杂树，芳草鲜美，落英缤纷”，而桃花源中人，也如外界一样，耕种土地，饲养家禽。只是他们摆脱了外在的干扰，生活在和平愉快的环境之中。这里面当然有很多理想的成分，古代传说的羲、农之世，《礼记·礼运》篇的大同之世，在这里得到了形象的表现。自然经济的农村朴素、真淳，这是陶渊明所向往的。但现实的农村却并非十分美妙的所在，生活往往相当艰苦。这是陶渊明亲身体验到的。所以他格外希望能有桃花源那样一片乐土，既淳朴而又富足。陶渊明毕竟是封建时代的人，他的理想也只能限制在小农经济的框架之内。如因此斥他为倒退等等，是不确当的。何况在当时能提出“秋熟靡王税”这种减轻农民负担的要求，已是十分难能可贵的了。

## （二）

◎ 陶渊明集今存诗文一百三十多篇，这些诗文随处流露出对真、善、美的追求，而且确有所得。他写道：“真想初在襟，谁谓形迹拘”“任真无所先”“养真衡茅下，庶以善自名”“立善有遗爱，胡为不自竭”“立善常所欣，谁当为汝誉?”“匪道曷依？匪善奚敦”等等。

◎ 陶渊明诗文大都平淡自然，感情真挚。其动人力量来自作者对生活的热爱，即如名篇《归去来兮辞》所表现的。本篇是陶渊明决定归隐，自免去职以后所作。“归去来兮，田园将芜胡不归!”这是多少年积存于内心的呼唤，再也抑制不住了，归去啊！归去啊！反顾以往以心为形所役，深深地愧悔。他毅然决然地走上归途。心情那么轻松愉快，恨不能一步到家，“乃瞻衡宇，载欣载奔”，他设想抵家后的种种活动，心契自然，参加农事，期望过和平、宁静、淳朴、清高的生活。“富贵非吾愿，帝乡不可期。”不求富贵，不慕神仙，皈依自然，便能得到很多的欢慰。作者热爱园林，除因园林有优美的自然风景外，还因为“林园无世情”“世与我而相违”，故而归去。这里明显地有将田园与污浊社会相对立的含义。

◎ 他追求丰富的精神生活，如下面这首著名诗篇所展示的：

结庐在人境，而无车马喧。
问君何能尔，心远地自偏。
采菊东篱下，悠然见南山。
山气日夕佳，飞鸟相与还。
此中有真意，欲辨已忘言。

王国维特举“采菊”两句，以为是“无我之境也”“以物观物，故不知何者为我，何者为物”。又以为此诗好处在于不隔，就是说作者热爱自然，融入自然，写时若不经意，自肺腑中流出，而读者也自然地被带进作者创造的意境之中。景物都很普通，而作者的感受却很不一般，他体会到其中难以传达的真意。诗人是第一个将田园风光写入诗篇的。“暧暧远人村，依依墟里烟。狗吠深巷中，鸡鸣桑树颠。”极其普通的景物，经过诗人的笔触，便酷似一组和平、宁静的农村风景画佳作。诗人描写景物，往往和农业劳作交织起来，作为劳累的一种补偿，更体会到一种“欣慨交心”的感受。如“鸟哢欢新节，泠风送馀善”“平畴交远风，良苗亦怀新”“山涤馀霭，宇暧微霄，有风自南，翼彼新苗”“晨兴理荒秽，带月荷锄归”，看到新苗茁壮地生长，经过一天劳动锄去了荒秽，心中感到充实、感到愉悦，周遭那鸟、那风、那山、那月，那欣欣向荣的麦苗，那淡淡的天边的云影都扑进了诗人的眼帘，滋润着诗人的心田。写景亦所以写心。如刘熙载《艺概》所说：“陶诗‘吾亦爱吾庐’，我亦具物之情也；‘良苗亦怀新’，物亦具我之情也。《归去来兮辞》亦云：‘善万物之得时，感吾生之行休’。”以情去感知，以心去体会，当然能从平常事物中去发现美，从而感受愉悦。苏轼评陶“质而实绮，癯而实腴”，刘克庄评陶“外枯而中膏，似淡而实美”，都确认了陶诗表面平淡而内涵丰富的特点。

◎ 陶渊明是一位热爱生活的诗人，他的诗文中充满了对亲属、朋友的真情。如“阻风于规林”诗对亲人的思念；《停云》诗对亲友的相思。又如“弱子戏我侧，学语未成音”这样的诗句，表达了对儿子怜爱、欣慰之情。再如《祭程氏妹文》《祭从弟敬远文》更是写得情深意切，泪随字下。渊明诗文中也较多写到日常生活中与朋友或者普通农民的来往。如“日入相与归，壶浆劳近邻”“时复墟曲中，披草共来往。相见无杂言，但道桑麻长”“闻多素心人，乐与数晨夕。…… 奇文共欣赏，疑义相与析”“父老杂乱言，觞酌失行次”“过门更相呼，有酒斟酌之。…… 相思则披衣，言笑无厌时”，无不洋溢着与朋友、邻居的那种平等的真诚感情。

◎ 对生活的热爱和对生命的达观，又使陶渊明颇具幽默感。在《责子》诗中，他以自嘲的态度形容他的五个儿子都不好读书，懒惰贪玩，使他这位老父大失所望，最后则说“天运苟如此，且进杯中物”。这也就如《命子》所云“尔之不才，亦已焉哉”，罢了，罢了！还是去喝它一杯吧！又如《饮酒》“有客常同止”一首，写二人趣舍各异，“一士长独醉，一夫终年醒。醒醉还相笑，发言各不领”。互相不以为然，但各说各的互不领会。这情景是颇为有趣的。《止酒》一诗，大谈停止喝酒的困难，“暮止不安寝，晨止不能起。日日欲止之，营卫止不理”。然后，下定决心要止酒了，说是能进入神仙境界。这是很诙谐的一首诗，形式上学习民间歌谣，每句都有一个“止”字，是很有独创性的。陶渊明还写过三首《拟挽歌辞》，一篇《自祭文》。在他自己主要是表达对生死抱达观态度，但是自己给自己唱挽歌、写祭文，恐怕是要有点幽默感才行。他写看到祭酒不能喝，看到祭品不能吃。“欲语口无音，欲视眼无光”，不免感到遗憾：“但恨在世时，饮酒不得足。”陶渊明未必意存幽默，但如此形容死去的自己，确也造成了幽默的效果。

◎ 萧统说陶集“白璧微瑕者，惟在《闲情》一赋”，这是萧统以“礼教”观点来加以批评的。其实《闲情赋》是一篇不可多得的佳作。作者在序中申明是效法张衡《定情赋》，蔡邕《静情赋》，“始则荡以思虑，而终归闲正。将以抑流宕之邪心，谅有助于讽谏”。就其内容而言，则颇受楚辞香草美人影响，所写亦不脱“求之不得，终归失望”这一基调。然不管作者如何申明，不管他是否另有寓意，呈现在人们面前的却主要是一首爱情赋。作者对纯真爱情的思慕可谓淋漓尽致。赋首先描写一位佳人，既有美好的容貌，又有美好的德行。诗人心向往之，但却可望而不可即。于是寄情思于想象，提出种种的愿望，但又终不能实现。其中如“……愿在衣而为领，承华首之馀芳；悲罗襟之宵离，怨秋夜之未央……愿在丝而为履，附素足以周旋；悲行止之有节，空委弃于床前……”都是不受拘束的大胆的自白。赋中继写种种愿望都落了空，“考所愿而必违，徒契契以苦心”，只有怀着深深的思念，徘徊忧伤。最后才是以礼义自制，“坦万虑以存诚，憩遥情于八遐”。这篇赋设愿之大胆，想象之丰富，极不寻常，即在历代爱情篇章中也是绝无仅有的。

◎ 总体来看，陶诗风格平淡，故其语言也很平易。如“盛年不重来，一日难再晨；及时当勉励，岁月不待人”“明旦非今日，岁暮余何言”“落地为兄弟，何必骨肉亲”“日暮天无云，春风扇微和”“今日天气佳，清吹与鸣弹”“倾耳无希声，在目皓已洁”等等，似脱口而出，人人都懂。不爱陶诗者，往往批评他语言过于平直，甚至讥之为“田家语”，但是，应该看到他大多数所谓平淡的语句，却往往负载着深厚的诗的内容与感情。而这，又是后代许多大诗人学陶、仿陶都难以企及的。

## （三）

◎陶渊明当时，正是文风变化之时，时尚以富艳繁密为贵，像陶渊明这样追求恬淡自然的诗人，是不受重视的；加之他身世没落，僻处农村，所以当时的知名度远不及谢灵运、颜延之。钟嵘《诗品》将他列入中品，刘勰《文心雕龙》竟未提到他。沈约为之立传，载入《隐逸传》，对其文学则评价不高。萧统为之编集、作序，突出的是对他人格的敬佩。至唐代，王、孟诗派当然以他为楷模，而李白、高适、杜甫、柳宗元、白居易等都对他有较高评价并有所借鉴。清代沈德潜《说诗晬语》卷上云：“陶诗胸次浩然，其中有一段渊深朴茂不可到处。唐人祖述者，王右丞有其清腴，孟山人有其闲远，储太祝有其朴实，韦左司有其冲和，柳仪曹有其峻洁，皆学习而得其性之所近。”得性之所近，实是接受美学之通例。

◎ 北宋以来，陶渊明更受重视，评论、注释都很多，欧阳修、王安石都予很高评价，苏轼特爱陶诗，追和一百零九首，影响很大。苏轼最欣赏陶渊明真率自然以及化迁的人生观。南宋陆游、辛弃疾，金代元好问也都给陶渊明以很高评价，元好问《论诗绝句》称他“一语天然万古新，豪华落尽见真淳”，是抓住了陶诗特点的。南宋时理学家朱熹、陆九渊以气节推许渊明，也起了不小的作用，而宋明遗民则强调其忠愤。近代主张革新的先进人物龚自珍、谭嗣同也爱读陶渊明。龚自珍将之比作诸葛亮与屈原，称之“二分梁甫一分骚”，因读其《咏荆轲》《停云》诗，而高唱“吟到恩仇心事涌，江湖侠骨恐无多”。谭嗣同也“以为陶公慷慨悲歌之士也”。这种种的评论，一方面可见陶渊明作品内涵之丰富，一方面也反映出一种值得深入研究的文化现象。西方艺术史学家有一句名言:“人文科学所关心的是，我们对以往的文化能有什么样的记忆。”历史上对陶渊明的种种评价是在他们文化记忆中的陶渊明，如今我们又能有什么样的记忆呢？陶渊明归隐田园，以酒消忧，以旷达自慰，是他那个时代的事，不值得今人效法。但他热爱生活，热爱自然，活得真实，活得高尚，却有许多积极的精神值得我们继承。萧统在《陶渊明集序》中称渊明:“不以躬耕为耻，不以无财为病……有能读渊明之文者，驰竞之情遣，鄙吝之意祛，贪夫可以廉，懦夫可以立。”这几句话还是很不错的，对于某些不择手段追求名利的人还可能有点针砭作用。

◎ 陶渊明诗文最早由梁昭明太子萧统编集为八卷。北齐阳休之重编为十卷，据其叙录称当时流行三本：一本八卷，无序；一本六卷，有序目，而编比颠乱；一本为萧统本。阳休之参合三本，定为十卷。《隋书·经籍志》著录《宋徵士陶潜集》九卷，又有集五卷，录一卷。《旧唐书·经籍志》录《陶潜集》二十卷，又集五卷。至北宋宋庠，称当时所行本，一为萧统八卷本，以文列诗前，一为阳休之十卷本，其他又数十本，莫衷一是。又称晚得江左旧本，次第最合理。其后萧统、阳休之等各本均佚，传世诸本则皆源于宋庠的“江左旧本”。

◎ 今存《陶渊明集》有十多种，较具校勘价值的有：（一）曾集刻两册本（南宋绍熙三年刻，有清光绪影刻本）。（二）焦竑藏八卷本（焦氏明翻宋本）。（三）汲古阁影宋“苏写本”（光绪会稽章氏刊）。（四）东坡先生和陶诗本（黄艺锡刻）等。为陶集作注，最早有南宋汤汉注陶诗四卷。汤汉因《述酒》诗，“直吐忠愤”而“乱以庾词”，故加笺释，其余各篇注皆从简。其后为陶集作注者极多。重要的有元初李公焕《笺注陶渊明集》十卷。为集注性质，详录宋人评语。清嘉道时陶澍《靖节先生集注》十卷，集录各家注释，加以校勘，并附辑评及年谱考异。近人古直《陶靖节诗笺定本》（初版为《陶靖节诗笺》）详注词语出处，有助加深理解。今人王瑶注《陶渊明集》依编年排列，注释简明。逯钦立校注《陶渊明集》，用力于校勘，列举异文。其余近出注本甚多不繁举。

◎ 本书以李公焕笺注本，四部丛刊所收，宋刊巾箱本为底本，并主要参考逯本，次及他本。陶集流传至今，文字差异很大，南宋《蔡宽夫诗话》曰："《渊明集》世既多本，校之不胜其异，有一字而数十字不同者，不可概举。"对于异文，本书择善而从，较一般者就不出校记，争议较多，难定是非的，则加以说明。原阳休之十卷本中，有《五孝传》和《四八目》（即《圣贤群辅录》）一般认为是伪托，故予删去。

◎ 陶集旧注多种，时贤研究也多有胜解，本书多所参考。恕不一一注明。因期望不破坏陶诗朴素自然的风格，故译诗力求忠实朴素。本书注释主要由包景诚完成，译文主要由郭维森完成。全书经共同讨论后定稿。限于水平，注释译文都难免错误，敬请高明指教。本书承程千帆先生予以指导，责编李立朴同志大力协助，特予致谢！

郭维森

1991年9月

# 萧统《陶渊明集序》

◎夫自炫自媒者，士女之丑行；不忮不求者，明达之用心。是以圣人韬光，贤人遁世，其故何也？含德之至，莫逾于道；亲己之切，无重于身。故道存而身安，道亡而身害。处百龄之内，居一世之中，倏忽比之白驹，寄寓谓之逆旅，宜乎与大块而盈虚，随中和而任放，岂能戚戚劳于忧畏，汲汲役于人间！齐讴赵女之娱，八珍九鼎之食，结驷连骑之荣，侈袂执圭之贵，乐既乐矣，忧亦随之。何倚伏之难量，亦庆吊之相及。智者贤人居之，甚履薄冰；愚夫贪士竞之，若泄尾闾。玉之在山，以见珍而终破；兰之生谷，虽无人而自芳。故庄周垂钓于濠，伯成躬耕于野，或货海东之药草，或纺江南之落毛。譬彼鹓雏，岂竞鸢鸱之肉；犹斯杂县，宁劳文仲之牲。至如子常、宁喜之伦，苏秦、卫鞅之匹，死之而不疑，甘之而不悔。主父偃言："生不五鼎食，死则五鼎烹。"卒如其言，岂不痛哉！又有楚子观周，受折于孙满；霍侯骖乘，祸起于负芒。饕餮之徒，其流甚众。唐尧四海之主，而有汾阳之心；子晋天下之储，而有洛滨之志。轻之若脱屣，视之若鸿毛，而况于他乎？是以至人达士，因以晦迹。或怀厘而谒帝，或被褐而负薪，鼓楫清潭，弃机汉曲，情不在于众事，寄众事以忘情者也。◎有疑陶渊明诗篇篇有酒，吾观其意不在酒，亦寄酒为迹焉。其文章不群，词彩精拔，跌宕昭彰，独超众类，抑扬爽朗，莫之与京。横素波而傍流，干青云而直上。语时事则指而可想，论怀抱则旷而且真。加以贞志不休，安道苦节，不以躬耕为耻，不以无财为病。自非大贤笃志，与道污隆，孰能如此乎？余爱嗜其文，不能释手，尚想其德，恨不同时，故更加搜求，粗为区目。白璧微瑕者，惟在《闲情》一赋，扬雄所谓“劝百而讽一”者乎？卒无讽谏，何必摇其笔端？惜哉！无是可也。并粗点定其传，编之于录。尝谓有能读渊明之文者，驰竞之情遣，鄙吝之意祛，贪夫可以廉，懦夫可以立，岂止仁义可蹈，抑乃爵禄可辞，不劳复傍游太华，远求柱史，此亦有助于风教也。

# 目录

## 卷之一 诗四言



## 卷之二 诗五言



## 卷之三 诗五言

## 卷之四　诗五言



## 卷之五　赋辞



## 卷之六　记传赞述

## 卷之七　疏祭文



## 附录

# 卷之一　诗四言

# 停云（并序）

**题解**

这首诗约作于晋元兴三年（404）春天，诗人四十岁。上年十二月，桓玄于建康（今南京）篡帝位，迁晋安帝于浔阳（今江西九江西南）。本年二、三月，刘裕率诸将收取京口（今镇江）、广陵（今扬州），进一步攻占建康。桓玄逃经浔阳，挟晋帝走江陵（在今湖北）。

这时期，诗人住在柴桑（浔阳县治）上京里老家。

本诗的题旨，诗人已交代得很清楚："思亲友也。"酝酿的过程大概是：春来发酒（《诗经·豳风·七月》："十月获稻，为此春酒。"去冬酿制的酒，今春开启饮用），由酒思与亲友共享，然时乱路阻，不能畅怀。

"八表同昏"一般是夏天雷雨前及隆冬雪前的景象，诗人用它来写春季天色，似乎形容过量，显然，诗人是明写天气，暗喻国政时局被封建贵族、军阀争夺中央政权而搞得天昏地暗，反映了诗人的极度愤懑与忧虑。

**原文**

《停云》，思亲友也。罇湛新醪[①]，园列初荣，愿言不从[②]，叹息弥襟[③]。

**译文** 《停云》诗为思念亲友而作。酒罇里盛满清澄的新酒，后园里排列着绽开新花的树木，可是我美好的愿望不能实现，叹息充溢整个心胸。

| | |
|---|---|
| 霭霭停云[④]， | 悬浮的烟云停止不动， |
| 濛濛时雨。 | 潇潇的春雨一片迷茫。 |
| 八表同昏[⑤]， | 四面八方一样的昏暗， |
| 平路伊阻[⑥]。 | 滔滔的水流淹了大路，断了桥梁。 |
| 静寄东轩， | 我寂然坐在东屋廊下， |
| 春醪独抚。 | 独自个举起春天的酒浆。 |
| 良朋悠邈[⑦]， | 好友啊！相隔如此遥远， |
| 搔首延伫[⑧]。 | 我徘徊，我思量。 |

| | |
|---|---|
| 停云霭霭， | 那不停的春雨霏霏飘洒， |
| 时雨濛濛。 | 那静止的烟云迷迷茫茫。 |
| 八表同昏， | 四面八方一样的昏暗， |
| 平陆成江。 | 平坦的陆地一片汪洋。 |
| 有酒有酒， | 饮酒吧，饮酒吧， |
| 闲饮东窗。 | 我悠悠慢饮，倚着东窗。 |

| | |
|---|---|
| 愿言怀人， | 心中怀念着友人， |
| 舟车靡从[9]。 | 车儿难走，船儿难航。 |
| | |
| 东园之树， | 东园的树木， |
| 枝条载荣。 | 枝条上绽出花朵芳馨， |
| 竞用新好[10]， | 争着用它美丽的新姿， |
| 以怡余情[11]。 | 让我得到快慰、欢欣。 |
| 人亦有言， | 人们时常言讲， |
| 日月于征[12]。 | 太阳月亮运行不停。 |
| 安得促席[13]， | 如何能与好友促席交谈， |
| 说彼平生[14]？ | 尽情地倾吐生平？ |
| | |
| 翩翩飞鸟， | 轻快飞翔的鸟儿， |
| 息我庭柯。 | 在庭中树枝上停落。 |
| 敛翮闲止[15]， | 收敛起翅膀悠闲自在， |
| 好声相和。 | 悠扬的鸣声婉转相和。 |
| 岂无他人， | 也不是没有别人可以来往， |
| 念子实多！ | 好友啊！对你的思念总是最多！ |
| 愿言不获， | 想见面又无从见面， |
| 抱恨如何[16]。 | 只能忍受这遗憾的折磨。 |

## 注释

①罇（zūn）:《说文》载,“注酒器”。古时有“六尊”(《周礼》)，即有六种形状的罇。这里指一种直口大腹的注酒器。湛（zhàn）：澄清。醪（láo）：醇酒。

②愿：思也。《诗经·邶风·终风》:“愿言则怀。”这里是思念而想见到的意思。言：语助词。

③弥（mí）：充满、充斥。

④霭霭（ǎi）：云气漫溢的样子。

⑤八表：八指四面四隅，表是表层、表外的意思，此极言其充斥八方。

⑥伊：语助词。

⑦悠（yōu）：渺。邈（miǎo）：远。

⑧延：时间长续。伫（zhù）：久立。《离骚》:“延伫乎吾将反。”

⑨靡（mǐ）：无，不能。从（zòng）：通“纵”，随意行驶。

⑩好：美。新好，指春叶嫩枝。

⑪怡：李本、曾本、苏写本作招，焦本、逯本作怡，从后者。(陶集重要版本均见《前言》文末介绍，校注一律用简称。)

⑫日月于征：于，语助词。征：行。出自《诗经·小雅·小宛》:“我日斯迈，而月斯征。夙兴夜寐，毋忝尔所生。”

⑬促席：彼此坐得很近。促：迫，近。席：坐席。

⑭说：通“悦”。彼：语助词。

⑮翮（hé）：翅膀。止：语助词。

⑯如何：此处意为“奈何”,《论语·述而》载,“天生德于予，桓魋其如予何?”“如予何”，即奈予何，训意相同。

# 时运（并序）

**题解** 本诗写作时间在元兴三年暮春，可能是这年的三月三日。古代有“修禊”的风俗，春天来临，水滨洗濯，祓除不祥。汉以前定三月的第一个“巳”日为修禊日，魏以后改为三月三日。东晋永和九年（353）三月三日，王羲之曾与当时名士谢安、孙绰等共四十一人，于会稽兰亭修禊觞咏。本诗所云“游暮春”“春服既成”“乃漱乃濯”等正与修禊事合。

这首诗歌咏了春天美好的大自然，也写了诗人纯化自己的心胸、完美自己的品格，在自然中达到陶然自乐的情形。但晋末现实的黑暗、不得已的孤独，又使诗人无限惆怅。

**原文** 《时运》，游暮春也①。春服既成②，景物斯和③，偶景独游④，欣慨交心。

**译文** 《时运》诗是写暮春出游。春天的衣服已经穿稳了，春天的景色是那么和美，独自出游只有影子做伴，欣喜与慨叹交替袭来。

| | |
|---|---|
| 迈迈时运[5]， | 天回地转，时光迈进， |
| 穆穆良朝[6]。 | 温煦的季节已经来临。 |
| 袭我春服[7]， | 穿上我春天的服装， |
| 薄言东郊[8]。 | 去啊，去到东郊踏青。 |
| 山涤馀霭， | 山峦间余剩的烟云已被涤荡， |
| 宇暧微霄[9]。 | 天宇中还剩一抹淡淡的云。 |
| 有风自南， | 清风从南方吹来， |
| 翼彼新苗[10]。 | 一片新绿起伏不停。 |

| | |
|---|---|
| 洋洋平津[11]， | 长河已被春水涨满， |
| 乃漱乃濯[12]。 | 漱漱口，再把脚手冲洗一番。 |
| 邈邈遐景[13]， | 眺望远处的风景， |
| 载欣载瞩[14]。 | 看啊看，心中充满了喜欢。 |
| 称心而言， | 人但求称心就好， |
| 人亦易足。 | 心意满足并不困难。 |
| 挥兹一觞[15]， | 喝干那一杯美酒， |
| 陶然自乐。 | 自得其乐，陶然复陶然。 |

| | |
|---|---|
| 延目中流[16]， | 放眼望河中滔滔的水流， |
| 悠想清沂[17]。 | 遥想古时清澈的沂水之湄。 |
| 童冠齐业[18]， | 有那十几位课业完毕的莘莘学子， |

| | |
|---|---|
| 闲咏以归。 | 唱着歌儿修禊而归。 |
| 我爱其静， | 我欣羡那种恬静的生活， |
| 寤寐交挥[19]。 | 清醒时，睡梦里时刻萦回。 |
| 但恨殊世， | 遗憾啊！已隔了好多世代， |
| 邈不可追。 | 先贤的足迹无法追随。 |

| | |
|---|---|
| 斯晨斯夕， | 这样的早晨，这样的夜晚， |
| 言息其庐。 | 我止息在这简朴的草庐。 |
| 花药分列， | 院子里一边药栏、一边花圃， |
| 林竹翳如[20]。 | 竹林的清荫遮住了庭院。 |
| 清琴横床， | 横放在琴架上的是素琴一张， |
| 浊酒半壶。 | 那旁边还置放着浊酒半壶。 |
| 黄唐莫逮[21]， | 只是啊，终究赶不上黄唐盛世， |
| 慨独在余！ | 我深深地感慨自己的孤独！ |

**注释**

①暮春：农历三月

②春服既成：意思是春寒已过，春装在身上已穿得稳稳的了。成：就，定。此句出自《论语·先进》："暮春者，春服既成。冠者五六人，童子六七人，浴乎沂，风乎舞雩，咏而归。"

③斯：语助词。

④偶：伴。景，同"影"，指自己的身影。

⑤时运：四时运转。

⑥穆穆：清静和美。朝：早晨。

⑦袭：衣加于外，“穿著”的意思。

⑧薄：迫近，此处意为向……走去。

⑨暧（ài）：不明亮。霄：云。《后汉书·张衡传》：“涉清霄而升遐兮。”

⑩翼：鸟翅，此处名词用作动词，“风拂似翼”的意思。

⑪津：李本作津，焦本、苏写本同。曾本作泽，又注，一作津。泽是湖，津是河。因下一章有“延目中流，悠想清沂”，故以“津”为近是。

⑫漱：荡口。《礼记·内则》：“鸡初鸣，咸盥漱。”濯（zhuó）：洗。

⑬邈邈（miǎo）：远邈。《离骚》：“神高驰之邈邈。”遐（xiá）：远。

⑭载：犹“乃”，此处作语助词。瞩：视。《魏书·张渊传》：“凝神远瞩。”

⑮挥：兴动而举。觞（shāng）：饮酒器。

⑯延目：目光引向远处。

⑰悠想：李本及诸本作悠悠，陶本、逯本作悠想，从后者。沂（yí）：沂水，在今山东，有四，此指西沂河，源出邹城市东北，西流经曲阜，合洙水入泗水。本句及下面两句引自《论语·先进》（见注②）。

⑱冠：古礼男子二十岁加冠，故此处之冠是指二十岁或二十

出头的青年。齐业：都已习完功课。

⑲寤（wù）：睡醒。寐（mèi）：睡，睡着。挥：奋。交挥：交相感奋。

⑳翳（yì）：遮。如：尾助词。

㉑黄：黄帝。唐：唐尧。尧初封于陶，后徙于唐，故称。逮（dài）：及，赶上。

# 荣木（并序）

**题解** 本诗写作年份与前两首同，时当季夏。诗人四十岁壮年。这里的“荣木”，是取诗首两字作为篇名，并不是专写荣木。“念将老也”，是诗人自述的题旨。进一步说就是“惜时而奋起”。季夏一过，二十四节气的“立秋”即接踵而至，所以更使诗人感到时迁之速。“总角闻道”的道，不是老庄的道，而是儒家的道。显然，儒家的建功立业思想对陶渊明产生过深刻的影响，所以就不免产生“白首无成”的焦虑了。

荣木，按古直注，是为“木槿”。木槿为灌木植物，夏季开花，此花晨兴夕败，使诗人产生联想与感悟。第一章慨叹人生若寄，第二章写要坚持正确的做人道理，第三章责已无所作为，第四章表示不坠先师之训而奋起。

不久，渊明即有赴任刘裕镇军军府参军的行动。（李公焕引赵泉山注，定是年赴任刘敬宣建威将军参军，逯钦立定是年赴任刘裕镇军参军。从逯说。）刘裕军当时号称“勤王”之师，被称为“义军”。

**原文** 《荣木》，念将老也。日月推迁，已复九夏①。总角闻道②，白首无成。

**译文** 《荣木》诗是写念及老年将至。日月推撵着更替，已到了夏末时节。我在孩童时，已接受了修、齐、治、平的儒道，如今头发已经斑白，却还是没有什么成就。

采采荣木③，　　鲜亮鲜亮的木槿花，
结根于兹。　　在这里扎根生长。
晨耀其华，　　早晨的花朵灿烂无比，
夕已丧之。　　到晚上却已经凋丧。
人生若寄，　　人生就像是寄居的旅客，
憔悴有时。　　终难免枯槁萎黄。
静言孔念④，　　静下来仔细想一想，
中心怅而⑤。　　禁不住心中惆怅。

采采荣木，　　鲜亮鲜亮的木槿花，
于兹托根。　　在这里生长扎根。
繁华朝起，　　早晨怒放的满树繁花，
慨暮不存。　　可叹它到晚来一朵无存。
贞脆由人⑥，　　坚贞还是脆弱全在自己，

祸福无门⑦。　　是福是祸也怨不得别人。
匪道曷依⑧？　　不是圣贤之道如何皈依？
匪善奚敦⑨？　　不是为善怎能勉力实行？

嗟予小子，　　可叹啊，我这庸碌的人！
禀兹固陋。　　禀赋是这样的不好。
徂年既流⑩，　　逝去的年华如流水，
业不增旧。　　学业却没有增进多少。
志彼不舍，　　我的期望是不停地前进，
安此日富⑪。　　却又把时光在醉酒中空耗。
我之怀矣，　　想起这些啊，
怛焉内疚⑫！　　伤痛的心便倍增懊恼。

先师遗训，　　先师孔子留下的教训，
余岂之坠⑬？　　我怎么能够弃捐？
四十无闻，　　他说：四十五十还未建立功名，
斯不足畏⑭。　　那就不值得别人敬惮。
脂我名车⑮，　　赶快吧，给我的求名之车注满油，
策我名骥。　　朝我的求名之马举起鞭。
千里虽遥，　　征途千里虽然遥远，
孰敢不至！　　不达目的怎敢止步不前！

**注释**

①九：李本及诸本均作有，陶本、逯本作九，从后者。九夏：一个夏季有九十天，九夏就是夏季。但“九”是最高的单数，结合具体诗文，此处取“深”之义，九夏即深夏，亦即季夏。

②总角：古时男女未冠笄时，结发成两角。此指少年。

③采采，花多的样子。荣：盛。木：指木槿。古直注：“《月令》载，仲夏之月，木槿荣。与‘日月推迁，已复九夏’应。《说文》载，蕣，木槿，朝生暮落者，与‘晨耀其华，夕已丧之’应。”按，木槿为古时常用之引喻植物，如《国策·秦策》：“君危于累卵而不寿于朝生。”注：“朝生，木堇也，朝荣夕落。”

④言：语助词。孔：很、非常。

⑤而：语尾助词。

⑥贞：坚。脆：弱。

⑦祸福无门：出于《左传·襄公二十三年》：“祸福无门，惟人所召。”意思是祸福是挡不住的，二者是一个人行为好坏的必然结果。

⑧匪：同“非”。曷（hé）：怎么。

⑨敦（dūn）：勉。

⑩徂（cú）：往。

⑪日富：指醉酒。语出《诗经·小雅·小宛》：“壹醉日富。”

⑫怛（dá）：伤痛。疚：忧惭。

⑬之：李本及诸本作云，逯本作之，从后者。之坠：动宾倒

装，即“坠之”。坠：跌落，即抛弃。

⑭四十无闻，斯不足畏：《论语·子罕》载，“四十五十而无闻焉，斯亦不足畏也已”（畏：惮、敬）。作者用此以警惕自己。

⑮脂：以油脂润滑车轴。名：名誉、令名。《易经·乾卦》：“不成乎名”，疏：“言不成就于令名。”令名即美名。功与名相连，建功立名，此处的“名”即谓功名。

## 赠长沙公（并序）

**题解** 这首诗可能作于晋义熙元年（405），渊明四十一岁。这年春天，桓玄篡乱刚刚平定；三月，被桓玄劫走的晋安帝回到建康。长沙郡公因事途经浔阳，渊明与他相识，才知为同族。他离开时，渊明以诗相赠。长沙公原是陶侃的封号（长沙郡公）。时制，父爵子袭。据《晋书·陶侃传》述，侃五世孙延寿袭了长沙郡公的爵号。陶渊明是陶侃的四世孙，比陶延寿长一辈。

这首诗共分四章，首章写相认而感叹宗族的悠久历史，次章赞美宗族的和、美、荣、慎的传统，三章写短暂的欢晤而行将阔别，末章表达赠言谆谆及期望常通音讯。

全诗反映了诗人重视立身处世的积极人生观，体现了殷切寄厚望于后辈的长者情怀。

**原文** 长沙公于余为族，祖同出大司马[①]。昭穆既远[②]，以为路人[③]。经过浔阳，临别赠此。

**译文** 长沙公对我来说是同族，先祖都是大司马（陶侃）的后裔。只是两三代的疏远，彼此已不相识。这次他路过浔阳，得以聚会，临别时写了这首诗送给他。

| | |
|---|---|
| 同源分流， | 是同一源头分道的水流， |
| 人易世疏。 | 人物改换世系也已疏远。 |
| 慨然寤叹[4]， | 为之感慨，为之悲叹， |
| 念兹厥初[5]。 | 记起了我们共同的祖先。 |
| 礼服遂悠[6]， | 是亲是疏都成过去， |
| 岁月眇徂[7]。 | 悠悠的岁月一去不返。 |
| 感彼行路[8]， | 感叹同宗亲属竟成陌路， |
| 眷然踌躇。 | 往复徘徊心中思念。 |

| | |
|---|---|
| 於穆令族[9]， | 声名显赫的宗族之祖， |
| 允构斯堂[10]。 | 真能将先代的事业弘扬。 |
| 谐气冬暄[11]， | 和谐的气度冬阳似的温暖， |
| 映怀圭璋[12]； | 高尚的襟怀辉映着洁白的圭璋； |
| 爰采春华[13]， | 光彩无比如同春花， |
| 载警秋霜[14]。 | 又时时警惕早降的秋霜。 |
| 我曰钦哉[15]， | 可敬啊！我大声赞美， |
| 实宗之光。 | 实在是宗族的荣光。 |

| | |
|---|---|
| 伊余云遘[16]， | 我们偶然相逢， |
| 在长忘同[17]？ | 你这位族尊肯认同宗？ |
| 笑言未久， | 一起谈笑并没有多久， |
| 逝焉西东。 | 又将是各自西东。 |
| 遥遥三湘[18]， | 遥遥的三湘之野， |
| 滔滔九江[19]。 | 滔滔的九江之洪。 |
| 山川阻远， | 山川间隔，道路遥远， |
| 行李时通[20]。 | 莫忘来人，书信常通。 |

| | |
|---|---|
| 何以写心？ | 怎样写出我的心怀？ |
| 贻此话言。 | 且送你这几句语言。 |
| 进篑虽微[21]， | 覆一筐泥土算不了什么， |
| 终焉为山。 | 再加堆积就能成一座大山。 |
| 敬哉离人[22]！ | 谨慎呀，即将分离的人呀！ |
| 临路凄然。 | 临别时总不免凄然情牵。 |
| 款襟或辽[23]， | 促席谈心也许遥遥无期， |
| 音问其先。 | 切莫忘记音讯早传。 |

**注释**

①长沙公于余为族，祖同出大司马：李本及诸本均作长沙公于余为族，祖同出大司马；李本、曾本、焦本云，一作余于长沙公为族，祖同出大司马；逯本作余于长沙公为族祖，同

出大司马。从李本及诸本。按，此两句是根据陶延寿的特定身份来写的，诗中云“在长忘同”，即显示了渊明的想法。尊重有爵号的对方，即尊重祖上，故起句便体现了人我的尊卑；不说你我同出于大司马，而说你的曾祖与我的祖父同出于大司马，也是体现这种尊卑的自谦说法。于余：之于我。族：同族。祖：指对方的曾祖父与自己的祖父。大司马：东晋名臣陶侃，曾任太尉，封长沙郡公，后拜大将军。死后追赠大司马。

②昭穆：《礼记·王制》载，“诸侯五庙，二昭二穆，与太祖之庙而五”，昭为父，穆为子，即太祖之庙居中，二世、四世居左，三世、五世居右。故昭穆意谓同宗的祖上。

③以：李本作已，陶本、逯本作以，从后者。

④寤：觉，明白。

⑤厥（jué）：其。《诗经·大雅·生民》：“厥初生民，时维姜嫄。”“厥初”是提到祖先的常用词语。

⑥礼服：此“礼”指丧礼，丧礼之服制为五：斩衰、齐衰、大功、小功、缌麻，以亲属区分著服。

⑦眇：同“渺”。

⑧彼：指示代词，指同宗亲族。行路：行路之人。

⑨於（wū）：语助词，常与穆连用作赞美词，如《诗经·周颂·清庙》“於穆清庙”。穆：美、敬。

⑩允：确实能够。堂：正室。《尚书·大诰》："若考作室，既底法，厥子乃弗肯堂，矧肯构。"（若考：其父。底法：屋基的大小宽长。厥子：其子。堂：指堂基。矧肯构：怎肯再造屋。）此处反用其意。

⑪暄：温暖。

⑫圭（guī）：瑞玉，上圆下方。璋：半圭。《礼记·礼器》疏："圭璋，玉中之贵也。诸侯朝王以圭，朝后执璋。"此处两指，既实指朝廷勋臣，又喻指品格高洁。

⑬爰（yuán）：句首助词。采：光采。爰采春华：光彩如春花。

⑭载：助词。警：惕。载警秋霜：惕于秋霜之微。上句及此句是对乃祖陶侃一生功业美德的概括，转而作为祖训。陶侃一生机敏而谨慎，处事练达，屡建军功与政绩，官阶也由县吏屡迁至太尉。到了晚年，更是如履薄冰，《晋书·陶侃传》称他"怀止足之分，不与朝权"。

⑮钦：敬。

⑯伊、云：语助词。遘：逅，不期而遇。这是谦逊的说法：让我不期而遇见你。

⑰在：居。长：位高者。在长忘同，是说长沙公居全族最尊贵的地位，因而忘掉渊明这个同族之亲。逯注引《逸周书·大聚解》："合族同亲，以敬为长。"

⑱三湘：湘水与沅水合称沅湘，再合潇湘、蒸湘而称三湘，

泛指湖南。陶延寿将返封地长沙。

⑲九江：程大昌《禹贡论》载，“自孔安国始，其后班固之志《地理》，应劭之释《汉志》，皆谓江至庐江浔阳分为九派。”据此，九江可释为九派。九江之细名，说法较多，兹不具列。

⑳行李：《左传·僖公三十年》载，“行李之往来”。注：“行李，使人。”按，李为吏之音借字，故行李为行吏，即遣吏，转作派遣捎信的人。

㉑篑（kuì）：竹编盛土器。《论语·子罕》：“譬如为山，未成一篑。止，吾止也。”这里借用《论语》之义翻出新意，谦以进言，厚以寄望。

㉒敬：这里是“慎”的意思。《诗经·周颂·闵予小子》：“夙夜敬止。”

㉓款：诚、通。襟：胸怀。款襟，畅谈的意思。

# 酬丁柴桑[1]

**题解**

陶渊明的家乡治属柴桑县，柴桑县县令刘程之（后改名遗民）于元兴二年（403）弃官隐居，接替他的便是这位丁姓县令。由刘程之的介绍，渊明逐渐也与他成了莫逆之交。从时间上推算起来，本诗约作于义熙二年（406）诗人四十二岁隐耕园田居之后。

看来丁令较年轻，诗人视之为后俊。“秉直司聪”以下四句是对这位贤良地方官的赞美，更确切地说，是寄寓殷切的期望。这也反映了陶渊明政治理想中对基层官长的要求。

诗的开头写迎客的惊喜，诗的结尾归结到结交的基础。篇幅虽短，然情酣意畅。

**原文**

| | |
|---|---|
| 有客有客， | 有一位来客，有一位来客， |
| 爰来宦止[2]。 | 来到此地做官。 |
| 秉直司聪[3]， | 公正办事，体察民情， |
| 于惠百里[4]。 | 恩惠覆盖了百里山川。 |
| 飡胜如归[5]， | 接受至理如同回家一样欣喜， |
| 聆善若始。 | 听到善言总像第一次听到那样新鲜。 |

| | |
|---|---|
| 匪惟谐也， | 我们不只思想和谐一致， |
| 屡有良游。 | 还多次愉快地共同游览。 |
| 载言载眺， | 一边谈笑，一边眺望， |
| 以写我忧[⑥]。 | 我心中的忧愁已经烟消云散。 |
| 放欢一遇， | 遇到如此开怀的欢乐， |
| 既醉还休。 | 不喝个痛快且不回返。 |
| 实欣心期[⑦]， | 真高兴有位知心好友， |
| 方从我游。 | 能同我一起游玩。 |

**注释**

①酬：赠，但又多一层“唱和”的意思，诗词中的酬唱、酬答都有着相赠以唱和的含义。丁柴桑：指姓丁的柴桑县令。古人习惯以所管辖的地名附于对方姓氏之下，表示对对方的尊敬。

②宦（huàn）：李本、曾本、焦本作爰。曾本注，一作宦。逯本从《文馆词林》作宦。从逯本。宦，任官职。止：语尾助词。

③秉直：秉，握持；直，正直。正直秉公的意思。司聪：司，掌管；聪，听闻。为朝廷听察民情的意思。《左传·昭公九年》：“汝为君耳，将司聪也。”

④百里：方圆百里，指县令所管辖的地区。《三国志·蜀书·庞统传》：“统守耒阳令，不治，免官。鲁肃遣先主书曰：

‘庞士元非百里才也。’”

⑤飡（cān）：吸收。胜：至理。

⑥写（xiè）：卸置，去除。

⑦心期：两心契合。

# 答庞参军（并序）

**题解**

本诗序明确写“庞为卫军参军”，此处的“卫军”指驻守在荆州（江陵）的卫军，而季节在诗中又明确写为寒冬，适合这两个条件的唯有谢晦。据《资治通鉴》，景平二年（424）夏，除领军将军谢晦行都督荆湘等七州诸军事、荆州刺史。八月改元，为宋文帝元嘉元年（424），是月，谢晦赴荆州任所，进号卫将军。本诗可能作于这年冬天，是年陶渊明六十岁。

因在上京里，故第一章有似《归去来兮辞》中环境起居的描写。之所以这样开头，是因为庞尽管身在官场，但十分倾慕陶的隐居生活。第二章便由幽居转写两人志同道合。庞使上都后仍要回到江陵供职，而诗人自己三十七岁前后曾在江陵为官，对江陵感情甚深，故第四章多情地著笔：“依依旧楚，邈邈西云。”第五章仿《诗经·小雅·采薇》忧悲句词，第六章又重写惨寒，都曲折地反映了这期间宋中央政权特点：君臣互残，危机时起［元熙二年（420），刘裕称帝，次年鸩杀晋恭帝；景平二年（424），徐羡之、傅亮、谢晦废宋少帝并杀之，又杀庐陵王刘义真］。城门失火，殃及池鱼，所以诗篇结尾忠告友人“保躬”。翌年开春二月，谢晦果被宋文帝所杀。

**原文** 庞为卫军参军[①]，从江陵使上都[②]，过浔阳见赠。

**译文** 庞君任卫军将军的参军，从江陵受派遣到上都（金陵），经过浔阳，赠我以诗（故答之）。

| | |
|---|---|
| 衡门之下[③]， | 简陋的横木门下， |
| 有琴有书； | 有琴也有书； |
| 载弹载咏， | 于是弹奏，于是咏诵， |
| 爰得我娱。 | 由此得到了我的欢娱。 |
| 岂无他好？ | 难道是没有其他爱好？ |
| 乐是幽居。 | 我实在喜爱这幽僻的住处。 |
| 朝为灌园， | 早上起来灌溉园圃， |
| 夕偃蓬庐[④]。 | 晚上休息回到我的草庐。 |

| | |
|---|---|
| 人之所宝， | 人们看重的宝贝， |
| 尚或未珍[⑤]。 | 我也许认为不足爱珍。 |
| 不有同好[⑥]， | 如果没有共同的爱好， |
| 云胡以亲？ | 怎谈得上真正的相亲？ |
| 我求良友， | 我寻找知心的朋友， |

| | |
|---|---|
| 实觏怀人[7]。 | 恰遇见所怀念的伊人。 |
| 欢心孔洽[8]， | 欢乐的心十分融洽， |
| 栋宇惟邻[9]。 | 屋宇相接成为近邻。 |

| | |
|---|---|
| 伊余怀人， | 我怀念的伊人， |
| 欣德孜孜[10]。 | 爱重德行从不知止。 |
| 我有旨酒[11]， | 我有美酒， |
| 与汝乐之。 | 与你痛饮，乐当及时。 |
| 乃陈好言， | 陈述美好的语言， |
| 乃著新诗。 | 写作动人的新诗。 |
| 一日不见， | 一日不见如别三月， |
| 如何不思[12]！ | 相思之情怎能抑止！ |

| | |
|---|---|
| 嘉游未斁[13]， | 欢乐的同游还未尽兴， |
| 誓将离分[14]。 | 顷刻间将要离分。 |
| 送尔于路， | 送你来到大路旁， |
| 衔觞无欣。 | 举起酒杯却无半点欢欣。 |
| 依依旧楚， | 留恋着江陵故地， |
| 邈邈西云[15]。 | 遥望着西天的浮云。 |
| 之子之远， | 斯人将要远去， |
| 良话曷闻[16]。 | 好言语再无从聆听。 |

| | |
|---|---|
| 昔我云别， | 从前我们曾经离别， |
| 仓庚载鸣[17]； | 黄莺儿正叫得好听； |
| 今也遇之， | 如今再次相逢， |
| 霰雪飘零[18]。 | 冰珠夹着雪花满天飘零。 |
| 大藩有命[19]， | 你接受了建平郡公的命令， |
| 作使上京。 | 奉差使前往上京。 |
| 岂忘宴安[20]？ | 谁个不想生活安逸？ |
| 王事靡宁。 | 王事在身不得安宁。 |

| | |
|---|---|
| 惨惨寒日， | 冷天的太阳惨淡， |
| 肃肃其风； | 寒风呼呼地劲吹； |
| 翩彼方舟[21]， | 使者所乘的大船， |
| 容裔江中[22]。 | 在江中缓缓地萦回。 |
| 勖哉征人[23]， | 努力吧，旅途中的行人， |
| 在始思终； | 一开始就要想到最后的所归； |
| 敬兹良辰， | 良辰也要多加谨慎， |
| 以保尔躬。 | 保护好身体——是我奉赠的良规。 |

**注释**

①卫军：当时谢晦号卫将军，督七州军事，并任荆州史。卫将军是高于诸如领军将军、辅国将军的封号，可简称“卫军”。参军：相当于今参谋秘书职务的官名。

②上都：京都，中央政权所在地，当时在建康。

③衡门：衡，横也，指横木，横木为门。《诗经·陈风·衡门》："衡门之下，可以栖迟。"以衡门代指简陋的房屋。

④偃：卧。蓬庐：上京里老家房屋较好。"蓬庐"是谦称。

⑤人之所宝，尚或未珍：《礼记·儒行》载，鲁哀公问孔子儒行，孔子全面回答了这个问题。这两句是"儒有不宝金玉，而忠信以为宝"之意的体现。

⑥好：李本、逯本作爱，焦本、陶本作好，从后者。此上下两句意自《礼记·儒行》，"儒有合志同方，营道同术，并立则乐，相下不厌"。

⑦觏（gòu）：遇见。

⑧洽（qià）：谐和。

⑨栋宇惟邻：这是双关语，一是过去曾为邻居（见五言诗《答庞参军》之序），二是以德为邻。栋宇，巨栋大宇，比喻对方有合于《儒行》的高尚道德与才器。

⑩欣德：愉悦于德操。孜孜：不懈。

⑪旨：美。

⑫一日不见，如何不思：《诗经·王风·采葛》载，"一日不见，如三秋兮。"秋易思，三秋，三个秋季那般长。这两句中间省略，意思是：一日不见，（尚如三秋，何况这么久的日子）如何不想念呢！

⑬斁（yì）：厌，意足。

⑭晳："逝"的借字；逝，很快地。

⑮旧楚、西云：春秋战国时期，楚领域主要指今湖北湖南一带，楚国都城郢，在今湖北江陵。江陵在浔阳之西。

⑯曷（hé）：何、怎么。

⑰此节首四句仿《诗经·小雅·采薇》："昔我往矣，杨柳依依。今我来思，雨雪霏霏。"昔我云别：过去我们分别。此处借用诗经句式，以渲染别情。仓庚：黄莺。《礼记·月令》："仲春之月，…… 仓庚鸣。"仲春：春季的第二个月份，二月。

⑱霰（xiàn）：小冰粒。

⑲大藩：《宋书·谢晦传》载，"以晦行都督荆湘雍益宁南、北秦七州诸军事、抚军将军（《资治通鉴》作领军将军）领护南蛮校尉、荆州刺史"，"寻进号卫将军，加散骑常侍，进封建平郡公"。谢晦檄京邑书："虽以不武，忝荷蕃任。"大藩意谓：封疆大臣。

⑳宴安：同义复词，宴也是安的意思。

㉑方舟：两船相并。《尔雅·释水》："大夫方舟。"

㉒容裔：张衡《东京赋》载，"建辰旒之太常，纷焱悠以容裔。"注："悠，从风貌。容裔，高低之貌。"容裔是写船顺风款款而行的样子。

㉓勖（xù）：勉励。

# 劝农[1]

**题解**　由于皇帝司马昌明沉溺于酒色，以及司马道子、王国宝的奸佞，东晋王室、藩镇开始进入互相残杀的混乱时期。陶渊明于隆安三年（399）第二次入仕，更是目睹了这场阴谋多幕剧的争斗。元兴元年（402）由江陵返归上京里后，他顿感平静单纯；次年开春移往怀古田舍秉耒务农。封建官场与纯朴农村的鲜明对照，使他从散乱的感触上升到较为完整的理性认识。

陶渊明认为农业生产是世人赖以生存的根本，而从事农耕也能涤垢布新。首二章写悠悠的农耕历史，并结合了诸子中的农本思想；次四章用对照手法，自省与诘问不劳而获者。诗人也知道劝说是无效的，终于不免用孔丘、董仲舒的例子批评那些不劳又不德的人。结尾话只说了一半，虽若婉微，实寄愤慨。

**原文**

| | |
|---|---|
| 悠悠上古， | 遥远的上古， |
| 厥初生民[2]。 | 人类开始降生。 |
| 傲然自足， | 傲然自得，并无匮乏， |

| | |
|---|---|
| 抱朴含真[3]。 | 生活着，朴素而又真诚。 |
| 智巧既萌， | 后来萌发了智巧， |
| 资待靡因[4]。 | 供给和储备都感到艰辛。 |
| 谁其赡之[5]？ | 谁能来赡养众民？ |
| 实赖哲人[6]。 | 全靠那聪明的贤人。 |
| | |
| 哲人伊何？ | 聪明的贤人是谁？ |
| 时维后稷[7]。 | 就是那一位农圣后稷。 |
| 赡之伊何？ | 他怎样赡养人民？ |
| 实曰播植。 | 就是教人们将百谷种植。 |
| 舜既躬耕[8]， | 舜曾亲身参与耕种， |
| 禹亦稼穑[9]。 | 大禹也曾从事稼穑。 |
| 远若周典[10]， | 久远的书如《周书·洪范》， |
| 八政始食[11]。 | 记载的八政第一条便是民食。 |
| | |
| 熙熙令音[12]， | 生机盎然的春天之音， |
| 猗猗原陆[13]。 | 充满了美好的田原。 |
| 卉木繁荣[14]， | 花草树木繁荣茂盛， |
| 和风清穆。 | 和风清泠充盈山川。 |
| 纷纷士女[15]， | 众多的男男女女， |
| 趋时竞逐[16]； | 趁此时节追赶着踏青游玩； |

| | |
|---|---|
| 桑妇宵兴[17]， | 采桑的妇女起得绝早， |
| 农夫野宿。 | 管田的农夫干脆住在田间。 |
| | |
| 气节易过[18]， | 节令农时很快就会过去， |
| 和泽难久。 | 温暖润泽的日子也不会长久。 |
| 冀缺携俪[19]， | 春秋时冀缺和妻子一起种田， |
| 沮溺结耦[20]。 | 长沮桀溺共同耕作，一左一右。 |
| 相彼贤达， | 看看这些古代的贤士隐者， |
| 犹勤陇亩。 | 尚且在田垄之间奔走。 |
| 矧兹众庶[21]， | 何况我们芸芸众生， |
| 曳裾拱手[22]！ | 怎能宽衣博带、闲坐拱手！ |
| | |
| 民生在勤， | 人们生活着必须勤勉， |
| 勤则不匮[23]。 | 辛勤劳动才免遭艰难。 |
| 宴安自逸， | 贪图安逸享乐， |
| 岁暮奚冀？ | 年终岁暮将何以堪？ |
| 担石不储， | 粮食没有足够的储藏， |
| 饥寒交至。 | 终不免啼饥号寒。 |
| 顾尔俦列[24]， | 看看那些勤劳的伙伴， |
| 能不怀愧？ | 怎能不感到羞惭？ |

孔耽道德[25]，　　孔夫子专心道德，
樊须是鄙[26]；　　所以说樊须问农是鄙琐之言；
董乐琴书[27]，　　董仲舒爱好琴书，
田园不履[28]。　　整整三年足迹不到田园。
若能超然，　　假如能够超尘脱俗，
投迹高轨[29]，　　踏着他们的足迹成为圣贤，
敢不敛衽[30]，　　我当然不敢不恭恭敬敬，
敬赞德美。　　对其道德之美奉上赞言。

## 注释

①劝农：逯注："劝农，劝勉农民勤力耕种"，意谓劝勉对象仅限于农民，此注疑非。按本篇题旨，并参照《桃花源记》，"劝农"实是劝告世人重视农作，尽可能参加农耕，即使不能亲耕，也当按农本精神勉修道德。

②民：李本、曾本、焦本作人，陶本、逯本作民，从后者。

③抱朴：源于《老子》，"见素抱朴"。含真：可参《庄子·秋水》，"牛马四足，是谓天；落马首，穿牛鼻，是谓人。故曰，无以人灭天，无以故灭命，无以得殉名。谨守而勿失，是谓反其真。"（落，络也。得，欲望。殉，丧也。）

④资：财货之总称。待：等待，转义为储备。靡（mǐ）：无。因：由、来源。

⑤赡（shàn）：供给。

⑥哲人：贤智之人。《礼记·檀弓》载，孔子将病，歌："泰山其颓乎！梁木其坏乎！哲人其萎乎！"

⑦后稷（jì）：《尚书·舜典》载，"帝曰：弃！黎民阻饥，汝后稷，播时百谷。"后稷，幼名弃，相传为虞舜时的农官，教民耕种。

⑧舜既躬耕：躬，亲身。《史记·五帝本纪》："舜耕历山。"

⑨禹亦稼穑（sè）：稼，种田；穑，收割。《论语·宪问》："禹稷躬稼，而有天下。"

⑩周典：指《尚书》中的《周书》。

⑪八政始食：《周书·洪范》载，"八政：一曰食，二曰货，三曰祀，四曰司空，五曰司徒，六曰司寇，七曰宾，八曰师。"

⑫熙熙（xī）令音：多本注为描写人语声。《左传·襄公二十九年》：吴公子札聘于鲁，"为之歌《大雅》，曰：'广哉，熙熙乎！曲而有直体，其文王之德乎！'"又，潘岳《闲居赋》："于是凛秋暑退，熙春寒往"，或疑本句是写春天的德音（曾本、苏写本、和陶本将本句作"熙熙令德"）。熙熙：和乐貌。令：善、美、德。音：指自然界的音响，见《庄子·齐物论》："女（汝）闻人籁而未闻地籁，女闻地籁而未闻天籁夫。"

⑬猗猗（yī）：美盛貌。

⑭卉（huì）：草的总称。

⑮士女：多本注为田忙之男女。班固《西都赋》："于是既庶且

富，娱乐无疆。都人士女，殊异乎五方，游士拟于公侯，列肆侈于姬姜。”或疑士女系指贵族、官宦或有一定资财家庭之青壮年男女。

⑯趋时竞逐：多本注为及时耕作。或疑指富贵士女春天里的及时行乐。张衡《南都赋》：“于是暮春之禊，元巳之辰，方轨齐轸，祓于阳濒。朱帷连网，曜野映云。男女姣服，骆驿缤纷。”

⑰兴：李本、苏写本作征，陶本、逯本作兴，从后者。

⑱气：候也，指二十四气，俗称二十四节气，是我国祖先创造的太阳历历法。太阳视运动在黄道上行一周为一个回归年。一年三百六十度，行十五度为一气，春分在零度，惊蛰在三百四十五度，复归于春分三百六十度（又为零度）。节：古人以八气为主，也称之为八节，八气（节）为立春、春分、立夏、夏至、立秋、秋分、立冬、冬至。

⑲冀缺：即郤缺，春秋时晋国人。先因父罪而降为庶人。躬耕安贫，臼季荐于文公，用为下军大夫。后为卿，理国政。携俪：事见《左传·僖公三十三年》，“臼季使过冀，见冀缺耨。其妻馌之，敬，相待如宾。”

⑳沮（zǔ）溺结耦（ǒu）：长沮、桀溺，春秋时隐士。《论语·微子》：“长沮、桀溺耦而耕。孔子过之，使子路问津焉。”二耜（sì）为耦，二人各执一耜，前以牛牵引。

㉑矧（shěn）：何况。庶：民，引申为平常的人。

㉒曳（yè）：拖引。裾（jū）：或云大襟，或云衣之前后，此处可理解为长衣的下摆。

㉓匮（kuì）：缺乏。

㉔俦（chóu）：同类、同辈、相同身份的人。

㉕耽（dān）：沉浸。

㉖樊须是鄙：樊须即樊迟。《论语·子路》记载了孔子弟子樊迟请学稼圃的故事。孔子认为在上位者好礼、义、信，四方之民便归至，用不着具体地去搞农作。待樊迟出，孔子便讥讽他："小人哉，樊须也！"

㉗董：董仲舒，汉景帝时为博士，武帝时曾召对策。经学渊博，门生众多。以后历代都认为他是正绍孔学的一代宗师。著有《春秋繁露》等书。

㉘田园不履：出自《汉书·董仲舒传》，"下帷讲诵，弟子传以久次相授业，或莫见其面。盖三年不窥园，其精如此。"

㉙轨：车辙。

㉚敛：收、整。衽（rèn）：襟、袖。敛衽，整理一下襟袖，表示恭敬。

# 命子

**题解** 本诗约作于晋义熙二年（406），诗人四十二岁。本诗题名，《册府元龟》作《训子》。上对下言，使之遵行，谓之命，故命与训亦通。

这篇诗是写给十四岁的长子陶俨的，在他将步入“成童”时期，勉励他继承祖辈光荣家风，努力成才。前六章历述祖上功绩德泽，第七章是过渡段，既写目前之衰颓，又写往昔之得子。第八章写取名与字及期望，第九章写望子胜于己，第十章勉之成才，也是对儿子人生道路的总的指导。

关于前六章，不能单纯看作东晋门阀观念的反映。这里，陶渊明继承了我国诗歌中自尊自勉的传统写法，屈原于《离骚》开头即写：“帝高阳之苗裔兮，朕皇考曰伯庸。”陶渊明歌颂祖上用舍行藏都合乎道，颇为求实；又歌颂宗族的传统品德，并且期望儿子不辱没祖辈光荣风范，这些都具有积极的意义。

**原文**

| | |
|---|---|
| 悠悠我祖， | 我家遥远的先祖， |
| 爰自陶唐[①]。 | 兴起的时代早自帝尧陶唐。 |

| | |
|---|---|
| 邈焉虞宾[②]， | 丹朱在帝舜时失去帝位， |
| 历世重光。 | 经历几代，我族重又获得荣光。 |
| 御龙勤夏， | 曾称御龙氏为夏朝效力， |
| 豕韦翼商[③]。 | 又曾称豕韦氏辅佐商王。 |
| 穆穆司徒[④]， | 西周时陶叔担任了尊贵的司徒之职， |
| 厥族以昌。 | 他的宗族从此得以繁昌。 |

| | |
|---|---|
| 纷纷战国， | 纷纷争乱的战国， |
| 漠漠衰周[⑤]。 | 无声无息是衰败的姬周。 |
| 凤隐于林， | 像凤凰居住在树林里， |
| 幽人在丘。 | 陶氏也隐居在幽邃山丘。 |
| 逸虬绕云， | 那时代乱窜的虬龙蟠绕云上， |
| 奔鲸骇流[⑥]。 | 奋游的巨鲸激起骇浪奔流。 |
| 天集有汉[⑦]， | 上天的佳命缔造了汉代， |
| 眷余愍侯[⑧]。 | 好运还降给了始封的愍侯。 |

| | |
|---|---|
| 於赫愍侯[⑨]， | 光荣的愍侯， |
| 运当攀龙[⑩]。 | 命定当随汉高祖争雄。 |
| 抚剑风迈[⑪]， | 手提宝剑意气风发， |
| 显兹武功。 | 建立了显赫的武功。 |
| 书誓山河[⑫]， | 得到汉帝泽及子孙的盟誓， |

启土开封[13]。　又有勋爵土地赠封。
亹亹丞相[14]，　勤勉任职的丞相，
允迪前踪[15]。　确也跟上了前人的遗踪。

浑浑长源，　滔滔之水源远流长，
蔚蔚洪柯[16]。　茂盛的树木枝条茁壮。
群川载导，　众多的河流从源头引导，
众条载罗[17]。　罗列的枝条从主干生长。
时有语默[18]，　随时机或者显赫或者隐处，
运因隆窊[19]。　缘命运或者通达或者衰亡。
在我中晋[20]，　在我们东晋盛朝，
业融长沙[21]。　长沙公勋业浩荡。

桓桓长沙，　英武的长沙公，
伊勋伊德[22]。　功勋卓著，德行超群。
天子畴我[23]，　天子赐以爵土，永远世袭，
专征南国[24]。　专任征伐，驻节南荆。
功遂辞归[25]，　大功告成辞官归里，
临宠不忒[26]。　对待恩宠可谓楷模。
孰谓斯心，　谁说这样的心地，
而近可得？　近世还能得到遵循？

肃矣我祖[27]，　恭敬严肃是我的祖父，
慎终如始。　谨慎从事，有始有终。
直方二台[28]，　正直严明声名流播于朝廷内外，
惠和千里。　辖区的人民其乐融融。
於皇仁考[29]，　完美啊我的先父，
淡焉虚止。　淡于名利性情融通。
寄迹风云[30]，　寄托踪迹在风云之际，
冥兹愠喜[31]。　得失去就从不系于心中。

嗟余寡陋，　可叹我无德无才，
瞻望弗及。　远远赶不上我的祖先。
顾惭华鬓，　惭愧的是鬓发开始变白，
负影只立[32]。　没有兄弟形影孤单。
三千之罪[33]，　或说罪恶有三千种，
无后为急[34]。　无后之罪非同一般。
我诚念哉，　我确实为这件事担忧，
呱闻尔泣。　高兴地听到你啼哭喤喤。

卜云嘉日，　或占或卜，
占亦良时。　你的生日都是吉日良时。
名汝曰俨，　给你起的名字叫俨，

| | |
|---|---|
| 字汝求思[35]。 | 给你起的表字叫求思。 |
| 温恭朝夕， | 希望你早晚都能温和恭敬， |
| 念兹在兹。 | 时刻牢记，处处如此。 |
| 尚想孔伋[36]， | 希望你能成为肖孙， |
| 庶其企而[37]。 | 如同孔伋子思。 |
| | |
| 厉夜生子， | 癞病患者夜里生了儿子， |
| 遽而求火[38]。 | 赶快拿灯火来照视。 |
| 凡百有心[39]， | 人们都希望儿子胜过自己， |
| 奚特于我？ | 并非只有我才如此。 |
| 既见其生， | 既然看到儿子降生， |
| 实欲其可。 | 总希望他学有必至。 |
| 人亦有言， | 人们也都这样讲， |
| 斯情无假。 | 这种心情十分真实。 |
| | |
| 日居月诸[40]， | 太阳、月亮运行不停， |
| 渐免于孩[41]。 | 渐渐脱离了幼孩时代。 |
| 福不虚至， | 幸福不会侥幸降临， |
| 祸亦易来。 | 灾祸却很容易到来。 |
| 夙兴夜寐， | 起早睡晚，努力吧， |
| 愿尔斯才。 | 愿你成就为一个人才。 |

尔之不才，　　假如你竟然不才，
亦已焉哉！　　也只好哀叹："亦已焉哉！"

## 注释

①陶唐：指帝尧。尧初居陶丘（今山东定陶），后徙于唐（今河北唐县）称陶唐氏，史称唐尧。

②焉：李本、逯本作为，陶本作焉，从后者。虞宾：指虞舜时尧的后人。《书经·益稷》："虞宾在位，群后德让。"注："尧之后为宾于虞。"舜接尧禅位后，优敬尧的后人如上宾。

③御龙、豕（shǐ）韦：尧传到夏代商代的后人。《左传·襄公二十四年》："（范）宣子曰：昔匄之祖，自虞以上为陶唐氏。在夏为御龙氏。在商为豕韦氏。"

④穆穆：庄美可敬的样子。司徒：指西周时的陶叔。

⑤漠漠：荒凉寂寞。

⑥逸虬（qiú）绕云，奔鲸骇流：形容周末群雄激烈争战。逸：迅腾。虬：传说中有两角的龙。鲸：海中哺乳动物。裴渊《广州记》："鲸鲵长百尺，雄曰鲸，雌曰鲵。"

⑦集：成就，使……获得成功。《尚书·武成》："大统未集"，传："大业未就。"有：语首助词，无义。此用在专有名词前，如有汉、有唐、有宋等。

⑧眷（juàn）：钟爱关顾。愍（mǐn）侯：指陶舍。《史记·高祖功臣侯者年表》："以右司马汉王五年初从，以中尉击燕，

定代，侯。”卒谥愍，《年表》作“闵”。

⑨於（wū）赫：赞美叹词。

⑩攀龙：意谓从英主建立功业，自己亦得以逞志受禄。《后汉书·光武帝纪》：“耿纯进曰：‘天下士大夫，捐亲戚，弃土壤，从大王于矢石之间者，其计固望其攀龙鳞，附凤翼，以成其所志耳。’”

⑪风：李本、苏写本作夙，陶本、逯本作风，从后者。风指烈风，迎着烈风。

⑫书誓山河：《史记·高祖本纪》载，汉六年十二月，“乃论功，与诸列侯剖符行封”。《史记·高祖功臣侯者年表》：“封爵之誓曰：‘使河如带，泰山若厉（注：同砺，砥石也），国以永宁，爰及苗裔。’”

⑬启土开封：《史记·高祖功臣侯者年表》载，陶舍，封地在开封（属河南），称开封侯。

⑭亹亹（wěi）：勤勉不倦貌。丞相：指陶青，陶舍之子。《汉书·百官公卿表》：孝景二年八月，御史大夫陶青为丞相，七年六月免。

⑮允：公平适当。《后汉书·张衡传》：“百揆允当，庶绩咸熙。”迪：沿踏。《尚书·皋陶谟》：“允迪厥德。”

⑯蔚蔚：枝叶茂盛的样子。洪：大。柯：本谓树干旁生之粗枝，此处以柯代称树。

⑰载：句中助词。罗：布列。

⑱语默：代指出仕与隐逸，源出《易经·系辞》，“子曰：‘君子之道，或出或处，或默或语。’”

⑲窊（wā）：低洼。隆窊：高下，升降。隆窊同于隆污。“运因隆窊”本于《礼记·檀弓》：“道隆则从而隆，道污则从而污。”

⑳中晋：晋之中世，指晋室东迁以降。何焯：“汉季称东汉曰中汉，此中晋所本。”

㉑融：光明显著。长沙：指曾祖父陶侃，见《赠长沙公》注①。

㉒桓桓：威武的样子。伊勋伊德：《史记·高祖功臣侯者年表》载，“古者人臣功有五品，以德立宗庙、定社稷曰勋，以言曰劳，用力曰功，明其等曰伐，积日曰阅。”

㉓畴：等也，“畴封”的意思。按，汉律，子袭父爵，十减二。畴封，是给予优待，子袭父爵，可以不减等。

㉔专：主掌。南国：南方诸侯之国。汉晋时，州的最高长官相等于古之诸侯。据《晋书》本传载，陶侃曾破平湘州刺史杜弢、广州刺史王机、交州梁硕的叛乱，进号征南大将军、开府仪同三司。

㉕遂：成。辞归：《晋书》本传载，咸和七年，陶侃上表逊位。

㉖忒（tè）：差误。《易经·豫卦》：“四时不忒。”临宠不忒：《晋书》本传载，破新野平襄阳后，拜大将军，剑履上殿，入朝

不趋，赞拜不名。上表固让。本句指此。

㉗肃：严正。祖：祖父。《晋书·陶潜传》：“祖茂，武昌太守。”

㉘方：流传播远。孙星衍《尚书今古文注疏》：“方与旁通，《说文》云：‘溥也。’”二台：据《汉官仪》，御史台内掌兰台秘书，外督诸州刺史，故以御史台为内台，刺史治所为外台。

㉙皇：李本及诸本均作皇，汤本、逯本作穆，从李本及诸本。皇：美、正。考：据《礼记·曲礼》，父死曰考，母死曰妣。南宋邓名世《古今姓氏书辨证》云：渊明父名逸，曾任安城太守。此说存疑。

㉚风云：指隐逸山林。或说比喻仕途。

㉛冥：李本、曾本、苏写本作寘，陶本、逯本作冥，从后者。冥的原意为暗，引申为毫不介意。愠（yùn）：恼怒、怨恨。典出《论语·公冶长》：“令尹子文三仕为令尹，无喜色；三已之，无愠色。”

㉜负影只立：渊明只有一位同父异母的妹妹，小三岁，时已出嫁。

㉝三千之罪：《孝经》载，“五刑之属三千，而罪莫大于不孝。”三千之罪即出于前句，意思是：犯五刑罪的有三千种。

㉞无后：无子。《孟子·离娄》：“孟子曰：不孝有三，无后为大。”赵氏曰：“于礼有不孝者三事……不娶无子，绝先祖祀，三也。三者之中，无后为大。”

㉟俨（yǎn）：敬、庄重。古人的名与字多取相近的意义。渊明长子的名与字取义于《礼记·曲礼》:“毋不敬，俨若思。”

㊱孔伋（jí）：字子思，孔子之孙。相传子思忠实地继承了孔子儒学。孟子曾受业于子思（一说受业于子思之门人）。

㊲庶：希冀。企：踮起脚跟而望。这里是省略语，实际是“企而及之”的意思。

㊳厉：癞。本句源出《庄子·天地》:“厉之人，夜半生其子，遽取火而视之，汲汲然唯恐其似己也。”

㊴凡百:《诗经·小雅·雨无正》载,“凡百君子，各敬尔身。”凡百是“凡百君子”的简语。

㊵日居月诸：意思是一天天地过去。《诗经·邶风·日月》:“日居月诸，照临下土。”此处引用《诗经》原句，原句中“居”“诸”为语助词。

㊶渐免于孩，逯注:“孩，未及成童的幼年时期”。《礼记·曲礼》:“人生十年曰幼，学。”《礼记·内则》:“十有三年，学乐，诵诗，舞勺；成童，舞象，学射御。”注:“成童，十五以上。”据渊明《怨诗楚调示庞主簿邓治中》所用表龄词语均照《礼记》标准，十分明确，故亦当依《礼记》所载及注。男子十五岁以下为幼，为孩；十五岁以上为童，二十而冠。依此，本诗约作于诗人四十二岁，诗中云:“顾惭华鬓”，也就说得通。

# 归鸟

**题解** 这首诗约作于彭泽归田之后，约四十二岁，是与《归园田居》诗同时期的作品。

前人认为本诗“以比体为赋体”（明黄文焕《陶诗析义》、清马墣《陶诗本义》等），就是说，它运用了《诗经》中的“比”的传统写法，以鸟喻己，赋事也用比喻体现出来。

首章重点落于“八表”，畅写高洁而自由的心志；次章重点在云林，依然是极写性爱自然；三章落于归栖，反映出原来并不思登“天”之路；末章重点在寒条、森标，虽然清寒，但悦安无危。末尾用嘲弄的口吻进行反诘，反映了诗人确实不是一味地“静穆”。

**原文**

| | |
|---|---|
| 翼翼归鸟[①]， | 自在飞翔的归鸟， |
| 晨去于林。 | 早晨离开了栖息的树林。 |
| 远之八表， | 远处去了天涯尽头， |
| 近憩云岑[②]。 | 近处休憩在高高的山岭。 |
| 和风不洽， | 春风吹来多么舒畅， |
| 翻翮求心[③]。 | 回转翅膀追赶自己的归心。 |

| | |
|---|---|
| 顾俦相鸣， | 听到伙伴们互相和鸣， |
| 景庇清阴[4]。 | 遮蔽身影的是林木的清阴。 |
| | |
| 翼翼归鸟， | 自在飞翔的归鸟， |
| 载翔载飞。 | 一会儿回翔，一会儿奋飞。 |
| 虽不怀游[5]， | 虽然向往到处遨游， |
| 见林情依。 | 见到栖息的树林却不免依依。 |
| 遇云颉颃[6]， | 遇到浮云阻碍，飞上又飞下， |
| 相鸣而归。 | 相互鸣叫着从远处来归。 |
| 遐路诚悠， | 青云之路诚然让人向往， |
| 性爱无遗。 | 情之所钟更不应相违。 |
| | |
| 翼翼归鸟， | 自在飞翔的归鸟， |
| 驯林徘徊[7]。 | 循着树林徘徊。 |
| 岂思天路[8]， | 怎不想到那登天之路， |
| 欣反旧栖。 | 多么欣喜又得归来。 |
| 虽无昔侣， | 昔日的友朋早已星散， |
| 众声每谐。 | 众鸟的鸣声依旧和谐。 |
| 日夕气清， | 早晚空气清新爽朗， |
| 悠然其怀。 | 恬淡悠远是我的胸怀。 |

翼翼归鸟，　　自在飞翔的归鸟，
戢羽寒条[9]。　敛起翅膀站在寒冷的树梢。
游不旷林[10]，　遨游在那旷远的树林，
宿则森标[11]。　住宿总在最高的枝条。
晨风清兴，　　晨风清冷地吹起，
好音时交。　　动听的鸣声互慰寂寥。
矰缴奚施[12]？　箭镞又向何处施放？
已卷安劳[13]？　我已退隐林中，何用射者操劳？

## 注释

①翼翼：翱翔闲适貌。

②憩（qì）：休息。岑（cén）：山峰。

③翮（hé）：鸟翎的茎，代指鸟翅。

④景：同“影”，身影，指归鸟。

⑤不：通“丕”，大。《诗经·大雅·文王》：“有周不显。”

⑥颉颃（xiéháng）：上下翻飞。《诗经·邶风·燕燕》：“燕燕于飞，颉之颃之。”传：“飞而上曰颉，飞而下曰颃。”

⑦驯：逯校：“案原字当作循，音讹为驯，……《南史·刘雱传》，‘常有双白鹤循翔庐侧’。《梁书》循作驯。”此说是。按，驯，顺也，顺者，循也，驯、循相通，故也可看作通假字。

⑧天路：暗喻通过仕途向上腾达。

⑨戢（jí）：收敛。

⑩不：乃。旷：空阔远深。

⑪标：高树梢。

⑫矰（zēng）：射鸟用的短箭。缴（zhuó）：系箭的丝绳。

⑬卷：同“捲”，收、藏。《论语·卫灵公》：“邦有道，则仕；邦无道，则可卷而怀之。”

# 卷之二　五言诗

# 形影神[1]（并序）

**题解**　这三首是哲理性组诗，约作于晋义熙九年（413），诗人四十九岁。

名僧慧远在庐山主持东林寺，写《形尽神不灭论》《万佛影铭》，宣扬净土宗教义。由这件事的触动，陶渊明阐发了自己的观点。东晋末年，佛、道、玄思想泛滥。净土宗宣扬神不灭，信佛可以通过轮回获得来生的幸福；五斗米道（道教的一大派）宣扬符箓炼丹，升仙永生；玄学由无为的自然观趋于放诞，达官贵族则追求奢侈享乐。还有名教的流毒，鼓励士人沽名钓誉。这套组诗针对以上种种，既反对了宗教迷信，又批评了其他妨害正常生命的谬误观点。

**原文**　贵贱贤愚，莫不营营以惜生[2]，斯甚惑焉。故极陈形影之苦，言神辨自然以释之。好事君子，共取其心焉。

**译文**　无论高贵、低贱、贤智、愚鲁的人，没有不是为着爱惜自己的生命而忙忙碌碌的。这其实十分糊涂。所以我极意陈述“形”“影”的苦恼，而由“神”辨析自然之理来加以开释。希望喜欢探讨这类事情的君子，都能了解其中任自然的用意。

### 形赠影

天地长不没，　天地是永久的存在，
山川无改时。　山川也没有太多的更改。
草木得常理，　草木依着自然的规律，
霜露荣悴之[③]。　经霜经露，有时繁荣有时凋谢。
谓人最灵智，　说是人最具灵性，最具智慧，
独复不如兹。　却不能像草木荣枯相更代。
适见在世中，　刚刚看见他还活在世间，
奄去靡归期[④]。　转眼逝去，再没有可能归来。
奚觉无一人，　谁会总想着少了一个人，
亲识岂相思[⑤]。　只有亲友还时常将他追怀。
但馀平生物，　他留下的常用物品，
举目情凄洏[⑥]。　偶尔看到又让人流泪悲哀。
我无腾化术[⑦]，　我没有飞升成仙的方术，
必尔不复疑。　必然死灭，不用疑猜。
愿君取吾言，　愿你听取我的这些话，
得酒莫苟辞。　得酒便喝，不要随便推开。

**注释** ①形：指人的形体。影：人形体的影子。神：人的神魂。

②营营：全力谋求与从事。惜生：对自己的生命爱之甚，以至于吝。

③悴（cuì）：黄瘦，代指枯萎。

④奄（yǎn）：忽然。

⑤岂：此处同“其”，为正面叙述的语助词。《汉书·丙吉传》：“岂宜褒显，先使入侍。”王念孙曰：“岂犹其也；言有美材如此，其宜褒显也。”

⑥洏（ér）：泪流貌。

⑦腾：上升。化：指化鹤、羽化，化为神仙。

**原文** **影答形**

存生不可言[①]， 长生不老本来就不可靠，
卫生每苦拙。 养生之术也总是心劳力竭。
诚愿游昆华[②]， 真希望登昆仑、攀华山学成神仙，
邈然兹道绝。 虚无飘渺，这条道久已断绝。
与子相遇来， 自从我这影子与你形体相遇，
未尝异悲悦。 从来没有过不同的悲哀与欢悦。
憩荫若暂乖， 休憩在树荫下像是暂时分手，
止日终不别[③]。 回到阳光下，我们终究没有离别。
此同既难常， 同时共处本来难以长久，

黯尔俱时灭。　伤心处我们将同时消灭。
身没名亦尽④，　形体消灭，名声也不再存留，
念之五情热⑤。　想到这些，五情燃烧猛烈。
立善有遗爱⑥，　善良行为留下久远的纪念，
胡为不自竭！　怎能不勤实践，加倍努力！
酒云能消忧，　说是饮酒能够消忧，
方此讵不劣⑦。　比起做善事岂不拙劣。

**注释**

①存生：存，在也，使生命永在世间。《庄子·达生》："世之人以为养形足以存生，而养形果不足以存生，则世奚足为哉！"

②昆华：昆仑山与华山。传说中昆仑为西王母所居，众仙所在，华山为得道升仙之处。

③止日：逗停于日下。

④名：名声。此处应为"影"，作者连带议及名，因为名也像人的影子一样。

⑤五情：喜、怒、哀、乐、怨。

⑥立善：立善为立德、立功、立言的总括之词。《左传·襄公二十四年》："太上有立德，其次有立功，其次有立言，虽久不废，此之谓不朽。"

⑦方：与……比较。讵（jù）：岂、怎。

## 原文　神释[1]

| | |
|---|---|
| 大钧无私力[2]， | 天地陶冶无所偏向， |
| 万物自森著[3]。 | 万物自在，同存共处。 |
| 人为三才中[4]， | 人能够成为三才之一， |
| 岂不以我故？ | 岂不是因为有我“精神”的缘故？ |
| 与君虽异物， | 虽然与你们形影不是一回事， |
| 生而相依附。 | 但与生而来便互相依附。 |
| 结托既喜同， | 互相托付，善恶也不两样， |
| 安得不相语？ | 怎么能不将我的意见陈诉？ |
| 三皇大圣人[5]， | 古代三皇都是大圣人， |
| 今复在何处？ | 现如今又在何处？ |
| 彭祖受永年[6]， | 彭祖享有最长年寿， |
| 欲留不得住。 | 但终于还是不得在世上留住。 |
| 老少同一死， | 老老少少都难免一死， |
| 贤愚无复数[7]。 | 贤智愚鲁也就不必细数。 |
| 日醉或能忘， | 天天醉酒也许能够忘怀， |
| 将非促龄具[8]？ | 但酒岂不是促使短命的事物？ |
| 立善常所欣， | 善行固然能带来欣慰， |
| 谁当为汝誉[9]？ | 谁又会长久将你称述？ |
| 甚念伤吾生， | 多思虑会斫伤我们的生命， |
| 正宜委运去[10]。 | 最好是听从命运的摆布。 |

| | |
|---|---|
| 纵浪大化中[11]， | 随着大化播迁运转， |
| 不喜亦不惧。 | 没有狂喜，也没有畏缩。 |
| 应尽便须尽， | 该结束时便结束， |
| 无复独多虑。 | 用不着独自个儿劳神愁苦！ |

**注释**

①释：说明，消除分歧。

②大钧：钧，制作陶器所用的转轮；大钧，指不断运转的天地造化。张华《答何劭诗》："洪钧陶万类，大块禀群生。"善注："洪钧，大钧，谓天也。"翰注："洪钧，造化也。"私：单独赐利于某物。《仪礼·燕礼》："寡君，君之私也。"注："独爱恩厚也。"

③物：李本、焦本和陶本作理。曾本同，又注，一作物。逯本作物，从之。森：繁多。著：立。《礼记·乐记》："故先王著其教焉。"

④三才：谓天、地、人，陈梦雷《周易浅述》载，"才者，能也；天能覆，地能载，人能参天地。"

⑤三皇：伏羲、神农、黄帝。说法较多，此依《史记集解》，"孔安国《尚书·序》，皇甫谧《帝王世纪》，孙氏注《世本》，并以伏羲、神农、黄帝为三皇。"大圣人：道德、品格、能力超拔卓绝者。

⑥受：李本和陶本作寿，曾本同，又注，一作爱。逯本作爱，

然校云：爱应作受。音讹成寿，形讹成爱。此说甚是，刊定为受。彭祖：古代传说中的长寿者。姓篯（jiān），名铿（kēng），尧臣，封于大彭。《神仙传》说他历夏经殷至周，年七百六十七岁而不衰。《世本》说他活了八百岁。受永年：屈原《天问》载，“受寿永多，夫何久长?”王逸注：“彭祖至八百岁，犹自悔不寿，恨枕高而唾远也。”

⑦复：再。数（shǔ）：指点评说。

⑧将：岂，疑问句句首助词。促：迫。具：器。此处指酒。

⑨当（dāng）：任。“谁当”就是“谁任以……”，或“任谁”。

⑩运：转。作名词。本于“运钧”，言大自然似运钧转动永无止息。

⑪大化：天地间四时、阴阳、生死等一切自然变化。

# 九日闲居（并序）

**题解** 本诗约作于元熙元年（419）九月，渊明五十五岁。

上年，曾征其为著作佐郎，不就。这段时间诗人生活很拮据，常至“酒米乏绝”。《宋书·陶潜传》记载：“尝九月九日无酒，出宅边菊丛中坐，久，值弘（王弘）送酒至，即便就酌，醉而后归。”这首诗便记述了重阳节这一天赏菊而无酒的心绪。

诗有汉《古诗》诗风的遗绪。开首，写出了自然给人间带来的温馨，接着写了重九日的美好气候与物候。下面点出酒与菊，有菊而无酒，依然是以诗赋深情。诗人的安贫与高雅恰到好处。“空视时运倾”“淹留岂无成”，反映了诗人的心境并不完全平静。

**原文** 余闲居，爱重九之名①。秋菊盈园，而持醪靡由②，空服九华③，寄怀于言。

**译文** 我闲居无事，颇喜重九这一节名。秋菊满园，想喝酒却没有酒喝，独自个空对着菊丛，因写下这首诗以寄托怀抱。

| | |
|---|---|
| 世短意常多[4]， | 人生短促，忧思往往很多， |
| 斯人乐久生。 | 可人们还是盼望成为寿星。 |
| 日月依辰至[5]， | 日月依着季节来到， |
| 举俗爱其名[6]。 | 民间都喜欢重阳这好听的节名。 |
| 露凄暄风息， | 露水出现了，暖风已经停息。 |
| 气澈天象明。 | 空气澄澈，日月星辰分外光明。 |
| 往燕无遗影， | 飞去的燕子已不见踪影， |
| 来雁有馀声。 | 飞来的大雁萦绕着馀音。 |
| 酒能祛百虑[7]， | 只有酒能驱除种种忧虑， |
| 菊解制颓龄[8]。 | 只有菊才懂得益寿延龄。 |
| 如何蓬庐士， | 茅草屋里的贫士， |
| 空视时运倾[9]！ | 徒然看着时运的变更！ |
| 尘爵耻虚罍[10]， | 酒杯积灰，酒罇也感到羞耻； |
| 寒华徒自荣。 | 寒菊空自开放，也让人难以为情。 |
| 敛襟独闲谣[11]， | 整整衣襟，独自个悠然歌咏， |
| 缅焉起深情[12]。 | 深思遐想勾起了一片深情。 |
| 栖迟固多娱[13]， | 盘桓休憩本有很多欢乐， |
| 淹留岂无成[14]？ | 隐居乡里难道就一事无成？ |

**注释**　①爱重九之名：重九指农历九月九日。古人认为九属阳之数，

故重九又称重阳。这一天为重阳节。九是“久”的同音，又是单数的最高数——满数，重九具有长久、圆满之意，所以说爱重九之名。

②靡由：无来由，此谓储酒器皿里倒不出酒来了。

③服：用，这里转为欣赏之意。九华：“华”同“花”，重九的菊花。

④世短意常多：此句用意出于《古诗十九首》之十五：“生年不满百，常怀千岁忧。”

⑤日月依辰至：《左传·昭公七年》载，“公曰：‘多语寡人辰，而莫同，何谓辰？’对曰：‘日月之会是谓辰，故以配日。’”

⑥举俗爱其名：逯本引汤注，“魏文帝书云：九为阳数，而日月并应，俗嘉其名，以为宜于长久。”

⑦祛（qū）：除去。

⑧解：李本、曾本、苏写本、逯本均作为。焦本作解，注，宋本作解，一作为，非。从焦本。按，酒、菊两句相对，解与能相对，菊句为拟人化的写法，解：原意为晓悟、懂得，转为可以的意思。制：止，约束、节制。颓（tuí）：坠、坏。《礼记·檀弓》：“泰山其颓乎？”颓龄：衰年。本句多本注为饮菊，不如释为赏菊为佳。

⑨倾：仄、斜，引申为转迁的意思。

⑩爵：饮酒器。罍（léi）：酒樽，储酒器。《诗经·小雅·蓼

莪》:“瓶之罄矣，维罍之耻。”

⑪谣：唱有曲调为歌，唱无曲调为谣。《诗经·魏风·园有桃》:“心之忧矣，我歌且谣。”

⑫缅：思远。

⑬栖迟：栖，宿也；迟，缓也。栖迟为隐居而游息的意思。

⑭淹：久。宋玉《九辩》:“时亹亹而过中兮，蹇淹留而无成。”（亹亹wěi，行貌。）

# 归园田居（五首）

**题解** 义熙二年（406），渊明四十二岁，是他辞去彭泽令返里的第二年。诗人从上京里移居园田居（怀古田舍），决心躬耕自给。《归园田居》组诗便是他躬耕以后写下的作品。

组诗首篇总写归耕之乐，次篇写交往淳朴，中篇写耕种实感，第四篇写探访遗迹，末篇写耕余之欢。这些都是非亲身参加农耕而不能写出的，因而组诗成为古代田园诗中的最佳篇章。关于第四篇，可与末篇对照看，体现了渊明死归自然、生当欢度的豁达襟怀。在艺术特点上，也集中体现了诗人朴、真、淡、旷的风格。

本诗对后代影响深远。清方东树《昭昧詹言》云：“此五诗衣被后来，各大家无不受其孕育者，当与《三百篇》同为经，岂徒诗人云尔哉！”

**原文** （一）

| | |
|---|---|
| 少无适俗韵①， | 少年时便缺少适应世俗的气质， |
| 性本爱丘山。 | 天性本来就喜爱丘壑山峦。 |
| 误落尘网中②， | 不料想落入了尘网之中， |

| | |
|---|---|
| 一去三十年③。 | 这一去就流逝了十多年时间。 |
| 羁鸟恋旧林， | 被羁绊的鸟儿怀念往日的丛林， |
| 池鱼思故渊。 | 养在池里的鱼儿总想着旧时的渊潭。 |
| 开荒南野际， | 到南面的田野去开荒吧， |
| 守拙归园田。 | 自知不懂机巧，所以返归田园。 |
| 方宅十馀亩④， | 有那十来亩宅基地， |
| 草屋八九间。 | 盖着茅草屋八九间。 |
| 榆柳荫后檐， | 榆树柳树覆盖着房屋后檐， |
| 桃李罗堂前。 | 桃树李树排列在堂前。 |
| 暧暧远人村⑤， | 隐隐绰绰的邻村隔得很远， |
| 依依墟里烟⑥。 | 依稀可辨那升起的炊烟。 |
| 狗吠深巷中， | 狗吠声从深巷里传出， |
| 鸡鸣桑树颠。 | 鸡啼鸣在桑树之颠。 |
| 户庭无尘杂， | 门户庭院整洁幽雅， |
| 虚室有馀闲⑦。 | 心地空明分外安闲。 |
| 久在樊笼里⑧， | 长久被关在笼中的鸟儿， |
| 复得返自然。 | 畅意舒情，复返自然。 |

**注释**

①韵：气韵的韵，指气质、性格。

②尘网：尘世之网，即名利之网，指官场。

③三十年：太元十八年（393），渊明初仕，为江州祭酒，至

义熙元年（405），恰为十三年，故知此处是三又十年之意（习惯说法是十又三年）。声韵之学自魏晋渐兴，推测诗人意感“一去十三年”音调嫌平，故将十三年改成倒文。

④方宅：宅地方圆。习惯上将住宅地基与周围的园地一起计算。

⑤暧暧（ài）：不明貌。

⑥墟：居地。墟里：村落。

⑦虚室：虚，无也，除床、椅外，一无所有。指陈设极少的居室。此处用《庄子·人间世》“虚室生白”一语，取其兼意，指心室纯净。

⑧樊：藩篱。樊笼：关鸟兽的笼子，此处喻官场。

## 原文 （二）

| | |
|---|---|
| 野外罕人事， | 野外少有交际应酬的俗事， |
| 穷巷寡轮鞅①。 | 偏僻的村巷里也难见车马来往。 |
| 白日掩荆扉②， | 白天也关掩着柴门， |
| 虚室绝尘想③。 | 空明的心地不容尘念俗想。 |
| 时复墟曲中④， | 在偏静的弯弯小路上， |
| 披草共来往⑤。 | 邻人拨开草丛互相探望。 |
| 相见无杂言， | 见了面从不谈世俗之事， |
| 但道桑麻长。 | 无非是议论桑麻的生长。 |

| | |
|---|---|
| 桑麻日已长， | 桑麻一天天长高， |
| 我土日已广[⑥]。 | 我的耕地也日渐拓广。 |
| 常恐霜霰至[⑦]， | 时常担心的只是冰霜忽然降临， |
| 零落同草莽[⑧]。 | 庄稼凋萎，将同野草一样。 |

## 注释

①鞅（yāng）：驾车时套在马颈上的皮带。轮鞅代指车马。

②荆扉：用灌木枝条编成的外户门扇。

③虚室：李本及诸本均作虚室，逯本作对酒。按，"对酒"与本首整篇内容不合，"虚室"文义较胜，从李本及诸本。

④墟曲中：李本及诸本均作墟曲中，逯本作墟里人，从李本及诸本。曲：曲折偏僻的地方。

⑤披：分拨开。

⑥土：田地，指原来的耕地以及新开垦的耕地。

⑦霰（xiàn）：小雪珠。

⑧莽：密生的草。

## 原文

（三）

| | |
|---|---|
| 种豆南山下， | 在南山下种豆， |
| 草盛豆苗稀。 | 杂草旺盛，豆苗稀衰。 |
| 晨兴理荒秽， | 早晨起来便去铲除荒草， |
| 带月荷锄归[①]。 | 披着月光才扛锄归来。 |

道狭草木长，　　窄窄的田埂上草木盛长，
夕露沾我衣。　　夜晚的露珠沾湿了我的巾带。
衣沾不足惜，　　衣服沾湿了倒不值得惋惜，
但使愿无违。　　但求没有违背我归隐的胸怀。

**注释**

①带月："带"同"戴"，戴月，"月光下"的意思。

**原文**

**（四）**

久去山泽游[①]，　　很久很久离开了山间泽畔，
浪莽林野娱[②]。　　广大的林野真值得游览一番。
试携子侄辈[③]，　　偶然携带着子侄辈，
披榛步荒墟[④]。　　拨开荆棘行走在废墟之间。
徘徊丘垄间[⑤]，　　在荒野墓地漫步徘徊，
依依昔人居[⑥]。　　隐约可辨这里曾有人烟。
井灶有遗处，　　还留着井灶的痕迹，
桑竹残朽株。　　残朽的桑竹也随处可见。
借问采薪者，　　向砍柴的人询问，
此人皆焉如[⑦]？　　原先的居民向何处搬迁？
薪者向我言：　　樵夫告诉我：
死没无复馀。　　这几家已死殁无传。
一世异朝市[⑧]，　　三十年朝市都会迁改，

此语真不虚。　　这句话真不是虚言。
人生似幻化，　　人生本来变化无常，
终当归空无[9]。　　最后终归于空虚无边。

**注释**

①去：离开。

②浪莽：联绵词，广大貌。

③试：这里作副词用，初也，偶也，转义为“偶尔有一次”。

④榛（zhēn）：榛莽之榛，泛指丛生的杂草荆棘。

⑤丘垄：坟墓。

⑥依依：隐约可辨的样子。

⑦焉：何。如：往。

⑧一世：三十年为一世。异朝市：市朝变迁。

⑨幻化、空无：佛教大乘教派的教义是空，东晋佛教的六家七宗有本无宗、本无异宗、幻化宗、心无宗等，诗中四字是借用，按原字义解释，不含宗教色彩。

**原文**

（五）

怅恨独策还[1]，　　满怀惆怅独自扶杖归来，
崎岖历榛曲。　　沿着不平的山路，经过榛棘丛丛。
山涧清且浅，　　山间的溪水清而且浅，
遇以濯吾足[2]。　　浸濯双脚且自从容。

| | |
|---|---|
| 漉我新熟酒[③]， | 我滤出新酿熟的美酒， |
| 只鸡招近局[④]。 | 宰一只鸡，招呼乡亲友朋。 |
| 日入室中暗， | 太阳落山，室内昏暗， |
| 荆薪代明烛。 | 代替明烛，荆柴也发出光烟炯炯。 |
| 欢来苦夕短， | 欢乐时只愁夜晚太短， |
| 已复至天旭。 | 不知不觉东方已露出浅红。 |

**注释**

①策：策杖，拄杖。

②遇：焦本作“可”。

③漉（lù）：过滤，指滤掉酒糟。

④招近局：招近邻而成局。多人聚合欢饮称局。一说：局，曲也，近局指近邻。

# 游斜川（并序）

**题解**　游斜川的年份，序中题明辛丑，这年是隆安五年（401），陶渊明三十七岁。斜川是地名，在今江西省星子县，庐山东南。（此诗逯本系于五十岁，他本更迟。详见本书《年谱》隆安五年注①。）

山川文学也不会是纯自然的描写，它往往是情有所钟，志有所托。斜川风物闲美，正应和着诗人淳朴高洁的胸怀；而曾城的独秀中皋，长流的鲂驰鸥矫，又隐隐透出渊明的豪迈风骨。诗中关于人生的吟咏，体现了渊明任化迁的态度，不耿耿于生死得失，而是纵情于自然之愉悦。

本篇序及诗，与王羲之的《兰亭集序》同属游赏诗文中的名篇，产生了深远的影响。

**原文**　辛丑正月五日①，天气澄和，风物闲美。与二三邻曲②，同游斜川。临长流，望曾城③。鲂鲤跃鳞于将夕，水鸥乘和以翻飞④。彼南阜者⑤，名实旧矣⑥，不复乃为嗟叹；若夫曾城，傍无依接，独秀中皋⑦，遥想灵山⑧，有爱嘉名⑨。欣对不足⑩，率尔赋诗⑪。悲

**日月之遂往[12]，悼吾年之不留[13]。各疏年纪、乡里[14]，以记其时日[15]。**

**译文** 辛丑年，正月初五日，天气清澄和煦，风景优美。和几位邻居，同到斜川游玩。在长川之滨，眺望曾城山（鄣山）。傍晚时分，鲂鲤跳出水面，鳞片在斜阳中闪耀；水鸥乘着和风上下翻飞。那南面的庐山，久有名声，不必再对它叹美了。至于曾城，周边都无依靠连接，独立挺秀于皋野之上。联想起神话中昆仑山上的层城山，更爱它佳妙的名称了。愉快地观赏还觉不够，于是，即兴作起诗来。悲叹日月流逝，伤悼我们的年岁不肯停留。每人写上自己的年龄籍贯，并记载游玩的时日。

| | |
|---|---|
| **开岁倏五日[16]，** | 新年开始，一瞬间已过五日， |
| **吾生行归休[17]。** | 一生如过客，忽忽终将归休。 |
| **念之动中怀，** | 想到这儿心怀不免震动， |
| **及辰为兹游[18]。** | 乘着这良辰且去春游。 |
| **气和天惟澄，** | 天气晴和，天空澄清， |
| **班坐依远流[19]。** | 大家依长幼围坐，依傍着溪水长流。 |
| **弱湍驰文鲂[20]，** | 平静流淌的溪水中，鲂鱼在游动， |

| | |
|---|---|
| 闲谷矫鸣鸥[21]。 | 幽静的山谷中高飞起鸣叫的沙鸥。 |
| 迥泽散游目[22]， | 浩荡的湖水荡开了远眺的目光， |
| 缅然睇曾丘[23]。 | 无限留恋地凝视着那高耸的曾丘。 |
| 虽微九重秀[24]， | 虽然还不及昆仑九重那么神秀， |
| 顾瞻无匹俦。 | 眼光所及已经是无与比俦。 |
| 提壶接宾侣[25]， | 提起酒壶在宾朋间传递， |
| 引满更献酬[26]。 | 斟满了酒又互相劝酬。 |
| 未知从今去， | 不知道从今以往， |
| 当复如此不[27]？ | 能不能欢乐依旧？ |
| 中觞纵遥情[28]， | 半醉时放开高远的胸怀， |
| 忘彼千载忧[29]。 | 忘掉那人生的永恒之忧。 |
| 且极今朝乐， | 暂且痛享今朝的欢乐， |
| 明日非所求。 | 明天如何又何必强求。 |

**注释**

①辛丑：李本及诸本均作丑，逯本作酉。从李本及诸本。

②邻曲：乡邻，邻人。

③曾城："曾"同"层"，山名。一名江南岭，又名天子鄣，位于庐山之北。

④和：和风。

⑤南阜：阜，大山；南阜指庐山。

⑥旧：新之对，转意为熟。

⑦傍无依接，独秀中皋：逯本引晋庐山诸道人《游石门诗序》，“（鄣山）基连大岭，体绝众阜。此虽庐山之一隅，实斯地之奇观。”皋：水边高地。

⑧灵山：指昆仑山。神话传说中，昆仑为西王母及诸神仙所居，故曰灵山。

⑨嘉名：“嘉”同“佳”。《水经注》：“昆仑之山三级：下曰樊桐，一名板桐；二曰玄圃，一名阆风；上曰层城，一名天庭，是为太帝之居。”斜川之曾（层）城与昆仑之层城同名，故曰嘉名。

⑩对：对山对景之对，赏观也。

⑪率：轻遽，此处意为即兴。尔：助词。

⑫遂：进，连贯不断。《礼记·祭仪》：“及祭之后，陶陶遂遂。”注：“相随行之貌。”

⑬悼：伤，惜。

⑭疏：分条记述。

⑮以：连词。《尚书·金縢》：“天大雷电以风。”

⑯倏：忽然。五日：李本作日，曾本、焦本、逯本作十。“五日”与序之“正月五日”相同，如作“五十”，则岁在甲寅，与序之“辛丑”相悖，故从李本。

⑰行归休：终将归于休止。永和九年，王羲之三十三岁时作《兰亭集序》，亦云：“修短随化，终期于尽。”此与羲之同。

⑱辰：通晨。《诗经·齐风·东方未明》："不能辰夜。"

⑲班：按次序排列，此处是依长幼而先后。

⑳弱：水势转缓。湍（tuān）：急流之水。文：美。鲂（fáng）：即鳊鱼。一说似鳊鱼。

㉑矫：健飞。

㉒迥（jiǒng）：远。泽：水积聚处。

㉓缅：思深时久。睇（dì）：凝视。

㉔微：逊于。九重：指昆仑山的层城。

㉕接：相递接。

㉖引：斟酒。更：更替，轮番。

㉗不（fǒu）：同"否"。

㉘中觞（shāng）：酒半，呈半醒半醉状态。

㉙千载忧：指生死之忧。汉代《古诗十九首》之十五："生年不满百，常怀千岁忧。"

# 示周续之祖企谢景夷三郎①

## （时三人比讲礼校书）②

**题解** 本诗写于义熙十二年（416），陶渊明五十二岁。

本年八月，刘裕北征后秦，世子义符留守建康，延请周续之馆于安乐寺讲《礼》月余，复归庐山。“（江州）刺史檀韶苦请续之出州，与学士祖企、谢景夷三人，共在城北讲《礼》，加以仇校。所住公廨，近于马队。是故渊明示其诗。”（见萧统《陶渊明传》）又据《宋书·檀韶》云：韶“贪横，所莅无绩”。

“道丧向千载，今朝复斯闻”，这本是极使人高兴的事；但是请几个饱学之士在马队旁边校书讲《礼》，而马队是武事的畜力所在，这就非常不协调，且多少具有滑稽的味道了。诗人对周、祖、谢三位本人还是很友善的。诗中扬抑交替，最后善意相招，显示了渊明继承了传统的婉讽特色。

**原文**

| | |
|---|---|
| 负痾颓檐下③， | 抱病在破屋檐下坐卧， |
| 终日无一欣。 | 终日没有片刻欢颜。 |
| 药石有时闲④， | 有时药石暂停不用， |
| 念我意中人。 | 禁不住要将朋友思念。 |

相去不寻常⑤，　　相隔不近，但也不算很远，
道路邈何因？　　却为何感到长路漫漫？
周生述孔业，　　周生讲述孔子的儒道，
祖谢响然臻⑥。　　祖、谢立即响应至其身边。
道丧向千载⑦，　　儒道沦丧将近千年，
今朝复斯闻⑧。　　今天才重新听到，何等喜欢。
马队非讲肆⑨，　　可惜马队旁不是讲经的场所，
校书亦已勤⑩。　　勤勉校书也是徒然。
老夫有所爱，　　我爱好古书、崇敬儒道，
思与尔为邻。　　很想与你们相邻盘桓。
愿言谢诸子⑪，　　愿意奉劝诸位一句，
从我颍水滨⑫。　　还是同我一起躬耕在颍水的旁边。

**注释**　①示：给人看，此处是“给”的意思。“示”一般是上对下，周续之十二岁从范宁，以此估计，年龄约比陶渊明小十四岁。周续之：字道祖，山西广武（今代县西）人，祖居豫章。曾就学于著名经学家范宁，博通五经。先是与陶渊明、刘遗民号称“浔阳三隐”。又师事名僧慧远，为白莲社十八贤之一。后“虽隐居庐山，而州将每相招引，颇从之游，世号通隐”（李本引赵泉山语）。祖企、谢景夷：萧统《陶渊明传》称之为学士。郎：魏晋时对士人的礼称。

②时三人比讲礼校书：李本作注：时三人比讲礼校书，焦本无注。逯本作：时三人共在城北讲礼校书。按，逯本系据萧统《陶渊明传》而添字，现仍从李本原注。比：并，一起。

③痾（ē）：病。颓：损坏。

④石：传统医学药也用石，如《本草》所载钟乳、矾、磁石之类。闲：间，间断。

⑤寻：八尺。常：两寻。

⑥响：应声。《易经·系辞》："其受命也如响。"臻（zhēn）：至、到。

⑦向：将近、接近。

⑧斯闻：宾语倒置，闻斯。斯：这，指孔子之道。

⑨马队：饲养马的地方。此指官府的马厩（jiù），《周礼》："马有二百十四匹为厩，厩有仆夫。"后代各地官厩马数有多有寡。肆、李本作肄，曾本、苏写本、和陶本、焦本、逯本并作肆，从后各本。讲肆：讲舍。

⑩校（jiào）：订正，这里指校勘《礼经》。

⑪谢：李本、曾本、焦本、和陶本作诲，苏写本、逯本作谢，从苏写本、逯本。谢，以辞相告，这里转为奉劝。言：语助词，无义。

⑫颍水滨：颍水源出今河南登封县境，入安徽省境淮水。相传尧时隐士许由耕于中岳颍水边。此处代指隐居处。

# 乞食

**题解**　推测本诗约作于青年时期，今暂系于晋太元十年（385），时渊明二十一岁（详见《年谱》太元十年注③）。

因断粮而求贷，似同乞食，故以“乞食”命篇。以渊明的高洁，取此题名，反映了青年渊明的怨愤。这首诗意思分三层：饥而贷的窘迫状，礼赠而欢饮，解急后的感情波澜。委婉曲折，历历如绘。

感激语似重，这是古代君子受人之惠，其报必厚的缘故。不因自尊而伪饰真实感情，正显出渊明的真率。

**原文**

| | |
|---|---|
| 饥来驱我去， | 饥饿袭来，赶着我向前， |
| 不知竟何之[1]。 | 不知道该向何方行走！ |
| 行行至斯里， | 走啊走，来到这一人家， |
| 叩门拙言辞。 | 敲开了门却不知如何开口。 |
| 主人解余意， | 主人懂得我的来意， |
| 遗赠岂虚来[2]。 | 岂能让我来去空手。 |
| 谈谐终日夕[3]， | 谈谈笑笑不觉向晚， |
| 觞至辄倾杯[4]。 | 举起杯来劝我快喝酒。 |

| | |
|---|---|
| 情欣新知欢[5]， | 心情高兴遇到新知己， |
| 言咏遂赋诗。 | 咏叹之余，写下诗篇一首。 |
| 感子漂母惠， | 感谢你漂母一样的恩惠， |
| 愧我非韩才[6]。 | 惭愧啊，我不会有韩信那样的成就！ |
| 衔戢知何谢[7]？ | 结草？衔环？这恩情如何报答？ |
| 冥报以相贻[8]。 | 敬谢你，只有在我身后。 |

**注释**

①之：往。

②遗（wèi）：与、给。岂虚来：李本、逯本作岂虚来，苏写本作副虚期。从李本、逯本。以上三句，由"解余意"知道渊明"借"字未出口或未说明白，"岂虚来"是主人"遗赠"的设辞，主人避开"借"字而以馈赠的方式解决了对方的困难，足见主人是十分敬重渊明的。

③谐：李本、苏写本作话，陶本作语，曾本、焦本、逯本作谐。从曾、焦、逯本。

④觞：进酒劝饮。《吕氏春秋·达郁》："管仲觞桓公。"

⑤欢：李本及诸本作欢，逯本改欢为劝。从李本及诸本。

⑥漂（piǎo）母：漂洗衣物的老妇人。韩：指韩信。《史记·淮阴侯列传》："信钓于城下，诸母漂。有一母见信饥，饭信，竟漂数十日。信喜，谓漂母曰：'吾必有以重报母。'母怒曰：'大丈夫不能自食，吾哀王孙而进食，岂望报乎！'汉五年正

月，信为楚王，召所从食漂母，赐千金。”

⑦衔：马勒于口，勒不会掉落，意为永远不忘。戢（jí）：收藏。合起来意思是衔之于口，藏之于心。

⑧冥：幽暗，死者神魂所居。冥报意为魂报，即死后相报，这是古人表示日后重报的说法，非关迷信与否。因前句用“衔戢”两字，所以冥报便相应体现了两个典故：衔环——《后汉书·杨震传》注引《续齐谐记》载，汉杨宝于华阴山北，见一黄雀为鸱枭所搏，坠于树下。宝救伺之，愈乃飞去。夜梦黄衣童子，衔白环四枚，再拜曰：“我西王母使者，感君仁济，令君子孙洁白，位登贵显。”宝后四代果验。结（“戢”的谐音）草——《左传·宣公十五年》载，晋大夫魏颗父病，命颗让其爱妾改嫁；后，父病重，又命颗让此妾殉葬。父死后，颗让父妾改嫁，云：“病重则乱，吾从其治也。”及晋秦辅氏之役，颗见老人结草以亢（抗、敌，亢其下）秦师力人杜回，杜回踬而颠，获之。夜梦老人，曰：“余，尔所嫁妇人之父也；尔用先人之治命，余是以报。”

# 诸人同游周家墓柏下[1]

**题解** 《晋书·隐逸传》载:“(渊明)乃赋《归去来》(辞略)。顷之,征著作郎,不就。既绝州郡觐谒,其乡亲张野及周旋人、羊松龄、庞遵等,或有酒要之,或邀之共至酒坐(略),所之唯至田舍及庐山游观而已。”征著作郎在义熙九年(413),时四十九岁,估计本诗可能作于是年,与写《形影神》的时间相近。

山上墓园,未尝不是登临观赏的好去处。然而在题目中点明周墓,在诗文中又点明柏下人,说明作者自有其深意,死者已矣,生者自欢,这是对生死抱取的非常通达的态度,与及时行乐者有泾渭之别。乍一看似乎是首平凡的小诗,然而细加品味,诗情飘洒豪放,诗调轻盈明快,清吹与墓柏显得这般调和,无怪乎昔人评赞“此诗尽翻丘墓生悲旧案”,说明这首小诗实质上不平凡。

**原文**

| | |
|---|---|
| 今日天气佳, | 今日天气佳妙, |
| 清吹与鸣弹。 | 有人弹琴,有人吹箫。 |
| 感彼柏下人[2], | 感慨那松柏下长眠的死者, |
| 安得不为欢! | 怎能不及时欢笑! |

| | |
|---|---|
| 清歌散新声， | 清歌一曲散发出新声， |
| 绿酒开芳颜[③]。 | 啜一口绿酒，眉宇顿开，面颜美好。 |
| 未知明日事[④]， | 不管明天发生什么事， |
| 余襟良已殚[⑤]。 | 十分舒畅的是我的襟抱。 |

## 注释

①周家墓：清陶澍《靖节先生集》注,《晋书·周访传》载，陶侃微时，丁艰（父母之丧）。将葬，家中忽失牛，遇一老父，谓曰："前冈见一牛，眠山汙中，其地若葬，位极人臣矣。"又指一山云："此亦其次，当出二千石。"言讫不见。侃寻牛得之，因葬其处，以所指别山与访。访父死，葬焉，果为刺史，自访以下，三世为益州四十一年，如其所言云。周陶世姻，此所游，或即周访家墓。

②柏下人：葬在柏树下面的人。古代习俗，茔墓周围多植松树与柏树。

③绿酒：新酒洁醇呈绿色，故称绿酒。南齐谢朓《在郡卧病呈沈尚书诗》："绿蚁方独持"，蚁指酒面所浮泡沫，绿蚁亦绿酒。

④未知明日事：明日事系指明天包括生死的一切忧愁。特别是死的问题。意源盖出于《论语·先进》："季路问事鬼神。子曰：'未能事人，焉能事鬼?'曰：'敢问死。'曰：'未知生，焉知死?'"

⑤良：甚。已：语助词。殚（dān）：尽。

# 怨诗楚调示庞主簿邓治中①

**题解** 诗中写明五十四岁，知本诗作于义熙十四年（418）。

去年秋，东晋军队克后秦进入长安，主帅刘裕十二月遽返建康。诗人“九域甫已一”（《赠羊长史》）的爱国热望幻灭。本年六月，刘裕称宋公，加九锡。至此，刘裕伐后秦以为篡晋准备的内情大白。本年渊明又被征著作佐郎，不就。在生活上，粮酒常绝，困苦颠踬。

这首诗的关键词语是“念善事”与“逢世阻”。在“知天命”之年，诗人回顾了自己的一生。尽管自己唯善而行，然而凶灾依然袭来，特别是眼下的饥寒交迫，更是无法忍受。

作者通过自己的遭遇，也反映出农村的凋敝与广大农民的极端贫困，并归因于当政者的不恤民艰，这一点虽未明说，但读者仍然是可以体会到的。

**原文**

天道幽且远②， 天道幽暗而且遥远，
鬼神茫昧然③。 鬼神的事也渺茫难言。
结发念善事④， 少年时一心向善，

| | |
|---|---|
| 僶俛六九年[5]。 | 俯仰之间匆匆过去了五十四年。 |
| 弱冠逢世阻[6]， | 青年时遭遇时事播迁， |
| 始室丧其偏[7]。 | 结婚不久又人亡弦断。 |
| 炎火屡焚如[8]， | 遇到火灾，又逢烧灼般的干旱， |
| 螟蜮恣中田[9]。 | 螟蜮害虫更肆虐禾田。 |
| 风雨纵横至， | 风狂雨骤再加摧残， |
| 收敛不盈廛[10]。 | 所有收获还不满一廛。 |
| 夏日长抱饥[11]， | 饥饿难熬长长的夏日； |
| 寒夜无被眠； | 破被无棉，怎御冬夜的严寒？ |
| 造夕思鸡鸣， | 夜晚来临，便盼望着早点儿鸡叫； |
| 及晨愿乌迁[12]。 | 待到早晨，又希望太阳快快下山。 |
| 在己何怨天[13]， | 这是自己的决定，何必抱怨老天， |
| 离忧凄目前[14]。 | 只是遭遇忧患，难免眼前的凄惨。 |
| 吁嗟身后名[15]， | 可叹那身后的声名， |
| 于我若浮烟[16]。 | 对于我就像是飘浮的云烟。 |
| 慷慨独悲歌， | 无限感慨，独自唱一支悲歌， |
| 钟期信为贤[17]！ | 善知音的钟期才真是一位大贤。 |

**注释**　①怨诗楚调：楚调曲中有怨诗行（或叫怨歌行），此处简称怨诗。汉乐府中有相和歌辞一类，楚调属相和歌辞。庞主簿：古代官府，上自御史府，下至州县，都有主簿一官，职掌簿

书。庞主簿为庞遵，字通之。《宋书·隐逸传》言陶渊明："义熙末，征著作佐郎，不就。江州刺史王弘欲识之，不能致也。潜尝往庐山，弘令潜故人庞通之赍酒具，于半道栗里要之。"足见庞遵在家乡时与渊明过往甚密。邓治中：汉置治中从事史，简称治中，为州之佐史。居中治事，主众曹文书，故名治中。邓治中其人名字与事迹不详。

②天道：天理。《易经，谦卦》："天道亏盈而益谦。"

③鬼神：佛道宣扬鬼神。由于统治者的提倡，这几年浔阳一带佛道盛行。义熙十年（414）庐山东林寺主持慧远，集百二十三人结白莲社，更起了推波助澜的作用。

④结发：束发也，指十五岁。《大戴礼记·保傅》："束发而就大学。"注："束发谓成童。"《礼记·内则》："成童舞象。"注："成童，十五以上。"善事：做好事。

⑤僶俛（mǐnmiǎn）：勤奋努力。六九年：六九相乘得五十四，即五十四岁。《乐府诗集》作五十年。

⑥弱冠：这里指二十岁。《礼记·内则》："二十而冠，始学礼。"二十处于弱龄，故称冠为弱冠。世阻：世事险阻。

⑦始室：三十岁。《礼记·曲礼》："三十曰壮，有室。"丧其偏：偏指妻。《左传·襄公二十七年》："及强而寡，娶东郭姜。"杜注："偏丧曰寡。"

⑧炎火屡焚如：此句有两意。联系上句解，炎火指火灾。义

熙四年（408）六月，园田居（怀古田舍）遭火灾。联系下句解，炎火指干旱烈日。《诗经·小雅·大田》：“秉畀炎火。”毛传：“炎火，盛阳也。”

⑨螟（míng）：螟虫，螟蛾的幼虫，蛀食禾心的害虫。蜮（yù）：吃禾叶的害虫。《吕氏春秋·任地》：“又无螟蜮”，高诱注“食心曰螟，食叶曰蜮”。

⑩廛（chán）：古时一户占用地。《说文》段注：“古者在野曰庐，在邑曰廛，各二亩半。”不盈廛：意指不能维持一家人的口粮。

⑪长抱饥：李本、曾本、苏写本作长抱饥。逯本作抱长饥，从前者。夏曰长，抱饥时间也长。长抱饥，即抱饥长也。

⑫乌：代指太阳。古代神话说日中有三足乌。

⑬怨天：《论语·宪问》载，子曰：“不怨天，不尤人。”

⑭离忧：遭受忧患。离是罹的音借字。（罹 lí，遭受。）

⑮名：名声。渊明是时已有高隐之名。本年征著作佐郎，不就。

⑯于我若浮烟：《论语·述而》载，子曰：“饭蔬食，饮水，曲肱而枕之，乐亦在其中矣。不义而富且贵，于我如浮云。”

⑰钟期：即钟子期。春秋时楚人，是伯牙的知音朋友。《吕氏春秋·本味》：“伯牙鼓琴，钟子期听之。方鼓琴而志在太山，钟子期曰：‘善哉乎鼓琴，巍巍乎若太山。’少选（须臾）之间，而志在流水，钟子期又曰：‘善哉乎鼓琴，汤汤乎若流水。’钟子期死，伯牙破琴绝弦，终身不复鼓琴，以为世无足复为鼓琴者。”

# 答庞参军[①]（并序）

**题解** 这首诗作于宋少帝景平二年（424），本年八月改元，为宋文帝元嘉元年，陶渊明六十岁。

新春伊始，邻人新知庞君将赴江陵，任镇西将军、荆州刺史刘义隆的参军。庞有赠诗，诗人写了本诗相答。

从诗的内容反映出来，庞对陶的高洁志趣是十分仰慕的，而陶对庞也是以长者之风，视为同调，情欢意洽。诗中反映了两人的交往、诗人谈泊的襟怀、对庞君的款款惜别之情。

**原文** 三复来贶[②]，欲罢不能。自尔邻曲，冬春再交[③]；款然良对[④]，忽成旧游[⑤]。俗谚云："数面成亲旧"，况情过此者乎？人事好乖[⑥]，便当语离[⑦]。杨公所叹[⑧]，岂惟常悲[⑨]？吾抱疾多年，不复为文。本既不丰，复老病继之。辄依周礼往复之义[⑩]，且为别后相思之资。

**译文** 再三拜读赠诗，想不再看却是不行。自从成了邻居，已经过两个冬春；时常真诚亲切地会面，很快成了熟朋友。俗话说：几次见面便成亲切故友。何况感情远过于这种情况呢？人事每爱违背心愿，此刻就得分手道别。杨朱曾悲歧路，他哪里是一般的悲哀。我抱病多年，已不再作文。体质本就不强，再加老、病相继。且依照周礼“礼尚往来”的道理，并且作为分别后相思的慰藉，写下这首诗篇。

| | |
|---|---|
| 相知何必旧， | 知己何必定是旧相识， |
| 倾盖定前言[11]。 | 倾盖如故即已证实此言。 |
| 有客赏我趣， | 有位嘉宾欣赏我的雅趣， |
| 每每顾林园。 | 常常来访问我的林园。 |
| 谈谐无俗调， | 谈谈笑笑没有庸俗的论调， |
| 所说圣人篇。 | 所爱好的是古圣先贤的佳篇。 |
| 或有数斗酒， | 偶尔有了几斗佳酿， |
| 闲饮自欢然。 | 闲时欢饮悠悠然。 |
| 我实幽居士， | 我实在是个幽居之人， |
| 无复东西缘。 | 不再有东西奔忙的因缘。 |
| 物新人惟旧[12]， | 物品新的好，朋友还是以旧为贵， |
| 弱毫多所宣[13]。 | 笔毫沾着友情多作濡染。 |
| 情通万里外， | 感情相通，直达万里之外， |
| 形迹滞江山。 | 身形远离，却间隔着万水千山。 |
| 君其爱体素[14]， | 您多多保重，爱护身体， |

来会在何年？　　不知何年再能相见？

## 注释

①庞参军：此庞参军与《怨诗楚调》之庞主簿为两人。《怨诗楚调》为五十四岁作，诗中倾诉生平窘苦，并以钟期相望，则非新交者能如此。《答庞参军》五言诗序云："吾抱疾多年，不复为文。"四言诗序中又题明为卫军参军，因推断答庞参军诗作于渊明六十岁。序云："自尔邻曲，冬春再交"，诗云："相知何必旧"，则非旧交十分明显。故知此庞参军非庞主簿（庞遵），而为近年作邻之另一庞姓者。此条陶澍考论颇确，并引金溪王谟《豫章十代文献略》之同论以证。

②三复：再三复看，意思是不止一次地阅看。贶（kuàng）：赐，指赐赠之诗。

③冬春再交：在阴历中，定正月至三月为春，四月至六月为夏，七月至九月为秋，十月至十二月为冬。岁尾十二月十五至新岁正月十五，一般可看成冬春相交的日子。冬春再交，意思是到了第二个冬春相交的日子。

④款：诚恳。

⑤旧游：熟友，老友。

⑥好（hào）：容易。乖（guāi）：相违、分离。

⑦便：即。当：（将）要。

⑧杨公所叹：杨公指杨朱，战国时思想家。《列子·说符》：

“杨子之邻人亡羊，既率其党，又请杨子之竖追之。杨子曰：‘嘻！亡一羊何追者之众？’邻人曰：‘多歧路。’既反，问：‘获羊乎？’曰：‘亡之矣。’曰：‘奚亡之？’曰：‘歧路之中又有歧焉，吾不知所之，所以反也。’杨子戚然变容，不言者移时，不笑者竟日。”弟子孟孙阳惑，问心都子，心都子代释道：“大道以多歧亡羊，学者以多方丧生。学非本不同，非本不一，而末异若是。”又《淮南子·说林》：“杨子见逵路而哭之，为其可以南，可以北。墨子见练丝而泣之，为其可以黄，可以黑。”高诱注：“道九达曰逵，闵其别也。”

⑨岂惟常悲：如是常悲，则是一般地惜别于歧路。渊明写非常悲，则知他确实在借用杨公叹歧路的典故，以委婉曲折地表达自己的劝诫。庞君走上了宦途，希望他原来的好品质不要变化。

⑩周礼往复之义：李本、焦本作周孔往复之义，陶本、逯本作周礼往复之义，从后。《礼记·曲礼》：“太上贵德，其次务施报。礼尚往来，往而不来，非礼也；来而不往，亦非礼也。”注：“太上，帝皇之世，但贵其德足以及人，不贵其报。其次，三王之世。礼至三王而备，故以施报为尚。”三王谓夏禹、商汤、周文王，或谓夏禹、商汤、周文王及武王。按，三王之礼至周又最备，故但云周礼耳。

⑪倾盖：《史记·邹阳列传》载，“谚曰：有白头如新，倾盖如

故。”盖谓车盖如伞，停车而语，盖则倾。谚语的意思是人如不相知，自初交至白头，仍如新友；如相知，即使两车相遇才认识，交谈片刻也会成为老友一般。定前言：证明前面所说的“数面成亲旧”“相知何必旧”是对的。

⑫物新：事物更新，指刘宋、晋易代。人惟旧：人以旧识为可贵。陶、庞相交年余，自成旧知。《尚书·盘庚》：“迟任有言，曰：‘人惟求旧；器非求旧，惟新。’”

⑬弱毫：毛笔。宣：表达，指写信。

⑭体素：体指身；体素，即素体，犹玉体。

# 五月旦作和戴主簿[1]

**题解**　诗中题明“星纪”，星纪是丑年，再结合内容特点，确定本诗作于晋义熙九年癸丑（413），《形影神》与之相近。这年渊明四十九岁。

归田之后，生活作息于大自然之中，必然于细微处观察到时移景迁。新春刚去，忽又进入仲夏，今年又是一纪之首（见注⑤）。时序与生死正是东晋文人热衷的命题，宗教的说法也广为流播。诗人在这首和诗中表现了一贯的豁达态度，由此而看待人生的坎坷就更无所挂怀了。清邱嘉穗这样赞美本诗：“虽天道有盈虚，而此心确乎不可拔，非夫知命不惑而有潜龙之德者，其孰能之！”（《东山草堂陶诗笺》）

**原文**

| | |
|---|---|
| 虚舟纵逸棹[2]， | 空舟快桨，时光流走， |
| 回复遂无穷[3]。 | 春去秋来，无尽无穷。 |
| 发岁始俛仰[4]， | 新年开始，仿佛在片刻之前， |
| 星纪奄将中[5]。 | 倏忽间星纪年已到年中！ |
| 南窗罕悴物[6]， | 南窗外已少见越冬的憔悴草木， |
| 北林荣且丰。 | 北面的林子已经郁郁葱葱。 |

| | |
|---|---|
| 神萍写时雨[7]， | 雨师萍翳倾泻下合时节的好雨， |
| 晨色奏景风[8]。 | 天将明时吹起了夏天的好风。 |
| 既来孰不去？ | 既来到世上，谁又能永不离去？ |
| 人理固有终。 | 人生道理必然有始也有终。 |
| 居常待其尽[9]， | 生活清贫等待那终极的到来， |
| 曲肱岂伤冲[10]。 | 弯臂作枕保持淡泊冲融。 |
| 迁化或夷险[11]， | 时运变化，有坦途也有艰险， |
| 肆志无窊隆[12]。 | 纵心任性，不必管是贫困还是亨通。 |
| 即事如已高[13]， | 遇事都能达观，就已经站立在高处， |
| 何必升华嵩[14]！ | 又何必攀登那嵩、华的高峰！ |

**注释**

①五月旦：五月初一。和（hè）：应和，依照别人所作诗的题材与体裁而写作。戴主簿：名字与事迹不详。

②棹（zhào）：划船的工具。《释名·释船》："在旁拨水曰棹。""虚舟纵逸棹"全句喻写迅速流逝的时光。《庄子·列御寇》："泛若不系之舟，虚而遨游者也。"原句写人之遨游，诗人化用之以状时间。

③回复：指一年四季的周而复始。

④发岁：始发于岁，即元旦之日。俛仰：一俯一仰之间，形容时间短暂，"俛"同"俯"。

⑤星纪：星纪年，即指本年（癸丑）。这是用的岁星纪年法。

古人将沿着黄道布列二十八宿的周天十二等分，成十二次（次也称宫），岁星（木星）每年行一次（宫），即一年。在大雪、冬至这两个节气的约三十天里，岁星晨见于东方，即知岁星行于星纪之次（宫）中。十二次（宫）之名依次为：星纪、玄枵（xiāo）、诹訾（zōuzǐ）、降娄、大梁、实沈、鹑（chún）首、鹑火、鹑尾、寿星、大火、析木。根据《晋书·天文志》载："自南斗十二度至须女七度为星纪，于辰在丑"，则知星纪为丑年。本年为癸丑。奄：忽，很快地。中：一半，指岁半。岁星在星纪次（宫）中运行，一次（宫）三十度，一半即十五度。当时是五月，即将至其半。星纪为一纪（十二年，岁星行了一周）之首，古人特别重视，时感也最强。屈原《离骚》："摄提贞于孟陬兮"，摄提格之年，岁星即在星纪。

⑥悴：憔悴，干瘪无力的样子。

⑦神萍：李本、焦本、曾本作神渊，逯本据岁时杂咏作神萍，曾本又注，一作萍光，和陶本、苏写本作萍光。从逯本。神萍：雨师。萍为蓱的词音借字，见屈原《天问》："蓱号起雨，何以兴之?"王逸注："蓱，蓱翳，雨师名也"，"雨师号呼，则云起而雨下。"写：同"泻"。时雨：初夏季节之雨。

⑧奏：奏告。景风：夏风。《易纬·通卦验》："夏至景风至。"《史记·律书》："景风居南方，景者，言阳气道竟，故曰景风。"

⑨居常待其尽：取意于晋皇甫谧《高士传》，"贫者，士之常

也；死者，人之终也。居常以待终，何不乐也?”

⑩曲肱（gōng）：弯曲着臂膀。“曲肱而枕之”，引自《论语》，见《怨诗楚调》注⑯。冲：指道的最高境界。《老子》：“道冲，而用之或不盈”；“大盈若冲，其用不穷”。

⑪夷：平坦。

⑫肆志：任心适志。窊（wā）隆：下洼和隆起，指世间的贫与富、穷与通。

⑬即：就，动词。

⑭华嵩：华山和嵩山，修道祈仙的名山。

# 连雨独饮

**题解**　本诗作于晋元兴三年（404），诗人四十岁。

这首诗创作于《停云》《时运》《荣木》的同时期，那三首反映了怀友、忧国、建功等思绪，这首诗则排除了所有无法解决的苦闷，写下了连雨独饮的体会。生必有尽，神仙何期，饮酒忘情，任真无先。谭元春云："如与天面（面对面）说，旷士胸中，真不相隔。"（明钟伯敬、谭元春评选《古诗归》）诗人冲淡旷远的襟怀，是其他林下诗人难以企及的。

**原文**

| | |
|---|---|
| 运生会归尽[①]， | 人生迁化必定有终结， |
| 终古谓之然[②]。 | 从古以来都承认这是当然。 |
| 世间有松乔[③]， | 世上传说仙人赤松子、王子乔， |
| 于今定何间？ | 如今则知向谁边？ |
| 故老赠余酒， | 故旧父老送我好酒， |
| 乃言饮得仙。 | 说是喝了会成神仙。 |
| 试酌百情远， | 尝试着喝一点，种种思虑便成遥远； |
| 重觞忽忘天[④]。 | 再喝一壶，记忆中消失了苍天。 |
| 天岂去此哉[⑤]， | 天何尝离开了此处？ |

| | |
|---|---|
| 任真无所先[⑥]。 | 听任自然，便无物可以优先。 |
| 云鹤有奇翼， | 云间的仙鹤有一对奇妙的翅膀， |
| 八表须臾还[⑦]。 | 飞向八方边际，片刻又复回还。 |
| 自我抱兹独， | 自从我抱定任真的信念， |
| 僶俛四十年[⑧]。 | 勤勉从事已经过四十年。 |
| 形骸久已化， | 形骸虽然久经迁化， |
| 心在复何言[⑨]？ | 任真之心仍在，还有什么忧伤可言？ |

**注释**

①运生：运化中的生命。

②终古：终，常也。终古，自古以来。

③松乔：赤松子和王子乔，古代传说中的仙人。赤松子，《史记·留侯世家》："愿弃人间事，欲从赤松子游耳。"注："赤松子，仙人号也，神农时为雨师。"王子乔，或称王乔，周灵王之子，名晋。好吹笙，作凤鸣，游伊、洛之间，道士引上嵩山，修炼二十年，后在缑氏山颠，乘白鹤仙去。事见刘向《列仙传》。

④重（chóng）：复、接连。

⑤去此：离开这里。

⑥任真：任从自然。《庄子·齐物论》郭象注："夫任自然而忘是非者，其体中独任天真而已，又何所有哉！"无所先：没有什么优先不优先。

⑦云鹤有奇翼，八表须臾还：这两句是写饮酒后产生神游天宇的幻象。或用丁令威化鹤典，汉代曲阿太霄观道士丁令威，学道于灵虚山，后化鹤归辽，徘徊空中，言“有鸟有鸟丁令威，去家千年今始归”云云，遂高上冲天。(见《搜神后记》)八表：八方以外，犹八荒。须臾：片刻。

⑧俛俛：奋勉。

⑨形骸（hái）：形体与骨骸。“形骸久已化”，从“运生会归尽”而来，“心在复何言”从“任真无所先”而来。逯本注：“《庄子·齐物论》：‘其形化，其心与之然，可不谓大哀乎?’陶反其意而用之。”甚是。心：指任真之心。复何言：还有什么可说的呢（指忧伤）?

# 移居（二首）

**题解** 此二诗写于义熙六年（410），渊明四十六岁。

移居是由园田居迁至南村（渊明一生居处及迁南村原因，请见《年谱》义熙六年注①②）。此二诗可与《归园田居》对照着看。《归》诗全面抒写了归田后的情景，而《移居》则着重描绘了农村中的交往。由于建立在劳动的基础上，因此友情便显得非常坦易真诚，充溢着温暖与欢欣。诗人歌颂自然，所以也赞美在自然中的人与人的关系。这样，也又一次坚定了自己归田力耕的信念。

十步之内，必有芳草。诗人在农村中找到学问上的知音。“奇文共欣赏，疑义相与析”，陶渊明并不是孤傲者，而恰恰是欢喜以文会友的谦逊好学之士。这两句诗因为出色地描写了高尚意趣及切磋求知的形象，所以成为后代知识者以文会友的箴言。

**原文** （一）

昔欲居南村，　　从前想移居南村，
非为卜其宅[①]；　　不是卜占了住宅的凶吉；

| | |
|---|---|
| 闻多素心人[②]， | 听说有许多心地纯洁的人， |
| 乐与数晨夕[③]。 | 乐意与他们共处朝夕。 |
| 怀此颇有年， | 向往此事已有几个年头， |
| 今日从兹役[④]。 | 如今搬迁心愿方得了却。 |
| 弊庐何必广[⑤]， | 简陋的居处何必宽大， |
| 取足蔽床席。 | 只要能遮蔽着床席。 |
| 邻曲时时来， | 邻里们常常造访， |
| 抗言谈在昔[⑥]； | 放言谈论那往古时节； |
| 奇文共欣赏， | 奇妙的文章共同欣赏， |
| 疑义相与析。 | 疑难的问题一起剖析。 |

（二）

| | |
|---|---|
| 春秋多佳日， | 春天和秋天多的是美好时日， |
| 登高赋新诗。 | 登高远眺吟诵新的诗篇。 |
| 过门更相呼， | 经过门前互相招呼， |
| 有酒斟酌之[⑦]。 | 有酒可喝就同饮共欢。 |
| 农务各自归， | 要干农活便各自归去， |
| 闲暇辄相思； | 闲暇时则又互相思念； |
| 相思则披衣， | 相思时便披衣寻访， |
| 言笑无厌时。 | 谈谈笑笑永不厌烦。 |
| 此理将不胜[⑧]， | 这种生活，义蕴岂不高明， |

无为忽去兹[⑨]。　离开它实在无道理可言。
衣食当须纪[⑩]，　衣与食终当经营料理，
力耕不吾欺。　躬耕的生活永不会将我欺骗。

## 注释

①非为卜其宅:《左传·昭公三年》载,“谚曰:‘非宅是卜，唯邻是卜。’”诗句化用此意。古人灼龟取兆，以问吉凶，谓之卜。卜宅，原为卜问造宅之吉凶，此处为卜居吉凶与否。

②素：白。素心人。心地纯朴的人。

③数（shǔ）：计算。数晨夕，数着晨与夕，意思就是朝夕相处。

④役：劳役，指搬家、迁居。

⑤弊：破旧。弊庐，亦指先人旧宅。《左传·襄公二十三年》：“犹有先人之敝庐在。”敝，通“弊”。

⑥抗言：抗直之言。在昔：古往的人与事。

⑦斟（zhēn）：勺取。酌：盛酒行觞。

⑧此理将不胜：古直本注“理胜盖晋人常语”。理，义蕴。将，岂。胜，强、高明。

⑨无为忽去兹：这句是对过去离开家园为官场生活所羁的反省。无为，为什么。去，离开。

⑩纪：经营。

# 和刘柴桑[1]

**题解**　这首诗约作于戊申岁园田居火灾的次年，晋义熙五年（409），陶渊明四十五岁。时序上讲，可能在季春三月。

陶渊明园田居失火之后，刘遗民赠诗招他同住庐山，陶便写了这首和诗答谢他。全诗分五层次，四句一层次。第一层次：婉陈不能应招的原因；第二层次：告诉刘，前不久回了一次上京旧居（可能是探看一下，是否迁回），物换人非，为下文的粗粝自适铺垫；第三层次：还是仍在园田居住处从农；第四层次：酿酒虽薄，差可慰情，依然过着隐耕的生活；第五层次：耕织无奢求，把身与名置于度外。

**原文**

| | |
|---|---|
| 山泽久见招， | 山林水泽久已在招唤， |
| 胡事乃踌躇？ | 什么事还让人犹豫踌躇？ |
| 直为亲旧故， | 只是为了亲朋故旧， |
| 未忍言索居[2]。 | 还不忍离开他们去匡庐独住。 |
| 良辰入奇怀[3]， | 良辰美景扑进放达的胸怀， |
| 挈杖还西庐[4]。 | 扶着手杖返回西山的草庐。 |
| 荒涂无归人[5]， | 杂草丛生的道上没有归家的人影， |

| | |
|---|---|
| 时时见废墟。 | 时不时还看见一片荒废了的墟墓。 |
| 茅茨已就治[6]， | 这儿的几间茅屋已修理好， |
| 新畴复应畬[7]。 | 新垦的土地也要施肥耪锄。 |
| 谷风转凄薄[8]， | 东风竟变得凄冷迫人， |
| 春醪解饥劬[9]。 | 春酒却能将饥渴劳累解除。 |
| 弱女虽非男， | 薄酒虽不及醇酒有力， |
| 慰情良胜无[10]。 | 安慰情怀也远胜过空无。 |
| 栖栖世中事[11]， | 忙碌不安的仕宦生涯， |
| 岁月共相疏[12]。 | 已随如流岁月，与我日益相疏。 |
| 耕织称其用[13]， | 耕田织布，简单的需求易满足， |
| 过此奚所须。 | 此外便没有什么追求。 |
| 去去百年外[14]， | 匆匆而过，一生终了， |
| 身名同翳如[15]。 | 身与名一样暗淡模糊。 |

**注释**

①刘柴桑：刘程之，彭城（今江苏徐州）人，字仲思，入山以后，自谓国家遗弃之民，改名遗民。与陶渊明、周续之，时谓浔阳三隐。曾任柴桑县令，桓玄篡晋时，入庐山隐居。义熙年间，多次征辟，均辞。居山十有二年卒。逯本引唐释法琳《辨正论》七引《宣验记》："刘遗民，彭城人。家贫，卜室庐山西林中。多病，不以妻子为心。"《隋书·经籍志》注：有柴桑令刘遗民集五卷。已佚。

②索居：离群独居。《礼记·檀弓》载，子夏曰："吾离群而索居，亦已久矣。"

③奇：不平常。

④挈（qiè）：提。西庐：指上京里旧居。上京里在柴桑，《元和郡县志》："柴桑故城在县西南二十里"，即柴桑在九江县西南二十里。按，旧庐在江州郡治（浔阳）之西，故称西庐。

⑤涂：同"途"。

⑥茨：指茅、苇盖的屋顶。《诗经·小雅·甫田》："如茨如梁"，笺："茨，屋盖也。"治：修补整理。

⑦畲（yú）：烧草木肥田以耕种。

⑧谷风：即穀风。《尔雅·释天》："东风谓之穀风。"凄薄：凄，寒凉；薄，迫。《礼记·月令》："季春行冬令，则寒气时发，草木皆肃。"

⑨劬（qú）：劳累。

⑩弱女虽非男，慰情良胜无：王棠注："桑有女无男，潜心白业，酒亦不欲，想必以无男为憾，故公以达者之言解之。"赵泉山注："以弱女喻之醨薄。"按，刘"不以妻子为心"（见本诗注①），也是达者，何须他人慰之？且渊明有子，慰对方"良胜无"，更不合情理。故前说为非，后说为确。晋嵇含《南方草木状》："南人有女数岁，即大酿酒；既漉，候冬陂池竭时，以酒罂密封瘗陂中，春时水满，亦不复发；女将嫁，

乃发陂取酒，以供贺客，谓之女酒，其味绝美。”据此，酒有女酒之名。渊明因去年遭火灾，酿粮不足，出酒淡薄，故乃以弱女喻薄酒。“男”则喻醇劲之酒。

⑪栖栖（xī）：不安定的样子。世中事：指朝廷、官场中事。

⑫共相疏：共，双方、彼此。疏：疏远。

⑬称（chèn）：相适合，够（用）。

⑭去去：不断消逝，指时间迁移。百年：指人的一生。百年外，指去世后。

⑮翳（yì）：原意为蔽，转为暗淡、消失的意思。

# 酬刘柴桑

**题解**　本诗作于晋义熙五年（409）秋，陶渊明四十五岁。

这也是一首与刘柴桑的唱和诗。“酬”除唱和之外，还多一层感谢的意思。酬，酬谢也，即感谢刘的以诗相问，乃作诗以酬答。

这首小诗共十句，比以后的唐五言律诗只多了两句，然而它的内容醇厚，具有古风的可贵特色。在写法上，撇开与对方问答一类的应酬话，而只写自己一方的感受、怀抱与游兴，便显得十分洒脱。在遣词用语方面，采取粗线条的勾勒，并着墨点染，使全诗既呈现疏落淡朴的风格，又洋溢着轻快明朗的感情。

**原文**

| | |
|---|---|
| 穷居寡人用[①]， | 偏僻的居处少有人事来往， |
| 时忘四运周[②]。 | 有时竟忘记了四季的节候。 |
| 闾庭多落叶[③]， | 巷子里、庭院里铺满了落叶， |
| 慨然知已秋。 | 一声慨叹，原来已是金秋！ |
| 新葵郁北墉[④]， | 新生的葵菜在北墙下蓬勃生长， |
| 嘉穟养南畴[⑤]。 | 田地里饱满的株穗颤颤悠悠。 |

| | |
|---|---|
| 今我不为乐， | 如今我若不及时寻找快乐， |
| 知有来岁不[⑥]？ | 明年此时谁知我还在世上不？ |
| 命室携童弱[⑦]， | 叫老妻快带上小儿女， |
| 良日登远游[⑧]。 | 乘这好时光且去登高远游。 |

**注释**

①穷：偏僻。用：人事应酬之类

②四运周：四时运行的周而复始。

③闾：李本、逯本作榈，苏写本作门，焦本作空。绍兴本作闾。按，榈为树木名，质似紫檀而色赤，性坚，见《本草纲目》。因闾为木制，乃加木旁，而误成榈，故从绍兴本作闾。闾，里门。《周礼》："五家为比，五比为闾。"闾庭：闾里内的院落。

④墉（yōng）：李本、和陶本、焦本、逯本作墉，陶本作牖。从前者。墉，高墙。农家北墙较高，冬挡北风。

⑤穟（suì）：通"穗"，禾实。

⑥不：同"否"。元兴元年（402），庐山慧远率众弟子、居士建斋立誓，共期西方，刘作《誓愿文》。刘本佛教教义，修期来世。"今我不为乐，知有来岁不"，为渊明本色语。

⑦室：内室，指妻。

⑧登远游：远游登高也。

# 和郭主簿[1]（二首）

**题解**　这两首和诗约作于晋元兴元年（402），诗人三十八岁。

去年冬，渊明奔母丧，从江陵辞官返回柴桑。这以后几年便居丧在上京里老家。

第一首写于仲夏。此时，家中尚有余资，生活起居颇可，享受天伦之乐，暂忘于功名。然而古代圣贤仍牵动自己的情怀。诗的格调恬淡闲适。第二首写于季秋。诗写秋天的景色，在天高峰逸的背景里，突出松菊的贞秀之姿，以映衬幽人的清高品格；接着，倾诉内心的苦闷。诗的格调卓奇豪放。

**原文**　（一）

| | |
|---|---|
| 蔼蔼堂前林[2]， | 茂密的堂前树林， |
| 中夏贮清阴[3]。 | 盛夏时贮满了清爽的凉阴。 |
| 凯风因时来[4]， | 南风应季节吹来， |
| 回飚开我襟[5]。 | 回旋的疾风吹开了我的衣襟。 |
| 息交游闲业[6]， | 停止了交际，游好于闲业， |
| 卧起弄书琴。 | 或卧或起，读读书弄弄琴。 |
| 园蔬有馀滋， | 园里的蔬菜取之不尽， |

| | |
|---|---|
| 旧谷犹储今。 | 往年的谷物储存到今。 |
| 营己良有极[⑦]， | 操持自身的生活本有限度， |
| 过足非所钦[⑧]。 | 超过需要就不合自己的本心。 |
| 舂秫作美酒[⑨]， | 舂碎黏高粱来酿造美酒， |
| 酒熟吾自斟。 | 酒熟了，我且来自斟自饮。 |
| 弱子戏我侧[⑩]， | 稚弱的小儿子在身边嬉戏， |
| 学语未成音。 | 学说话，还不能连贯发音。 |
| 此事真复乐， | 这样的事真让人高兴， |
| 聊用忘华簪[⑪]。 | 且以此忘掉那华贵的发簪。 |
| 遥遥望白云， | 眺望那遥远的白云， |
| 怀古一何深[⑫]。 | 深深地怀念古代的情形。 |

**注释**

①郭主簿：郭姓，任主簿官职。名、字与事迹不详。

②蔼蔼（ǎi）：茂盛貌。堂：指房屋居中的大间。

③贮（zhù）：储留。

④凯风：《尔雅·释天》载，“南风谓之凯风。”南风为夏季之季节风。

⑤回：旋。飙（biāo）：疾风。

⑥息交：停息官场中的交游。闲业：居闲时的修业，指看书、作文等。

⑦良：很。极：限。

⑧钦：慕。

⑨舂（chōng）：捣掉谷类的壳皮。秫（shú）：黏高粱，可做烧酒。

⑩弱子：指陶佟，乳名通，是渊明最小的儿子。当时两岁。渊明共有五子，见《与子俨等疏》注①。

⑪华簪（zān）：华美的发簪。戴官帽所用，这里代指做官。古时绾发用簪，戴官帽时则用簪将帽别牢在头发上。

⑫怀古：怀念古代（如羲皇时代）的情形。或说怀念道德高尚的古人。如泛指，则如《庄子·天地》中所云："夫圣人，鹑居而彀食，鸟行而无彰。天下有道，则与物皆昌；天下无道，则修德就闲；千岁厌世，去而上仙，乘彼白云，至于帝乡。"如实指，则如许由、伯夷、叔齐、季札、孔子、颜渊等人。

## 原文　（二）

和泽周三春[①]，　春天时节雨水调顺，
清凉素秋节[②]。　秋天却是清凉季节。
露凝无游氛[③]，　露珠凝聚，空中没有烟云，
天高肃景澈[④]。　高远的天空无比清澈。
陵岑耸逸峰[⑤]，　大山上耸立着秀逸的奇峰，
遥瞻皆奇绝。　远远看去都那样奇丽妙绝。

| | |
|---|---|
| 芳菊开林耀[6]， | 芳菊盛开，在林中特别耀眼， |
| 青松冠岩列[7]。 | 青翠的松柏耸立在岩壁。 |
| 怀此贞秀姿， | 怀抱坚贞挺秀的姿质， |
| 卓为霜下杰。 | 好似挺立在严霜下的豪杰。 |
| 衔觞念幽人[8]， | 举起酒杯不免想起隐居的高士， |
| 千载抚尔诀[9]。 | 千百年来都坚持松菊的高节。 |
| 检素不获展[10]， | 检点生平志向不能实现， |
| 厌厌竟良月[11]。 | 闷闷地空负了良辰佳月。 |

## 注释

①周：李本及诸本均作周；曾本云，一作同，逯本从一作，改为同。按，“和泽周三春”与“清凉素秋节”，意谓由秋天想到一年四季以春秋最为宜人。本句写春天，故无须改周为同。从李本及诸本。周是遍及万物的意思。

②清凉素：李本、苏写本、焦本作清凉素，曾本、逯本作华华凉，从前者。素，白也；古人以五色配五方，东尚青，南尚朱，西尚白，北尚黑，中尚黄；秋行于西，故尚白。（见《礼记·月令》）

③氛：气，这里指云气。

④肃：李本、逯本作风，焦本、陶本作肃，从后。肃，净也。

⑤陵：大阜，即大山。岑（cén）：山小而高。逸峰：姿态独特各异的山峰。

⑥开：开放。

⑦冠岩：在山岩之上。

⑧幽人：隐者，指那些不得施展才智的高士。

⑨千载：千年以来，意谓历史上都是如此。诀：秘诀、要道，意思是隐士都把松菊之道作为自励的原则。

⑩检素：检之素怀。陶本注："自检平素，有怀莫展，厌厌寡绪，其谁知之乎?"

⑪厌厌：同"恹恹"，生病的样子，不悦也。良月：美好的秋季月份。

# 于王抚军座送客[1]

**题解** 这首送客诗作于南朝宋永初二年（421）深秋，陶渊明五十七岁。

江州刺史王弘，送庾登之还京都，谢瞻赴豫章（今江西南昌）太守任，饯之于溢口（今江西九江市西），陶渊明应邀在座。（参见《年谱》永初二年注②）

这首诗层次秩然。四句为一层，共四层：时（兼点题）、地、宴、别。而全诗又隐以一“情”字贯串始终。由于诗人以处士的特殊身份参加，故完全排除世俗的儿女歧路之情，而以写景层层点染别悲。以上特色显示了诗人晚年创作所达到的高度艺术境界。

**原文**

秋日凄且厉[2]，　　秋天凄清而且肃杀，
百卉具已腓[3]。　　百草都已枯萎衰颓。
爰以履霜节[4]，　　在霜露降落的九月，
登高饯将归[5]。　　登高饯别送友人将归。
寒气冒山泽[6]，　　寒气笼罩着山涧，
游云倏无依[7]。　　游云悠悠，无可皈依。

| | |
|---|---|
| 洲渚四缅邈[8]， | 水中洲渚引人遐想， |
| 风水互乖违[9]。 | 船帆张起，便将东西乖违。 |
| 瞻夕欣良宴[10]， | 眺望暮景，欣逢这样的盛筵， |
| 离言聿云悲[11]。 | 离别的话语令人伤悲。 |
| 晨鸟暮来还， | 早晨飞去的鸟儿傍晚已归来， |
| 悬车敛馀辉[12]。 | 太阳渐收起余剩的光辉。 |
| 逝止判殊路[13]， | 走的人和留的人道路完全不同， |
| 旋驾怅迟迟[14]。 | 调转我的车马，惆怅徘徊。 |
| 目送回舟远[15]， | 眼看归去的小船渐行渐远， |
| 情随万化移[16]。 | 心情与万物的变化紧紧相随。 |

**注释**

①王抚军：王弘，义熙十四年（418），以抚军将军监江州、豫州之西阳、新蔡二郡诸军事，任江州刺史。《宋书》本传说他“至州，省赋简役，百姓安之”。他礼遇并赡济渊明，见《九日闲居》注。客：一为庾登之，一为谢瞻。庾登之：原任西阳（今湖北黄冈东）太守，此次征入为太子庶子，尚书左丞。谢瞻：谢晦之兄。善文章，美辞采，与族弟灵运相近。原任相国从事中郎，现赴任豫章太守，路经浔阳。

②秋：李本、陶本、逯本作秋，曾本、苏写本、和陶本作冬，从前者。凄且厉：《礼记·月令》载，季秋三月，“霜始降”，“寒气总至”。湓口在江边，较寒冷。数友话别，更增深秋肃杀

之感。

③卉（huì）：草的总称。具：呈现。腓（féi）：通“痱”，病也。

④以：于。履霜节：脚踩到霜的季节，指九月深秋。《诗经·豳风·七月》：“九月肃霜。”

⑤归：委任。此处是赴官所之意。

⑥冒：覆盖。

⑦倏（shū）：忽然，很快地。

⑧洲：水中陆地可居者。渚：水中小块陆地。缅邈：遥远貌。

⑨乖：异。此句渲染别情激荡。

⑩欣：李本、和陶本、曾本作欲。曾本注，一作欣。苏写本、焦本、逯本作欣。从后。

⑪聿：句中助词。

⑫悬车：《淮南子·天文》将太阳在白天的行程作了记叙，每一段时间用一定的名称标志。曰：“至于悲泉，爰止其女，爰息其马，是谓悬车。至于虞渊，是谓黄昏。”悬车为黄昏前一段时间。

⑬逝：去者，指客。止：留者，指主、送行者。判：别。

⑭旋：还。驾：车。

⑮回：转，引申为归，归于任所也。

⑯万化：万物化迁。移：李本、逯本作遗，陶本作移，从陶本。

# 与殷晋安别[1]（并序）

**题解** 这首诗作于晋义熙七年（411），陶渊明四十七岁，在移居南村的次年。

殷景仁热衷于仕途，渊明与他本是隐、仕殊路，然景仁敏有思致，所以便成了情款的邻友。通过这首诗，我们了解渊明待友是大度而平易的，诗中虽明言二人抱负不同，取舍相异，但也不以自己的好恶强人之难，友谊仍在。

**原文** 殷先作晋安南府长史掾[2]，因居浔阳[3]；后作太尉参军[4]，移家东下[5]，作此以赠。

**译文** 殷起先作晋安南府长史掾，所以安家在浔阳；后来作太尉参军，迁移全家东下，作这首诗送他。

游好非久长[6]，　　我们相识相交并不长久，
一遇尽殷勤。　　一见面便十分亲近。
信宿酬清话[7]，　　一夜两夜谈兴不尽，
益复知为亲。　　更加知道彼此相亲。

| | |
|---|---|
| 去岁家南里， | 去年我迁居到南里， |
| 薄作少时邻[⑧]。 | 一时间又成了近邻。 |
| 负杖肆游从[⑨]， | 携着手杖相跟着游玩， |
| 淹留忘宵晨[⑩]。 | 全不管是夜晚还是清晨。 |
| 语默自殊势[⑪]， | 做官、归隐，情况本来不同， |
| 亦知当乖分。 | 也知道分离的日子必然来临。 |
| 未谓事已及[⑫]， | 没想到这一天已经来到， |
| 兴言在兹春[⑬]。 | 分手就在今春。 |
| 飘飘西来风， | 飘飘拂面的是西来的风， |
| 悠悠东去云。 | 悠悠而去的是东去的云。 |
| 山川千里外， | 山川相隔千里远， |
| 言笑难为因[⑭]。 | 见面谈笑难再有缘分。 |
| 良才不隐世， | 多才多智的确不该隐遁， |
| 江湖多贱贫[⑮]。 | 江湖隐士多是生活困贫。 |
| 脱有经过便[⑯]， | 如果有便人经过， |
| 念来存故人[⑰]。 | 请勿忘慰问故人。 |

## 注释

①殷晋安：指殷景仁，名铁。他做过晋安郡的官，就以郡名称呼他，表示尊敬。

②晋安：晋安郡。《资治通鉴》元兴二年附注："武帝太康三年，分建安立晋安郡，今泉州南安市即其地。宋白曰：'东晋南渡，

衣冠士族多萃此地以求安堵，因立晋安郡，隋为泉州。'”南府：东晋末多以号将军者任刺史，此指军府，因在都城建康之南端，故称南府。长史掾（yuàn）：将军、刺史下设长史，长史署的官员，称长史掾。

③因居浔阳：晋安郡地处偏僻的南端，殷景仁便把家小安置在浔阳。

④后作太尉参军：据《资治通鉴》载：义熙七年（411）三月，刘裕受太尉，任命殷景仁为行参军（不参与军事只管行政的参军）。殷景仁的曾祖是殷融，曾任护军将军庾亮的司马。

⑤东下：由浔阳去建康，沿江向东而下。

⑥久长：李本及诸本作久长，曾本云一作少长，陶本、逯本作少长。从李本及诸本。

⑦信宿：宿，住、止的意思。一夜为宿，再宿为信。

⑧薄：句首助词。少：短。

⑨负杖：负，凭恃。负杖，持杖。游从：共游互从。

⑩宵：夜。

⑪语默：说话与沉默，代指仕与隐。《易经·系辞》：“君子之道，或出或处，或默或语。”

⑫未谓：谓，以为；未谓，没有想到。

⑬兴：起，动身。言：助词。

⑭难为因：难，不容易；因，由。意即不大可能再有机会。

⑮良才不隐世，江湖多贱贫：前句指殷的出仕，后句是指自己的隐居。

⑯脱：设，假如。

⑰念：盼望的意思。存：存问，看望。

# 赠羊长史[1]（并序）

**题解**　这首诗作于晋义熙十三年（417），陶渊明五十三岁。

义熙十二年八月，刘裕亲率晋军北征后秦，十月收洛阳；次年秋攻入长安，虏后秦主姚泓。左将军、江州刺史檀韶遣羊长史为代表前往关中庆贺。渊明写了本诗相赠。

长期分裂的山河趋于统一（实际上，后来晋军又退归南方），渊明的欢快是可想而知的，然而刘裕以军功增篡晋之资，渊明似有所预见，所以本诗便呈现了兴奋但又抑制的调子。

**原文**　左军羊长史[2]，衔使秦川[3]，作此与之。

**译文**　左军羊长史，奉使命赴秦川，因作这首诗给他。

| | |
|---|---|
| 愚生三季后[4]， | 我生在三代衰微之后， |
| 慨然念黄虞[5]。 | 慷慨追念黄虞之属。 |
| 得知千载上[6]， | 能知道千年以上的种种， |
| 正赖古人书。 | 全靠着古人书籍的记录。 |
| 贤圣留馀迹， | 贤圣留下的遗迹， |

| | |
|---|---|
| 事事在中都[7]。 | 一件件都在中州古都。 |
| 岂忘游心目？ | 哪能忘记纵目赏心？ |
| 关河不可逾[8]。 | 不可跨越关河险阻。 |
| 九域甫已一[9]， | 九州将要统一， |
| 逝将理舟舆[10]。 | 整理舟车不踌躇。 |
| 闻君当先迈， | 听说你要奉使先行， |
| 负痾不获俱[11]。 | 我抱病不能同登征途。 |
| 路若经商山[12]， | 你如经过商山， |
| 为我少踌躇[13]。 | 请为我稍作延伫。 |
| 多谢绮与角[14]， | 代向四皓多多致意， |
| 精爽今何如[15]？ | 他们的精魂今日何如？ |
| 紫芝谁复采[16]？ | 那紫芝还有谁去采摘？ |
| 深谷久应芜。 | 避居的深谷怕也久已荒芜。 |
| 驷马无贳患[17]， | 驷马高车终免不了祸患， |
| 贫贱有交娱[18]。 | 贫贱的人却有很多欢乐幸福。 |
| 清谣结心曲[19]， | 歌谣凝结着四皓的心志， |
| 人乖运见疏[20]。 | 古人不可见，世运与我相疏。 |
| 拥怀累代下， | 多少世代之下也令人感怀， |
| 言尽意不舒[21]。 | 言辞已尽，心意仍未尽情发抒。 |

**注释** ①羊长史：长史，官名。诸史之长，职无不监，为上司主要

辅佐官。羊长史，李本、和陶本注羊松龄三字，曾本、苏写本注羊名松龄四字。据《晋书·隐逸传》载：陶“既绝州郡觐谒，其乡亲张野及周旋人（或释周旋人为常相交往的人）、羊松龄、庞遵等，或有酒要之，或要之共至酒坐”。羊长史可能就是这位羊松龄。此人《晋书》《宋书》无传，事迹不详。

②左军：据《宋书·檀韶传》：“寻进号左将军，领本州大中正。十二年，迁督江州、豫州之西阳、新蔡二郡诸军事、江州刺史，将军如故。”故确定此“左军”为檀韶。另说左军为朱龄石，是据《资治通鉴》载：义熙十二年八月，“左将军朱龄石守卫殿省”。按，如系朱龄石从京师遣出，渊明不可能知悉，羊长史负如此重要使命也不大可能在浔阳逗留，故此说为非。

③衔：奉命的意思。秦川：指潼关以西渭河泾河一带，今陕西省地区，因古属秦国，故称秦川。川，平川、平原。

④愚：笨拙者。诗人自谦之词。三季：夏、商、周之季世。季，末也。《汉书·叙传》：“三季之后，厥事放纷。”

⑤黄虞：黄帝、虞舜。

⑥上：李本、逯本作外，苏写本、陶本作上，从后。

⑦中都：中原的都邑。

⑧关河：狭指潼关、黄河，此处通指国与国之间的关隘河防。逾：越。

⑨九域：九州。甫：始。九域甫已一：实际上这时北方尚有魏、

北燕、西秦、夏、北凉、西凉诸国。因后秦占领北方西侧广大地区，故诗人产生此印象。

⑩逝：句首助词，无义。《诗经·魏风·硕鼠》："逝将去女。"或注通"誓"。舆：车载人的部位，即指车乘。

⑪痾（ē）：病。

⑫商山：山名，在今陕西商洛市东南，该山林壑幽深。

⑬少：通"稍"。踌躇：逗留。

⑭谢：以辞相问，问安。绮与角（lù）：秦末东园公、角（或写作"甪"）里先生、绮里季、夏黄公，避乱隐商山，年均八十余，须眉雪白，时称商山四皓。此处以绮、角代指四皓。

⑮精爽：精，神也；爽，明也。精爽谓神魂。陆机《赠从兄车骑》："营魄怀兹土，精爽若飞沈。"

⑯紫芝谁复采：紫芝，紫色的灵芝。此句及以下三句均化自《四皓歌》："莫莫高山，深谷逶迤。晔晔紫芝，可以疗饥。唐虞世远，吾将何归？驷马高盖，其忧甚大。富贵之畏人兮，不若贫贱之肆志。"（逯本引《古今乐录》）

⑰驷马：四马拉车，富贵者所乘。贳（shì）：免除。

⑱交：前后相接为交，错综成交，这里是许多的意思。

⑲清谣：指《四皓歌》。

⑳人乖：李本作人乘，陶本作乖，从后。乖：违，不合时。运见疏：被世运所疏。

㉑舒：伸展。

# 岁暮和张常侍[1]

**题解**　这首诗约作于义熙十三年（417）的除夕，陶渊明五十三岁。

太尉刘裕十二月率部回到建康，南北山河统一的希望破灭；作者由张常侍而思及东晋一批人，在刘裕武力下，朝不保夕；近年来，自己经济上陷于困境。这三点因素，使本诗笼罩着悲凉伤感的气氛。整篇全以岁暮着笔。首两句语带双关，既紧扣伤时主线，又隐隐涉及时政，随即点出岁暮，慨叹垂老。中间四句即景寓情。下面转写窘困，连解忧的酒也已告罄。尾四句依然是渊明本色，又系之感慨。

**原文**

| | |
|---|---|
| 市朝凄旧人[2]， | 朝廷旧人或散或死令人悲凄， |
| 骤骥感悲泉[3]。 | 时光急驰，使人为日落感叹。 |
| 明旦非今日[4]， | 明朝升起的已不是今天的太阳， |
| 岁暮余何言！ | 岁已尽，我又有何言！ |
| 素颜敛光润， | 平日的容颜已收敛起光润， |
| 白发一已繁[5]。 | 白发更见增添。 |
| 阔哉秦穆谈， | 秦穆公的话可称迂阔， |
| 旅力岂未愆[6]。 | 人老了，怎能说臂力没有耗散？ |

| | |
|---|---|
| 向夕长风起， | 晚来长风吹起， |
| 寒云没西山。 | 寒云笼罩了西山。 |
| 洌洌气遂严[7]， | 凛冽的寒气越来越冷， |
| 纷纷飞鸟还。 | 那飞鸟已纷纷回还。 |
| 民生鲜常在， | 人生很少能够长寿， |
| 矧伊愁苦缠[8]。 | 何况总被愁苦纠缠。 |
| 屡阙清酤至[9]， | 常常无酒可饮， |
| 无以乐当年。 | 无从快乐在今时此年。 |
| 穷通靡攸虑， | 穷困显达本不在所考虑， |
| 憔悴由化迁。 | 容颜憔悴，也听任自然的变迁。 |
| 抚己有深怀， | 想想自己，很有些深刻的感慨， |
| 履运增慨然[10]！ | 逢到岁终又添一重伤感！ |

**注释**

①岁暮：由“明旦非今日”知岁暮指除夕。张常侍：常侍，散骑常侍之简称。魏晋以来，设散骑常侍四人，掌侍皇帝左右。官三品，秩比二千石。张常侍，据《晋书·隐逸传》：“既绝州郡觐谒，其乡亲张野及周旋人、羊松龄、庞遵等，或有酒要之，或要之共至酒坐。”又据《莲社高贤传》载：“张野，字莱民，居浔阳柴桑，与渊明有婚姻契。”则知张常侍可能即为张野。《莲社高贤传》又载：“征拜散骑常侍，不就。”而渊明又称之为常侍，则推知张原为常侍，致仕而退居浔阳，以

后或为刘裕又征之为晋帝常侍，乃不复出矣。

②市朝：指朝廷官场。凄：悲伤。旧人：双关意，一指亡故人，一指仕晋臣僚。作者《感士不遇赋序》："闾阎懈廉退之节，市朝驱易进之心。"

③骤骥：疾奔之骏马，喻光阴。《庄子·知北游》："人生天地之间，若白驹之过隙，忽然而已。"悲泉：日落处。见《于王抚军座送客》注⑫。

④旦：日方出时。由岁暮而知此"旦"为元旦。今日：今岁之日；日，太阳。《淮南子·天文》："日冬至峻狼之山，日移一度，凡行百八十二度八分度之五，而夏至牛首之山，反复三百六十五度四分度之一而成一岁，天一元始。"本句为双关语，古以日代指帝君，诗人已预感到刘裕将代晋。

⑤一：语助词。

⑥旅力岂未愆：前628年，秦师袭郑。郑有备，灭滑国而还。班师遭晋军狙击于殽，大败。秦残军归国后，秦穆公悔过，誓告群臣。其中有句话："番番良士，旅力既愆，我尚有之。"（见《尚书·秦誓》）番番（pó），同"皤皤"，白发貌。旅，同"膂"。愆，衰退。整句话的意思是：头发白白的良士，臂力已衰退了，但我还有的是。

⑦冽冽：李本、逯本作厉厉，焦本、陶本作冽冽，从后。冽冽，寒冷貌。

⑧矧（shěn）：况且。伊：句中助词。

⑨阙：同“缺”。酤（gū）：买酒。

⑩履：脚踏到，转义为逢到。运:（时节）的运转。履运，指逢年过节。

# 和胡西曹示顾贼曹[1]

**题解**　这首诗约作于晋元兴三年（404），诗人四十岁。

《时运》写于这年春天，本篇写于同年仲夏，可作为《时运》的续篇来看。诗人此时住在上京里，上年初春，开始躬耕于南亩（作《始春怀古田舍》二首），稼穑的艰辛体味到了。

这首诗前八句为上半篇，描写仲夏的时感和佳景；后八句为下半篇，抒发壮年易逝、躬耕自资维艰的悲慨。

**原文**

| | |
|---|---|
| 蕤宾五月中[2]， | 乐律蕤宾的五月中， |
| 清朝起南飔[3]。 | 清晨，清凉的南风吹来。 |
| 不驶亦不迟[4]， | 既不过速，也不缓滞， |
| 飘飘吹我衣。 | 飘飘然吹起我的衣带。 |
| 重云蔽白日， | 浓重的云遮蔽了太阳， |
| 闲雨纷微微。 | 自在的雨纷纷洒开。 |
| 流目视西园[5]， | 放眼看看西园的景色， |
| 烨烨荣紫葵[6]。 | 紫葵花发出光彩。 |
| 于今甚可爱， | 现在还十分可爱， |
| 奈何当复衰。 | 可惜它必然要衰败。 |

感物愿及时，　感叹此物就想到及时欢乐，
每恨靡所挥[7]。　每每遗憾没有酒不能喝个痛快。
悠悠待秋稼，　久久等待秋稼成熟，
寥落将赊迟[8]。　稀疏寥落，迟收也无奈。
逸想不可淹[9]，　难抑超逸的向往，
猖狂独长悲[10]。　激动不已，独抒悲怀。

**注释**

①和（hè）：应和，依照别人所作诗的题材和体裁而作，这是诗歌创作中的一种特定方式。示：给（某人）看。胡、顾：名字与事迹不详。西曹：州郡主管吏事及选举的官。贼曹：较西曹低一等级的官，主管惩办盗贼一类公事。曹：职官治事所分的科别。《宋书·百官志》："晋成帝咸康中，江州又有别驾祭酒，居僚职之上……别驾、西曹主吏及选举事……西曹，即汉之功曹书佐也。祭酒分掌诸曹兵、贼、仓、户、水、铠之属。"

②蕤（ruí）宾：十二乐律之一。古代音乐分五音、十二律。五音是宫、商、角、徵（zhǐ）、羽。十二律是：黄钟、大吕、太簇、夹钟、姑洗、仲吕、蕤宾、林钟、夷则、南吕、无射、应钟。律管以竹制成，黄钟长九寸，依比例递减，至应钟为四寸七分四厘，十二律管便吹出十二阶的标准音。古人又认为自然界二十四节气、十二个月存在十二阶声音，这十二阶

声音是天地间的气、风造成的。《吕氏春秋·音律》:“大圣至理之世，天地之气，合而生风。日至则月钟其风，以生十二律。仲冬日短至，则生黄钟；季冬生大吕；孟春生太簇；仲春生夹钟；季春生姑洗；孟夏生仲吕，仲夏日长至，则生蕤宾；季夏生林钟；孟秋生夷则；仲秋生南吕；季秋生无射；孟冬生应钟。天地之风气正，则十二律定矣。”蕤宾为仲夏所生，也可说蕤宾与仲夏五月相应，它是五月的乐律。

③朝（zhāo）：早晨。飔（sī）：凉风。

④驶：疾、急。

⑤西园：渊明不大可能有几个园，此或谓园之西。

⑥烨烨（yè）：光耀灿烂。荣：旺盛。指花开得很盛。

⑦感物愿及时，每恨靡所挥：挥，举杯而饮。这两句落实到酒上面，连带着也有感叹壮年易逝而自己却碌碌无为的意思。

⑧寥落：稀疏。赊（shē）：缓。

⑨淹：没。

⑩猖狂：恣意纵情。《庄子·山木》:“猖狂妄行，乃蹈乎大方。”

# 悲从弟仲德[1]

**题解**　这首诗约作于晋义熙八年（412），陶渊明四十八岁。

这年渊明全家离开南村，回到阔别六年的上京里老家。上京里物迁人非，诗人极感恻怆。他凭吊了从弟仲德的旧宅，寡奶（nǎi）遗孑（jié），虚坐生尘，更触动悲怀。

这首诗写得较长，分五层委婉道来，有的句子似不甚精思，如“悲泪应心零”“何意尔先倾”，清陈祚明认为“特多弱句”（《采菽堂古诗选》），殊不知悲之至而不择语，随口道来，更能体现其任真。渊明虽然淡泊，然于亲友，正是一位十分重感情的人。

**原文**

| | |
|---|---|
| 衔哀过旧宅[2]， | 满含悲哀来凭吊旧宅， |
| 悲泪应心零。 | 悲泪和着心哀而飘零。 |
| 借问为谁悲？ | 问我为谁悲？ |
| 怀人在九冥[3]！ | 所怀之人已在九泉幽冥！ |
| 礼服名群从[4]， | 按礼成服虽是从兄弟， |
| 恩爱若同生。 | 恩爱之情则如同母所生。 |
| 门前执手时， | 门前执手话别时， |

| | |
|---|---|
| 何意尔先倾。 | 怎想到你会先我凋殒。 |
| 在数竟未免⑤， | 在劫数之中竟未能避免， |
| 为山不及成⑥。 | 德业犹如造山欠一篑未能完成。 |
| 慈母沉哀疚⑦， | 慈母沉浸在哀痛之中， |
| 二胤才数龄⑧。 | 两个孩子还在幼小的年龄。 |
| 双位委空馆⑨， | 夫妇二人的牌位放置在空屋之中， |
| 朝夕无哭声。 | 早晚都听不到亲人的哭声。 |
| 流尘集虚座， | 飞尘落在你空着的座位之上， |
| 宿草旅前庭⑩。 | 堂前庭院已是荒草丛生。 |
| 阶除旷游迹⑪， | 台阶上少了你的足迹， |
| 园林独馀情。 | 园林中偏偏还留下你的温情。 |
| 翳然乘化去， | 黯然随着造化逝去， |
| 终天不复形⑫。 | 永远不能恢复你的身形。 |
| 迟迟将回步， | 我脚步沉重将要离开， |
| 恻恻悲襟盈⑬！ | 悲哀的泪水又沾湿了我的衣襟。 |

**注释**

①从弟：同祖父的弟弟，俗称堂弟。仲德：苏写本作敬德。渊明另一位从弟敬远，敬德可能是敬远之弟，故用“仲”，又名仲德。

②过：越。这里是拜谒、凭吊的意思。

③九冥（míng）：冥，暗也，指地下。古云地有九层，故名

之九冥。

④礼服：见《赠长沙公》注⑥。群：众。从：同祖伯叔子女之间称从，如从兄、从弟、从姊、从妹等。

⑤在数：在劫数，意谓遭厄运。

⑥为山不及成：以山喻功名，意源于《论语·子罕》，“譬如为山，未成一篑”，因还缺一筐土而未堆成山。

⑦疚（jiù）：痛苦。

⑧胤（yìn）：后代。

⑨双位：仲德夫妇的两个牌位。馆：本谓较高大之房舍，此处指屋。

⑩旅：丛生。《后汉书·光武帝纪》：“至是野谷旅生”，王先谦集解：“《释诂》：‘旅，众也’，谷不因播种而生故曰野，众多故曰旅也。”

⑪阶除：《说文》释阶为陛，释除为殿陛，根据此意，“阶”指旁室的台阶，“除”是专指登堂的台阶。

⑫形：见形，见其身影。

⑬恻恻：凄悲、痛切。

# 卷之三　诗五言

# 始作镇军参军经曲阿[1]

**题解**　这首诗作于晋元兴三年（404），陶渊明四十岁。去年十二月楚王桓玄篡晋即皇帝位，改元永始。本年二月刘裕被众臣推为盟主，率部于京口起事。三月攻入建康，被推举为使持节、八州军事都督、徐州刺史。这期间，刘裕行镇军将军（战乱中，无诏书任命，这里的“行”是暂用的意思）。军府设在京口，这首诗是渊明被征辟为镇军军府的参军（参见《年谱》元兴三年注④），在赴京口任职途中经曲阿所作。

刘裕的起事当时被视为义举，渊明在《荣木》诗中也表露了建功的思想。这些促成了渊明应征的积极行动。然而桓玄本来也是由反昏庸专权的司马道子起家，进而实现其阴谋野心的。眼前的刘裕也有很大可能依样画葫芦，于是诗人热情顿减。所以本诗便反映了出仕与复归的矛盾的心理。渊明以高节自励，而自己却又将卷入政治之旋涡。诗人开始感到违反初衷，并且表示愧怍，决心终将返归园田故庐。

**原文**

| | |
|---|---|
| 弱龄寄事外[2]， | 青年时寄情于人事之外， |
| 委怀在琴书。 | 倾心只在琴与书。 |
| 被褐欣自得[3]， | 披着粗布衣，心情依然愉快， |

| | |
|---|---|
| 屡空常晏如[4]。 | 经常困乏也总是安然自如。 |
| 时来苟冥会[5]， | 冥冥中暂且与降临的时运相会， |
| 宛辔憩通衢[6]。 | 放松马缰，漫步在大道通途。 |
| 投策命晨装[7]， | 弃置游杖命人准备行装， |
| 暂与园田疏。 | 暂时与我心爱的田园相疏。 |
| 眇眇孤舟逝[8]， | 孤舟向远远的地方行去， |
| 绵绵归思纡[9]。 | 缠绕的归思却绵绵难纾。 |
| 我行岂不遥？ | 我的行程难道不遥远？ |
| 登降千里馀[10]。 | 跋山涉水，走千里路途。 |
| 目倦川途异， | 眼睛看倦了川途的变化， |
| 心念山泽居。 | 心里总想着山泽边的旧居。 |
| 望云惭高鸟， | 看白云，令我羞惭的是高翔的飞鸟； |
| 临水愧游鱼。 | 对流水，让我愧怍的是自在的游鱼。 |
| 真想初在襟[11]， | 返朴归真是我早有的襟抱， |
| 谁谓形迹拘？ | 谁说我的心会被人事活动所拘束？ |
| 聊且凭化迁[12]， | 姑且任凭自然的变化， |
| 终返班生庐[13]。 | 终究要返回班固寄意的仁庐。 |

**注释** ①镇军参军：镇军将军府的参军。镇军是镇军将军的简称。曲阿：今江苏丹阳。

②弱龄：二十岁时。《礼记·曲记》："人生十岁曰幼，学。

二十曰弱，冠。三十曰壮，有室。”事：世俗之事，指入仕等。

③被：身穿。褐（hè）：粗布衣。

④屡空：常常食用空乏。《论语·先进》：“子曰：‘回也其庶乎，屡空。’”晏如：安之若素的样子。晏，安；如，形容词词尾。

⑤时：时机。苟：暂且，姑且。冥：默。

⑥宛辔：李本、曾本、苏写本、焦本作婉孌，逯本作踠辔，陶本作宛辔，从陶本。宛：屈也，放松的意思。辔（pèi）：驾驭马的嚼子和缰绳。憩（qì）：休息。衢（qú）：大路。本句喻暂时入官场。

⑦投：弃，搁下。策：杖。

⑧眇眇（miǎo）：遥远的样子。《九章·哀郢》：“心婵媛而伤怀兮，眇不知其所蹠。”

⑨纡（yū）：绕弯，缠绕。

⑩登降：李本及诸本作登陟，陶本、逯本作登降，从后者。登降，或上或下，跋山涉水的意思。

⑪真想：真朴之想。《淮南子·本经》：“质真而素朴。”初：当初、早年。

⑫凭：听任。

⑬班生庐：班生，指东汉班固，史家与赋家，著《汉书》《两都赋》等。其《幽通赋》云：“终保己而贻则兮，里上仁之所庐。”《论语·里仁》：“里仁为美。”

# 庚子岁五月中从都还阻风于规林[1]（二首）

**题解** 这首诗写于隆安四年（400），陶渊明三十六岁。

隆安三年，桓玄任江州刺史。次年，渊明复出仕。之前，桓玄是参加王恭为首的反司马道子、王国宝而坐大的。王国宝赐死后，司马元显（道子之子）灭了王恭，司马道子笼络桓玄，桓玄转而于隆安三年十二月攻灭了原来的盟友荆州刺史殷仲堪。隆安四年春，诏进桓玄督八州及扬、豫八郡诸军事，领荆州、江州刺史。这时期，司马元显暴敛而富逾帝室。孙恩起义于浙江。晋国事日非。

这两首诗写奉命使都后，归途因受风阻而急于见到慈母及家人的心情，写对园林的怀念。上篇侧重思家，下篇侧重思退隐。在诗中已看不到渊明的政治热情，这与前述的社会背景可能有关。

**原文** （一）

| | |
|---|---|
| 行行循归路， | 赶路啊赶路，沿着回家的路， |
| 计日望旧居。 | 算着日子将要看到家园。 |
| 一欣侍温颜[2]， | 既高兴能和兄弟重逢， |

| | |
|---|---|
| 再喜见友于[3]。 | 更欣喜得见母亲的慈颜。 |
| 鼓棹路崎曲[4]， | 摇起船桨经过曲折的水道， |
| 指景限西隅[5]。 | 眼看太阳落到西天的一边。 |
| 江山岂不险？ | 江山难道不险峻？ |
| 归子念前涂[6]。 | 归来人只惦念路程的绵延。 |
| 凯风负我心[7]， | 南风才不管我的心意， |
| 戢枻守穷湖[8]。 | 只好收起桨困守在荒僻的湖边。 |
| 高莽眇无界[9]， | 高深茂密的草丛一望无际， |
| 夏木独森疏[10]。 | 夏天的大树独个儿枝叶茂繁。 |
| 谁言客舟远[11]？ | 谁说归客的航船路途还远？ |
| 近瞻百里馀[12]。 | 只剩下百多里已近在眼前。 |
| 延目识南岭[13]， | 放眼望去已能辨出南岭， |
| 空叹将焉如！ | 无可如何啊！空叹行路难。 |

**注释**

①规林：地名，有避风津港，今地点不详。

②温颜：温，慈爱和祥；颜，面。温颜，意为慈母的面容。

③友于：《尚书·君陈》载，“惟孝友于兄弟。”古人往往在引用熟句时，隐去后面的词，而以前面的词表示后面的词的意思，故“友于”即兄弟。

④鼓：划动。棹（zhào）：划船工具，在旁拨水曰棹。路：指水路。崎（qí）：本形容山路不平，此借以形容水波起伏，

使船摇晃倾侧。曲：港道弯曲。

⑤景：同“影”，代指太阳。晋张载《七哀诗》：“朱光驰北陆，浮景忽西沈。”限：阻。西隅（yú）：隅，角落。《后汉书·冯异传》：“可谓失之东隅，收之桑榆。”东隅，日出处。桑榆，西隅日落处。

⑥念：忉（dāo）念，忧虑。“江山岂不险？归子念前途”，意具双关，既指眼前实况，也暗喻宦途风险。

⑦凯风：南风。见《和郭主簿》第一首注④。逯本注用《凯风》诗，《诗经·邶风·凯风》：“凯风自南，吹彼棘心。棘心夭夭，母氏劬劳。”

⑧戢（jí）：收笼。枻（yè）：楫，船旁拨水工具。长者曰棹，短者曰楫。《楚辞·渔父》：“渔父莞尔而笑，鼓泄而去。”穷湖：穷，偏僻角落。湖，可能是彭泽（《汉书》称名。隋以后改名鄱阳湖）。此湖位于江西省北境，长江之南。穷湖泊船处，应即规林。

⑨高：指高地及起伏绵亘之山坡。莽：常绿灌木，高丈余；也可指深邃草丛。

⑩独：在莽草中分散长着高树，因见其形单而挺拔，故谓之“独”。

⑪客舟：载着归客的船，这里客是自称。

⑫百里馀：指离家乡也只有一百多里的路程了。

⑬延目：放眼远望。南岭：指庐山。因庐山在长江之南，故

称南岭。

## 原文　（二）

| | |
|---|---|
| 自古叹行役①， | 自古都悲叹受公事差遣， |
| 我今始知之。 | 我如今才知道这悲叹的意思。 |
| 山川一何旷， | 山川多么远又多么空旷， |
| 巽坎难与期②。 | 风与水的变化也难以预知。 |
| 崩浪聒天响③， | 奔腾的波浪响声震天， |
| 长风无息时。 | 呼啸的狂风没有片刻停止。 |
| 久游恋所生④， | 外出很久，对慈母更感依恋， |
| 如何淹在兹？ | 为什么在此地滞留多时？ |
| 静念园林好， | 静心想一想还是园林美好， |
| 人间良可辞⑤。 | 这喧嚣的尘世早该告辞。 |
| 当年讵有几⑥？ | 人生壮年能得多久？ |
| 纵心复何疑。 | 任凭自己的心愿莫再延迟。 |

## 注释

①行役：公差在外跋涉。《诗经·魏风·陟岵》：“父曰：嗟！予子行役，夙夜无已。”

②巽（xùn）：《易经》中八个基本卦（八卦）之一，符号是☴，卦象为风。坎（kǎn）：八卦之一，符号是☵，卦象为水。与：符合。期：愿望，预定算计。

③聒（guō）：扰耳响声。

④游：游宦，在外做官。所生：所从生之人及地，指慈母及故乡。

⑤人间：指官场。良：很。

⑥当年：当，适逢。当年，正当华年。讵（jù）：岂。

## 辛丑岁七月赴假还江陵夜行涂口[①]

**题解**　这首诗作于隆安五年（401），陶渊明三十七岁。

隆安四年春，桓玄克荆、雍后，督八州及八郡军事，领荆州、江州刺史。渊明可能先在江州州府任职，后移任荆州（治所在江陵）从事。本诗是回家乡探亲假满，再赴江陵任所，于途中感怀而作。

本诗与《庚子岁五月中从都还阻风于规林（二首）》的写作时间相隔一年余，诗中所反映的归隐思想较前诗更明确了。诗分三段，首段写三十载本志，次段写旅途孤情，末段写决心返归。诗中自责甚明，最后以“善”自励，说明渊明的述怀并不是没有政治上的考虑的。

**原文**

闲居三十载[②]，　　三十年来村居悠闲，
遂与尘事冥。　　对于世态隔膜不明。
诗书敦宿好[③]，　　原先爱好的诗书更加爱好，
林园无世情[④]。　　田园中没有那些应酬俗情。
如何舍此去，　　为什么舍弃田园而离去，
遥遥至南荆[⑤]？　　去到那遥远的南荆？

| | |
|---|---|
| 叩枻新秋月⑥， | 摇动船桨，击碎了新秋的明月， |
| 临流别友生⑦。 | 为别亲友来到这大江之滨。 |
| 凉风起将夕⑧， | 傍晚时凉风吹起， |
| 夜景湛虚明⑨。 | 夜色如此清澈空明。 |
| 昭昭天宇阔⑩， | 明净的天宇寥廓无际， |
| 皛皛川上平⑪。 | 亮光闪闪，水面波平。 |
| 怀役不遑寐⑫， | 记挂着公事，不能安睡， |
| 中宵尚孤征⑬。 | 夜已将半还独自征行。 |
| 商歌非吾事⑭， | 唱商歌求进用不是我的事业， |
| 依依在耦耕。 | 留恋着沮溺那样并力共耕。 |
| 投冠旋旧墟， | 甩掉这官帽返回故里， |
| 不为好爵萦⑮。 | 高官厚禄本来就不用系心。 |
| 养真衡茅下， | 衡门茅舍才可以修真养性， |
| 庶以善自名。 | 或可凭好善建立自己的声名。 |

**注释**

①赴假：赴准假之所，意即销假返任。朱自清《陶渊明年谱中之诸问题》对此辨释甚详，曰："《自新篇》云：'陆机赴假还洛，辎重甚盛。'此宁类'急假'耶？抑机吴人，若云假还，何得向洛耶？足知'赴假'当即今言销假意。渊明正是销假赴官，故有'投冠''养真'等语耳。"此说甚是。按，《晋书·陆机传》载："初，机有骏犬，名曰黄耳，甚爱之。既而

羁寓京师（注：洛阳）。久无家问，笑语犬曰：‘我家绝无书信，汝能赍书取消息不?’犬摇尾作声。机乃为书，以竹莆盛之，而系其颈。犬寻路南走，遂至其家（注：在吴郡），得报还洛。”足证“陆机赴假还洛”，确为陆机销假还洛，赴假属销假之变词也。行：经过。涂口：李本及诸本均作涂中，逯本据《昭明文选》《艺文类聚》作涂口，从逯本。涂口，今名金口，在湖北武昌之南。《舆地纪胜》：“鄂州涂口。”注：“在江夏南，水路五十里，一名金口，陶潜有涂口诗。”

②闲居：闲散居家。三十载：三十年。这是个成数、约数。渊明本年三十七岁，除去幼稚时期六年（《礼记·内则》：“六年，教之数与方名。”）、州祭酒少日、桓玄州府二年，约为二十八年，故云闲居三十载。

③敦：厚。宿：宿昔，平素。好（hào）：爱。

④林园：李本、逯本作林园，和陶本、陶本作园林。从前者。世情：李本及诸本作俗情，陶本、逯本作世情，从后。世情，世俗情态。

⑤遥遥至南荆：荆州治所在湖北江陵，江陵古属南方楚国之地，故西晋称荆州为南荆。东晋沿用此习称。浔阳距江陵约一千二百里水路，自浔阳至涂口已行约五百里，尚有约七百里，故云遥遥。

⑥叩：击。新秋：秋季是七、八、九月，七月属孟秋，也称

新秋。

⑦友生：朋友，生是对年轻读书人的称呼。《诗经·小雅·棠棣》："虽有兄弟，不如友生。"

⑧将夕：夕，暮也；将夕，暮之将临。

⑨夜景：景（yǐng），同"影"。《周礼·地官·大司徒》："以土圭之法，测土深，正日景。"夜景，则指月影，谓月光也。湛（zhàn）：清澄。

⑩昭昭：光明的样子。

⑪皛皛（xiǎo）：明亮的样子。川上：此指江面。

⑫遑：暇。

⑬宵：夜。尚：犹、且、还要。征：远行。

⑭商歌：这个典故，《吕氏春秋·举难篇》《淮南子·道应》《史记·鲁仲连邹阳列传》集解等均载之。《离骚》："宁戚之讴歌兮，齐桓闻以该辅。"洪兴祖补注："《淮南子》云：宁戚欲干齐桓公，困穷无以自达。于是为商旅，将任车以商于齐，暮宿于郭门之外，饭牛车下，望见桓公，乃击牛角而商歌。桓公闻之曰：异哉，歌者非常人也。命后车载之。《三齐记》载其歌曰：南山矸，白石烂，生不遭尧与舜禅，短布单衣适至骭，从昏饭牛薄夜半，长夜漫漫何时旦？桓公召与语，悦之，以为大夫。矸与岸同。一作南山粲。"商歌，商这个地方音调的歌。按，宁戚乃春秋时卫人，卫国初都朝歌，在今

河南淇县东北；商代初都亳，在今河南商丘市北，至殷迁都朝歌。因宁戚是卫人，卫地古属商，故宁戚所唱商歌之“商”以地名解为宜。因宁戚这个典故，商歌也成了自荐求仕的代名词。商歌，也有用五音之“商”来解释的，商音悲，商歌为悲凉音调的歌。

⑮好爵：美善的官位。南齐孔稚珪《北山移文》：“虽假容于江皋，乃缨情于好爵。”萦（yíng）：缠绕。

# 癸卯岁始春怀古田舍（二首）

**题解**　本诗作于元兴二年（403），陶渊明三十九岁。

隆安四年（400），渊明三十六岁，入桓玄所辖州府任职。隆安五年（401）冬，母丧返归，自此退职。次年（元兴元年），进占荆州的桓玄又进一步攻陷京师，称太尉，总揽朝政。国事无望，使陶渊明坚定了躬耕自资的决心，并付诸实际行动。

这两首诗便是元兴二年渊明亲自参加春耕之后的作品。将南亩田舍取名为“怀古”，体现了追慕古贤而亲耕的意思。第一首写返耕而陶冶于自然的愉悦，折射出原先官场的不洁与自己的不畅；第二首写农事与交往的欢欣，由转志长勤委婉道出忧道不忧贫的本心。

本诗受到历代佳评。清王夫之称云：“通首好诗，气和理匀”；诗中不少佳句得到后人的高度赞誉，如“鸟哢欢新节，泠风送馀善”“平畴交远风，良亩亦怀新”等，体物精细而韵味悠长，唯亲耕者能得之。

## 原文

（一）

| | |
|---|---|
| 在昔闻南亩， | 先前曾听说村南的田地肥沃， |
| 当年竟未践[①]。 | 当年竟没有前去耕翻。 |
| 屡空既有人[②]， | 现在既然像颜回一样贫困， |
| 春兴岂自免[③]？ | 春耕时节岂能自在悠闲？ |
| 夙晨装吾驾[④]， | 早晨将牛车驾好， |
| 启涂情已缅[⑤]。 | 登上程途，已经情飞九天。 |
| 鸟哢欢新节[⑥]， | 鸟儿啼鸣，欢迎新的节令， |
| 泠风送馀善[⑦]。 | 清风送来沁人心脾的余寒。 |
| 寒草被荒蹊[⑧]， | 寒草覆盖着荒废的小路， |
| 地为罕人远[⑨]。 | 少有人来，远离烦嚣的人间。 |
| 是以植杖翁[⑩]， | 所以那位植杖而耘的老人， |
| 悠然不复返。 | 才悠然自耕，不再回还。 |
| 即理愧通识[⑪]， | 我所识事理也许愧对"通识之士"， |
| 所保讵乃浅[⑫]。 | 所要保全的难道那么简单？ |

## 注释

①践：履而行之，即到这里来耕作。

②屡空：食用常缺。《论语·先进》："子曰'回也其庶乎，屡空'。"（庶：庶几，指道德学业都差不多了。）既有人：指颜回。

③春兴：兴，起、动作；春兴，春耕。

④夙（sù）：早而日未出。

⑤缅：邈远。

⑥哢（lòng）：鸟鸣。晋左思《蜀都赋》："云飞水宿，哢吭清渠。"

⑦泠（líng）：李本及诸本作冷。苏写本、陶本、逯本作泠，从后。泠，清凉。

⑧草：李本及诸本作竹，苏写本、逯本作草，从后。蹊（xī）：小路。

⑨罕人：很少人迹。

⑩植杖翁：植，竖置。植杖翁，指孔子及弟子遇见的一位隐耕老人。《论语·微子》："子路从而后，遇丈人，以杖荷蓧。子路问曰：'子见夫子乎？'丈人曰：'四体不勤，五谷不分，孰为夫子？'植其杖而芸。"

⑪即理：依照具体的事理去做。通识：融通而有高识。孔子在听了子路关于植杖翁的述说后，表示了自己的看法："不仕无义。长幼之节，不可废也；君臣之义，如之何其废之？欲洁其身，而乱大伦。君子之仕也，行其义也。道之不行，已知之矣。"（见《论语·微子》，文中"子曰"误作"子路曰"。）"即理愧通识"，这句话是退一步说，引出后面的一句话，实际上渊明是赞同植杖翁的。这两句话，说明渊明的朴素思想与儒家的某些教义有矛盾，同时反映了诗人坚持正确做法的刚正品格。

⑫保：保全。所保，指名节。《后汉书·逸民传》载，后汉末，“庞公者，南郡襄阳人也。荆州刺史刘表数延请，不能屈，乃就候之。谓曰：夫保全一身，孰若保全天下乎？庞公笑曰：鸿鹄巢于高林之上，暮而得所栖，鼋鼍穴于深渊之下，夕而得所宿。夫趣舍行止，亦人之巢穴也。各得其栖宿而已。天下非所保也。因释耕垄上，而妻子耘于前”。

## 原文　（二）

先师有遗训[1]，　先师孔子曾留下教训，
忧道不忧贫[2]。　忧虑道德不够而不忧虑困贫。
瞻望邈难逮[3]，　仰望先师高远得难以跟上，
转欲志长勤[4]。　因愿终身劳作躬耕辛勤。
秉耒欢时务[5]，　手执犁锄愉快地按时耕种，
解颜劝农人[6]。　高高兴兴地劝慰农人。
平畴交远风[7]，　平旷的土地吹来远方的风，
良苗亦怀新[8]。　茁壮的麦苗也仿佛在欢迎新春。
虽未量岁功[9]，　虽然今年的收成难以估量，
即事多所欣[10]。　从事农活已经带来很多欢欣。
耕种有时息，　种田人有时休息一会儿，
行者无问津[11]。　没有过路人来将渡口探询。
日入相与归，　太阳落山相伴着归去，

壶浆劳近邻[12]。　　提着酒壶去慰问近邻。
长吟掩柴门，　　长吟诗句将柴门掩闭，
聊为陇亩民[13]。　　姑且做一个耕田的农民。

## 注释

①先师：指孔子。

②忧道不忧贫：《论语·卫灵公》载，“子曰：君子谋道不谋食。耕也，馁在其中矣；学也，禄在其中矣。君子忧道不忧贫。”孔子说的前后两句话是原则，当中两句是具体现象。

③逮（dài）：相及。

④志长勤：李本作志长勤。曾本、焦本、和陶本、逯本均作患长勤。按，诗的起首，渊明即表示了接受“忧道不忧贫”的遗训，而对于“耕也，馁在其中矣”的告诫，则是知难而进；且唯志长勤，才有下面的乐耕之语。故从李本。长勤，长年劳作。《楚辞·远游》：“惟天地之无穷兮，哀人生之长勤。”

⑤秉：握。耒（lěi）：耜之柄。耜（sì）为臿，翻土所用。时务：按时节应做的农活。

⑥劝农人：农人或有怨，或因苛政而怠，皆劝勉力耕。

⑦畴：美田。

⑧新：指万象更新。

⑨岁功：一岁的收成。

⑩即事：即，就也；事，指农事。即事，做农活。

⑪问津：津，渡口；问津，问摆渡口，泛意为问路。本句典出《论语·微子》："长沮、桀溺耦而耕，孔子过之，使子路问津焉。"

⑫劳：慰劳。

⑬聊：聊且，姑且。陇：同"垄"，田垄。

# 癸卯岁十二月中作与从弟敬远[1]

**题解** 此诗作于晋元兴二年（403），渊明三十九岁。

这年春天，诗人开始到怀古田舍躬耕。一年的劳动，收成甚微。寒冷与贫乏，都预示着躬耕自资道路的极端艰辛。一向恬淡的诗人终于道出了“了无一可悦”的慨叹。但诗人仍表示决心躬耕固穷节。诗中具松柏劲直之气。本年十二月初，桓玄称帝，改元永始。晋朝的形势，也许使渊明感到清明政治的到来已截然无望，所以才这样吟咏节操的罢。

“倾耳无希声，在目皓已洁”，甚得旷天雪原精神，为咏雪名句。

**原文**

| | |
|---|---|
| 寝迹衡门下， | 让行踪停留在衡门之下， |
| 邈与世相绝。 | 远远与尘世相隔绝。 |
| 顾眄莫谁知[2]， | 顾盼张望没有人是我的相知， |
| 荆扉昼常闭[3]。 | 大白天柴门也经常关闭。 |
| 凄凄岁暮风， | 年终时劲吹着凄凉的风， |
| 翳翳经日雪[4]。 | 遮蔽了天空，整天飘着大雪。 |
| 倾耳无希声[5]， | 侧耳倾听，一点声音也没有， |

| | |
|---|---|
| 在目皓已洁[6]。 | 闯进眼帘的则是一片皎洁。 |
| 劲气侵襟袖， | 劲峭的寒气直钻进襟袖， |
| 箪瓢谢屡设[7]。 | 粗茶淡饭也不能经常陈设。 |
| 萧索空宇中， | 空荡荡的房中一派凄凉景象， |
| 了无一可悦[8]！ | 终究没有一件事值得欢悦！ |
| 历览千载书， | 一一阅览千年留存的古书， |
| 时时见遗烈[9]。 | 时时可以看到古人的义烈。 |
| 高操非所攀， | 高尚的德操不是我所能追攀， |
| 谬得固穷节[10]。 | 只想坚守“君子固穷”的高节。 |
| 平津苟不由[11]， | 假如不肯走那坦途大道， |
| 栖迟讵为拙[12]！ | 隐居生涯何尝是笨拙的选择！ |
| 寄意一言外[13]， | 寄托心意在固穷这句话之外， |
| 兹契谁能别[14]？ | 这种体会除了你，谁还能辨别？ |

**注释**

①敬远：与渊明“父则同生，母则从母”，血缘关系至近。两人自幼亲密，成人后相处甚洽。农活忙时，都来相助渊明。此见《祭从弟敬远文》。

②眄（miàn）：李本、曾本作眄，陶本、逯本作盼。从前者。眄，斜视；顾眄，左顾右盼的意思。

③闭：李本及诸本作閇，焦本、逯本作闭。辞书中有閇字，《玉篇》云此为閉（闭）俗字，疑閇为閉之误字。从焦本、

逯本。

④经日雪：下了一天的雪。

⑤希：少，转成“微”之意。

⑥皓已洁：已皓洁。副词“已”插入两个形容词之间，是一种修辞方式。皓，白、明。

⑦箪（dān）：竹编的盛饭容器。瓢：葫芦一剖为二而成瓢，用以舀水。箪瓢：箪食瓢饮。《论语·雍也》：“子曰，‘贤哉，回也！一箪食，一瓢饮，在陋巷，人不堪其忧，回也不改其乐。’”谢：辞绝。屡：经常。设：陈放。

⑧了：全。

⑨烈：刚正的言论与事迹。

⑩谬（miù）：李本、曾本、苏写本作深，宋本、焦本、逯本作谬。从后者。谬，误，谦辞。固穷：固守贫穷。语出《论语·卫灵公》：“子曰，‘君子固穷，小人穷斯滥矣。’”（后句：若是小人遇到穷困，便什么坏事都会去做了。）

⑪平津：平，坦。津，原为渡口、水道，此处转为道路之意。平津喻仕途。

⑫栖迟：栖息而缓行，喻隐耕。

⑬一言外：一言之外。一言，指上面四句话。外，意思是除四句话外还有很多的未尽之意。

⑭契：合。指心契。

# 乙巳岁三月为建威参军使都经钱溪[①]

**题解**　本诗作于义熙元年（405），诗人四十一岁。

陶渊明去年六月赴京口，任刘裕的镇军将军府的参军。可能岁暮归家，即改任建威将军、江州刺史刘敬宣的参军。去年五月桓玄被杀；今年三月，晋安帝由江陵迎归建康。被宰臣与众藩镇搅乱的政局，表面上似乎又恢复了正常秩序。

这首诗写于奉命使都途中。由“事事悉如昔”“义风都未隔”来看，政局给诗人情怀的影响是明显的。击灭篡夺朝廷政权的桓玄，普遍认为是正义之举。诗的情绪是舒畅的，恬静的。但朝政并未根本改观，危机仍伏，以渊明的高洁不可能卷入权势争斗的旋涡，所以诗的结尾也只能依然梦归田园。

**原文**

| | |
|---|---|
| 我不践斯境， | 我不踏上这一片土地， |
| 岁月好已积[②]。 | 岁月已经一层层地堆积。 |
| 晨夕看山川， | 早晚眺望山川， |
| 事事悉如昔[③]。 | 林林总总还都一如往昔。 |
| 微雨洗高林， | 细雨将树林作一番清洗， |
| 清飙矫云翮[④]。 | 鸷鸟乘着烈风展开羽翼。 |

| | |
|---|---|
| 眷彼品物存[5]， | 这里的万类众物令人眷恋， |
| 义风都未隔[6]。 | 正义之风也并没有泯灭。 |
| 伊余何为者， | 我为了什么， |
| 勉励从兹役？ | 勤勉地从事这样的差役？ |
| 一形似有制[7]， | 个人形体似乎受到拘束， |
| 素襟不可易！ | 平日的怀抱哪里可以更迭！ |
| 园田日梦想， | 日夜梦想着园田生活， |
| 安得久离析[8]？ | 怎能忍受长时的离别？ |
| 终怀在壑舟[9]， | 始终关心着时光的流逝， |
| 谅哉宜霜柏[10]。 | 要学那霜下柏树，坚守志节。 |

**注释**

①建威参军：建威将军参军。建威将军为刘敬宣，时任江州刺史。先时随其父镇北将军刘牢之暗结桓玄。玄得志后，杀司马元显，封牢之为征东将军。随后，刘牢之、敬宣反袭桓玄。牢之死，敬宣奔鲜卑。刘裕平京口后，手书召敬宣。敬宣南还，封辅国将军。敬宣心服刘裕，破桓歆役中，颇立战功，乃迁建威将军、江州刺史。钱溪：在今安徽池州市贵池区之东，亦名梅根河。江船至此可停泊。并知浔阳去建康已行一半路程。

②好已积：已好积。好，甚。积，多也。

③事事悉如昔：据《资治通鉴》载，义熙元年三月，“甲午，

帝至建康。乙未，百官诣阙请罪，诏令复职”。庚子，封有功之臣。至此桓玄篡乱平复，故有此句。

④飙（biāo）：暴风。

⑤眷：爱顾。品物：万类庶物。《易经·乾卦·象》:“云行雨施，品物流形。”

⑥义风：义，宜也；义风，使各物适宜之风。本句含双关意，一指义风披吹实地景物，一指道义遍及社稷上下。

⑦形：身也。

⑧析：别。

⑨壑：李本及诸本作归。曾本、苏写本云，一作壑，逯本作壑。从逯本。壑舟，深谷激流中的小舟，喻流逝不停的时间。

⑩谅哉：谅，诚。哉，句中语气助词。谅哉，确实如此的意思。宜，应该做（那）。

# 还旧居

**题解** 这首诗约写于义熙八年（412），陶渊明四十八岁。

渊明四十二岁那年，离开上京里故庐，去园田居（后移南村）务农，不觉整整六年，今日复归故庐。六年躬耕，使渊明历尽艰难困苦；而今体力渐衰，迫使渊明不得不回到老家。眼前破落的故里，又增添了诗人的恻怆之情。浔阳为京都建康与西境重镇江陵之枢纽。近十年，桓玄篡乱，卢循起义，浔阳地区及左近都有激战。社会动荡与战乱，使浔阳日益凋敝。

年近五十，易使人想到自己的一生。这首诗表面上似乎是专因环境、体衰而悲慨，但如果联系“忆我少壮时，无乐自欣豫；猛志逸四海，骞翮思远翥”（《杂诗八首》之五）来看，那就会令人感到陶渊明可能有更多而未明言的悲哀。诗的最后两句“拨置且莫念，一觞聊可挥”，便透露了这一消息。

**原文**

| | |
|---|---|
| 畴昔家上京[①]， | 从前在上京里居住， |
| 六载去还归[②]。 | 离别了六年重又来归。 |
| 今日始复来， | 今日重来旧日的居处， |
| 恻怆多所悲[③]。 | 凄怆忧伤无限伤悲。 |

| | |
|---|---|
| 阡陌不移旧[4]， | 东西街道还是原样， |
| 邑屋或时非[5]。 | 有些房舍已经坍颓。 |
| 履历周故居， | 绕着故居周围行走， |
| 邻老罕复遗。 | 邻里老人少有孑遗。 |
| 步步寻往迹， | 一步步探寻从前的遗迹， |
| 有处特依依[6]。 | 某些处所总是让人低回。 |
| 流幻百年中， | 百年中只是流动的幻影， |
| 寒暑日相推。 | 寒来暑往，日月相追随。 |
| 常恐大化尽， | 时常担忧生命已到尽头， |
| 气力不及衰[7]。 | 活不到那年龄——五十始颓。 |
| 拨置且莫念[8]， | 丢开吧，不用多去思念， |
| 一觞聊可挥。 | 姑且痛饮，举起酒杯。 |

**注释**

①畴昔：畴，发语助词；昔，以往。上京：柴桑一里名。李本注："《南康志》：近城五里，地名上京，亦渊明故居。"

②六：各本均作六；曾本云，一作十；焦本云，一作十，非。从各本。

③恻怆（chuàng）：伤痛。

④阡（qiān）陌：本田间小道，与处指邑中街道。南北为阡，东西为陌。

⑤邑屋：邑，县城。上京里，在柴桑城外近镇内，故称民屋

为邑屋。

⑥有处:《尚书·多士》载“朕不敢有后”，有，或也；此处转为“某”的意思。有处，意为某些地方。

⑦衰:《礼记·王制》载“五十始衰”，古时以五十岁为入衰之年。

⑧拨：拂开。

# 戊申岁六月中遇火

**题解**　这首诗作于义熙四年（408），陶渊明四十四岁。

移居园田居的第三年夏季，一场大火将居室焚烧殆尽。诗人全家不得不暂栖船上。新秋，料理始完，诗人命笔成此诗。

本诗可作为遇火的纪实诗来看。诗人以隐耕为主线，景中寓情，襟怀婉转明述，使诗臻于完美。长夜观天，表现了极度困迫；遥想东户，实际是抨击时乱；灌园之语，语婉而志坚。对渊明遇火而表现出来的襟怀与品格，历代均作高度的评价。

**原文**

| | |
|---|---|
| 草庐寄穷巷， | 寄居在穷巷草庐之中， |
| 甘以辞华轩①。 | 甘心辞退了高贵的职官。 |
| 正夏长风急， | 正当夏季长风猛吹， |
| 林室顿烧燔②。 | 林边的居室火光炎炎。 |
| 一宅无遗宇， | 一座住宅烧得片瓦不存， |
| 舫舟荫门前③。 | 移住树下舟中，泊在门前。 |
| 迢迢新秋夕④， | 漫长的新秋夜晚， |
| 亭亭月将圆⑤。 | 高而远的明月将圆未圆。 |

| | |
|---|---|
| 果菜始复生， | 补种的果菜开始重新生长， |
| 惊鸟尚未还。 | 受惊的鸟儿还未归还。 |
| 中宵伫遥念⑥， | 夜半伫立，思绪飞向遥远， |
| 一盼周九天⑦。 | 仰望长空周绕九天。 |
| 总发抱孤介⑧， | 幼小时孤独耿介， |
| 奄出四十年⑨。 | 倏忽间已过去四十年。 |
| 形迹凭化往， | 形迹任凭大化的演变， |
| 灵府长独闲⑩。 | 心灵则长久地恬淡安闲。 |
| 贞刚自有质， | 坚贞刚强自是本质的存在， |
| 玉石乃非坚。 | 比起来玉石也算不得最坚。 |
| 仰想东户时⑪， | 遥想上古东户季子的时代， |
| 馀粮宿中田⑫。 | 余粮就储存在田头路边。 |
| 鼓腹无所思⑬， | 鼓腹而游，无思无虑， |
| 朝起暮归眠。 | 早起劳作，晚上归来安稳睡眠。 |
| 既已不遇兹， | 既然不能再逢这样的太平时代， |
| 且遂灌我园。 | 姑且还是灌溉我的菜园。 |

**注释**

①轩：大夫以上乘坐的制作考究的车子。

②燔（fán）：烧、炙。

③舫（fǎng）：两船并在一起。《尔雅·释言》注："竝两船。"

④迢迢（tiáo）：漫长。新秋：农历七月。下句"月将圆"，

估计本诗作于遇火的次月十二三日。

⑤亭亭：高远貌。

⑥遥念：念，常思；遥念，追想很远的往事。“总发”以下即遥念之事也。

⑦一：句首助词，无义。盼：顾盼，凝视及环视。周：遍及。九天：习作九重之天；此处作九方之天，中央及四正四隅之天。

⑧总发：即总角。见《荣木》注②。介：李本、曾本作念，陶本、逯本作介，从后者。介，抱一定操守的特立之行。

⑨奄：忽，很快地。出：超过。

⑩灵府：心神之府。《庄子·德充符》：“不可入于灵府。”唐成玄英疏：“灵府者，精神之宅，所谓心也。”

⑪东户：东户季子，传说中远古太平时代之君主，见《淮南子·缪称训》：“昔东户季子之世，道路不拾遗，耒耜余粮，宿诸亩首。”

⑫宿：安放。

⑬鼓腹：有两种解释：1.饱食，《庄子·马蹄》载，“夫赫胥氏之时，民居不知所为，行不知所之，含哺而熙，鼓腹而游。”2.击腹成节拍而歌，《淮南子·俶真》载，“含哺而游，鼓腹而熙（注：戏也）。”《史记·范睢列传》：“伍子胥鼓腹吹篪，乞食于吴市。”本处取前面一种解释。

# 己酉岁九月九日

**题解**　此诗作于晋义熙五年（409），陶渊明四十五岁。

渊明归园田居躬耕已四年余。去年六月遇火，如今“茅茨已就治”，重新恢复了乡间常规生活。又是重九暮秋，伤时悲逝，油然而生。退出纷争的官场，归耕于寂静的田村，时感的强烈是自然之事。母孟氏、程氏妹的先后下世，使渊明十分哀伤，常触发人生短促之想。诗人既然不信奉庄周的一死生、齐彭殇，于是只能悲慨而以酒自遣了。

本诗章法平简，前八句写景，后八句抒情。然而由于诗人的高超朴真，前后之间丝毫没有隔离之感，而是浑然一体，一样的自然洒脱。渊明写秋，可谓一绝。清温汝能纂集《陶诗汇评》云：“清气二语（注：其实也应包括哀蝉二语），道尽高秋爽色。”细品秋日神韵，确实余味无穷。

**原文**

| | |
|---|---|
| 靡靡秋已夕[①]， | 时序迟迟而行，又到了晚秋， |
| 凄凄风露交。 | 寒风冷露同时降落悄悄。 |
| 蔓草不复荣， | 蔓生的丛草不再茂盛， |
| 园林空自凋。 | 园中的树木也零落飘摇。 |

| | |
|---|---|
| 清气澄馀滓[②]， | 澄澈的清气没有一点尘埃， |
| 杳然天界高[③]。 | 高高的蓝天如此迢遥。 |
| 哀蝉无留响[④]， | 秋蝉的哀唱也已消逝， |
| 丛雁鸣云霄[⑤]。 | 远来的大雁飞鸣九霄。 |
| 万化相寻绎[⑥]， | 万物变化，连续不断， |
| 人生岂不劳？ | 人生又哪能逃避辛劳？ |
| 从古皆有没， | 从古到今有生必有死， |
| 念之中心焦。 | 想到此事便不免心焦。 |
| 何以称我情[⑦]？ | 怎样满足我的情怀？ |
| 浊酒且自陶[⑧]。 | 且去饮酒，独自乐陶陶。 |
| 千载非所知， | 管它千年以后将会怎样， |
| 聊以永今朝[⑨]。 | 且自畅怀，歌唱今朝。 |

**注释**

①靡靡：步行迟缓的样子。《诗经·王风·黍离》："行迈靡靡。"

②滓（zǐ）：渣子，指尘埃。

③杳（yǎo）然：辽阔高远的样子。

④留：李本、苏写本作归，焦本、陶本、逯本作留，从后者。

⑤丛：李本、陶本、逯本作丛，《岁时杂咏》作征，从前者。丛，聚也；丛雁，聚飞之雁也。

⑥绎：李本、逯本作绎，《岁时杂咏》、陶本作异，从前者。

寻，次第相递；绎，连续不断。

⑦称（chèn）：适合。

⑧且：姑且。陶：畅愉。谢灵运《酬从弟惠连》："傥若果归言，共陶暮暮时。"

⑨永：同"咏"。永今朝，《诗经·小雅·白驹》："絷之维之，以永今朝。"意思是拴住白驹以留住佳宾。"永"释为延长，本诗是借用，"永"的解释也跟着变化了。

# 庚戌岁九月中于西田获早稻[1]

**题解**　本诗作于义熙六年（410），陶渊明四十六岁。

诗人参加了种植早稻的全过程。秋收后，既郑重又愉悦地写下了本诗。诗从对务农的认识开篇，再总提岁功，点出秋获，接着写农作的辛苦，再转写避禄就耕的乐之所在，最后表示志耕不渝。渊明的躬耕思想与实践，以本篇反映得最为全面而典型。

收获而喜，竟全篇无一“喜”字，此颇耐人寻味。这是对务农的朴实认识所致，种之获之难“归有道”；或是田家多苦，苦尽不一定甘来。故此不书一“喜”字。在技法上，以转势避平直，“孰是”一转，“田家”又一转，“庶无”再转，“非所叹”反转作结。

**原文**

| | |
|---|---|
| 人生归有道[2]， | 人生本应皈依正道， |
| 衣食固其端[3]。 | 衣与食是生存的根源。 |
| 孰是都不营[4]， | 怎能连这样的事都不理会， |
| 而以求自安？ | 却可以求得自我心安？ |
| 开春理常业[5]， | 开春后抓紧做日常农活， |

岁功聊可观[⑥]。　这一年的收成还颇可观。
晨出肆微勤[⑦]，　早晨下田参加一些轻微劳动，
日入负禾还[⑧]。　日落时背负着稻捆归还。
山中饶霜露[⑨]，　山中田里多有霜露，
风气亦先寒。　气候也比山下早寒。
田家岂不苦？　种田人家难道不辛苦？
弗获辞此难[⑩]！　无法摆脱这样的艰难！
四体诚乃疲[⑪]，　四肢确实非常疲乏，
庶无异患干[⑫]。　却没有意外的灾祸纠缠。
盥濯息檐下[⑬]，　洗净手脚在屋檐下休息，
斗酒散襟颜[⑭]。　喝一杯酒散散寒气，舒展容颜。
遥遥沮溺心[⑮]，　远古时长沮、桀溺的心怀，
千载乃相关。　千载下却与我息息相关。
但愿长如此，　但愿能够长久如此，
躬耕非所叹。　亲身耕作，也自心甘。

**注释**

①西田：指园田居西边的田地。这块田可能是渊明在山中新开辟的，即《和刘柴桑》中所述“新畴复应畬”的“新畴”。

②道：正道，常理。这里的“道”与老、庄的“道”无涉。

③端：首。

④是：此，指衣食。

⑤业：指农事。

⑥功：用力之结果，收成。

⑦微勤：很少的体力劳作。这是从天地不欺人的角度讲的。人只要花费很少的劳力，天地就会给人一份不少的收获。

⑧禾：李本、陶本作耒，曾本、逯本作禾，从后者。

⑨饶：多。

⑩难（nán）：艰辛。

⑪四体：四肢。《论语·微子》："子路问曰，'子见夫子乎？'丈人曰，'四体不勤，五谷不分，孰为夫子？'植其杖而芸。"

⑫庶：庶几、大体上。干：侵犯。

⑬盥（guàn）：洗手。濯：洗，指濯足。

⑭斗：酒器，斗酒即杯酒。《诗经·大雅·行苇》："酌以大斗，以祈黄耇。"黄耇（gǒu），发黄背佝，系长寿老者。襟：李本、苏写本、和陶本、焦本作襟；曾本、逯本作襟；曾本并云，一作劬，又作矜，又作襟。从曾、逯本。襟，寒颤貌。

⑮沮溺：长沮、桀溺。见《癸卯岁始春怀古田舍》第二首注⑪。

# 丙辰岁八月中于下潠田舍获[1]

**题解** 这首诗作于义熙十二年（416），陶渊朋五十二岁。

从义熙元年（405）正式归耕，作《归去来兮辞》，至今已十二年，并且又在回到上京里旧居后参加了秋收，诗人写下这篇纪念性的庆收诗。本诗有三个特点：一、与以往的立志归耕不同，隐耕已是定局，所以起句为“贫居依稼穑”，末句云：“聊得从君栖。”二、渊明躬耕之志的坚定是非常感人的。“饥者欢初饱”，反映了以往多少挨饿窘况？后面表示对躬耕之志未曾乖违的庆幸，这种庆幸，渊明付出多大代价？三、中间写去下潠田途中的景物栩栩如画（前人最欣赏悲风、林鸟两句的炼字），非躬耕者不能获此，非超迈者不能吟此。

**原文**

| | |
|---|---|
| 贫居依稼穑[2]， | 生活贫困，只有依靠耕种， |
| 戮力东林隈[3]。 | 劳作在东林边不计劳累。 |
| 不言春作苦， | 且不提春耕的辛苦， |
| 常恐负所怀。 | 常担忧辜负了心所依皈。 |
| 司田眷有秋[4]， | 田官也盼望秋天的丰收， |
| 寄声与我谐[5]。 | 捎口信来和我逗趣。 |

| | |
|---|---|
| 饥者欢初饱[6]， | 饥饿的人因初次吃饱而欢庆， |
| 束带候鸣鸡。 | 一早就穿衣结带等候鸡啼。 |
| 扬楫越平湖[7]， | 举起船桨穿越过平静湖水， |
| 泛随清壑回[8]。 | 泛舟前进随清溪而萦回。 |
| 郁郁荒山里[9]， | 杂草丛生的荒山里， |
| 猿声闲且哀[10]。 | 悲哀的猿啸时高时低。 |
| 悲风爱静夜， | 凄冷的风总爱在静夜里吹起， |
| 林鸟喜晨开。 | 林中鸟则喜欢明朗的晨曦。 |
| 曰余作此来[11]， | 自从我从事这样的劳作， |
| 三四星火颓[12]。 | 火星已经过十二次衰颓。 |
| 姿年逝已老， | 华年逝去，老年已至， |
| 其事未云乖。 | 农事劳作却从未乖违。 |
| 遥谢荷蓧翁[13]， | 遥向古代的荷蓧丈人致意， |
| 聊得从君栖[14]。 | 姑且学你隐居，与你紧相随。 |

**注释**

①下潠（xùn）：地名，据本诗第二句，地点在东林附近。田舍：靠近耕地的简易房屋，遇有农事时居住。

②稼：耕种。穑（sè）：收割庄稼。稼穑也可连在一起解释为农事。

③戮力：尽力，全力。东林：地名。隈（wēi）：山水弯曲处。

④司田：主管田事的官。眷：关顾。有秋：谓秋季收获。《尚

书·盘庚》:“若农服田力穑,乃亦有秋。”

⑤寄声:捎口信。谐:戏言,如借粮之类的笑话。

⑥饥者:指自己及儿子。

⑦扬楫:划动船桨。屈原《哀郢》:“楫齐扬以容与兮。”

⑧壑(hè):山沟,干者、积水者皆曰壑。此处为有水者。回:迂回。

⑨郁郁:李本及诸本为郁郁;曾本云,一作皭皭,逯本作皭皭。从李本及诸本。

⑩闲:此处取闲暇之意,无物使之惊恐也。贾谊《鹏鸟赋》:“貌甚闲暇。”

⑪此:指从事农耕。

⑫三四:三乘四,即十二(次)。星火颓:星火指大火,简称“火”(非五大行星之火星)。古时将周天划分为十二次(次是止、舍的意思),将二十八宿与之相配。氐、房、心之次为大火,心宿二为主要标志。大火为夏至昏之中星。《尚书·尧典》:“日永星火,以正仲夏。”此后在晚间同一时间,大火便逐渐向西偏移低迁,至八月中大火已坠至地平线附近,而玄枵次的女、虚、危在中天成为秋天的标志,因为女、虚、危在黄道330°,氐、房、心在240°,相差正巧90°。

⑬谢:敬告。

⑭聊:姑且,谦词。栖:止息,指隐耕。

# 饮酒（二十首）（并序）

**题解**　这一组诗约作于晋义熙十二年（416），陶渊明五十二岁。

诗人居住在上京里，大约在进入季秋以后，直至冬季，陆续写成这一组诗。刘裕以太尉、相国总揽朝政，封宋公，备九锡，情景如同十三年前桓玄篡晋一般。乱政时期，附者为用，正直的陶渊明是不可能为社稷建功的。本组诗虽是酒兴之作，但时局之影、平生历程、清操与鄙猥之分，卓然可见。

序中诗人自云“辞无诠次”，而随意中章法自见。首章大处落笔讲衰荣，次章述善恶，以下辘辘而转，意情自生，末章复归道义，并以“醉”收题。（各首要旨均作说明附后，供参考。）

前人很珍视这套多方面反映陶渊明思想、生活、情操与志趣的组诗，认为它所达到的率真自然的境界是后代诗人难以企及的。最是第五首，成为千古交誉的诗歌佳品。

**原文**　余闲居寡欢，兼比夜已长[①]，偶有名酒，无夕不饮。顾影独尽，忽焉复醉。既醉之后，辄题数句自娱[②]，纸墨遂多。辞无诠次[③]，聊命故人书之，以为欢笑尔。

**注释** ①比：近时。夜已长：太阳在春分点与秋分点，昼夜长度相同。夏至，夜短昼长到最大限度；冬至，昼短夜长到最大限度。夜长的感觉一般从寒露（农历九月初）开始。

②辄（zhé）：便。题：写。

③诠（quán）：依理具陈；次，有顺序地排列。诠次，井然有序的意思。

**译文** 我闲住着少有欢乐，况且近来夜已渐长，偶然得到名酒，没有一个晚上不喝它。对着影子孤独地干杯，很快就又醉了。醉后便写上几句自求快慰，写好的诗稿逐渐就多起来。这些诗可说是语无伦次，姑且让友人写下来，只是用来供欢笑罢了。

**原文** （一）

| | |
|---|---|
| 衰荣无定在①， | 衰败与荣耀本没有固定的处所， |
| 彼此更共之②。 | 二者接踵而来，几乎同时存在。 |
| 邵生瓜田中③， | 在瓜田里忙碌的邵平， |
| 宁似东陵时④！ | 难道还像他东陵侯的时代？ |
| 寒暑有代谢， | 寒来暑往是自然的更替， |
| 人道每如兹。 | 人世间也并不例外。 |
| 达人解其会⑤， | 通达的人理解个中的规律， |

逝将不复疑[⑥]。　　坚决相信，不再疑猜。
忽与一觞酒[⑦]，　　快给我一杯美酒，
日夕欢相持。　　夜夜畅饮，实在痛快。

**说明**　首章讲衰荣，举出邵生典故，是隐以曾祖陶侃家世入题，叙自己身世也似自然代谢一般。

**注释**　①衰荣：指门第的败落与兴旺、人的贫贱与富贵等。

②彼此：彼与此，意思是每个门第与个人。更：替代变化。共：相同。

③邵生：指召平。邵，通“召（shào）”。《史记·萧相国世家》：“召平者，故秦东陵侯。秦破，为布衣，贫，种瓜于长安城东。瓜美，故世俗谓之东陵瓜。”

④宁：何、怎么。

⑤会：要理。《易经·系辞》：“圣人有以见天下之动，而观其会通。”朱熹《本义》：“会谓理之所聚。”

⑥逝：助词。

⑦忽：速。

**原文**　（二）

积善云有报[①]，　　说是多做好事必然有好报，

| | |
|---|---|
| 夷叔在西山②。 | 伯夷叔齐为什么饿死在西山？ |
| 善恶苟不应， | 如果善恶之报都不相应， |
| 何事空立言③？ | 为什么空有这样的格言？ |
| 九十行带索④， | 荣启期九十岁还拿草绳做腰带， |
| 饥寒况当年⑤。 | 饥寒交迫超过他盛壮之年。 |
| 不赖固穷节， | 不是信守君子固穷的节操， |
| 百世当谁传⑥？ | 百代之下声名怎得流传？ |

**说明** 本章叙善恶报应是不存在的，但自己仍坚持固穷节，因为世道赖此而立。

**注释** ①积善云有报：报，报应。渊明此诗，既受《史记·伯夷列传》之启迪，又与庐山名僧慧远宣扬因果报应有一定关系。

②夷叔在西山：夷，伯夷；叔，叔齐。夷、叔为诸侯国孤竹君之二子。兄弟让国，逃至周。闻武王伐殷，叩马而谏。殷灭后，耻食周粟，隐于首阳山。采薇食，将饿死，歌曰："登彼西山兮，采其薇矣。以暴易暴兮，不知其非矣……"遂饿死于首阳山。（见《史记·伯夷列传》）西山即首阳山。首阳山凡五处，或说在山西永济，或说在河南偃师，等等，已难考实。

③何事空立言：此句源自《史记·伯夷列传》，"或曰：'天道

无亲，常与善人。’若伯夷叔齐，可谓善人者非耶？积仁絜行如此而饿死！”立言也包括佛教的说法。如业报，即由身、口、意三业的善恶，必将得到相应的报应，等等。

④九十行带索：指春秋时隐士荣启期。索，粗绳。《列子·天瑞》：“孔子游于太山，见荣启期行乎郕之野，鹿裘带索，鼓琴而歌。”

⑤况：比况，推想。当年：指壮年。

⑥百世：指一代又一代的道义传统。

**原文**　（三）

| | |
|---|---|
| 道丧向千载①， | 千年以来道德沦丧， |
| 人人惜其情②。 | 人人都在隐蔽自己的真情。 |
| 有酒不肯饮， | 有酒不肯去喝， |
| 但顾世间名。 | 只担心他在世上的虚名。 |
| 所以贵我身③， | 人们所以宝贵自己， |
| 岂不在一生。 | 岂不是因为只有这一生。 |
| 一生复能几？ | 一生的时间能有多少？ |
| 倏如流电惊。 | 倏忽像闪电，令人心惊。 |
| 鼎鼎百年内④， | 一生中大摇大摆，洋洋得意， |
| 持此欲何成。 | 依靠这些哪能真正有成？ |

**说明** 本章叙不少人只顾爱身而追逐名利，但百年过后又留下什么呢？

**注释** ①向：将近。

②惜其情：爱其情之所钟。意思是只顾私欲，不顾礼义。

③贵：珍爱保养。

④鼎鼎：形体怠缓的样子。《礼记·檀弓》：（办丧事或吉事）“鼎鼎尔，则小人。”注：“鼎鼎而太舒，则小人之为矣。”此处隐指当时的达官贵人。

**原文** （四）

| | |
|---|---|
| 栖栖失群鸟[1]， | 焦愁的离群的鸟儿， |
| 日暮犹独飞。 | 天晚了还在独自飞翔。 |
| 徘徊无定止， | 飞来飞去找不到栖息的所在， |
| 夜夜声转悲。 | 一夜一夜鸣声越加凄凉。 |
| 厉响思清晨[2]， | 凄厉的鸣声是在盼望清晨， |
| 远去何所依[3]？ | 远远地飞走吧，又向何方？ |
| 因值孤生松[4]， | 恰逢一株挺立的孤松， |
| 敛翮遥来归。 | 收敛起羽翼，从远处返乡。 |
| 劲风无荣木[5]， | 寒风猛吹，万木零落， |
| 此荫独不衰。 | 唯有此树的深荫没有凋丧。 |

托身已得所[⑥]，　　托身在这里得到了栖息之地，
千载不相违。　　永不违弃，地久天长。

**说明**　本章以失群鸟与孤松作喻，表示坚贞不渝，隐耕以保持高洁。

**注释**　①栖栖（xī）：心神不安的样子。《论语·宪问》："微生亩谓孔子曰：'丘何为是栖栖者与？无乃为佞乎？'"

②厉：激越。晨：李本、曾本、苏写本、和陶本作远，焦本、逯本作晨，从后。

③远去何所依：李本、曾本、苏写本、和陶本作去来何依依，焦本、逯本作远去何所依，从后。

④因：李本作自，陶本、逯本作因，从后。

⑤荣：枝叶茂盛。

⑥已：既。

**原文**　**（五）**

结庐在人境[①]，　　一座草庐盖在人间尘世，
而无车马喧。　　却听不到车马的腾喧。
问君何能尔[②]？　　要问他怎么能够如此？
心远地自偏[③]。　　心飞寥廓，住地就自然荒偏。

| | |
|---|---|
| 采菊东篱下， | 在东篱下采摘菊花， |
| 悠然见南山④。 | 悠然间南山闯进了眼帘。 |
| 山气日夕佳⑤， | 傍晚时山岚氤氲真是佳妙， |
| 飞鸟相与还。 | 结伴成群的飞鸟纷纷归还。 |
| 此中有真意⑥， | 这里面包含着自然的真谛， |
| 欲辨已忘言⑦。 | 想要辨析却忘了表达的语言。 |

**说明** 本章叙写隐耕以后所享受到的无穷的自然乐趣。

**注释** ①结庐：构屋。这里是“把家屋设在……”的意思。

②君：诗人自指。

③偏：僻。

④悠然：悠闲淡远的样子。见南山：李本及诸本均作见，《文选》《艺文类聚》作望，从前者。《东坡题跋》云：改作“望南山”，则此一篇神气都索然矣。此说甚是。

⑤山气：山间云雾之气。日：太阳。夕：傍晚。《诗经·王风·君子于役》：“日之夕矣，羊牛下来。”

⑥中：李本、焦本、陶本作中；苏写本作中，注云，一作还，逯本作还。从前者。真：自然本旨。《庄子·渔父》：“真者，所以受于天也，自然不可易也。”

⑦忘言：此意出于《庄子·外物》，“荃者所以在鱼，得鱼而忘

荃；蹄者所以在兔，得兔而忘蹄；言者所以在意，得意而忘言。”（荃，筌之借字，鱼筍。蹄，兔网。）

**原文**　**（六）**

| | |
|---|---|
| 行止千万端[①]， | 做什么不做什么有千万种差别， |
| 谁知非与是[②]？ | 谁能知道怎样是错，怎样是对？ |
| 是非苟相形[③]， | 随便看看外表就评判是非， |
| 雷同共誉毁[④]。 | 众口同声或者誉扬或者诋毁。 |
| 三季多此事[⑤]， | 夏、商、周三代末年这类事很多， |
| 达士似不尔。 | 通达之士好像与此相违。 |
| 咄咄俗中愚[⑥]， | 让那些世俗愚人去大惊小怪， |
| 且当从黄绮[⑦]。 | 我还是学那商山四皓避世隐退。 |

**说明**　本章叙自己受到的非议。可能指以往任官时受到诋毁（《感士不遇赋》：“坦至公而无猜，卒蒙耻以受谤。”），也可能指隐耕以后，某些人的不理解。

**注释**　①行止：举止行为。端：绪、条、种。

②谁知非与是：因是非标准殊异，故出此句。

③是非：此处指以世俗标准观是非。苟：随便。相形：相比较。

④雷同：人云亦云，随声附和。《礼记·曲礼》：“毋雷同”，

注："闻人之言而附和之，谓之雷同，如雷之发声而物同应之也。"《楚辞·九辩》："世雷同而炫曜兮，何毁誉之昧昧！"毁：诋毁。

⑤三季：夏、商、周三代的末世。

⑥咄咄（duō）：惊怪之声。愚：李本、苏写本、和陶本作恶，陶本、逯本作愚，从后。

⑦黄绮：夏黄公与绮里季。见《赠羊长史》注⑭。

**原文** **（七）**

| | |
|---|---|
| 秋菊有佳色， | 秋天的菊花实在很美， |
| 裛露掇其英①。 | 摘它几片含露的花瓣，多么芳馨。 |
| 汎此忘忧物②， | 让忘忧的花瓣在酒中飘浮， |
| 远我遗世情③。 | 更远了，我远离俗世的衷心。 |
| 一觞虽独进， | 虽然是一个人对影独酌， |
| 杯尽壶自倾④。 | 杯中已尽壶也翻倾。 |
| 日入群动息⑤， | 太阳落山，各种活动都将停止， |
| 归鸟趋林鸣。 | 归鸟鸣叫，投向栖息的树林。 |
| 啸傲东轩下⑥， | 在东廊屋檐下任情长啸， |
| 聊复得此生。 | 姑且体会这生命的纯真。 |

**说明** 本章以秋菊为自己的高洁品格的象征，叙弃仕归真，

饮酒赏菊，快享平生。

**注释**

①裛（yì）：濡湿。掇（duō）：采摘,《诗经·周南·芣苢》“薄言掇之”。英：花。

②汎：李本作泛，各本作汎，从各本。汎，浮，意即以菊花泡酒，泡时菊浮。忘忧物：指酒。

③遗：弃。世：指末世的乱政与愚陋。

④自：由。壶自倾，言再由壶而倾注也。

⑤群动：各种活动着的物类。

⑥啸：高歌。傲：倨傲，意谓毫无拘束。

**原文**

（八）

| | |
|---|---|
| 青松在东园①， | 一株青松生长在东园， |
| 众草没其姿②。 | 众多的杂草遮没了它的奇姿。 |
| 凝霜殄异类③， | 严霜凋尽了各种草树， |
| 卓然见高枝。 | 卓然挺拔的是它高耸的树枝。 |
| 连林人不觉， | 连片的树木谁也不去注意， |
| 独树众乃奇。 | 独立一株才会引得人们惊奇。 |
| 提壶抚寒柯④， | 提着酒壶来到树下， |
| 远望时复为⑤。 | 抚枝远眺，心旷神怡。 |
| 吾生梦幻间， | 短暂的一生如同梦幻， |

何事绁尘羁[⑥]。　何必为嚣攘的世事所羁。

**说明**　本章颂青松，并叙相倚为伴，饮酒闲眺，陶怡其间。

**注释**　①东园：园之东。

②其：李本作奇，陶本、逯本作其，从后。

③殄（tiǎn）：灭尽。

④抚：李本、焦本、和陶本作挂，曾本作桂，注，一作抚，逯本作抚，从逯本。柯：树枝。

⑤为：此指远眺的动作。

⑥绁（xiè）：绳索，拴。尘：尘世、俗世。羁：马络头，束缚。

**原文**　**（九）**

清晨闻叩门，　清晨闻听叩门声，

倒裳往自开[①]。　不及穿好衣服，亲自去开。

问子为谁欤？　问一问来人是哪一位？

田父有好怀。　老农怀着好意到来。

壶浆远见候[②]，　大老远提着酒壶前来问候，

疑我与时乖。　怀疑我为什么时背运乖。

“褴褛茅檐下[③]，　“穿着破烂，住着茅屋，

未足为高栖。　算作高蹈的隐士岂不可哀。

| | |
|---|---|
| 一世皆尚同④， | 世上人都随大流同流合污， |
| 愿君汩其泥⑤。” | 你也可以搅浑水，自苦何来？” |
| “深感父老言， | “深深感谢父老的劝告， |
| 禀气寡所谐。 | 我天生的习性与人难和谐。 |
| 纡辔诚可学⑥， | 放松缰绳随大流，是个好主意， |
| 违己讵非迷？ | 只是违背心愿，岂非歧路徘徊？ |
| 且共欢此饮， | 咱们且来痛痛快快喝一杯， |
| 吾驾不可回⑦。” | 我的人生之车不能转来。” |

**说明**　本章写有田父劝说改道，自己婉拒之，再一次表示作者隐耕志向的坚定。

**注释**　①倒裳：裳，下衣，把下衣当作上衣穿了。《诗经·齐风·东方未明》：“东方未明，颠倒衣裳。”

②浆：酒。见：受到。候：问候。

③褴褛（lánlǚ）：衣衫破烂貌。

④尚：崇尚、看重。同：与世俗相同。

⑤汩（gǔ）：流。汩其泥，与混浊泥水齐流。《庄子·达生》：“与汩偕出。”此句与上句取《楚辞·渔父》意，“世人皆浊，何不淈（gǔ）其泥而扬其波？”

⑥纡：曲、放松。辔（pèi）：驾驭马的缰绳。纡辔缓行，喻

做官。

⑦吾驾不可回：此句事有所本,《晋书·隐逸传》:“顷之，征著作郎，不就。”

**原文** （十）

在昔曾远游[①]，　从前我曾经出仕远游，
直至东海隅[②]。　一直到东海的边缘。
道路迥且长[③]，　道路曲折而且漫长，
风波阻中涂[④]。　半路上还曾被风波阻拦。
此行谁使然？　谁让我有这样的远行？
似为饥所驱。　似乎因为饥饿的纠缠。
倾身营一饱，　竭尽全力谋求能够吃饱，
少许便有馀。　有一点儿就算有了馀宽。
恐此非名计[⑤]，　恐怕这不是求名的好主意，
息驾归闲居[⑥]。　还是脱离宦途，回到多闲暇的故园。

**说明** 本章叙写以往也曾为生活而入仕途，仕途风波已历；既不合功名道义，自当归耕。

**注释** ①远游：游宦于远地。诗人三十五六岁时曾去江陵任官，四十岁赴京口任镇军参军。

②东海隅：东海边地，指京口。

③迥（jiǒng）：远。

④风波阻中涂：三十六岁时由江陵使都，返途遇大风，事见《庚子岁五月中从都还阻风于规林》。

⑤恐此非名计：名，指功名。儒家教义是为社稷求功名，既为饥所驱，即不合正途，乃云非名计。

⑥息驾：喻弃官。

## 原文　（十一）

| | |
|---|---|
| 颜生称为仁[①]， | 颜回是以仁者著称， |
| 荣公言有道[②]。 | 荣启期也很有德行。 |
| 屡空不获年[③]， | 颜回经常空乏而且短命， |
| 长饥至于老[④]。 | 荣公时时饥饿直到衰龄。 |
| 虽留身后名， | 一生都在憔悴困顿中度过， |
| 一生亦枯槁。 | 尽管留下了身后的声名。 |
| 死去何所知？ | 死去后还有什么知觉？ |
| 称心固为好。 | 美好的是活得能够称心。 |
| 客养千金躯[⑤]， | 待客那样保养千金之体， |
| 临化消其宝[⑥]。 | 千金体也会消融，只因死亡降临。 |
| 裸葬何必恶[⑦]， | 裸体埋葬何必厌恶， |
| 人当解意表[⑧]。 | 人们应该理解这样做的真情。 |

**说明**　本章叙为仁为道，不免空乏；但称心即为可贵。死对于千金之躯者是同样的，故无所可羡。

**注释**　①颜生：颜回，字子渊，孔子最器重的贤弟子。《论语·雍也》："回也，其心三月不违仁，其余则日月至焉而已矣。"《孔子家语》："孔子曰：'自吾有回，门人日益亲。'回之德行著名，孔子称其仁焉。"

②荣公言有道：荣公，见本组诗第二首注④。《列子·天瑞》："孔子问（荣启期）曰：'先生所以乐，何也?'对曰：'吾乐甚多。天生万物，唯人为贵，而吾得为人，一乐也；男女之别，男尊女卑，故以男为贵，吾得为男矣，是二乐也；人生有不见日月，不免襁褓者，吾既已行年九十矣，是三乐也。贫者，士之常也；死者，人之终也。处常得终，当何忧哉!'"道：至理。

③屡空不获年：这句针对颜回讲。屡空：时常空乏。《论语·先进》："子曰：'回也其庶乎，屡空。'"不获年，不得寿。《史记·仲尼弟子列传》："回年二十九，发尽白。蚤（早）死。"据《孔子家语》，颜回卒时年仅三十一岁。

④长饥至于老：这句针对荣公讲。

⑤客：尊之如上宾。

⑥化：大化，死。

⑦裸：光着身体。恶（wù）：厌恨。侈靡葬风，以贵族大官为甚，先秦两汉魏晋延续不绝。

⑧意：李本、和陶本作其，陶本、逯本作意。从后。意表，此意之所表，此意指裸葬之意；表，明示。明示者，复归化于自然也。

**原文**　（十二）

| | |
|---|---|
| 长公曾一仕[①]， | 张长公曾做过一次官， |
| 壮节忽失时[②]。 | 气节盛壮很快去职。 |
| 杜门不复出， | 关起门不再任官， |
| 终身与世辞。 | 终其一生告别了俗世。 |
| 仲理归大泽[③]， | 杨仲理回到大泽授徒， |
| 高风始在兹[④]。 | 高风亮节本可从这里开始。 |
| 一往便当已， | 一次归隐便应永别官场， |
| 何为复狐疑[⑤]？ | 为什么又犹豫迟滞？ |
| 去去当奚道[⑥]， | 归隐吧，归隐吧！还有什么可说？ |
| 世俗久相欺。 | 世俗的言论从来有许多伪饰。 |
| 摆落悠悠谈[⑦]， | 丢开流俗的种种闲话， |
| 请从余所之[⑧]。 | 请让我选择何处合适。 |

**说明**　本章以张、杨二人归隐例，再一次叙说勿以俗见为

怀，坚定地走隐耕之路。

**注释** ①长公：西汉张挚。《史记·张释之列传》：“其子曰张挚，字长公。官至大夫，免。以不能取容当世，故终身不仕。”

②壮节：高壮的节操。忽：一下子。失时：失去时世之运。

③仲理归大泽：指东汉杨伦。《后汉书·儒林列传》：“杨伦，字仲理，为郡文学掾。志乖于时，遂去职，讲授于大泽中，弟子至千余人。”

④高风：高尚风范。始：本。

⑤何为复狐疑：狐性多疑，故以狐疑谓犹豫。本句仍指杨伦。元初中，礼请，不就。后特征博士，为清河王傅，复出。因直谏遭罪，归田里。阳嘉二年，征拜太中大夫，再次出。谏诤不合，出补常山王傅，病不之官。前后凡三征三归。

⑥去去：指归隐。奚：何。道：议论、指责。

⑦悠悠谈：悠悠，同悠谬；悠悠谈，妄议是非的谬谈。

⑧从：同“纵”，任凭。之：往，指隐耕。

**原文** （十三）

有客常同止①，　　有两位客人时常同在，
趣舍邈异境②。　　用世还是隐居却各有各的心境。
一士长独醉，　　那位士人经常喝醉，

一夫终年醒。　　那位男子经常清醒。

醒醉还相笑[③]，　　醉的醒的互相嘲笑，

发言各不领[④]。　　讲出话来却互相不得要领。

规规一何愚[⑤]，　　这一位小心谨慎实在愚笨，

兀傲差若颖[⑥]。　　那一位兀然傲世似较聪敏。

寄言酣中客，　　传话给沉醉中的那位客人，

日没烛当炳[⑦]。　　天黑了点起蜡烛来接着痛饮。

**说明**　本章以醉士醒夫设譬，对二者作出比较与评价，并寄言当尽生命之乐。

**注释**　①止：止息、居住。

②趣舍：李本作趋舍，曾本、苏写本、焦本作取舍，逯本作趣舍，从逯本。趣：趋也。舍：止息。以趋代取，以止息代舍弃，趣舍为取舍之意。

③相笑：醒者笑醉，醉者笑醒。

④领：领会，理解。

⑤规规：自失貌。本句指醒夫，用《庄子·秋水》坎井之蛙寓言。蛙告东海之鳖，坎井之至乐，鳖述东海之大乐，于是坎井之蛙“适适然惊，规规然自失”。

⑥兀（wù）：高突。差：略、较。本句指醉士。

⑦炳：李本、逯本作炳，陶本作秉。从前者。炳，明也。《文选·魏文帝与吴质书》："古人思炳烛夜游，良有以也。"渊明此句言生命有限，当尽享自然乐趣。

## 原文

（十四）

| | |
|---|---|
| 故人赏我趣， | 老朋友们赞赏我的雅趣， |
| 挈壶相与至。 | 提着酒壶纷纷来相会。 |
| 班荆坐松下①， | 铺好树叶枝条坐在松树下， |
| 数斟已复醉②。 | 喝上几杯便开始微醉。 |
| 父老杂乱言， | 父老们七嘴八舌地谈话， |
| 觞酌失行次。 | 斟酒也不再按照上下的座位。 |
| 不觉知有我， | 不觉得还有"我"的存在， |
| 安知物为贵。 | 哪还知道外物可贵。 |
| 悠悠迷所留③， | 追逐名利的人迷恋他热衷的东西， |
| 酒中有深味。 | 不知道酒里面才有很深的意味。 |

## 说明

本章叙饮酒的无穷乐趣，从外在的不拘礼数，到内在的忘我忘物。

## 注释

①班：分、列。荆：落叶灌木，枝条可编筐篮。

②复：句中语助词，无义。

③悠悠：指趋名逐利之徒。《列子·杨朱》："悠悠者趋名不已。"

**原文**　（十五）

| | |
|---|---|
| 贫居乏人工， | 居家贫困缺少劳力， |
| 灌木荒余宅①。 | 灌木丛生，荒凉了我的住宅。 |
| 班班有翔鸟②， | 好看的鸟儿飞来飞去， |
| 寂寂无行迹。 | 寂静的小路上没有人迹。 |
| 宇宙一何悠， | 宇宙啊多么悠久， |
| 人生少至百。 | 人生却少有能够活上满百。 |
| 岁月相催逼， | 年年月月催人老， |
| 鬓边早已白。 | 鬓边早已呈现出霜白。 |
| 若不委穷达③， | 如果不抛弃贫富贵贱的思虑， |
| 素抱深可惜！ | 违背了朴素的襟抱才真是可惜！ |

**说明**　本章叙自己贫而趋老，如穷而不通达，便有负素怀。

**注释**　①灌木：低矮的丛枝蔓条植物。

②班班：显明的样子。

③委穷达：委，一任。穷达，穷困与显达。

**原文** （十六）

| | |
|---|---|
| 少年罕人事， | 少年时很少与人交往， |
| 游好在六经[①]。 | 留连爱好的是阅读儒经。 |
| 行行向不惑[②]， | 渐渐向着四十岁迈进， |
| 淹留遂无成[③]。 | 长久停滞，无所成名。 |
| 竟抱固穷节[④]， | 始终保持君子固穷的节操， |
| 饥寒饱所更[⑤]。 | 历尽饥寒，不得安宁。 |
| 弊庐交悲风， | 破旧的茅屋经受着寒风的吹袭， |
| 荒草没前庭。 | 荒草丛生掩没了院庭。 |
| 披褐守长夜[⑥]， | 披着粗布衣困守着长夜， |
| 晨鸡不肯鸣。 | 那报晓的公鸡迟迟不肯啼鸣。 |
| 孟公不在兹[⑦]， | 刘孟公那样的知音现已不在， |
| 终以翳吾情。 | 向谁去倾诉我的一片衷情？ |

**说明** 本章叙生平志趣本原及经历，为坚持操守而饱尝饥寒，最悲哀的还是缺少知音。

**注释** ①游好：神游笃好。六经：六部儒家经典著作。《庄子·天运》："孔子谓老聃曰：'丘治《诗》《书》《礼》《乐》《易》《春秋》六经。'"汉初将五经列于学官，五经为《诗》《书》《礼》《易》《春秋》。或谓《乐》已亡佚于秦。

②不惑：代指四十岁。《论语·为政》："四十而不惑。"四十岁为人生有无成就的关键年岁，故有此下两句。《论语·子罕》："子曰：'后生可畏，焉知来者之不如今也？四十、五十而无闻焉，斯亦不足畏也已。'"

③淹留：久留，指隐退。《楚辞·九辩》："蹇淹留而无成。"遂无成：这是就功名事业上说的。

④竟：始终。

⑤更：过、历。

⑥褐：粗布衣。

⑦孟公：东汉刘龚，字孟公，刘歆兄子。扶风马援、班彪并器重之。（见《后汉书·苏竟传》）《高士传》："张仲蔚，平陵人。好诗赋，常居贫素，所处蓬蒿没人。时人莫识，惟刘龚知之。"

## 原文　（十七）

| | |
|---|---|
| 幽兰生前庭[①]， | 幽兰生长在庭院里面， |
| 含薰待清风[②]。 | 满含芳香等待着清风。 |
| 清风脱然至[③]， | 清风轻快地来到， |
| 见别萧艾中[④]。 | 就显出了她与萧艾之类的不同。 |
| 行行失故路[⑤]， | 走啊走啊，迷失了原来的道路， |
| 任道或能通[⑥]。 | 听任自我真心或者能够走通。 |

觉悟当念还，　　觉悟到了就应当归去，
鸟尽废良弓[7]！　　等到飞鸟射尽哪还需要什么良弓！

**说明**　本章以庭、兰自喻门第及本身品格，并道出为何归耕的答案。

**注释**　①幽兰：兰花，此诗人自喻。庭：喻陶族门第。《晋书·谢玄传》载，东晋谢安有一次问子侄们：你们还没有任事，为什么总希望你们好呢？侄谢玄回答道："譬如芝兰玉树，欲使其生于庭阶耳。"

②薰：花草香气。

③脱然：轻快貌。

④见别：被区别。萧艾：萧，艾蒿也；艾，菊科植物。萧艾，此处代指杂草。屈原《离骚》："何昔日之芳草兮，今直为此萧艾也。"

⑤故路：旧路，指古代圣贤所指引的路。

⑥任道：顺应自然之道，指隐耕。

⑦鸟尽废良弓：《史记·淮阴侯列传》载，韩信被缚，曰"果若人言，狡兔死，良狗烹；高鸟尽，良弓藏；敌国破，谋臣亡。天下已定，我固当烹"。

## 原文　（十八）

| | |
|---|---|
| 子云性嗜酒[①]， | 杨子云喜欢喝酒， |
| 家贫无由得。 | 家中贫寒不得一勺。 |
| 时赖好事人[②]， | 时常靠着热心肠的人们， |
| 载醪祛所惑[③]。 | 带着酒来请他解答疑惑。 |
| 觞来为之尽， | 举起杯来就喝个净尽， |
| 是谘无不塞[④]。 | 凡有问题都给以切实的解说。 |
| 有时不肯言， | 有时闭紧了嘴巴， |
| 岂不在伐国[⑤]？ | 岂不是因为问到了攻伐别国？ |
| 仁者用其心， | 仁者运用他的仁心， |
| 何尝失显默[⑥]。 | 或畅言或沉默都无过错。 |

## 说明

渊明因陷贫困，不免接受友人的赠酒馈物，本章以扬雄受酒典作喻解，并以柳下惠典述收受的原则。

## 注释

①子云：扬雄,（扬，古国名。《左传》初刻作杨，后改刻成扬。）字子云，西汉人，作《甘泉赋》《长杨赋》，著《太玄》《法言》等。

②好（hào）：爱。好事人，原意是爱多事的人，此处作勤学而又热心肠的人。

③载醪祛所惑：祛（qū），除去。《汉书 · 扬雄传》："家素贫，

嗜酒，人希至其门。时有好事者载酒肴从游学。”

④谘（zī）：询问。塞：充实。

⑤伐国：上句及此句用鲁公问柳下惠典,《汉书·董仲舒传》载,“闻昔者鲁公问柳下惠:‘吾欲伐齐，如何?’柳下惠曰:‘不可。’归而有忧色，曰:‘吾闻伐国不问仁人，此言何为至于我哉!’”

⑥何尝失显默：无论出仕或隐退都不可有差失。

## 原文 （十九）

| | |
|---|---|
| 畴昔苦长饥[1]， | 往年曾忍受漫长的饥饿， |
| 投耒去学仕[2]。 | 丢开了农具去学做官。 |
| 将养不得节[3]， | 养活家人多不能得， |
| 冻馁固缠己。 | 饥与寒总是与自己纠缠。 |
| 是时向立年[4]， | 其时已经接近而立之年， |
| 志意多所耻。 | 意志能够分辨，知耻不惭。 |
| 遂尽介然分[5]， | 用耿介的气节决定去就， |
| 终死归田里。 | 还是归去终老田园。 |
| 冉冉星气流[6]， | 渐渐地时光流逝， |
| 亭亭复一纪[7]。 | 悠悠然又过了十有二年。 |
| 世路廓悠悠[8]， | 世路从来混茫无际， |
| 杨朱所以止[9]。 | 所以杨朱停止在歧路之前。 |

| | |
|---|---|
| 虽无挥金事⑩， | 虽然不像归老的二疏挥金游乐， |
| 浊酒聊可恃。 | 有浊酒也可以润我心田。 |

**说明**　本章专叙生平出仕而终归的过程，其间可分向立年的初归、四十一岁的终归、归后至目前已越一纪这三个阶段；也结合讲了隐耕的艰苦。

**注释**　①畴昔：往昔、以往。畴，发声词。

②投：搁下。耒：本义为起土农具之柄，代指农具。

③将养：供给养活。节：适应、适合。

④向立年：将近三十岁。渊明二十九岁始仕为江州祭酒。《论语·为政》："三十而立。"

⑤遂：终。尽：完全。介：耿介。

⑥星气：星辰与节气。

⑦亭亭：远貌。司马相如《长门赋》："澹偃蹇而待曙兮，荒亭亭而复明。"一纪：十二年。《国语·晋语》："蓄力一纪，可以远矣。"韦昭注："十二年岁星一周为一纪。"岁星即木星，绕黄道附近一周天需时十二年（今测为11.8622年）。

⑧廓：空旷。悠悠：邈远貌。

⑨杨朱所以止：杨朱，字子居，战国时卫人。其书不传。其言行事迹略见于《列子》《孟子》《淮南子》诸书。本句用杨

朱悲歧路典，“大道以多歧亡羊，学者以多方丧生”。见五言诗《答庞参军》注⑧。

⑩挥金事：挥，散。汉宣帝时，疏广为太子太傅，侄疏受为少傅，任五年而告老，赐赠黄金颇丰。“广既归乡里，日令家共（供）具设酒食，请族人故旧宾客，与相娱乐。数问其家金余尚有几所（多少），趣卖以共具。”（见《汉书·疏广传》）

## 原文 （二十）

羲农去我久[①]，　伏羲神农离我们过于久远，
举世少复真[②]。　满世界少有朴素纯真。
汲汲鲁中叟[③]，　曾有那位匆忙奔波的鲁国老者，
弥缝使其淳[④]。　要将这破败的社会弥补，重建真淳。
凤鸟虽不至[⑤]，　太平时代虽然没有随凤鸟降临，
礼乐暂得新[⑥]。　礼与乐却暂时有所更新。
洙泗辍微响[⑦]，　洙泗之滨再听不到微言大义，
漂流逮狂秦[⑧]。　战乱不已，迎来了疯狂的暴秦。
诗书复何罪，　诗与书有什么罪过？
一朝成灰尘[⑨]。　一时间被烧成灰尘。
区区诸老翁[⑩]，　汉初几位老者勤勤恳恳，
为事诚殷勤[⑪]。　为使经书流传煞费苦心。
如何绝世下[⑫]，　为什么汉亡之后，

| | |
|---|---|
| 六籍无一亲[13]。 | 再无人肯亲近六经。 |
| 终日驰车走[14]， | 许多人驾着车终日奔竞， |
| 不见所问津。 | 不见有人肯去问津。 |
| 若复不快饮， | 如若再不痛快地饮酒， |
| 空负头上巾[15]！ | 岂不辜负了漉酒的头巾！ |
| 但恨多谬误， | 只怪我的言谈多有谬误， |
| 君当恕醉人。 | 诸位也当原谅我这醉人。 |

**说明**　本章着眼于历史的全过程，叙道义传统至当代而破败，归结到醉酒的原因所在。

**注释**　①羲农：伏羲氏、神农氏，传说中的上古帝王。

②真：淳朴自然。

③汲汲：急切而不停息的样子。鲁中叟：鲁，鲁国；叟，老者，此指孔子。

④弥：补、合。缝（fèng）：裂隙。

⑤凤鸟虽不至：凤鸟，凤凰。古人认为凤凰是神鸟，是祥瑞，如果凤凰飞临，便预示将出现太平盛世。《论语·子罕》："子曰：'凤鸟不至，河出不图，吾已矣夫！'"

⑥礼乐暂得新：春秋末叶，礼乐废，诗书缺。孔子序《书》《易》；整理《礼》《诗》，正乐；作《春秋》。孔子在世时，

礼乐自此可得而述。孔子以诗书礼乐教。(见《史记·孔子世家》)

⑦洙泗：洙水与泗水，泗水流经曲阜城北，洙水为泗水支流。孔子曾讲学于曲阜，后乃以二水代指其处。《礼记·檀弓》：曾子与子夏曰："吾与女(汝)事夫子于洙泗之间。"微响：微，《汉书·艺文志》："昔仲尼没而微言绝"，颜师古注："精微要妙之言。"响，水声，喻孔子讲学的声音。

⑧漂流：漂，漂动。漂流取《尚书·武成》"血流漂杵"之意，言春秋战国战事不绝，大批庶民流血死亡。

⑨诗书复何罪，一朝成灰尘：指秦始皇焚书事。《史记·秦始皇本纪》：丞相李斯奏书："臣请史官非秦记皆烧之。非博士官所职，天下敢有藏《诗》《书》、百家语者，悉诣守、尉杂烧之。"

⑩区区：小、少。诸老翁：指汉初传授六经的饱学长者，如治《尚书》的伏生，故为秦博士，孝文时，年已九十余；治《诗》的申公，武帝时已八十余。(见《汉书·儒林传》)

⑪为事：指搜集六经古书、佚篇及传授六经。殷勤：不顾年事已高，全力以赴。如伏生，老不能行，于是诏太常，使掌故朝错往受之。伏生老，不能正言，言不可晓也，使其女传言教错。齐人语多与颍川异，错所不知者凡十二三，略以其意属读而已。(见《汉书·儒林传》及颜师古注)

⑫绝世：断绝飨祀，此指汉末、魏晋末。

⑬六籍：即六经。

⑭终日驰车走：此指趋炎附势、追逐名利之徒。逯本注:《晋书·王雅传》:“以雅为太子少傅。时王珣儿婚，宾客车骑甚众。会闻雅拜少傅，回诣雅者过半。时风俗颓弊，无复廉耻。”陶所见类此。

⑮空负头上巾：指以葛巾漉酒事。《宋书·隐逸传》：渊明“值其酒熟，取头上葛巾漉酒，毕，还复著之”。

# 止酒[①]

**题解** 这首诗约作于元兴元年（402），诗人三十八岁。

时间相近的作品有《和郭主簿》二首。这时诗人住在上京里老家，家境尚有略见优裕的底子。估计是亲人再三劝其戒酒，渊明也“决心”止酒（事实上后来破戒，亲人也不再阻止了），便写了此诗。

本诗充满了家庭情趣。通篇每句均有一“止”字，造成谐趣，仿佛亲人屡劝频频，渊明则屡答频频。首六句叙淡朴生活及天伦之乐，令人倾慕而沉思；次六句叙酒之不可止，诙谐风趣；后四句为过渡，似一劝一答；末四句叙止酒利身，直至成仙，正言中寓幽默，令人失笑。

**原文**

| | |
|---|---|
| 居止次城邑[②]， | 居住在城市附近， |
| 逍遥自闲止[③]。 | 逍遥自得十分悠闲。 |
| 坐止高荫下[④]， | 闲坐在高树浓荫之下， |
| 步止荜门里[⑤]。 | 散步也只在柴门里边。 |
| 好味止园葵[⑥]， | 好味道不过是园中的葵菜， |
| 大欢止稚子[⑦]。 | 大高兴也只有稚子承欢。 |

| | |
|---|---|
| 平生不止酒， | 平生不肯停止饮酒， |
| 止酒情无喜。 | 停止饮酒将会心里闷烦。 |
| 暮止不安寝， | 晚上停饮就不得安睡， |
| 晨止不能起。 | 早上停饮就起床迟延。 |
| 日日欲止之， | 天天都想停止饮酒， |
| 营卫止不理⑧。 | 停止了，气血经脉将会虚孱。 |
| 徒知止不乐， | 只知道停止饮酒就不快乐， |
| 未知止利己。 | 不知道停止了好处多端。 |
| 始觉止为善， | 开始觉得停止是件好事， |
| 今朝真止矣。 | 今天才真正与酒绝缘。 |
| 从此一止去， | 从此一直停止下去， |
| 将止扶桑涘⑨。 | 将停止在扶桑树生长的水边。 |
| 清颜止宿容⑩， | 清朗的脸容停止在年轻的模样， |
| 奚止千万祀⑪！ | 何止一千年，一万年！ |

**注释**

①止酒：止，已、息；止酒，停止饮酒，也即戒酒的意思。

②居止：居住。次：舍止之处。居止次：住屋在、家住在。

③闲止：闲，闲静；止，句末助词。

④止：息。

⑤止：限。荜（bì）门：用荆条、竹子等编成的门。

⑥止：只有。园葵：葵，葵菜，嫩叶可食。园葵，代指园里

种的各种蔬菜。

⑦稚子：指陶佟，乳名通，两岁。见《和郭主簿》第一首注⑩。

⑧营卫：我国古代医学认为营和卫是维持、调节人体机能的两大要素，笼统地说就是气血经脉。《灵枢经·营卫生会》：谷气入于藏府，“清者为营，浊者为卫；营在脉中，卫在脉外。营周不休……营卫者，精气也。血者，神气也。故血之与气，异名同类焉”。所以，营是指脉中气血，卫是指脉外气血；血以气行，气以血为母。营卫调顺，体健；反之，则病。不理：不和。

⑨扶桑：神木名。屈原《离骚》：“总余辔乎扶桑。”洪兴祖补注：“《山海经》云：黑齿之北，曰汤谷，有扶木，九日居下枝，一日居上枝，皆戴乌。郭璞云：扶木，扶桑也。天有十日，迭出运照。”涘（sì）：水边。

⑩宿容：平素的模样。

⑪止：只有。祀（sì）：年。殷商时称年曰祀，孙炎曰：“取四时祭祀一讫也。”《尚书·洪范》：“惟十有三祀。”

# 述酒

## 仪狄造，杜康润色之[①]

**题解**　这首诗约作于南朝宋永初二年（421），渊明五十七岁。

本年九月，已逊位的晋恭帝司马德文被宋武帝刘裕杀害；先进毒酒，不肯饮，以被褥闷杀之。这件事激起了诗人极大的义愤，遂作成此诗。

为了避祸，不得不写得十分隐晦。宋代黄山谷云："似是读异书所作，其中多不可解。"经韩子苍、汤汉及后来诸家的努力，终于弄清了诗意。

全诗四句为一层次，共六层次；只有收尾作六句，组成第七层次：一、东晋运祚，由盛趋衰；二、逆篡不断，至于桓、刘；三、诗人感慨，宋代晋瑞；四、刘灭桓玄，恭帝遭害；五、除异务尽，逃也不免；六、简文应谶，晋祚告尽；七、我亲夷齐，天容当固。

本诗被看作刺世诗，更恰切地说，是一首史诗，是我国文学史上优秀的史诗绝唱。

**原文**

| | |
|---|---|
| 重离照南陆[②]， | 当重离照耀在南方大地， |
| 鸣鸟声相闻[③]。 | 凤鸟互相和鸣。 |
| 秋草虽未黄， | 秋草虽然还没有萎黄， |
| 融风久已分[④]。 | 和煦的风却已经消沉。 |
| 素砾皛修渚[⑤]， | 白色的乱石子在长洲上耀光刺眼， |
| 南岳无馀云[⑥]。 | 南岳顶上不见了紫色的祥云。 |
| 豫章抗高门[⑦]， | 豫章公与高门大姓相对抗， |
| 重华固灵坟[⑧]。 | 虞舜帝的坟墓本就在零陵。 |
| 流泪抱中叹[⑨]， | 我流泪，叹息满怀， |
| 倾耳听司晨[⑩]。 | 侧耳倾听雄鸡的啼鸣。 |
| 神州献嘉粟[⑪]， | 说是神州大地曾奉献出祥瑞的嘉禾， |
| 西灵为我驯[⑫]。 | 麟凤龟蛇受驯养，竟也显示瑞应。 |
| 诸梁董师旅[⑬]， | 叶公沈诸梁统帅师旅， |
| 羊胜丧其身[⑭]。 | 白公胜终于战败自刭。 |
| 山阳归下国[⑮]， | 汉献帝禅位被贬到山阳小国， |
| 成名犹不勤[⑯]。 | 曹丕成就了帝业再不去关心。 |
| 卜生善斯牧[⑰]， | 篡夺者很懂得卜式善牧的道理， |
| 安乐不为君[⑱]。 | 众旧臣又只求安乐不肯效忠故君。 |
| 平王去旧京[⑲]， | 周平王曾被迫东迁洛邑， |
| 峡中纳遗薰[⑳]。 | 王子搜藏在丹穴仍不免被艾草烟熏。 |
| 双阳甫云育[㉑]， | 重日降生也不能保住帝位， |

| | |
|---|---|
| 三趾显奇文[22]。 | 三足乌又带来禅代的传闻。 |
| 王子爱清吹[23]， | 王子晋喜欢吹箫跨鹤， |
| 日中翔河汾[24]。 | 正当午翱翔在河汾之滨。 |
| 朱公练九齿[25]， | 陶朱公练养长生之术， |
| 闲居离世纷。 | 悠然闲居，远离世上纠纷。 |
| 峨峨西岭内[26]， | 在那高高的西岭里面， |
| 偃息常所亲[27]。 | 安卧着我钦敬的夷齐两位高人。 |
| 天容自永固[28]， | 天赋的容颜自应永久保持， |
| 彭殇非等伦[29]。 | 殇子与彭祖毕竟不能同论。 |

## 注释

①仪狄造，杜康润色之：此八字宋本云“旧注”。估计这是作者自己加的“题注”。仪狄，夏禹时造酒者；杜康，周代人，善酿酒。润色，加工后使之更完美。此两句，似紧扣篇名，实际上是以仪狄影射桓玄，以杜康影射刘裕。元兴元年，桓玄攻据建康，杀司马元显，论太傅会稽王司马道子纵子有罪，当弃市，诏徙安成郡；桓玄使人至安成，鸩杀之。义熙十四年，刘裕使王韶之鸩安帝，未成，后缢帝于东堂。宋永初二年，刘裕先以毒酒一罂，使张祎鸩零陵王（原恭帝），张祎于道自饮而卒。九月，裕令人往视褚妃（原为后），妃就别室相见。兵人逾墙入，进药于王，王不肯饮，兵人以被掩杀之。

②重离：离（☲）为周易八卦之一，重卦后为六十四卦之一，仍称离（䷝），“离为火，为日”（《说卦》），所以，“重离”代太阳。又暗喻司马氏，重黎与重离谐音，据《晋书·宣帝纪》：司马氏，“其先出自帝高阳之子重黎，为夏官祝融”。南陆：长江以南的大块陆地。照南陆：暗喻晋室南渡，东晋开始。

③鸣鸟声相闻：鸣鸟，指凤凰。《诗经·大雅·卷阿》：“凤凰鸣矣，于彼高冈。”朱氏善曰：“凤皇者，贤才之喻。”本句暗喻东晋初名臣荟萃，如祖逖、王导、温峤、郗鉴、陶侃等。

④融风：立春之风。《说文》：“东北曰融风”，段玉裁云：“调风、条风、融风，一也。”《易经·通卦验》：“立春条风至。”司马氏祖先重黎为夏官祝融（原为火神，火官取以为名），所以融风兼代司马帝风。上句与本句喻晋王室运祚已趋衰颓。

⑤素砾皛修渚：素砾（lì），白色小石子，喻奸邪。《楚辞·惜誓》：“放山渊之龟玉兮，相与贵夫砾石。”皛（xiǎo），明显。修，长。渚（zhǔ），水中陆地;《诗经·召南·江有汜》：“江有渚。”此处以渚代江，修渚，长江岸边的意思。本句以景物暗喻东晋奸邪逆篡不断，如王敦、苏峻等。

⑥南岳：指衡山，五岳之一，在湖南。晋元帝即位诏：“遂登坛南岳。”云：指王者祥瑞之云，或称王气。《晋书·元帝纪》：“始秦时望气者，五百年后金陵有天子气，故始皇东游以厌

之，改其地曰秣陵，堑北山以绝其势。”“元帝之渡江也，乃五百二十六年，真人之应在于此矣。”

⑦豫章：郡名，今江西南昌。元兴元年，太尉桓玄讽朝廷以“平元显功封豫章公”（《资治通鉴》）。义熙二年，“尚书论建义功，奏封刘裕豫章郡公”（《资治通鉴》）。抗：抗衡。高门：高门大姓。东晋有功之臣王导、谢安、温峤、陶侃等均封郡公，为高门大姓。桓玄起时，地位已下落；本句主要指刘裕，“初，裕名微位薄，轻狡无行，盛流皆不与相知”（《资治通鉴》元兴三年）。

⑧重华：舜之名；宋洪兴祖认为是舜之号，舜是名。固：本来是，本然之词。灵坟：舜葬九嶷山，在湖南零陵。虞舜是禅位于夏禹的，他的坟地自然成了“禅位”的零陵王的归灵之所。

⑨抱：怀。

⑩司晨：指鸡破晓而啼。上句及本句写诗人夜不能寐。

⑪神州：原本指中原，后扩大之，意即中国。战国时邹衍称中国为赤县神州，乃有此名。献嘉粟：粟形小黄粒，或名小米；古人又以粟泛称谷类。嘉粟是指一茎多穗的禾谷，认作祥瑞。汤汉注：“义熙十四年（引者注：安帝诏：‘嘉禾近归’系在义熙十三年），巩县人献嘉禾，裕以献帝，帝以归于裕。”

⑫西灵为我驯：逯本注文认为：“西灵，当作四灵，裕受禅文

有‘四灵效瑞’之语。”四灵为龙凤麟龟。(《礼记·礼运》)晋泰初六年,“大宛献汗血马”。(《晋书·武帝纪》)本句或疑指此事。大宛汗血马称天马。汉武帝太初四年春，获大宛汗血马,“作西极天马歌”，并列入郊祀。(见《汉书·礼乐志》《汉书·武帝纪》)由汉武帝对获汗血马的重视程度，晋武帝也将此事作为国运昌盛的象征。本层次四句是写由宋瑞想到晋建国之初的昌盛之瑞，不免彻夜难眠。

⑬诸梁：沈诸梁，字子高，封于叶（在河南），称叶公。董：督。师旅：指各地齐集的军事力量。《国语·楚语》:“帅方城之外以入”;《史记·楚世家》:“会叶公来救楚，楚惠王之徒与共攻白公。”

⑭羊胜：羊，李本、焦本、曾本作羊。李注，黄山谷云羊胜当是芊胜，芊胜白公也。陶本、逯本作芊。从李、焦、曾本。该字有两种可能：1.渊明故意写错,“芈胜”写作羊胜；2.渊明未写错,“芈胜”误刻为羊胜。既然第一种可能性不能排除，故仍按李本维持原貌。所谓黄山谷认为是芊胜，明显地是后人转书中，将芈误为芊。故羊胜应是芈胜。芈（mǐ），楚始祖熊绎，周成王时期封以子男之田，姓芈氏，居丹阳。芈胜，又叫白公胜，封于白，故称白公。其父太子建被害于郑，欲报仇，楚令尹子西未从，乃杀子西，赶出惠王，自立为楚王。叶公率众攻之，白公胜自杀，惠王复位。此上下两句影射桓

玄篡晋建立楚国，刘裕率晋众部灭桓玄。

⑮山阳：山阳公。建安二十五年，魏王曹丕称天子，废汉帝刘协为山阳公。归下国：山阳公都山阳之浊鹿城（在今河南怀州）。本句喻永初元年刘裕废恭帝司马德文为零陵王，暂居于故秣陵县。

⑯成名：成全其器与名。《左传·成二年》："唯器与名不可以假（借）人。"勤：慰藉、存问，这句是说刘协成全了曹丕的器与名，曹丕还不去存问一下。(《后汉书·孝献帝纪》："自逊位至薨，十有四年。"）字面上是责怪曹丕，实际上是指责刘裕在恭帝逊位的次年就下毒手将之杀害。况恭帝逊位是心甘情愿的，曾谓左右："桓玄之时，天命已改，重为刘裕所延，将二十载。今日之事，本所甘心。"(《宋书·武帝纪》)

⑰卜生善斯牧：卜生，指卜式。《汉书·卜式传》："上（汉武帝）过其羊所，善之。式曰：'非独羊也，治民亦犹是矣。以时起居，恶者辄去，毋令败群。'"本句系指刘裕为达到篡晋目的，剪除异己力量。如刘毅、诸葛长民、司马休之等，过去均协同灭桓玄，后均被刘裕攻杀。

⑱安乐不为君：此句指责晋某些旧臣媚宋求荣，甚至协同杀害安、恭二帝。太常褚秀之、侍中褚淡之，均为褚后之兄。王（琅琊王，后为恭帝）每生男，刘裕辄令秀之兄弟方便杀之。恭帝废后，饮食由褚妃出，莫得伺其隙。刘裕乃令淡之

与兄左卫将军叔度，将褚妃引出，兵人逾墙进药，杀王。（见《资治通鉴》）

⑲平王：此用疑词，似为东周平王，实为平固王。元兴二年，桓玄即皇帝位，封安帝为平固王。去旧京：桓玄迁安帝离开建康赴浔阳。

⑳峡中纳遗薰：纳，接入；遗，余留；薰，烟熏。本句用王子搜（sōu）故事喻恭帝被迫继位。《庄子·让王》："越人三世弑其君，王子搜患之，逃乎丹穴。而越国无君，求王子搜不得，从之丹穴。王子搜不肯出，越人薰之以艾。乘以王舆。王子搜援绥登车，仰天而呼曰：'君乎！君乎！独不可以舍我乎！'"据《晋书·安帝纪》：原先闻有谶（chèn），孝武帝（司马昌明）之后有二君。刘裕将为禅代，故密令王韶之将安帝缢死，而继立恭帝，以应二帝之谶。所以恭帝的继位是被迫的。

㉑双阳：李本及诸本作陵，曾本、苏写本云，一作阳，逯本作阳。从逯本。阳为日，双阳即为昌，此指孝武帝司马昌明。甫云育：才说有了后嗣。《晋书·孝武帝纪》："初，简文帝见谶云：晋祚尽昌明。"根据谶文说来原以为昌明无子，谁知竟还生了两个儿子：德宗（安帝）、德文（恭帝）。

㉒三趾：指三足乌，传说日中有三足乌。元熙二年晋恭帝禅位诏："代德之符，著乎幽显。瞻乌爰止，允集明哲。夫岂

延康有归，咸熙告谢而已哉！”“瞻乌”两句出于《诗经·小雅·正月》，意思是：看那日乌都飞停到大屋上了，就像众民都把希望归集到明哲之君身上。“延康”是献帝年号，“有归”指汉禅魏；“咸熙”是魏元帝年号，“告谢”指魏禅晋。显奇文：当时流传“昌明之后有二帝”的谶文。诏书里禅宋的话显示了谶文的灵验，实际上立而弑都是刘裕一手制造的。

㉓王子爱清吹：王子指王子晋。《列仙传》载，传说周灵王太子，名晋，好吹笙，作凤鸣，游伊、洛间。修炼二十年，后乘白鹤仙去。本句隐去“晋”字，实为王子晋，倒为晋王子，指德宗与德文，以仙去喻双双被害。

㉔日中：正午也，正具典之义，正午，典午也。典，主其事，即“司”；午，属马，典午谓司马。河汾：指黄河、汾河一带。汉景元四年，封司马昭为晋公，此为晋建国之始。本句喻安帝、恭帝魂归故封地，亦即司马氏晋祚已亡。

㉕朱公：春秋时人，名范蠡，又称陶朱公，此处代指诗人自己。史载范蠡助越王勾践灭吴后，浮海至齐，止于陶，变姓为朱，致赀累百万，天下称陶朱公。九齿：九谐音久；齿，年、岁。九齿，长寿的意思。

㉖西岭：即西山，以隐居地名代指伯夷叔齐。

㉗偃（yǎn）息：偃，仰卧；偃息，亦偃仰也。《诗经·小雅·北山》：“或栖迟偃仰。”

㉘天容：自然赋予的容颜，指身体发肤。

㉙彭殇：彭祖与殇子。彭祖，见《形影神》之《神释》注⑥；殇，未满二十岁而死。伦：类。《庄子·齐物论》："莫寿于殇子，而彭祖为夭"，本句非之。

# 责子[1]

**题解**　这首诗约作于晋义熙四年（408），渊明四十四岁。

渊明曾写过《命子》，晚年又作《与子俨等疏》，部分诗篇也流露了亲子之情；在感到五个儿子都与自己的期望相距较远时，又写了这首责子诗，诗人怀中骨肉之情既深厚又率真。

从责备的内容上，反映了作者对儿子的希望：勤快、爱文术、懂事上进，这些都符合于务实、好学、奋进的美德，与渊明躬耕于农村有直接的关联。

杜甫在《遣兴》中"批评"陶渊明："有子贤与愚，何其挂怀抱"，说陶"未必能达道"。按，杜甫也有效陶之作，也很爱自己的儿子，以上诗句显示了杜甫的幽默和对渊明的理解。

**原文**

| | |
|---|---|
| 白发被两鬓， | 白发覆盖了两鬓， |
| 肌肤不复实。 | 肌肤也不能再得充盈。 |
| 虽有五男儿， | 虽然有五个儿子， |
| 总不好纸笔。 | 却都对纸笔无情。 |
| 阿舒已二八[2]， | 阿舒已经十六， |

| | |
|---|---|
| 懒惰故无匹[③]。 | 懒惰无比，让人吃惊。 |
| 阿宣行志学[④]， | 阿宣也将到志于学的年纪， |
| 而不爱文术[⑤]。 | 却不喜欢读书作文。 |
| 雍端年十三， | 雍、端都已十三岁， |
| 不识六与七。 | 六和七还难以区分。 |
| 通子垂九龄[⑥]， | 通子眼看到了九岁， |
| 但觅梨与栗[⑦]。 | 还只会将梨子毛栗找寻。 |
| 天运苟如此， | 天命假如是这样， |
| 且进杯中物[⑧]。 | 我还是将杯中物痛饮。 |

**注释**

①李本、曾本、苏写本在篇名下有注云："舒俨、宣俟、雍份、端佚、通佟，凡五人，舒、宣、雍、端、通，皆小名也。"

②二八：十六岁。

③故：通"固"，本来、一直的意思。

④行：将。志学：十五岁为志学之年，出于《论语·为政》："子曰：'吾十有五而志于学。'"

⑤文术：文指读、写诗文；术指写字、算术一类。术，艺也，《周礼》载"六艺"：礼、乐、射、御、书、数。

⑥垂：即将到。

⑦梨与栗（lì）：均秋熟果实。

⑧杯中物：指酒。

# 有会而作[1]（并序）

**题解** 这首诗暂系于南朝宋元嘉三年（426），渊明六十二岁。

会，悟；有会而作，就是有所感悟而作。从序文看，遇到灾害，旧谷完而新谷未登，如何度岁？如何度过明年？不能不使人焦虑。是丧志而食“嗟来”，还是学古贤而固穷？诗人选择了后者。由篇名可看出，陶渊明是如何注重进德，把磨炼而得出的感悟都诉之于诗，并勉励儿孙。汤汉云：“夫惟忍于饥寒之苦而后能存节义之闲”，本诗虽述饥乏，然主题是穷正见志。陶渊明的高风亮节正体现在这类关键处。

本诗四句为一层次，结构严谨；而句法纵收反正，夭如矫龙。第二层次述及何以卒岁，以之引到第三层次对不食“嗟来”的非议，反映了自己苦况深到近于欲乞的程度，然后是经过深思的正面判定：斯滥为反，固穷为正。疑团顿然冰释，主题豁然鲜明。

**原文** 旧谷既没，新谷未登[2]。颇为老农[3]，而值年灾。日月尚悠，为患未已。登岁之功[4]，既不可希，朝夕所资[5]，烟火裁通[6]。旬日已来[7]，始念饥乏。岁云夕

**矣，慨然永怀[8]。今我不述，后生何闻哉[9]！**

**译文** 旧年的谷子已经吃完，新谷还没有登场。我也算得上一个老农，遇到了灾荒年景。来日正长，灾荒远未度过。一年的收成既无指望，眼下早晚之餐已在勉强维持。近十天来，才真正感到了饥乏。一年将尽，不禁慨然长叹。现在我不记述下来，后来者又如何知道呵！

| | |
|---|---|
| 弱年逢家乏， | 年幼时正遇到家中贫困， |
| 老至更长饥。 | 老年时又经常受饿忍饥。 |
| 菽麦实所羡[10]， | 豆麦已是我的珍品， |
| 孰敢慕甘肥[11]？ | 谁敢去羡慕米香肉肥？ |
| 惄如亚九饭[12]， | 仅胜过一月九餐，谈不上饮食好坏， |
| 当暑厌寒衣。 | 大暑天难忍受还穿在身上的寒衣。 |
| 岁月将欲暮， | 一年岁月将尽， |
| 如何辛苦悲。 | 多么酸辛苦悲。 |
| 常善粥者心[13]， | 常常感念施粥者的好心肠， |
| 深念蒙袂非[14]。 | 深感那位蒙袂的饥者理亏。 |
| 嗟来何足吝[15]？ | 嗟来之食为什么要怨恨？ |
| 徒没空自遗[16]。 | 白白饿死算自个儿倒霉。 |

| | |
|---|---|
| 斯滥岂彼志[17]？ | “穷斯滥矣”哪会是他的意愿？ |
| 固穷夙所归[18]。 | “君子固穷”才是他从来的指归。 |
| 馁也已矣夫， | 饿肚子也就罢了， |
| 在昔余多师[19]！ | 古来多少贤士可供我学习！ |

## 注释

①萧统《陶渊明传》：“江州刺史檀道济往候之，偃卧瘠馁有日矣。道济谓曰：‘贤者处世，天下无道则隐，有道则至。今子生文明之世，奈何自苦如此？’对曰：‘潜也何敢望贤，志不及也。’道济馈以粱肉，麾而去之。”《南史·隐逸传》也有相同的记载。檀道济于元嘉三年五月任江州刺史（见《资治通鉴》），故此诗暂系于该年。

②未登：登，登场；未登，尚未收获。

③颇为：可以称得上。

④登岁之功：登，成、进、达到；岁之功，一年农事应有的收获。

⑤资：吃的用的。

⑥裁：“才”的借字，仅也。

⑦旬日：十天为一旬；旬日，近日。已：“以”的借字。

⑧永：“咏”的借字。

⑨后生：年轻人，指子孙。

⑩菽（shū）：豆类的总称。

⑪甘：味美。肥：丰盛。

⑫惄（nì）如：饥愁貌。如，词尾，助词。《诗经·周南·汝坟》："惄如调（注：通"朝"，晨也）饥。"亚九饭：亚，次于；九饭，一个月只能吃上九餐，指子思。《说苑·立节》："子思居于卫，缊袍无表，二旬而九食。"亚九饭，言为子思之亚，则比一月仅九餐的子思略好些。按，少餐居前，亚则居后。

⑬常善粥者心：善，称许。粥者，施粥者，指齐人黔敖。《礼记·檀弓》："齐大饥。黔敖为食于路，以待饿者而食（sì，给人吃）之。有饿者蒙袂辑屦，贸贸然来。黔敖左奉食，右执饮，曰：'嗟！来食。'扬其目而视之，曰：'予唯不食嗟来之食，以至于斯也！'从而谢焉，终不食而死。曾子闻之，曰：'微与！其嗟也可去，其谢也可食。'"

⑭念：李本及诸本作恨；何校宣和本作念，逯本作念。从后。蒙袂（mèi）：以袖遮脸，指饥者。

⑮嗟：悯而嗟之声。吝：厌恨。

⑯没：死。遗：与、给与。自遗，指自己给自己留下悲戚。

⑰斯滥：无所约束，指做出超越礼义的行为。《论语·卫灵公》："在陈绝粮，从者病，莫能兴。子路愠见曰：'君子亦有穷乎？'子曰：'君子固穷，小人穷斯滥矣。'"彼：李本及诸本作彼；何校宣和本作攸，逯本作攸。从前者。按，攸或释"所"，或为语助词。"所"不宜置于名词"志"之前；如作语

助词，则本句显得含糊，故攸不妥。

⑱夙：平素、以往。此处上下两句是转为对蒙袂饥者的肯定。篇名正由此而来。

⑲余多师：我有很多的老师，指伯夷、叔齐、子思，也包括这位蒙袂饥者。

# 蜡日

**题解** 本诗暂系于南朝宋永初二年（421），陶渊明五十七岁。

按字面上说，蜡（zhà）即褚，是古代年终时对万物祭祀之名,《礼记·郊特牲》:“岁十二月，合聚万物而索（注：求索其神）飨之也。”蜡祭八神：先啬、司啬、农、邮表畷（注：田间道路房舍）、猫虎、坊、水庸、昆虫。而蜡祭至秦改为腊祭。据魏·张揖撰的《广雅·释天》云:“周曰大褚，秦曰腊”，汉承秦，魏晋承汉，足见魏晋时也代之以腊祭。冬至后第三个戌日（总在农历十二月）腊祭百神。《说文》徐锴注:“腊，合也，合祭诸神也。”所以，有可能是腊日，而陶渊明仍用了《礼记·郊特牲》上的蜡字，写作蜡日。腊日后来固定为农历十二月初八日。

这是首节日即兴小诗。写岁暮风雪，预兆明年的春夏佳景。两人对酌，意趣无限。想象如对之章山，逸兴更佳。

**原文**

| | |
|---|---|
| 风雪送馀运①， | 风雪送走了一年剩余的日子， |
| 无妨时已和②。 | 气温则已经开始融和。 |
| 梅柳夹门植， | 门前两边种着梅与柳， |

| | |
|---|---|
| 一条有佳花③。 | 一株山楸树好花婆娑。 |
| 我唱尔言得④， | 我歌唱你说难得， |
| 酒中适何多⑤！ | 酒中的惬意何其多！ |
| 未能明多少， | 说不上酒中的快乐有多少， |
| 章山有奇歌⑥！ | 那石门山曾聆听过奇妙的歌！ |

**注释**

①馀运：运，（一年内的）时运；馀运，指岁暮。

②时已和：冬至阴足阳尽，冬至以后阳又回升，阴渐耗。蜡日，冬至（在农历十一月）已过，所以说时气开始趋向和顺。

③条：条树，即山楸（qiū），夏开穗状黄绿色细花，木质细密可做棋枰。《诗经·秦风·终南》："有条有梅。"条，传："槄也"；郭璞曰："今之山楸也。"

④唱：吟诗。言得：称赏。

⑤适：合意。

⑥章山：即鄣山，又称天子鄣。《水经注》："庐山之北，有石门水，…… 其下入江南岭，即彭蠡泽西天子鄣也。"晋庐山诸道人《游石门诗序》："石门在精舍南十余里，一名鄣山。基连大岭，体绝众阜，…… 此虽庐山之一隅，实斯地之奇观。"有奇歌：有奇妙之诗，可能指昔日游斜川诸咏诗。《游斜川·序》："彼南阜者，名实旧矣，不复乃为嗟叹。若夫曾城（指天子鄣），傍无依接，独秀中皋，遥想灵山（指昆仑），有爱嘉名。欣对不足，率共赋诗。"

# 卷之四　诗五言

# 拟古（九首）

**题解**　这组诗可能作于南朝宋永初元年（420），陶渊明五十六岁。

拟，比拟，仿照的意思；拟古就是摹仿古诗的意境与形式，以此来抒发自己的思想感情。从这几首可看到《古诗十九首》、汉乐府、汉魏晋五言诗的痕迹，像第一首的简洁叙事方式、第二首的一问一答、第三首的以气象作兴比及物候作比，以及清浅的词语、叠词等等。诗人所以用拟古作题，主要是时当晋宋易代，很多的感触及激荡的情绪，可以通过较隐晦的方式表达出来。

九首内容之间并无严密的逻辑联系，但松散的关联依稀可见：一、斥负义，二、尚节义，三、眷故晋，四、儆新贵，五、志贫洁，六、觅友生，七、叹迟暮，八、忆壮志，九、亡之憾。

第七首被选入《文选》及《玉台新咏》。

**原文**　**（一）**

荣荣窗下兰①，　　欣欣向荣的是窗下的兰花，
密密堂前柳②。　　枝叶茂密的是堂前的垂柳。

初与君别时③，　　当初与你分别的时候，
不谓行当久④。　　未曾想到睽隔这么长久。
出门万里客⑤，　　离开家门作客万里，
中道逢嘉友⑥。　　中途遇到了所谓的嘉友。
未言心相醉⑦，　　未曾交谈已经心醉，
不在接杯酒⑧。　　那醉意并非来自饮酒。
兰枯柳亦衰⑨，　　兰花枯萎，垂柳也已衰败，
遂令此言负⑩。　　分别时的誓言已付东流。
多谢诸少年⑪，　　诚恳奉告诸位少年，
相知不忠厚⑫。　　相交怎么这样不忠厚。
意气倾人命⑬，　　一时意气几乎可以付出生命，
离隔复何有？　　一朝分离，友谊在哪里存留？

**注释**

①兰：喻双方均以君子之德交往。

②柳：依依柳，喻别情。

③君：指这位友人。

④不谓：不料。当：宜，转为“成”的意思。

⑤客：指“君”。

⑥嘉友：佳友。古诗婉微，常无遣词。所谓嘉友，是与这位友人沆瀣一气的嘉友。

⑦未言心相醉：“君”与新友已相交欢。清邱嘉穗《东山草

堂陶诗笺》卷四："此必当时有与公同约偕隐，已而背去附宋者。"

⑧不在接杯酒：不在杯酒之相交接也。曲言先时与我倾心为伪。

⑨兰枯柳亦衰：喻"君"与我德交息，友情断。

⑩此言：指"与君别时"之言。

⑪多谢：多多告诫。《孔雀东南飞》："多谢后世人，戒之慎勿忘！"

⑫忠：李本、焦本作忠，逯本作中。从前者。忠厚：忠诚厚实。

⑬倾：倒，豁出。此上下两句是被弃之我对"君"的怨言。

## 原文　（二）

| | |
|---|---|
| 辞家夙严驾[①]， | 辞别家室，清晨就准备车马， |
| 当往志无终[②]。 | 要去那久已向往的无终。 |
| 问君今何行？ | 问你如今为什么前去？ |
| 非商复非戎[③]。 | 不是经商也不是从戎。 |
| 闻有田子泰[④]， | 听说无终有位田子泰， |
| 节义为士雄。 | 节义行为可称士人中的英雄。 |
| 斯人久已死， | 这人虽然久已死去， |
| 乡里习其风。 | 他的故乡却学习了他的遗风。 |

生有高世名，　他活着时已有高尚的名誉，
既没传无穷。　死后这名声更流传无穷。
不学狂驰子[5]，　不去学那些狂妄奔竞的小人，
直在百年中[6]。　他们得意也只在一生之中。

**注释**

①夙：早晨。严：整饬。驾：马车。

②志：李本、逯本为志，苏写本、陶本作至。从前者。志：向往。无终：古县名，在今天津市蓟县。

③戎：从军。

④田子泰：田畴，字子泰。东汉末右北平无终人。献帝被董卓逼迁长安，幽州牧刘虞欲致臣节。时乱，田畴轻骑间道而往，得见献帝。诏拜骑都尉，辞不受。驰还，刘虞已被公孙瓒害死。谒墓，陈携回之章表，泣而去。入徐无山，百姓归之，率耕食，至五千余家。后袁绍授将军印，不受。乌丸常扰北边，曹操征伐，助之而胜。数次封爵，均辞。逯本按："此诗是回忆元兴三年东下参与刘裕起义兵事写的。"

⑤狂驰子：指趋炎附势之徒。

⑥直：只。百年中：指活在世上时。

**原文**

（三）

仲春遘时雨[1]，　仲春二月遇到时雨降落，

| | |
|---|---|
| 始雷发东隅[2]。 | 春雷震响起自东方一隅。 |
| 众蛰各潜骇， | 冬眠的蛰虫从地下惊觉， |
| 草木从横舒[3]。 | 草木的枝叶自在展舒。 |
| 翩翩新来燕， | 翩翩飞舞的新来燕子， |
| 双双入我庐。 | 成双成对地飞进我的草庐。 |
| 先巢故尚在[4]， | 先前的窠巢依然存在， |
| 相将还旧居[5]。 | 相随着飞回原来的住处。 |
| “自从分别来， | “自从分别以来， |
| 门庭日荒芜[6]。” | 一天天我的院门颓坏，庭院荒芜。” |
| “我心固匪石[7]， | “我的心不是石磨可以转动， |
| 君情定何如[8]？” | 你的情义又将何如？” |

**注释**

①仲春：夏历二月。遘（gòu）：遇。时雨：时节之雨。

②始雷：始作之春雷。《礼记·月令》：仲春之月“雷乃发声，始电，蛰虫咸动，启户始出”。东隅：隅，角；东隅，指东方。

③从：同“纵”。

④故：依然。

⑤相将：相与、一起。

⑥自从分别来，门庭日荒芜：这两句是主人对燕说的话。

⑦我心固匪石：此句及下句是燕对主人的回答。匪，同“非”。《诗经·邶风·柏舟》：“我心匪石，不可转也。”意思是：吾心

不是磐石，磐石可以转动，吾心却不能转动。此句用《柏舟》句意，包括未说出的一句："不可转也。"

⑧定：决、留止。清邱嘉穗《东山草堂陶诗笺》卷四："自刘裕篡晋，天下靡然从之，如众蛰草木之赴雷雨，而陶公独惓惓晋室，如新燕之恋旧巢，虽门庭荒芜，而此心不可转也。"

## 原文　（四）

| | |
|---|---|
| 迢迢百尺楼[①]， | 那高高的百尺楼头， |
| 分明望四荒。 | 可以清楚地眺望远方。 |
| 暮作归云宅， | 晚上这儿是归云的住宅， |
| 朝为飞鸟堂。 | 早上这儿是飞鸟的殿堂。 |
| 山河满目中， | 山河历历在眼前呈现， |
| 平原独茫茫。 | 无边的平原一片苍茫。 |
| 古时功名士， | 古时追求功名的人士， |
| 慷慨争此场； | 在这里争逐慷慨激昂； |
| 一旦百岁后[②]， | 一旦生命结束， |
| 相与还北邙[③]。 | 都还是归入洛阳的墓地北邙。 |
| 松柏为人伐， | 墓地的松柏不免被人们斫伐， |
| 高坟互低昂。 | 高高低低的坟头起伏相望。 |
| 颓基无遗主[④]， | 倾坍的坟茔已成无主孤坟， |
| 游魂在何方？ | 墓中人的游魂又在何方？ |

荣华诚足贵，　生时的荣华富贵确也风光，
亦复可怜伤[⑤]！　其实也很可怜，令人哀伤！

## 注释

①迢迢（tiáo）：远貌。此指楼在极远处。百尺楼：百尺，形容楼高；很高很高的楼。《古诗十九首》之五："西北有高楼，上与浮云齐。"

②百岁后：去世以后。

③北邙（máng）：山名，在今河南洛阳市北。东汉、魏、西晋王侯公卿多葬此。西晋张载《七哀诗》："北芒何垒垒，高陵有四五。"

④遗主：留在人世的墓主，指死者后代。

⑤亦复可怜伤：清陶澍桌注《靖节先生集》卷四："慷慨而争，同归于尽，后之视今将亦犹今之视昔耳。哀司马即是哀刘裕。"

## 原文　（五）

东方有一士，　东方有一位贤士，
被服常不完。　破衣旧衫也时常不能周全。
三旬九遇食[①]，　一个月才吃上九顿饭，
十年著一冠[②]。　十年来始终戴着那一顶破冠。
辛苦无此比，　辛劳困苦无人能比，

| | |
|---|---|
| 常有好容颜[3]。 | 他却面容开朗心地坦然。 |
| 我欲观其人， | 我想去看看这位人物， |
| 晨去越河关[4]。 | 清晨出发过河又过关。 |
| 青松夹路生， | 青松夹着路边生长， |
| 白云宿檐端[5]。 | 白云住宿在屋檐的顶端。 |
| 知我故来意[6]， | 他知道我特地前来的用意， |
| 取琴为我弹： | 取出琴来为我奏弹： |
| 上弦惊别鹤[7]， | 先弹一曲惊飞的别鹤， |
| 下弦操孤鸾[8]。 | 再弹一曲翱翔的孤鸾。 |
| 愿留就君住[9]， | 我很愿意留下来与你同住， |
| 从今至岁寒[10]。 | 从今以往直到万木凋落，地冻天寒。 |

**注释**

①三旬九遇食：用子思故事，子思在卫穷得一个月仅吃九餐。见《有会而作》注⑫。

②著（zhuó）：穿、戴。

③好容颜：愉悦的面容。《论语·雍也》："人不堪其忧，回也不改其乐。贤哉，回也！"

④河关：河流与关隘。

⑤檐（yán）：屋顶伸出的边沿。

⑥故：特、专。

⑦上：先。弦：以弦代指琴。惊：使听者惊叹。别鹤：《别鹤

操》，古琴曲名。原曲意是叹夫妻分离，此处是借用，以别鹤喻退隐高蹈。

⑧下：后。操：弹奏。孤鸾（luán）：《双凤离鸾》，古琴曲名。原曲意是叹凰失偶，此处借用，以孤鸾喻孤高自洁。

⑨愿留就君住：此句与下句是诗人对想象中的东方一士说的话。

⑩从今至岁寒：这是一种古朴的说法，并不是至岁寒为止，而是岁寒也不在乎，可以永远留住下去。《论语·子罕》："岁寒，然后知松柏之后凋也。"

## 原文　（六）

| | |
|---|---|
| 苍苍谷中树①， | 郁郁苍苍生长在谷中的大树， |
| 冬夏常如兹。 | 无论寒冬盛夏颜色永远如此。 |
| 年年见霜雪， | 年年都经历霜雪的侵袭， |
| 谁谓不知时？ | 谁说它不知道变化的四时？ |
| 厌闻世上语②， | 因为厌恶听到世俗的言语， |
| 结友到临淄③； | 为结交朋友去到临淄； |
| 稷下多谈士④， | 稷门下多的是口若悬河的谈士， |
| 指彼决吾疑。 | 拜访他们本想解决我的怀疑。 |
| 装束既有日， | 整装待发定下了动身的日子， |
| 已与家人辞。 | 也已和家中人郑重告辞。 |
| 行行停出门， | 走着走着将出门却又停下， |

| | |
|---|---|
| 还坐更自思。 | 转来坐定陷入沉思。 |
| 不畏道里长， | 不是抱怨道路漫长， |
| 但畏人我欺[⑤]。 | 却担心别人有意相欺。 |
| 万一不合意， | 万一和他们意见不合， |
| 永为世笑嗤[⑥]。 | 将长久受到世人笑嗤。 |
| 伊怀难具道[⑦]， | 这心思无法一一陈说， |
| 为君作此诗[⑧]。 | 为答复你，写成这一首小诗。 |

**注释**

①苍苍谷中树：指松，自喻。起首四句是兴而比的写法。《古诗十九首》之九："庭中有奇树，绿叶发华滋。"

②世上语：指顺风而转的世人俗论。

③临淄：春秋战国时齐国京都，在今山东淄博。

④稷（jì）下：齐国临淄稷门附近地区，为当时讲学、著述、学士交游集聚处。《史记·田敬仲完世家》："齐宣王时，稷下学士复盛。"集解引刘向《别录》："齐有稷门，城门也。谈说之士，期会于稷下也。"本句可能指白莲社高僧及诸时贤。慧远法师在庐山东林寺集高僧暨名儒刘遗民、宗炳、周续之等共一百二十三人建白莲社，同修净业。据《莲社高贤传》载："时远法师与诸贤结白莲社，以书招渊明。渊明曰：'若许饮，则往。'许之，遂造焉。忽攒眉而去。"

⑤人我欺：人欺我。欺，愚弄的意思。

⑥嗤（chī）：讥笑。

⑦伊怀：此怀。

⑧君：可能是指约结去白莲社的友人。清邱嘉穗《东山草堂陶诗笺》卷四：宋汤汉认为稷下谈士是指东林诸名人，“欲就决疑而中止，其终不肯入社，甚且已到寺门，闻钟攒眉而回车远避，即此诗意也”。

## 原文

（七）

| | |
|---|---|
| 日暮天无云， | 晚来天空没有一片云影， |
| 春风扇微和。 | 春风吹起了微微的暖波。 |
| 佳人美清夜[1]， | 佳人赞赏这良宵静夜， |
| 达曙酣且歌[2]。 | 直到天明，边饮酒边唱歌。 |
| 歌竟长叹息[3]， | 歌声停止不免长叹， |
| 持此感人多[4]。 | 这美景让人感慨良多。 |
| 皎皎云间月[5]， | 那皎洁的云中的月亮， |
| 灼灼叶中华[6]。 | 那光艳的叶中的花朵。 |
| 岂无一时好， | 不是说没有一时的美好， |
| 不久当如何[7]？ | 只是不长久又当如何？ |

## 注释

①美：赞。

②曙：天明。酣（hān）：饮酒长乐而不止息。

③竟：终、罢。

④持：握、凭，转为“念”的意思。

⑤皎皎：洁白明亮貌。《古诗十九首》之二：“盈盈楼上女，皎皎当窗牖。”

⑥灼灼（zhuó）：鲜明美丽貌。华（huā）：同“花”。

⑦不久：不长久。屈原《离骚》：“日月忽其不淹兮，春与秋其代序。惟草木之零落兮，恐美人之迟暮。”

## 原文

（八）

| | |
|---|---|
| 少时壮且厉[①]， | 少年心志壮而且猛， |
| 抚剑独行游。 | 持着宝剑独自出游。 |
| 谁言行游近， | 谁说出外并不遥远， |
| 张掖至幽州[②]。 | 从张掖又转往幽州。 |
| 饥食首阳薇[③]， | 饿了就吃那首阳山的薇菜， |
| 渴饮易水流[④]。 | 渴了就饮一掬易水的清流。 |
| 不见相知人， | 见不到这些令人倾慕的人物， |
| 惟见古时丘。 | 看到的只有古时的荒丘。 |
| 路边两高坟， | 路边有两座高高的坟墓， |
| 伯牙与庄周[⑤]。 | 里面埋葬着伯牙与庄周。 |
| 此士难再得[⑥]， | 这类高士难以再得， |
| 吾行欲何求？ | 到处行游，何所追求？ |

## 注释

①厉：指性情刚烈。

②张掖（yè）：郡名，在今甘肃永昌县西北。幽州：指河北省东北及辽宁省部分地区，晋治在涿（在今河北涿州）。这是诗人想象纵横边疆的说法。逯本注：以远游言出仕谋取功名之切。一指有志立边功，为国申威。一指本人有幽州田子泰之行。

③首阳薇：本句用夷、齐故事。商亡，孤竹君二子伯夷、叔齐隐于首阳山，采薇而食，饿死。见《饮酒》其二注②。

④易水：在今河北中部，源出易县。燕太子丹使荆轲刺秦王，至易水上，高渐离击筑，荆轲和而歌。为变徵之声："风萧萧兮易水寒，壮士一去兮不复还。"

⑤伯牙：伯牙善鼓琴，钟子期知琴意，故称知音。伯牙、钟子期事见《怨诗楚调示庞主簿邓治中》注⑰。庄周：即庄子，先秦时期哲学家，道家学派主要代表之一。《庄子·徐无鬼》：庄子送葬，过惠子（名施）之墓，对从人讲了匠石斫鼻的故事（郢人垩慢其鼻端若蝇翼，使匠石斫之。匠石运斤成风，听而斫之，尽垩而鼻不伤，郢人立不失容），然后说"自夫子之死也，吾无以为质（议论对手）矣，吾无与言之矣"。

⑥此士：这类高士。由伯牙墓想到钟子期，由庄周墓想到惠施，喻自己无这一类知音与学问切磋者。按，本诗主旨实在于发壮志未酬之愤慨，所谓乏知音，意谓无用我之用时我之

人也。

**原文** （九）

| | |
|---|---|
| 种桑长江边①， | 在长江边种植桑树， |
| 三年望当采②。 | 三年当可指望摘采。 |
| 枝条始欲茂， | 眼见枝条开始茂盛， |
| 忽值山河改③。 | 忽然遇到山河更改。 |
| 柯叶自摧折， | 枝和叶自然被摧残折断， |
| 根株浮沧海④。 | 连根带树飘向大海。 |
| 春蚕既无食， | 春蚕没有吃的， |
| 寒衣欲谁待？ | 寒衣从何而来？ |
| 本不植高原， | 本来没有种植在高原之上， |
| 今日复何悔⑤！ | 今日又何必有所后悔！ |

**注释** ①种桑长江边：晋阮籍《咏怀》："湛湛长江水，上有枫树林。"桑为晋国运之祥瑞。清郑文焯批、日本桥川时雄校补《陶集郑批录》："傅咸《桑树赋·序》云：'世祖昔为中垒将军，于直庐种桑株，迄今三十余年，其茂盛不衰。'陆机《桑赋》、潘尼《桑树赋》，但咏皇晋兴起之端。陶公此作，寓意典据，自然分明，盖溯想皇晋建国之初兆，而俯仰古今，而发桑田碧海之叹耳。"

②三年望当采：明黄文焕《陶诗析义》卷四："刘裕以戊午年十二月弑晋主于东堂，立琅琊王德文，是为恭帝。己未为恭帝元熙元年，庚申二年而裕逼禅矣。""望当采者，既经三年，或可以自修内治奏成绩也。"

③山河改：喻刘裕宋朝更替司马氏晋朝。

④柯叶、根株两句：喻忠晋之臣、晋王室及恭帝本人尽被刘裕翦灭。逯本引程传："柯叶枝条，盖指司马休之事。休之拒守荆州，而道赐发宣城，楚之据长社。迨刘裕克江陵，奔亡相继，而晋祚始斩。"

⑤本不、今日两句：这是以比喻的方式总结司马氏晋朝覆亡的原因，并寄寓憾恨。本不植高原，指东晋始终偏安，故终被篡夺。明黄文焕《陶诗析义》卷四："然后推寻祸基曰：'本不植高原'，误国之人，误国之政，所由来已久，所初行实谬，咎岂在今哉?"

# 杂诗（十二首）

**题解** 这十二首诗均暂系于晋义熙十年（414），陶渊明时年五十岁。王瑶编注《陶渊明集》，将后四首分系于隆安五年。见《年谱》本年注①。今两说并存，待进一步考论。

这十二首诗，前八首是五十岁这一年主要是下半年的杂感，主题可归为隐耕咏生命这一大类；九、十两首写羁役苦况；“我行”一首是喻政局形势；末首很可能是看到自己的幼子想到生命的嬗递不息，是对自己叹息将归南山的回声和解脱。（下面各首均作说明，供参考。）

**原文** （一）

人生无根蒂[①]，　人生没有根蒂，
飘如陌上尘[②]。　飘泊犹如路上的灰尘。
分散逐风转，　分散开追着风旋转，
此已非常身[③]。　这已经不是原来的自身。
落地为兄弟[④]，　降落世上便应成为兄弟，
何必骨肉亲？　何必同胞骨肉才相爱相亲？
得欢当作乐，　得欢乐时且欢乐，

| | |
|---|---|
| 斗酒聚比邻[5]。 | 备下斗酒邀请近邻。 |
| 盛年不重来[6]， | 盛壮之年不会再来， |
| 一日难再晨。 | 一天之内不能有两个早晨。 |
| 及时当勉励， | 抓紧时间勤奋努力， |
| 岁月不待人。 | 流逝的岁月不肯等待人们。 |

**说明**　诗人汲取了佛家、老庄对人生个体的看法，但在行为指导上，都作出自己的主张。诗意分三层：一、生命有限；二、四海之内应相亲；三、盛年不再，勉励做人。

**注释**　①蒂（dì）：花、瓜果跟枝茎连接处。

②陌（mò）：本指东西走向的田间小路，此处泛指道路。尘：尘土微粒。曹植《七哀诗》："君若清路尘。"

③常：恒，永恒不变。

④落地：降生。本句与下句源自《论语·颜渊》："四海之内，皆兄弟也。"

⑤斗：酒器。《诗经·大雅·行苇》："酌以大斗，以祈黄耇。"（黄耇gǒu，指长寿老者。）

⑥盛年：壮年。李本注："男子自二十一至二十九则为盛年。"

**原文** （二）

白日沦西河[①]，　太阳沉进了西方的长河，
素月出东岭[②]。　皎洁的月亮升起在东方山岭。
遥遥万里辉，　遥遥万里洒上了月光的清辉，
荡荡空中景[③]。　荡荡流水倒映着夜空的光景。
风来入房户，　凉风吹来进入门窗，
夜中枕席冷。　夜半更感到枕席的寒冷。
气变悟时易[④]，　从气候变化感知时节的更替，
不眠知夕永[⑤]。　不能入睡才懂得长夜难眠。
欲言无予和[⑥]，　想要谈话，没有人和我应答，
挥杯劝孤影。　举起酒杯，只能奉给我孤独的身影。
日月掷人去，　日月抛开人匆匆而去，
有志不获骋[⑦]。　空有抱负却无由展示才能。
念此怀悲凄，　想到这些不禁悲凄，
终晓不能静[⑧]。　从夜到明也不能平静。

**说明** 此诗写于白露、秋分、寒露之间。骅骝高才，虚度半百，皓皓秋月，能不兴叹？诗出肺腑之痛，十分感人。“日月掷人去，有志不获骋”是本诗中心句。

**注释** ①沦：落。河：李本、逯本作河，何校宣和本、陶本作阿。

从前者。

②素月出东岭：黄昏时月出规律为十五到十七，满月。月出方向：夏至出自东偏南，秋分出自东，冬至出自东偏北。东岭，指庐山。

③景：光景。

④时易：时节变更。意即由初秋进入仲秋。

⑤永：长。

⑥无予和（hè）：无和予。和，应和；予，余、我。

⑦骋（chěng）：奔跑，转为施展、发挥的意思。

⑧终晓：夜终至晓。

## 原文　（三）

荣华难久居，　　荣华难以长久停留，
盛衰不可量。　　盛与衰也难以预量。
昔为三春蕖[①]，　　原是春天艳丽的荷蕖，
今作秋莲房[②]。　　今成秋天结子的莲房。
严霜结野草[③]，　　寒霜打蔫了野草，
枯悴未遽央[④]。　　形容枯萎尚未凋丧。
日月有环周[⑤]，　　日月周而复始野草又会复生，
我去不再阳[⑥]。　　我则一旦死去就不能重生世上。
眷眷往昔时[⑦]，　　眷恋着先前种种，

忆此断人肠。　　想到这些真让人断肠。

**说明**　既然生不逢辰，当然无从施展怀抱。所以承上首之意，由荣华盛衰转入悲秋伤时。悲秋伤时，痛失一生，是这首的主旨。

**注释**　①三春：孟、仲、季三春。指春天。蕖（qú）：芙蕖，荷的别称。曹植《洛神赋》："灼若芙蕖出渌波。"

②莲房：莲实、莲蓬。荷，春叶，夏花，秋莲。

③严霜：浓霜。季秋之月，"霜始降"（《礼记·月令》），冬霜方称严。结：凝附着。

④遽（jù）：立刻、马上。央：尽。本句写残荷。或注为写草，连系上下文，恐未确。

⑤有环周：有环周，李本、逯本作有环周，曾本云，又作还复周，陶本作还复周。从前者。

⑥去：指死。阳：生还。

⑦眷眷：依恋反顾貌。

**原文**　**（四）**

丈夫志四海[1]，　　大丈夫常有四海的志向，

我愿不知老[2]。　　我则只愿不知将老。

| | |
|---|---|
| 亲戚共一处， | 亲人们在一起团聚， |
| 子孙还相保[③]。 | 子孙们也没有灾祸干扰。 |
| 觞弦肆朝日， | 早早晚晚陈列着杯酒琴弦， |
| 樽中酒不燥。 | 酒樽中酒常满从不空少。 |
| 缓带尽欢娱[④]， | 衣带放松，无拘束尽情欢乐， |
| 起晚眠常早。 | 早早睡，迟迟起，自在逍遥。 |
| 孰若当世士， | 怎像世上庸俗之士， |
| 冰炭满怀抱[⑤]。 | 满怀得失利害，时刻煎熬。 |
| 百年归丘垄[⑥]， | 人生百年终归坟墓， |
| 用此空名道[⑦]。 | 何必为空名自寻烦恼。 |

**说明**　东晋末世官场中，正直者遭殃，所以陶渊明坚决退仕归耕，这首诗鲜明地用对比手法肯定了这个抉择。

**注释**　①丈夫志四海：这句话的弦外音是本当如此，但当今时世却不能做到。

②不知老：不知老之将至。源自《论语·述而》："其为人也，发愤忘食，乐以忘忧，不知老之将至云尔。"

③子孙还相保：东晋末世，杀伐无道，故手间常为斩草除根，灭绝对方亲属及其子孙，故有此句。

④缓带：宽松衣带。《晋书·隐逸传》：陶为彭泽令，"郡遣督

邮至县，吏白应束带见之”，而渊明辞归，因以缓带为愿。

⑤冰炭：冰炭为性质两不相容之物，犹水火不相容，此喻利害冲突。满怀抱：激荡于胸中。

⑥丘垄：指坟墓。

⑦用：行。空名：虚名。指浮烟一时之名，如司马道子父子、桓玄及其属官之辈。作者并不对“名”一概否定。道：路。

## 原文 （五）

忆我少壮时， 回忆我少壮时代，
无乐自欣豫[①]。 没有乐事也感到欣喜。
猛志逸四海[②]， 宏伟的志气超越四海，
骞翮思远翥[③]。 振起羽翼幻想一举千里。
荏苒岁月颓[④]， 渐渐地时光催人老，
此心稍已去。 少年心事也逐渐转移。
值欢无复娱， 遇到乐事也不再欢娱，
每每多忧虑。 常常是更多的忧悒。
气力渐衰损， 气力逐渐衰减，
转觉日不如。 转觉一天比一天枯竭。
壑舟无须臾[⑤]， 时光没有片刻的停留，
引我不得住。 牵引着我也不能稍息。
前涂当几许？ 前途不知还有多远？

| | |
|---|---|
| 未知止泊处。 | 不知最后停泊在何地。 |
| 古人惜寸阴[⑥]， | 古人珍惜一寸光阴， |
| 念此使人惧。 | 想到这不免令人惴栗。 |

**说明**　此诗意分四层，写全了诗人悲剧性的一生。少壮远志，何等壮伟！奈岁月消磨，以至气力也衰。止泊处呢？从隐耕说来，似无疑问；但仍说惜寸阴，使人惧，颇耐人寻味。恐怕一是对壮志未能酬而深恨，一是示诫儿辈的罢。

**注释**　①豫：悦、乐。

②逸：奔、超越、驰骋。

③骞（qiān）：飞也。翥（zhù）：飞举。

④荏苒（rěnrǎn）：形容光阴渐逝。

⑤壑（hè）舟：词出《庄子·大宗师》“藏舟于壑”，然意思有变化，此处是指行于壑水中之舟，壑水急，舟必速，以形容时速之快。壑，山谷。

⑥惜寸阴：《淮南子·原道》载，“故圣人不贵尺之璧，而重寸之阴，时难得而易失也。”

**原文**　（六）

昔闻长老言[①]，　从前听到老人追怀旧事，
掩耳每不喜。　堵起耳朵很不爱听。
奈何五十年，　无奈过了五十年，
忽已亲此事。　忽然间同样的事临到自身。
求我盛年欢，　追忆我盛年时的欢乐，
一毫无复意。　丝毫也唤不起当时的心情。
去去转欲远，　好时光匆匆而去实在迅速，
此生岂再值[②]。　此生再没有当年的情景。
倾家持作乐[③]，　倾其所有饮酒欢乐，
竟此岁月驶。　与奔驶的岁月紧相追跟。
有子不留金[④]，　学疏广不给儿子留下遗产，
何用身后置[⑤]。　用不着去管那身后的事情。

**说明**　此诗言岁月无多，当及时欢饮，表现了诗人的旷达态度。

**注释**　①长老言：老，李本及诸本作者，曾本，苏写本注，一作老，逯本作老。从后。丁注：“陆机《叹逝赋·序》：昔每闻长老，追计平生同时亲故，或凋落已尽，或仅有存者。”长老言似此一类。

②值：遇到。清邱嘉穗《东山草堂陶诗笺》卷四："其曰'此生不再值'，曰'何用身后置'，皆破白莲社中前生后生、轮回净土之说。"

③倾家：倾，尽也；倾家有两解，一解耗尽家财，一解全家人，因后有"有子不留金"句，故以前解为宜。持：李本及诸本作时，曾本云，又作持，逯本作持。从后。持，指持酒也。

④有子不留金：此引疏广语意，《汉书·疏广传》载，"广曰：'吾岂老悖不念子孙哉！顾自有旧田庐，令子孙勤力其中，足以共衣食，与凡人齐。今复增益之以为赢余，但教子孙怠惰耳。贤而多财，则损其志；愚而多财，则益其过。且夫富者，众人之怨也；吾既亡以教化子孙，不欲益其过而生怨。'"

⑤何用身后置：清邱嘉穗《东山草堂陶诗笺》卷四载，"意当时东林寺，缁素入社者，已有百余人，而众多信徒不惜捐金钱作佛事以为身后计者，更十百倍。"

## 原文　（七）

| | |
|---|---|
| 日月不肯迟， | 太阳月亮不肯放慢脚步， |
| 四时相催迫。 | 春夏秋冬不停地催迫。 |
| 寒风拂枯条， | 寒风吹拂过枯萎的枝条， |
| 落叶掩长陌。 | 落叶沙沙地将长街遮没。 |

弱质与运颓[1]， 衰弱体质随着时运衰颓，
玄鬓早已白[2]。 黑色的两鬓早已斑白。
素标插人头[3]， 白色的标志侵染了头顶，
前途渐就窄。 前途也就逐渐地狭窄。
家为逆旅舍[4]， 家，就是人生的旅店，
我如当去客。 我就像将要离去的住客。
去去欲何之？ 去吧，去吧，去到什么地方？
南山有旧宅[5]。 南山上有我们陶家的墓宅。

**说明** 时已入冬，由木叶萧落想到渐近衰老、死亡。渊明不避讳死，可见其胸怀坦然。

**注释** ①与：随着……而。

②玄：黑色。

③素：白色。标：记号，标志。

④逆：迎。

⑤旧宅：指陶族墓地。

**原文** （八）

代耕本非望[1]， 原来不指望用俸禄代替耕田，
所业在田桑。 我的本业就是种田植桑。

| | |
|---|---|
| 躬亲未曾替， | 亲身劳动从来没有停止， |
| 寒馁常糟糠[2]。 | 忍受饥寒常常吃些糟糠。 |
| 岂期过满腹， | 何曾期望过富足有余， |
| 但愿饱粳粮[3]。 | 只想着能有果腹的米粮。 |
| 御冬足大布[4]， | 抵御寒冬能有粗布做的衣服， |
| 粗絺以应阳[5]。 | 用粗葛衣对付夏天的骄阳。 |
| 正尔不能得[6]， | 连这些也不能得到， |
| 哀哉亦可伤！ | 悲哀啊，又令人心伤！ |
| 人皆尽获宜， | 别人都能够得其所宜， |
| 拙生失其方[7]。 | 我拙于谋生缺少主张。 |
| 理也可奈何[8]， | 这样的天理也无可奈何， |
| 且为陶一觞。 | 还是陶陶然痛饮一场。 |

**说明** 退耕已是无路可走的结果，但力作却难以糊口，公理在何处？只有一饮而不思。诗人的悲愤要远远越出诗中婉微的词语。

**注释** ①代耕：古时下层官吏俸禄的代称。《孟子·万章》："下士与庶人在官者同禄，禄足以代其耕也。"

②糟：酒滓。糠：谷皮。

③粳（jīng）：稻之不粘者，《玉篇》："籼稻也。"

④大布：粗布。

⑤絺（chī）：葛布。葛茎长二三丈，纤维可织布。阳：炎夏。

⑥正：即使，纵使。

⑦拙：笨。方：法。

⑧理：天理、公理。

## 原文 （九）

| | |
|---|---|
| 遥遥从羁役[1]， | 被差遣踏上遥远征途， |
| 一心处两端[2]。 | 途中、家园，一颗心分在两边。 |
| 掩泪泛东逝[3]， | 抹着眼泪乘船东下， |
| 顺流追时迁。 | 随着波浪追赶着流逝的时间。 |
| 日没星与昴[4]， | 太阳落山，星辰出现， |
| 势翳西山巅[5]。 | 一会儿又隐进了西山的峰峦。 |
| 萧条隔天涯， | 荒凉寂寞——家乡如在天涯， |
| 惆怅念常餐。 | 心情惆怅思念着团聚共餐。 |
| 慷慨思南归[6]， | 激动地盼望南归， |
| 路遐无由缘[7]。 | 路途遥远，空叹无缘。 |
| 关梁难亏替[8]， | 关塞桥梁，阻隔难以平除， |
| 绝音寄斯篇[9]。 | 音信断绝，寄语在这一诗篇。 |

## 说明

此首写从仕羁役之苦、时迁思家之情。

**注释**

①羁役：羁，束缚、留住；役，差使、供职，给上司差遣。羁役，指在外地任官吏。

②两端：端，头；两端，身在途而心在家。或云，一指官府，一指家。

③泛东逝：乘船向东行。逝，李本作游，他本作逝，从后。

④星与昴（mǎo）：二十八宿之二宿，星宿与昴宿。星宿在黄道150°附近，于春夜见于中天。《礼记·月令》："季春之月"，"昏，七星中。"昴宿在黄道60°处，于冬夜见于中天。《尚书·尧典》："日短星昴，以正仲冬。"本句泛写宵征，不专指哪一季哪一天。

⑤西山：西面的山，或指庐山。如向东行，人在东侧见庐山在西。

⑥慷慨：慷慨有两解，一为意气激昂，一为悲叹，此处取后意。南归：浔阳位于长江之南，返家旅人处于稍北者，均可称南归。

⑦缘：循。

⑧梁：津梁、桥。亏：替、平除。

⑨绝音：音讯断绝。寄：寓、托。

**原文**　（十）

| | |
|---|---|
| 闲居执荡志①， | 时光驶过不肯延迟， |
| 时驶不可稽②。 | 闲居时心志放任不羁。 |

驱役无停息， 受到差遣一刻也不能停息，
轩裳逝东崖③。 驾起帷车驰向东方那山的边际。
沉阴拟薰麝④， 天气阴沉像弥漫着薰香的烟雾，
寒气激我怀。 激荡我胸怀的是那阵阵寒气。
岁月有常御⑤， 岁月当有常规的运行，
我来淹已弥⑥。 我归来乡居已有很长时期。
慷慨忆绸缪⑦， 慷慨激昂曾为国事考虑，
此情久已离。 这心情如今久与我分离。
荏苒经十载⑧， 不知不觉已过了十年，
暂为人所羁。 暂时又被别人羁系。
庭宇翳馀木， 庭院里还遮蔽着一些树影，
倏忽日月亏。 片刻之间岁月已无踪迹。

**说明** 此首云“东崖”，或疑指四十一岁时任彭泽令之事。“沉阴拟薰麝，寒气激我怀”，喻写对当时灭桓玄后仍处于动荡不宁的政局的深刻感受。

**注释** ①荡志：激荡不定的心志。

②稽：留。

③轩（xuān）裳：轩，有棚与顶的车；裳，车帷。轩裳，即帷车。江淹《别赋》：“朱轩绣轴。”东崖：崖，山之边，此处

指山之一侧；东崖，或疑指庐山之东侧，即江西彭泽县。渊明曾在此任县令。

④沉阴拟薰麝（shè）：李本及诸本均作沉阴拟薰麝，曾本云，一作泛舟拟董司，逯本作泛舟拟董司。从李本。薰麝：薰以麝香。麝香阵阵易感，此喻天气沉阴阵阵加深。整句是影射当时的政局形势。

⑤御：行。

⑥来：归来之“来”，指归家躬耕。淹：留、居。弥：久长。

⑦绸缪（móu）：结缚，可转为思考、考虑的意思。《庄子·则阳》：“圣人达绸缪。”

⑧十载：渊明二十九岁初仕，起为州祭酒。四十一岁为彭泽令，中间休假、母丧居家，故任官约十年。

## 原文　（十一）

| | |
|---|---|
| 我行未云远， | 我出发还没有走得太远， |
| 回顾惨风凉①。 | 回头看，风凄凄无比悲凉。 |
| 春燕应节起②， | 春天燕子随着节令来到， |
| 高飞拂尘梁。 | 高飞时掠过积满灰尘的屋梁。 |
| 边雁悲无所③， | 边庭的大雁悲伤无处停息， |
| 代谢归北乡④。 | 一群群轮番飞回北方故乡。 |
| 离鹍鸣清池⑤， | 离群的鹍鸡在清池中鸣叫， |

涉暑经秋霜。　　度过了夏天又经历了秋天的寒霜。
愁人难为辞[⑥]，　　愁人的心情难以表述，
遥遥春夜长。　　啊！这春天的夜晚竟如此久长。

**说明**　此诗是一首隐喻诗。诗人用形象性的语言比况了眼前的政局形势及几类人物。

**注释**　①惨风：凄寒的风。或疑喻时局。义熙八年，刘裕攻灭荆州刺史刘毅，杀兖州刺史刘藩、尚书左仆射谢混。义熙九年，杀豫州刺史诸葛长民。

②燕：或疑喻附刘裕诸臣，殷景仁也恐系诗人所指此类人物，见《与殷晋安别》。节：时节，喻当时刘裕跋扈张大之形势。

③雁：鸿雁。或疑喻晋室旧臣，如张常侍，见《岁暮和张常侍》。

④归北乡：雁为冬候鸟，春天即飞返北方沼泽水草之地。疑喻晋室旧臣被陆续遣散。

⑤鹍：鹍鸡。《楚辞·九辩》："鹍鸡啁哳而悲鸣。"洪兴祖补注："鹍鸡似鹤，黄白色。"或疑鹍喻不阿依刘裕政权而赋闲在家的士人。

⑥愁人：诗人自指。

**原文**　（十二）

袅袅松标崖[①]，　　摇动着的松树生长在崖巅，

| | |
|---|---|
| 婉娈柔童子[2]。 | 就像美丽柔嫩的孩稚。 |
| 年始三五间[3]， | 年龄有了十五岁左右， |
| 乔柯何可倚[4]？ | 高耸的枝条怎能攀倚？ |
| 养色含津气[5]， | 保养好颜色，充盈着精气， |
| 粲然有心理[6]。 | 鲜明美好，畅达神理。 |

**说明**

此首甚难理解。或疑喻写新生后代。陶渊明幼子陶佟生于隆安五年（401），时年十四岁，本诗写于冬季，则还有一两个月便十五岁，此正应“年始三五间”。本诗写幼子或以幼子为象征而写年轻一代，以乔松赞誉之，或疑是将希望寄托于新生后辈的意思。

**注释**

①袅袅（niǎo）：摇曳貌。崖，各本作崖，曾本云一作雀，逯本作雀。从前者。

②婉娈（luán）：少年美好的样子。《诗经·齐风·甫田》：“婉兮娈兮，总角丱兮。”（丱 guàn，两髻对称竖起的样子。）

③三五：指十五岁。

④乔柯：乔，上竦；柯，枝干。

⑤津气：津液精气。《素问·调经论》：“人有精气津液。”

⑥粲然：鲜明的样子。有心理：理，治；有心理，心思意念井井有条。

# 咏贫士（七首）

**题解**　这组诗约作于宋元嘉三年（426），陶渊明六十二岁。

从四十一岁归耕以来，贫困饥乏不断折磨着渊明及其家人。其中苦况屡见于诗篇。到这时，诗人已明确认识到：耕则贫，自己在贫士的行列。

组诗第一首咏自己归耕之因由，第二首咏自己寒饥实况；以下均咏他人，第三首咏不苟得，第四首咏慕仁义，第五首咏至德清节，第六首咏乏知音，第七首咏饥寒累及妻子儿女。全诗以前贤慰勉为基调，虽云困贫，而志在高标，乐道忘忧。组诗章法严谨而变化有致，诗句挥写自如而情文并茂。

**原文**　（一）

| | |
|---|---|
| 万族各有托[①]， | 万物都有它们的根托， |
| 孤云独无依[②]。 | 孤云偏偏没有自己的皈依。 |
| 暧暧空中灭， | 云影暗淡就在虚空中消灭， |
| 何时见馀晖[③]？ | 什么时候能见到往日的光辉？ |
| 朝霞开宿雾[④]， | 朝霞荡开了夜雾， |
| 众鸟相与飞[⑤]。 | 成群的鸟儿结伴高飞。 |

| | |
|---|---|
| 迟迟出林翮[6]， | 这只孤鸟很晚才飞出树林， |
| 未夕复来归[7]。 | 未到黄昏又倦倦地飞回。 |
| 量力守故辙[8]， | 掂量能力还是遵循原来的道路， |
| 岂不寒与饥？ | 这样做怎不挨冻忍饥？ |
| 知音苟不存， | 假如连一个知音也没有， |
| 已矣何所悲[9]。 | 算了吧！又何必伤悲。 |

**注释**

①族：品类、物类。托：倚托、依靠。

②孤云：自喻。

③馀晖：留下的光辉。此上下两句喻写生命在悄悄逝去。

④朝霞开宿雾：喻刘裕代晋称帝，建立新宋。

⑤众鸟相与飞：喻众多士人依附刘裕新宋朝廷。

⑥迟迟：行动缓慢的样子。翮：鸟翅，代指鸟，自喻。此句喻指自己勉强出仕。

⑦未夕：未到傍晚。此句喻辞彭泽令归家。

⑧量力：衡量自己的能力。渊明辞归有众多原因，主要是不愿同流合污。辙：车辙，车迹。守故辙，喻返归田园，躬耕自资。

⑨已矣：罢了。

## 原文 （二）

| | |
|---|---|
| 凄厉岁云暮①， | 北风凄厉一年将尽， |
| 拥褐曝前轩②。 | 裹着粗布衣晒暖在廊前。 |
| 南圃无遗秀③， | 南边的菜圃已无一片绿叶， |
| 枯条盈北园。 | 北面也只剩下枯枝满园。 |
| 倾壶绝馀沥④， | 倒过壶来没有一滴酒流出， |
| 窥灶不见烟⑤。 | 看看锅灶也见不到一点火烟。 |
| 诗书塞座外， | 诗书塞满了座位内外， |
| 日昃不遑研⑥。 | 天已将晚也无心细看。 |
| 闲居非陈厄⑦， | 我闲住着与孔夫子在陈不同， |
| 窃有愠见言⑧。 | 也不免听到抱怨的语言。 |
| 何以慰吾怀？ | 有什么能够宽慰我的心怀？ |
| 赖古多此贤。 | 亏得古来多有贫困的圣贤。 |

## 注释

①凄厉：凄凉酷寒。云：句中助词。

②拥：围裹。曝：晒。前轩：轩，室；前轩，指廊。

③圃（pǔ）：种植蔬菜瓜果的园子。秀：指青枝绿叶。

④壶：指酒壶。沥：滴沥。

⑤窥（kuī）：从孔洞中看。

⑥昃（zè）：太阳过午在西。遑：顾不上。

⑦陈厄（è）：厄，困苦、危难。指孔子困于陈蔡之间事。孔

子周游列国，在陈蔡之间。此时，吴伐陈，楚救陈。楚使人聘孔子，陈蔡大夫恐孔子言有不利于陈蔡，便发徒役围孔子于野。不得行，绝粮。从者病，不能起身。（见《史记·孔子世家》）

⑧窃：私下。愠（yùn）见言：愠，怨。愠见言，怨而见于言。《史记·孔子世家》：孔子与众徒饥乏，"子路愠见曰：'君子亦有穷乎？'"

## 原文　（三）

| | |
|---|---|
| 荣叟老带索[①]， | 荣老先生年迈了还用绳子做腰带， |
| 欣然方弹琴[②]。 | 却仍然高高兴兴地弹他的琴。 |
| 原生纳决履[③]， | 原先生穿破鞋掉了脚后跟， |
| 清歌畅商音[④]。 | 却大唱商歌传出悦耳清音。 |
| 重华去我久[⑤]， | 帝舜时代已是遥远的过去， |
| 贫士世相寻[⑥]。 | 贫困之士历代相追寻。 |
| 弊襟不掩肘[⑦]， | 破衣襟盖不住胳膊肘， |
| 藜羹常乏斟[⑧]。 | 野菜汤找不见几粒米糁。 |
| 岂忘袭轻裘[⑨]， | 难道不懂得轻裘温暖？ |
| 苟得非所钦[⑩]。 | 苟且获得并不值得羡歆。 |
| 赐也徒能辩[⑪]， | 子贡啊，徒然善于巧辩， |
| 乃不见吾心[⑫]。 | 却不能了解我的真心。 |

## 注释

①荣叟：叟，老者；荣叟，指荣启期，春秋时隐士。见《饮酒》第二首注④。带：腰系，此处作动词。索：绳子。

②方弹琴：孔子游于太山，遇荣启期于郕之野，荣方鼓琴而歌。

③原生：原宪，字子思。郑玄云鲁人，《家语》云宋人。孔子弟子。因春秋世乱无道，自孔子卒，便隐居于草泽中。纳，穿。决履：坏裂的鞋子。《韩诗外传》："原宪居鲁，子贡往见之。原宪应门，振襟则肘见，纳履则踵决。"

④清歌畅商音：商，李本作高，陶本、逯本作商，从后。商音，指《诗经》中的《商颂》，意思是仰慕夏商周三代的世风高淳。此句出自《韩诗外传》，原宪说了反讥子贡的话后，"子贡惭，不辞而去。宪乃徐步曳杖，歌《商颂》而返。声沦于天地，如出金石"。

⑤重华：虞舜之名。尧舜为古代理想化的君主。

⑥寻：相继、不断。

⑦弊：破。襟：上衣前襟，代指衣。肘（zhǒu）：手臂中间关节外凸处。

⑧藜：一年生草本植物，叶及嫩茎可食。斟（zhēn）："糂"（shēn）的借用字，音近而借。糂，以米和羹。《荀子·宥坐》："七日不火食，藜羹不糂。"

⑨袭：穿、披。裘：皮毛制成之衣。

⑩苟得：非正道的获取。钦：慕。

⑪赐：端木赐。字子贡，赐是名。卫人，孔子弟子。徒：只。能辩：善于辩辞。《史记·仲尼弟子列传》："子贡利口巧辞，孔子常黜其辩。"

⑫乃不见吾心：《史记·仲尼弟子列传》载，子贡做了卫国的相，顺路探望原宪，"宪摄敝衣冠见子贡。子贡耻之，曰：'夫子岂病乎？'原宪曰：'吾闻之，无财者谓之贫，学道而不能行者谓之病，若宪，贫也，非病也。'子贡惭，不怿而去。"

## 原文　（四）

| | |
|---|---|
| 安贫守贱者， | 能够安于贫穷固守低贱的人， |
| 自古有黔娄[①]。 | 从古以来便有一位黔娄。 |
| 好爵吾不荣[②]， | "高贵的爵位我并不以为荣， |
| 厚馈吾不酬[③]。 | 丰厚的馈赠我也不愿接受。" |
| 一旦寿命尽[④]， | 一旦寿命终尽， |
| 弊覆仍不周[⑤]。 | 一床破被连身体也遮盖不周。 |
| 岂不知其极[⑥]， | 难道不知道已穷到极点， |
| 非道故无忧[⑦]。 | 贫不是道，值不得为之烦忧。 |
| 从来将千载[⑧]， | 从黔娄以来将近千年， |
| 未复见斯俦[⑨]。 | 这样的人物还真是少有。 |
| 朝与仁义生， | 早上能与仁义共生， |

夕死复何求⑩？　　哪怕晚上死去也再无他求。

**注释**

①黔（姓，读qín）娄：春秋时鲁国人（此据刘向《列女传》，皇甫谧《高士传》说他是齐国人），修身清节，安贫乐道。

②好爵吾不荣：好爵，好的爵位。指高官。不荣，不以之为荣耀，即辞而不就的意思。《高士传》："鲁恭公闻其贤，遣使致礼，赐粟三千钟，欲以为相，辞不受。齐王又礼之，以黄金百斤聘为卿，又不就。"

③厚馈（kuì）吾不酬：馈，赠送。酬，报答，此处转为"接受"的意思。此句指鲁恭公赐粟三千钟，齐王赠黄金百斤，均不受。

④寿命尽：《高士传》载，"以寿终"（指黔娄）。

⑤弊覆仍不周：弊覆，指盖破被子。《列女传·黔娄妻》："曾子吊之上堂，见先生之尸在牖下，枕墼席稿，缊袍不表。覆以布被，首足不尽敛，覆头则足见，覆足则头见。曾子曰：'邪引其被，则敛矣。'妻曰：'邪而有馀，不如正而不足也。先生以不邪之，故能至于此。'"

⑥极：极点，指贫困的程度。

⑦非道故无忧：非道，贫非道之所虑。此句化用"君子忧道不忧贫"（《论语·卫灵公》）意。

⑧从来：从那以来。将：近。

⑨斯俦：像黔娄那样的高尚贫士。

⑩朝与、夕死两句：取《论语·里仁》“朝闻道，夕死可矣”意。

**原文**　（五）

袁安困积雪①，　袁安曾被积雪阻困，
邈然不可干②。　兀然僵卧不肯给别人增添麻烦。
阮公见钱入③，　阮公看见有人送钱，
即日弃其官。　当天就弃官不干。
刍藁有常温④，　铺上些干草禾秸也能保持温暖，
采莒足朝餐⑤。　采一点野生稻谷可充一顿早饭。
岂不实辛苦，　难道不真是艰辛困苦，
所惧非饥寒。　所忧虑的却不在饥寒。
贫富常交战，　贫与富经常在心中交战，
道胜无戚颜⑥。　道义战胜就不会愁眉苦脸。
至德冠邦闾⑦，　袁安的德行是乡里的表率，
清节映西关⑧。　阮公的节操照耀着西关。

**注释**　①袁安：字邵公，汝南（郡）汝阳（今河南商水县西北）人。西汉明帝时人。为官严正，官至司徒。年轻时，清正之名闻于州里，有困雪故事。《汉书》本传引《汝南先贤传》：“时大

雪积地丈馀，洛阳令身出案行，见人家皆除雪出，有乞食者。至袁安门，无有行路。谓安已死，令人除雪入户，见安僵卧。问何以不出。安曰：'大雪人皆饿，不宜干人。'令以为贤，举为孝廉。"

②邈（miǎo）然：形容品德高远的样子。干：求。见上注。

③阮公：所指不详。

④刍（chú）：喂牲畜的草。藁（gǎo）：同"稿"，谷类植物的茎秆。温：体温。此句说睡在禾草上。

⑤采莒（jǔ）：莒，稆（lǚ）之借用字，形近而借。稆，自生稻。《后汉书·献帝纪》："尚书郎以下自出采稆。"

⑥戚：忧愁。

⑦至德冠邦闾：此句评写袁安。邦，国。闾，乡里。袁安审冤狱，得出者四百馀家；窦宪兄弟专横，豪夺受贿，安奏劾，贬秩免官者四十馀人。《汉书》赞曰："袁公持重，诚单所奉。惟德不忘，延世承宠。"（单，殚、尽。）

⑧清节映西关：此句似评写阮公。映：照。西关：地名，或系阮公所居乡里一带。

## 原文　（六）

仲蔚爱穷居①，　　张仲蔚偏爱他贫困的居处，
绕宅生蒿蓬。　　环绕着住宅都是蒿蓬。

| | |
|---|---|
| 翳然绝交游， | 遮蔽道路断绝了交游， |
| 赋诗颇能工。 | 属文赋诗却很会形容。 |
| 举世无知者②， | 世上没有人知道他， |
| 止有一刘龚③。 | 知音只有一位刘龚。 |
| 此士胡独然④， | 为什么刘龚独能识人， |
| 实由罕所同。 | 是因为很少人与他相同。 |
| 介焉安其业⑤， | 耿介不群安于自己的本业， |
| 所乐非穷通⑥。 | 爱好的无关于穷困还是亨通。 |
| 人事固以拙⑦， | 我本来拙于应付人事， |
| 聊得长相从⑧。 | 且愿长久追随他的行踪。 |

**注释**

①仲蔚：张仲蔚，东汉平陵（今陕西咸阳西北）人。《高士传》说他："隐身不仕。明天官博物，善属文，好诗赋。常居穷素，所处蓬蒿没人。闭门养性，不治荣名。时人莫识，唯刘龚知之。"

②知：知音。

③刘龚：字孟公，长安（今陕西西安）人，东汉经学家、天文历学家刘歆之侄。班彪与京兆丞郭季通书："刘孟公臧器于身，用心笃固，实瑚琏之器，宗庙之宝也。"（见《后汉书·苏竟传》及其注）

④此士：指张仲蔚。胡：何。独：孤独。

⑤介：耿特。业：指耕稼。

⑥穷通：穷，不通。通，顺畅。穷则贫，通则富。《庄子·让王》："古之得道者，穷亦乐，通亦乐，所乐非穷通也。"

⑦人事：指官场利害关系的往来应酬。拙：笨。

⑧聊：且。末两句说自己。

## 原文　（七）

| | |
|---|---|
| 昔在黄子廉[①]， | 从前有一位贤士黄子廉， |
| 弹冠佐名州[②]。 | 弹冠而出辅佐大邑名州。 |
| 一朝辞吏归， | 一旦辞去吏职归来， |
| 清贫略难俦[③]。 | 两袖清风，贫困难以比俦。 |
| 年饥感仁妻[④]， | 荒年时仁德的妻子令人感动， |
| 泣涕向我流[⑤]。 | 她一边诉说，一边泪流。 |
| 丈夫虽有志， | "大丈夫虽有高尚的志向， |
| 固为儿女忧。 | 却难免为儿女担忧。" |
| 惠孙一晤叹[⑥]， | 惠孙为此深为慨叹， |
| 腆赠竟莫酬[⑦]。 | 送去丰厚的馈赠竟不接受？ |
| 谁云固穷难？ | 谁说"君子固穷"难以做到？ |
| 邈哉此前修！ | 前贤已逝，岁月悠悠。 |

## 注释

①黄子廉：其人不详。《三国志·黄盖传》注引《吴书》云："黄

盖乃故南阳太守黄子廉之后也。”王应麟《困学纪闻》引《风俗通》云：“颍水黄子廉每饮马，辄投钱于水，其清可见矣。”不知此两处所云黄子廉是否与诗中所云者同为一人。

②弹冠：弹去官帽上的灰尘，指上任为官。佐：辅治。

③略：几乎全部，指很多人。俦：比并。

④感：感激。

⑤泣涕向我流：此句写黄妻对黄子廉泣。我，代黄子廉自称。

⑥惠孙：不详。晤：得悉此情。

⑦腆（tiǎn）：丰厚。莫酬：不酬，不受。

# 咏二疏

**题解** 陶集中三首历史专人题咏诗《咏二疏》《咏三良》《咏荆轲》，当作于同时，约在晋义熙十年（414），与《杂诗》十二首写作时间相近，陶渊明五十岁。

二疏：疏广与疏受。汉宣帝时兰陵（在今山东枣庄市东南）人。广字仲翁，博学，明《春秋》，任太子太傅；侄名受，字公子，任太子少傅。任职五年，太子年十二，通《论语》《孝经》，乃上疏乞归。归后以赐金与亲友共享，不置留与子孙（事见《汉书·疏传》）。本诗四句为一层次，共分六层次，讴歌了二疏立功不居、功成退归、有金不私的贤达事迹。

**原文**

| | |
|---|---|
| 大象转四时[①]， | 天象转动着春夏秋冬的更替， |
| 功成者自去[②]。 | 事功完成便不再留住。 |
| 借问衰周来[③]， | 请问从周末以来， |
| 几人得其趣[④]？ | 有几人得知其中的妙处？ |
| 游目汉廷中， | 放眼看汉代朝廷之中， |
| 二疏复此举[⑤]。 | 二疏才将这种义行恢复。 |
| 高啸返旧居， | 高声啸傲返回旧居， |

| | |
|---|---|
| 长揖储君傅[6]。 | 推辞了太子之师的荣禄。 |
| 饯送倾皇朝[7]， | 满朝公卿都来送别， |
| 华轩盈道路。 | 华丽的轩车塞满了道路。 |
| 离别情所悲， | 离别时不免心情悲伤， |
| 馀荣何足顾。 | 留下的荣誉却不值得回顾。 |
| 事胜感行人[8]， | 这样的胜事连行人也为之感动， |
| 贤哉岂常誉[9]。 | “贤哉”的美誉十分特殊。 |
| 厌厌闾里欢[10]， | 乡里亲族欢聚多么安逸， |
| 所营非近务[11]。 | 所经营的都不是眼前的俗务。 |
| 促席延故老， | 请来故老乡亲围坐在一起， |
| 挥觞道平素。 | 举起酒杯畅谈平生抱负。 |
| 问金终寄心[12]， | 借问金事说出不留遗产的心意， |
| 清言晓未悟[13]。 | 清高的言语能使迷蒙者觉悟。 |
| 放意乐馀年， | 称心适意享受余年， |
| 遑恤身后虑[14]。 | 哪有时间为身后事忧虑。 |
| 谁云其人亡？ | 谁能说二疏久已死去？ |
| 久而道弥著！ | 历时越久他们的道德越显著！ |

**注释**

①大象：天。《老子·道德经》：“大象无形。”

②功成者自去：“功”指天对自然界万物施加作用。天有四时：春夏秋冬，春作功成即离去，代之以夏，以下夏、秋、冬均同。

③借问衰周来：衰周，东周末季。此句由前面的天道转入人事。

④趣：旨趣，道理。

⑤复：恢复。

⑥长揖（yī）：拱手而一躬到底，是古代一种辞谢、辞别的礼仪方式。储君：太子。

⑦饯送倾皇朝：《汉书·疏广传》载，“公卿大夫故人邑子设祖道，供张东都门外，送者车数百辆，辞决而去。”（祖道：祖，送行之祭；祖道，饯行。）

⑧胜：高美。

⑨贤哉岂常誉：《汉书·疏广传》载，“及道路观者皆曰：‘贤哉二大夫！’或叹息为之下泣。”

⑩厌厌：安乐的样子。《诗经·小雅·湛露》：“厌厌夜饮。”

⑪近务：指买田造房。

⑫问金：二疏退归时，朝廷加赐黄金二十斤，皇太子赠以五十斤。疏广归乡里后，日令家设酒食，与亲友共娱。一年后，子孙托人对疏广说：尚有余金，宜买田宅留给子孙。寄心：所寓藏的内心想法。

⑬清言：指疏广对子孙委托的人所回答的话。内容见《杂诗》第六首注④。晓：晓谕，使之明白。

⑭遑：暇。《诗经》中已成否定反诘语词，作“何遑”用，以后沿用之。恤：顾及。《诗经·邶风·谷风》：“遑恤我后。”

# 咏三良

**题解**　本诗写作时间与《咏二疏》同。

“三良”是指春秋时秦国子车氏的三个儿子，他们都是杰出的人才，是秦穆公的宠臣。穆公死，遵遗嘱三人从殉。《左传·文公六年》：“秦伯任好卒，以子车氏之三子奄息、仲行、鍼虎为殉，皆秦之良也。国人哀之，为之赋《黄鸟》。”

宋苏轼的《和陶咏三良》：“仕宦岂不荣，有时缠忧悲。所以靖节翁，服此黔娄衣。”最得本诗主旨。本诗五个层次（四句为一层），前面三个层次就描述了三良怎样由贪仕而一步一步走向誓愿追随君主于地下的。第四层次赞颂了三良赴死的高义，这与陶渊明的“士为知己者死”的节义观是有关的。第五层次，诗人表示了与《黄鸟》同样的悲悯。从整体上看，陶渊明是从仕途可畏这个角度来吟咏三良的。清陶澍认为：“渊明云：厚恩固难忘，投义志攸希，此悼张祎之不忍进毒（鸩恭帝）而自饮先死也。”（《靖节先生集》卷四）

**原文**

| | |
|---|---|
| 弹冠乘通津[①]， | 担心的是时间将我抛弃， |
| 但惧时我遗。 | 弹冠而出踏上做官的道路。 |

| | |
|---|---|
| 服勤尽岁月， | 终年服役勤勤恳恳， |
| 常恐功愈微[②]。 | 常担心功劳太少，名不显著。 |
| 忠情谬获露[③]， | 一片忠心得到表白， |
| 遂为君所私。 | 从此成了君王的心腹。 |
| 出则陪文舆[④]， | 外出时随从漂亮的车驾， |
| 入必侍丹帷[⑤]。 | 在宫内守卫红色的帷幕。 |
| 箴规向已从[⑥]， | 对君王规劝，一说就采纳， |
| 计议初无亏。 | 有所建议也通行无阻。 |
| 一朝长逝后， | 君王一旦长逝， |
| 愿言同此归[⑦]。 | 三子愿同赴地下归宿。 |
| 厚恩固难忘， | 君王的厚恩本难忘却， |
| 君命安可违[⑧]？ | 君王的遗命怎敢违忤？ |
| 临穴罔惟疑[⑨]， | 站在墓坑边还有什么犹豫， |
| 投义志攸希[⑩]。 | 为义献身正是他们的抱负。 |
| 荆棘笼高坟， | 荆棘笼罩着高坟， |
| 黄鸟声正悲[⑪]。 | 黄鸟歌声多么悲苦。 |
| 良人不可赎[⑫]， | 三良的生命无法赎回， |
| 泫然沾我衣[⑬]！ | 泪湿衣襟，心中凄楚！ |

**注释** ①弹冠：弹除帽上的灰尘，即整洁衣冠，表示入仕的意思。《汉书·王吉传》：吉与贡禹为友，时称“王阳在位，贡禹弹

冠”（王吉，字子阳，略去“子”字而称王阳）。乘：升、居。通津，通道要津，指显要地位。

②愈：益、更加。

③谬（miù）：错误。这是作为臣子的谦辞。

④文舆：装饰华美的车子。

⑤丹：红色。帷（wéi）：高堂内部挡风的障围布。

⑥箴（zhēn）：劝告。

⑦愿言同此归：言，句中助词；归，指死。《史记·秦本纪》之《正文》引应劭云：“秦穆公与群臣饮酒酣，公曰：‘生共此乐，死共此哀。’于是奄息、仲行、鍼虎许诺。及公薨，皆从死。”

⑧君命安可违：秦穆公死，康公立，遵照穆公的遗嘱，杀了一百七十四人殉葬，子车氏三子亦从殉，共“一百七十七人”。（事见《史记·秦本纪》）

⑨穴：墓塘。罔（wǎng）：无。惟：语中助词。《诗经·秦风·黄鸟》：“临其穴，惴惴其栗。”

⑩攸：所。希：愿。

⑪黄鸟声正悲：《诗经·秦风·黄鸟》以黄鸟作兴比开首：“交交黄鸟，止于棘”；“交交黄鸟，止于桑”；“交交黄鸟，止于楚”。（交交，悲鸣声；楚，荆条。）

⑫良人不可赎：意自《诗经·秦风·黄鸟》“彼苍天者，歼我良人！如可赎兮，人百其身。”

⑬泫（xuàn）然：泪珠落貌。

# 咏荆轲

**题解** 这首诗与《咏二疏》《咏三良》写于同时。

荆轲刺秦王事见于《史记·刺客列传》。荆轲，卫国人，深沉好书，爱击剑。游于燕国，与高渐离为知友。时秦国东伐，将至燕。燕太子丹以诸侯国之危，恳请刺杀秦王嬴政（即后来的秦始皇），荆轲允行。荆轲带着督亢图及樊於期（秦将，得罪秦王。秦王正购之以金千斤）的头奉献秦王。图穷匕见，追刺秦王。未成，被杀。

诗人歌颂了荆轲刺强嬴。全诗有详有略的写作特点十分明显。大部分篇幅（从“君子死知己”到“逶迤过千城”）都用来写荆轲之行，以此着力渲染荆轲不畏强暴、义无反顾的慷慨豪壮之举。刺秦王过程只以“图穷”以下四句简要叙述。诗的最后两句，体现了诗人的无限惋惜之情。

**原文**

| | |
|---|---|
| 燕丹善养士[①]， | 燕太子丹善于养士， |
| 志在报强嬴[②]。 | 其志愿是报复强大的暴秦。 |
| 招集百夫良[③]， | 他招募超群拔众的勇士， |
| 岁暮得荆卿[④]。 | 年终时才得到荆卿。 |

| | |
|---|---|
| 君子死知己， | 君子能为知己而死， |
| 提剑出燕京[5]。 | 荆轲手提宝剑离开了燕京。 |
| 素骥鸣广陌[6]， | 白色的马在大路上嘶鸣， |
| 慷慨送我行。 | 人们激昂慷慨为我送行。 |
| 雄发指危冠[7]， | 怒发直指高高的冠梁， |
| 猛气冲长缨[8]。 | 猛气冲动着颌下的长缨。 |
| 饮饯易水上[9]， | 在易水之上饮酒饯别， |
| 四座列群英。 | 四面就座的都是些豪侠超群。 |
| 渐离击悲筑[10]， | 高渐离敲击悲筑， |
| 宋意唱高声[11]。 | 宋意高唱入云。 |
| 萧萧哀风逝， | 风萧萧哀风吹过， |
| 淡淡寒波生[12]。 | 寒水上缓缓地起了波纹。 |
| 商音更流涕， | 歌唱的商音令人流涕， |
| 羽奏壮士惊[13]。 | 奏出的羽调让壮士心惊。 |
| 心知去不归， | 明知道这一去就不再归来， |
| 且有后世名[14]。 | 且为后世留下英雄美名。 |
| 登车何时顾[15]， | 登车出发决不回顾， |
| 飞盖入秦庭[16]。 | 车盖如飞直指秦国的殿廷。 |
| 凌厉越万里[17]， | 奋迅前行，超越了山河万里， |
| 逶迤过千城[18]。 | 曲折向前，经过了千座高城。 |
| 图穷事自至[19]， | 地图展尽处现出匕首， |

| | |
|---|---|
| 豪主正怔营[20]。 | 雄豪的君主也惊慌万分。 |
| 惜哉剑术疏[21]， | 可惜啊！荆轲的剑术尚欠精湛， |
| 奇功遂不成。 | 这件盖世奇功竟没能建成。 |
| 其人虽已没， | 此人虽然早已消逝， |
| 千载有馀情！ | 千载后依然回荡着他的豪情！ |

**注释**

①燕丹：燕太子丹。姓与国同，姓燕名丹。周封召公奭（shì）于燕，以国为氏，故姓燕。士：战国时期，士有多类，有文士、策士、侠士等。

②志在报强嬴（yíng）：秦王姓嬴，这是指嬴政，即以后统一六国后称始皇帝的秦始皇。《史记》载：燕太子丹曾质于赵，嬴政生于赵，交往甚欢。后丹质于秦，秦王嬴政待之不善，丹怨而逃归。后，秦蚕食诸侯国，将至燕，燕君臣俱恐。故有此句。

③百夫良：百，成数，泛指。意即许许多多武士中的杰出者。

④荆卿：荆轲祖上是齐人，本姓庆，至卫而改姓荆。燕人称他荆卿，卿相当于“子”，是尊称。

⑤燕京：燕国的都城，在今北京地区。

⑥素骥：白色良马。广陌：宽阔干道。《史记·刺客列传》：“太子及宾客知其事者，皆白衣冠以送之。”白色是丧服色，白衣白马是表示同与秦王决一死，以壮荆轲行。

⑦雄发：悲壮之气使头发竖起。危冠：高冠。

⑧缨（yīng）：绳，此处指系（jì）冠帽的丝绳。

⑨饮饯：饮酒送别。易水：在今河北易县附近。

⑩渐离：高渐离，燕国人。与荆轲交善，擅长击筑。《史记·刺客列传》："荆轲嗜酒，日与狗屠及高渐离饮于燕市，酒酣以往，高渐离击筑，荆轲和而歌于市中，相乐也，已而相泣，旁若无人者。"筑（zhù）：《史记》《索隐》，"筑似琴，有弦，用竹击之，取以为名。"

⑪宋意唱高声：宋意，太子丹所养之士。《淮南子·泰族训》："荆轲西刺秦王，高渐离、宋意为击筑而歌于易水之上。闻者莫不瞋目裂眦，发植穿冠。"

⑫萧萧哀风逝，淡淡寒波生：《易水歌》曰："风萧萧兮易水寒，壮士一去兮不复还！"两诗句由《易水歌》的第一句化出。

⑬商音更流涕，羽奏壮士惊：商、羽，均属五音，古代音乐的基本音调有五；五音：宫、商、角、徵（zhǐ）、羽。商音凄凉，羽音悲壮。《史记·刺客列传》："至易水之上，既祖，取道，高渐离击筑，荆轲和而歌，为变徵之声，士皆垂泪涕泣。又前而为歌曰：'风萧萧兮易水寒，壮士一去兮不复还！'复为慷慨羽声，士皆瞋目，发尽上指冠。"

⑭且：将。名：指不畏强暴的名声。

⑮登车何时顾：反诘句，"一上车就不回头"的意思。《史

记·刺客列传》："于是荆轲遂就车而去，终已不顾。"

⑯盖：车盖。代指车乘。

⑰凌厉：气势迅猛。言豪壮之气始终未泄半分。

⑱逶迤（wēiyí）：形容路途弯曲而遥远。

⑲图穷：图，燕督亢之地图。《史记》《正义》："督亢坡在幽州范阳县东南十里。"刘向《别录》："督亢，膏腴之地。"图穷，图展开而至尽头。《史记·刺客列传》："荆轲取图奏之，秦王发图，图穷而匕首见。"事自至：行刺之事跟着发生。荆轲以匕首揕（zhēn）秦王，秦王惊，自引而起，袖绝。荆轲逐秦王，秦王环柱而走。秦王拔剑击荆轲，断其左股。荆轲坐地，以匕首擿（zhì）秦王，不中。秦王复击轲，左右趋杀轲。（详见《史记·刺客列传》）

⑳豪主：豪强之君主，指秦王。怔营：惊慌失神的样子。《史记》载：秦王拔剑，"时惶急，剑坚，故不可立拔"，"环柱走，卒惶急，不知所为"。左右曰："王负剑！"方拔出以击荆轲。荆轲被杀后，"秦王不怡者良久"。

㉑惜哉剑术疏：疏，粗疏、不精。此句化引鲁句践的话。《史记·刺客列传》："鲁句践已闻荆轲之刺秦王，私曰：'嗟乎，惜哉其不讲于刺剑之术也！'"

# 读《山海经》（十三首）

**题解**

本组诗约作于晋义熙四年（408）孟夏，诗人四十四岁。

《山海经》是我国最早的一部记载地理山川、神话传说、珍怪博物的奇书。陶渊明这时居于田园，耕种之余便以琴书自娱。这期间读了《山海经》及另一些神话、历史书，如《穆天子传》之类。

首篇序诗，之后十二首是从《山海经》《穆天子传》中撷取题材写成。前七首从王母起首，写玄圃、丹木、三青鸟、扶木、灵凤神鸾、赤泉员丘，结合了本人神游奇想；后五首写夸父、精卫、臣危、鸱鴸、共鲧，结合了本人的功业思想与对君主朝政的基本看法。组诗脉络分明，主次轻重有序。它也可被看作陶渊明壮年时期思想状态较全面的映照。

**原文**

（一）

| | |
|---|---|
| 孟夏草木长， | 初夏季节草木竞长， |
| 绕屋树扶疏[①]。 | 绕屋树木枝叶扶疏。 |
| 众鸟欣有托， | 众鸟因为有了依托而欢欣， |
| 吾亦爱吾庐。 | 我也十分喜爱我的草庐。 |

| | |
|---|---|
| 既耕亦已种， | 既耕又种农事暂且完毕， |
| 时还读我书[②]。 | 且回到草庐来读我的闲书。 |
| 穷巷隔深辙[③]， | 陋巷阻隔，门前没有深深的轮印， |
| 颇回故人车。 | 故人的车子也只好空叹穷途。 |
| 欢然酌春酒， | 高高兴兴地斟上春酒， |
| 摘我园中蔬。 | 有从后园里摘来的菜蔬。 |
| 微雨从东来， | 微雨从东边飘来， |
| 好风与之俱。 | 好风更让人宽舒。 |
| 泛览周王传[④]， | 翻看着穆天子的传记， |
| 流观“山海图”[⑤]。 | 浏览着《山海经》的画图。 |
| 俯仰终宇宙[⑥]， | 俯仰之间宇宙万物都来到眼底， |
| 不乐复何如？ | 这生活不快乐又将何如？ |

**说明** 本首序诗，写耕余读书之乐，而《山海经》一类书将自己引入无限廓大的宇宙中遨游，更是乐趣无穷。

**注释** ①扶疏：枝叶繁茂的样子。

②时还：有时回来。

③隔：隔开，也就是“没有”的意思。深辙：辙，轮迹；深辙，车大辙深，指贵人之车。

④周王传：周王指周穆王；周王传，指《穆天子传》。据说晋

人从魏襄王墓中得此书。书中记述周穆王观四荒，西游作宾于西王母的故事。晋郭璞为之注。

⑤山海图：指《山海经图》。《山海经》有古图及汉所传图。晋郭璞为《山海经》作注，有图及赞。渊明所见，恐怕就是这种本子。后原图均失，今所见图为清人补画。

⑥俯仰：一俯一仰之间，即在很短时间内。终：尽。

**原文**　（二）

玉台凌霞秀[1]，　玉山瑶台秀出在云霞之上，
王母怡妙颜[2]。　西王母绰约的仙姿隐现其间。
天地共俱生，　她和天地同时生长，
不知几何年[3]。　不知已经过亿万斯年。
灵化无穷已，　神灵变化无穷无尽，
馆宇非一山[4]。　居住的楼台馆舍不止在一座高山。
高酣发新谣[5]，　欢宴穆天子，唱一首新的歌谣，
宁效俗中言[6]。　那含意绝不同世俗的语言。

**说明**　咏西王母。本诗描述了西王母美丽而长年、高雅而平易的形象。

**注释**　①玉台：玉山上的瑶台，西王母居处。《山海经·西山经》：

"又西三百五十里，曰玉山，是西王母所居也。"瑶台，瑶玉建成的台。《离骚》："望瑶台之偃蹇兮。"凌：越出。

②怡：和悦。妙颜:《山海经·西山经》载，"其状如人，豹尾虎齿而善啸，蓬发戴胜。"《汉武帝内传》："头上大华结，戴太真晨婴之冠，履元琼凤文之舄，视之可年卅许，修短得中，天姿掩蔼，容颜绝世。"西王母故事汉以后已在民间盛传，渊明所吟当本后书。

③不知几何年：意思是西王母长生不老。晋张华《博物志》：西王母乘紫云车至殿西。以五枚桃与汉武帝，"帝食桃，辄以核著膝前。母曰：'取此核将何为?'帝曰：'此桃甘美，欲种之。'母笑曰：'此桃三千年一生实。'……时东方朔窃从殿南厢朱鸟牖中窥母。母顾之谓帝曰：'此窥牖小儿，尝三来盗吾此桃。'……由此世人谓方朔神仙也"。诗句盖取传说中西王母寿桃之意。

④馆宇非一山:《山海经·西山经》说西王母住玉山,《海内北经》说在昆仑墟北,《大荒西经》说昆仑之丘,《穆天子传》说弇（yǎn）山，西汉东方朔《十洲记》说昆仑之墉城。

⑤高：高会，盛大宴会。谣：不合乐而歌，即口吟。《穆天子传》："乙丑，天子觞西王母于瑶池之上，西王母为天子谣曰：'白云在天，山陵自出。道里悠远，山川间之。将子无死，尚能复来。'"

⑥宁：怎，哪里。俗中言：似指世俗的浮薄之言。

**原文**　（三）

迢递槐江岭[①]，　遥远的槐江上的山岭，
是谓玄圃丘[②]。　是称为玄圃的高丘。
西南望昆墟[③]，　西南可以看见昆仑增城，
光气难与俦[④]。　神光灵气难与比俦。
亭亭明玕照[⑤]，　高高矗立的琅玕光辉远照，
落落清瑶流[⑥]。　清澈的瑶池之水涓涓而流。
恨不及周穆，　遗憾的是没赶上周穆王的时代，
托乘一来游[⑦]。　跟随他的车子也去作一番遨游。

**说明**　吟玄圃。玄圃是天帝的园圃，是无限光明、美妙、宜人而又神洁的去处，诗人写出他恨不能一游的神往之情。

**注释**　①迢递：同迢远，遥远隐约的样子。槐江岭：《山海经·西山经》："槐江之山，…… 多藏琅玕、黄金、玉，…… 实惟帝之平圃。…… 爰有滛水，其清洛洛。"

②玄圃（pǔ）：《山海经·西山经》："平圃"，郭璞注："即玄圃也。"玄圃又作县圃，《离骚》："朝发轫于苍梧兮，夕余至乎

县圃。”

③西南望昆墟：墟，邱，即山岭。《山海经·西山经》：“南望昆仑，其光熊熊，其气魂魂。”郭璞注：“皆光气炎盛相焜耀之貌。”

④俦（chóu）：比。

⑤亭亭：耸立貌。玕（gān）：琅玕树。《山海经·海内西经》：“琅玕树”，郝懿行注：“《玉篇》引庄子云：‘积石为树，名曰琼枝，其高一百二十仞，大三十围，以琅玕为之实。’是琅玕即琼枝之子似珠者也。”

⑥落落：同“洛洛”，见注①，水畅流貌。瑶：同“滛”（郭璞注：“滛，音遥也。”），滛水，见注①。

⑦乘：车驾。传说周穆王驾八骏西游，造父为之御。《穆天子传》：“天子之骏：赤骥、盗骊、白义、踰轮、山子、渠黄、华骝、绿耳。”

## 原文　（四）

| | |
|---|---|
| 丹木生何许？ | 那神奇的丹木生长在何处？ |
| 乃在峚山阳[①]。 | 生长在密山向阳的山岗。 |
| 黄花复朱实， | 开的是黄花，结的是红果， |
| 食之寿命长。 | 谁吃了寿命便能延长。 |
| 白玉凝素液， | 丹水白玉是白色乳汁凝成， |

| | |
|---|---|
| 瑾瑜发奇光②。 | 最佳的瑾瑜更发出奇异的彩光。 |
| 岂伊君子宝③， | 这些不仅被君子所宝爱， |
| 见重我轩黄④。 | 连轩辕黄帝也大加赞扬。 |

**说明**　吟丹木。丹木之实，食之可以不饥；钟山之瑾瑜，佩之可以御不祥。这二首正是普天下读书人所最需要的。

**注释**　①峚（mì）山：峚，李本、焦本作峚，逯本作密，从前者。《山海经·西山经》："峚山，其上多丹木，员叶而赤茎，黄华而赤实，其味如饴，食之不饥。丹水出焉，西流注于稷泽，其中多白玉，是有玉膏，其原沸沸汤汤，黄帝是食是飨。是生玄玉。玉膏所出，以灌丹木。丹木五岁，五色乃清，五味乃馨。黄帝乃取峚山之玉荣，而投之钟山之阳。瑾瑜之玉为良，坚栗精密，浊泽而有光。五色发作，以和柔刚。天地鬼神，是食是飨；君子服之，以御不祥。"

②瑾瑜发奇光：本句及以上三句均见注①。

③伊：彼。君子宝：既有道德又有学问的人所最需要的宝物。

④见重：被看重。轩黄：黄帝。《史记·五帝本纪》："黄帝者，少典之子，姓公孙，名曰轩辕。"

## 原文 （五）

| | |
|---|---|
| 翩翩三青鸟[1]， | 翩翩飞翔的三只青鸟， |
| 毛色奇可怜。 | 毛色奇异令人爱怜。 |
| 朝为王母使[2]， | 早晨出发接受西王母的指使， |
| 暮归三危山[3]。 | 晚上回到住宿的地方——三危山。 |
| 我欲因此鸟， | 我想借助三位青鸟使， |
| 具向王母言[4]： | 替我向西王母传言： |
| 在世无所须， | 我在世上别无所求， |
| 惟酒与长年。 | 只求有酒喝、祛病延年。 |

## 说明

咏青鸟。诗人希望青鸟为自己传言，请王母赐予酒与长寿。

## 注释

①翩翩：轻快飞翔的样子。三青鸟：《山海经·大荒西经》载，“有三青鸟，赤首黑目，一名大鹜，一名少鹜，一名青鸟。”

②王母使：《山海经·海内北经》载，“西王母，梯几而戴胜杖，其南有三青鸟，为西王母取食，在昆仑虚北。”《汉武故事》载：“七月七日，忽有青鸟，飞集殿前。东方朔曰：‘此西王母欲来。’有顷，王母至，三青鸟夹侍王母旁。”

③三危山：《山海经·西山经》载，“三危山，三青鸟居之。”郭璞注：“三青鸟主为西王母取食者，别自栖息于此山也。”

④具：同“俱”。

**原文**　**（六）**

| | |
|---|---|
| 逍遥芜皋上[①]， | 在无皋山上自在逍遥， |
| 杳然望扶木[②]。 | 远远看见那扶桑若木。 |
| 洪柯百万寻[③]， | 巨大的枝条百万丈， |
| 森散覆旸谷[④]。 | 四下纷垂覆盖着旸谷。 |
| 灵人侍丹池[⑤]， | 神灵侍立在丹池之旁， |
| 朝朝为日浴[⑥]。 | 每朝每晨为太阳洗浴。 |
| 神景一登天[⑦]， | 那闪着神光的太阳升到天际， |
| 何幽不见烛。 | 照亮每一处幽暗的角落。 |

**说明**　吟扶木、旸谷。诗人歌颂了太阳，最后一句包含了希望太阳照遍人间一切黑暗角落的意思。

**注释**　①逍遥：优游自得的样子。这是想象中的拟辞。芜皋：《山海经·东山经》载，“无皋之山，南望幼海，东望榑木。”芜皋，即无皋。

②杳然：遥远的样子。扶木：即榑木，见注①。《山海经·大荒东经》：“汤谷上有扶木，一日方至，一日方出，皆载于乌。”

③寻：八尺。

④旸（yáng）谷：同“汤（yáng）谷”，见注②。《淮南子·天文》：“日出于旸谷，浴于咸池，拂于扶桑，是谓晨明。”

⑤灵人侍丹池：灵人，神，羲和，神话中太阳的母亲。《山海经·大荒南经》：“羲和者，帝俊之妻，生十日。”丹池，即甘渊。《山海经·大荒南经》：“东南之外，甘水之间，有羲和之国。有女子名曰羲和，方（为）日浴于甘渊。”

⑥为日浴：为太阳洗澡，洗去太阳身上的尘埃。

⑦神景：指太阳。景，同“影”。

## 原文　（七）

| | |
|---|---|
| 粲粲三株树[①]， | 璀璨明亮的三珠树， |
| 寄生赤水阴[②]。 | 寄托根柢在赤水的背阴。 |
| 亭亭凌风桂， | 高高的迎风的桂树， |
| 八干共成林[③]。 | 八株树就成了一片树林。 |
| 灵凤抚云舞[④]， | 神灵的凤鸟在云彩上跳舞， |
| 神鸾调玉音。 | 灵异的鸾鸟发出美妙的声音。 |
| 虽非世上宝， | 这虽然不被俗世看作珍宝， |
| 爰得王母心[⑤]。 | 却很能得到西王母的欢心。 |

## 说明

咏灵凤神鸾。鸾歌凤舞见于《山海经·大荒南经》：

“载数民之国”，那里的升平景象使诗人十分向往。

**注释**

①三株树：又作三珠树。《山海经·海外南经》：“三珠树，在厌火北，生赤水上。其为树如柏，叶皆为珠。”

②赤水阴：水之南为阴。赤水的南岸。赤水，见注①。

③八干：八棵树。《山海经·海内南经》：“桂林八树，在番隅东。”郭璞注：“八树而成林，言其大也。”“桂林”两字，渊明是理解为桂树的，而非地名之桂林。

④灵凤抚云舞:《山海经·大荒南经》：“有载（zhì）民之国。帝舜生无淫，降载处，是谓巫载民。巫载民朌（bān）姓，食谷。不绩不经。服也；不稼不穑，食也。爰有歌舞之鸟，鸾鸟自歌，凤鸟自舞。爰有百兽，相群爰处。百谷所聚。”

⑤非世上宝、得王母心：非世上宝、得王母心者是指民有食有衣、和睦相处、鸾凤歌舞。

**原文**　（八）

| | |
|---|---|
| 自古皆有没， | 从古以来有生皆有死， |
| 何人得灵长[①]？ | 什么人偏得以万寿无疆？ |
| 不死复不老， | 既不死也不老， |
| 万岁如平常。 | 活一万岁也平平常常。 |
| 赤泉给我饮， | 饮之不老的赤泉供我饮用， |

员丘足我粮[②]。　　员丘山上的不死树供我食粮。
方与三辰游[③]，　　方与日、月、星三辰同游，
寿考岂渠央[④]。　　寿命无尽悠悠久长。

**说明**　咏赤泉、员丘。不老泉、不死树，使诗人产生了不死复不老、长与三辰游的遐想。

**注释**　①灵长：与神灵一般的长久。

②赤泉、员丘:《山海经·海外南经》:“不死民在其东，其为人黑色，寿，不死。”郭璞注:“有员丘山，上有不死树，食之乃寿；亦有赤泉，饮之不老。”

③方：当。三辰：指日、月、星。

④考：老。渠：同“遽”，忽然。短暂。央：尽。

**原文**　（九）

夸父诞宏志[①]，　　夸父立下夸诞的大志，
乃与日竞走[②]。　　竟和太阳比赛快走。
俱至虞渊下[③]，　　同时到达虞渊之下，
似若无胜负。　　似乎并没有分出优秀。
神力既殊妙，　　神力既然这样奇妙，
倾河焉足有[④]。　　将大河喝干当然不够。

| | |
|---|---|
| 馀迹寄邓林[5]， | 邓林是他留下的遗迹， |
| 功竟在身后。 | 功业成就在他身没之后。 |

**说明** 咏夸父。歌颂了夸父追日的壮举，称道夸父造福于后代。

**注释** ①夸父：神人名。诞：夸诞。

②乃与日竞走:《山海经·海外北经》载,“夸父与日逐走，入日。渴欲得饮，饮于河渭；河渭不足，北饮大泽。未至，道渴而死。弃其杖，化为邓林。”（入日，日将入。）

③虞渊：即“禺渊”“禺谷”，神话传说中日落处。《山海经·大荒北经》:“夸父不量力，欲追日景，逮之于禺谷。将饮河而不足也，将走大泽，未至，死于此。”郭璞注:“禺渊，日所入也，今作虞。”

④倾河：倒尽黄河之水。有：够。

⑤馀迹寄邓林：指手杖化成桃林。见注②。“邓林”毕沅注：“邓林即桃林也，邓、桃音相近。”“其地则楚之北境也。”《列子·汤问》:“邓林弥广数千里。”

**原文** （十）

| | |
|---|---|
| 精卫衔微木[1]， | 精卫鸟衔来细小的枝条， |

将以填沧海[②]。　　她立志要填满大海。
刑天舞干戚[③]，　　被砍下头颅的刑天舞动斧盾，
猛志固常在[④]。　　勇猛的精神永远存在！
同物既无虑[⑤]，　　自视同于万物就无所顾虑，
化去不复悔。　　一朝化去也毫不懊悔。
徒设在昔心[⑥]，　　徒然具有往日的壮志，
良晨讵可待[⑦]？　　韶年时光怎会重来？

## 说明

吟精卫、刑天。本诗以渊明集中少有的高亢的诗调，歌颂了刑天与精卫一往无前、宁死不屈、志填沧海的斗争精神；想到自己，也要奋起努力。

## 注释

①精卫衔微木：精卫，神话中的鸟名。《山海经·北山经》："发鸠之山，其上多柘木。有鸟焉，其状如乌，文首、白喙、赤足，名曰精卫，其鸣自诐。是炎帝之少女，名曰女娃，女娃游于东海，溺而不返，故为精卫，常衔西山之木石，以堙于东海。"

②以：用来。

③刑天舞干戚：刑天，神名；干，盾；戚，长柄斧，武器。《山海经·海外西经》："刑天与帝至此争神，帝断其首，葬之常羊之山。乃以乳为目，以脐为口，操干戚以舞。"

④固：陶本作固，李本、逯本作故，从陶本。

⑤同物：同于其他的物类，即为万物之一（女娃成精卫鸟，刑天有首成无首）。《庄子·齐物论》："劳神明为一而不知其同也。"

⑥徒设：空摆着。在昔心：早年就有的雄心。

⑦良晨：喻人的大有可为的岁月。讵：岂。

**原文** （十一）

巨猾肆威暴[①]， 贰负之臣危逞他的凶威暴虐，
钦䲹违帝旨[②]。 钦䲹杀祖江违背了上帝的意旨。
窫窳强能变[③]， 窫窳被危杀死还能变化，
祖江遂独死[④]。 祖江却永远消失。
明明上天鉴[⑤]， 毫不含糊的是上天的鉴照，
为恶不可履。 谁也不可为恶放肆。
长枯固已剧[⑥]， 危被械梏在疏属之山确实痛苦，
鵕鹗岂足恃[⑦]？ 钦䲹和鼓变形为鵕鹗也不足仗恃！

**说明** 吟臣危、钦䲹。诗人诅咒作恶的凶邪，相信这类人一定会受到严厉的惩罚。

**注释** ①巨猾：李本及诸本作巨猾；和陶本云，一作巨危，逯本作

臣危。从李本及诸本。《山海经·海内西经》："贰负之臣曰危，危与贰负杀窫窳。帝乃梏之疏属之山，桎其右足，反缚两手与发，系之山上木。"（贰负，神名。）

②钦駓（pī）：又作钦䲹，神怪名。钟山神之子名鼓，与其合谋杀葆江。《山海经·西山经》："钟山，其子曰鼓，其状如人面而龙身，是与钦䲹杀葆江于昆仑之阳，帝乃戮之钟山之东曰䍃崖，钦䲹化为大鹗，…… 鼓亦化为鵕鸟。"

③窫窳（yàyǔ）：神怪名。《山海经·北山经》："少咸之山，无草木，多青碧。有兽焉，其状如牛，而赤身、人面、马足，名曰窫窳。"郭璞注："轧愈二音。"《山海经·海内西经》："窫窳者，蛇身人面，贰负臣所杀也。"《山海经·海内南经》："窫窳龙首，居弱水中。"郭璞注："窫窳，本蛇身人面，为贰负所杀，复化而成此物也。"强：尚、还能。

④祖江：即葆江，见注②，郭璞注："葆或作祖。"

⑤鉴：镜。

⑥长枯：永远干渴，指臣危被罚系于疏属山上木。剧：痛苦。

⑦鵕鹗（jùn'è）：见注②。恃：凭仗。

**原文** **（十二）**

鸼鹅见城邑[①]，　　鸼鹅（鸱鸺）在城邑出现，

其国有放士[②]。　　这一国便有遭放逐的贤士。

| | |
|---|---|
| 念彼怀王世③， | 想那楚怀王的时代， |
| 当时数来止④。 | 鸱鸺必定数次在楚都歇止。 |
| 青丘有奇鸟⑤， | 青丘山上的奇鸟灌灌， |
| 自言独见尔⑥。 | 自称能让人不迷无失。 |
| 本为迷者生， | 这鸟儿本为糊涂人降生， |
| 不以喻君子⑦。 | 不须用来晓喻明达的君子。 |

**说明**　吟鸱鸺、青丘鸟。由这两则经文，想到屈原流放与楚亡的悲痛历史教训，罪责完全归结到听信谗言、执迷不悟的楚怀王身上。

**注释**　①鵃（zhōu）鹅：李本及诸本均作鵃鹅，李本、汤本、焦本注云：当作鸱鸺。是知鵃鹅系指鸱鸺（chīzhū）。《山海经·南山经》："柜山……有鸟焉，其状如鸱而人手，其音如痹，其名曰鸺，其名自号也，见则其县多放士。"见：出现。

②放士：被放逐的贤士。

③怀王：指楚怀王。战国后期楚国君主，屡受秦蒙欺。后会盟于武关，秦扣留之以求割巫黔中地。不允而逃归，追及之，卒于秦。怀王世：前299年，怀王子顷襄王接位，前278年秦攻陷楚都郢。"怀王世"也代指这段时间。

④数来止：数次飞来栖息，意思是指屈原数次被疏被放。屈

原曾任楚国左徒，出使过齐国，后任三间大夫。屈原数次谏怀王而不听，怀王听信谗言，反而将他疏放出去；顷襄王时，忠于祖国的屈原又遭放逐。后见楚国无望，乃自沉于汨罗。（事见《史记·屈贾列传》）

⑤青丘有奇鸟：青丘，传说中的山名。《山海经·南山经》："青丘之山……有鸟焉，其状如鸠，其音若呵，名曰灌灌，佩之不惑。"

⑥自：指灌灌鸟。尔：句末助词。

⑦喻：晓示。君子：指明达的人。

**原文** （十三）

| | |
|---|---|
| 岩岩显朝市[①]， | 大臣们的言行都显露在市朝， |
| 帝者慎用才。 | 帝王必须慎重地选用人才。 |
| 何以废共鲧[②]？ | 为什么放杀了共工与鲧？ |
| 重华为之来[③]。 | 是帝舜见奸邪加以制裁。 |
| 仲父献诚言[④]， | 管仲曾奉献诚恳的忠告， |
| 姜公乃见猜[⑤]。 | 齐桓公不听信有所疑猜。 |
| 临没告饥渴[⑥]， | 桓公临死时哀呼饥渴， |
| 当复何及哉！ | 想后悔也后悔不来！ |

**说明** 吟废共工、鲧。斥退奸邪，贤者才能进用；反之，君

主就会遭灾殃，齐桓公的惨死便是教训。所以，慎于用人是国君的头等大事。

## 注释

①岩岩：山石堆积的样子，借来形容地位显赫的大臣。《诗经·小雅·节南山》："节彼南山，维石岩岩。赫赫师尹，民具尔瞻。"（师尹，指周朝太师尹氏。）显朝市：显赫于朝廷及一国之中。

②废共鲧（gǔn）：共工和鲧，鲧是夏禹的父亲，尧因年老而让舜试执政，这期间舜处罚了"四凶"；尧死，舜正式登帝位。《尚书·舜典》："流共工于幽州，放驩兜于崇山，窜三苗于三危，殛鲧于羽山。四罪而天下咸服。二十有八载，帝乃殂落，…… 月正元日，舜格于文祖。"（罪，处罚。帝，指尧。格于文祖，到祖庙祭祀。）《山海经·海内经》："祝融降处于江水，生共工。"《山海经·大荒北经》："共工臣名曰相繇 …… 其所欤所尼，即为源泽，…… 禹湮洪水，杀相繇。"（欤，呕吐。尼，止。）《山海经·海内经》："洪水滔天，鲧窃帝之息壤以堙洪水，不待帝命。帝令祝融杀鲧于羽郊。鲧复生禹。帝乃命禹卒布土以定九州。"郭璞注引《开筮》："鲧死三岁不腐，剖之以吴刀，化为黄龙。"（复，腹之借字。）

③重华：舜之名。《山海经》中的共工与鲧属神话传说，其间也没有舜。诗人是看了《山海经》而结合运用《尚书》中记

载尧、舜与四凶的材料写成这上下两句。

④仲父：指管仲，春秋时齐国政治家。齐桓公用为卿，齐国大治，成为五霸之一。桓公尊称他为仲父。献诚言：管仲病重，齐桓公问国政，管仲诫其斥退易牙、开方、竖刁三人。（事见《史记·齐太公世家》）

⑤姜公：指齐桓公。周武王伐纣而王天下，封太公望于齐，太公望姓姜。桓公是太公望的后裔。乃见猜：猜，疑，即不相信的意思。《史记·齐太公世家》："管仲死，而桓公不用管仲言，卒近用三子，三子专权。"

⑥临没告饥渴：齐桓公病重，被易牙、竖刁闭于寝宫，不给饮食。《史记·齐太公世家》："五公子皆求立。冬十月乙亥，齐桓公卒。易牙入，与竖刁因内宠杀群吏，而立公子无诡为君，太子昭奔宋。桓公病，五公子各树党争立，及桓公卒，遂相攻，以故宫中空，莫敢棺。桓公尸在床上六十七日，尸虫出于户。"（内宠，桓公诸妾。）开方也参与了齐五公子争位之乱："开方杀孝公子而立潘，是为昭公。昭公，桓公子也。"（无诡被国人杀，太子昭立，是为孝公。孝公卒，其子被开方杀。）

# 拟挽歌辞[1]（三首）

**题解**

这三首挽歌辞约写于南朝宋元嘉四年（427），陶渊明六十三岁。这年的十一月，诗人便去世了。

挽歌：丧歌。秦汉时,《薤露》《蒿里》，就是丧歌。魏晋间,“挽歌辞”是一种诗体，多有人写作,《文选》中有缪袭《挽歌诗》一首、陆机《挽歌诗》三首。他们所写的是泛拟的丧歌，不像陶渊明这三首具有明显的自挽特征，个性化很强。

“人生实难，死如之何”（《自祭文》），陶渊明的生死观是求实的、豁达的。这三首拟挽歌辞，古代评价很高，祁宽将它与孔子曳杖歌（“泰山其颓乎”）、曾子易箦言（“吾得正而斃焉斯已矣”）相媲美。首章写死，次章写奠而殡，三章写葬，章法井然。不忘乎酒，颇具幽默。亲悲人歌，世情淋漓。

**原文**

（一）

有生必有死，　　人有出生必然有死亡，
早终非命促[2]。　　早死也算不得生命短促。
昨暮同为人，　　昨晚还同是活着的人，
今旦在鬼录[3]。　　今晨名字却已归入鬼的名录。

| | |
|---|---|
| 魂气散何之[④]？ | 魂气飘散已去何方？ |
| 枯形寄空木[⑤]。 | 干枯的形体装进了空木。 |
| 娇儿索父啼， | 娇儿悲啼索要父亲， |
| 良友抚我哭。 | 好朋友抚着我的身体哀哭。 |
| 得失不复知， | 得与失已不再能够知道， |
| 是非安能觉？ | 是与非又如何能够察觉？ |
| 千秋万岁后， | 千秋万岁之后， |
| 谁知荣与辱。 | 谁知道你是光荣还是耻辱。 |
| 但恨在世时， | 只恨在世上的时候， |
| 饮酒不得足！ | 没有能把酒喝足！ |

**注释**

①拟挽歌辞：李本、逯本作拟挽歌辞；《文选》选引第三首，作挽歌诗，陶本同。从李本、逯本。

②命：生命。

③鬼录：死者名籍。魏文帝《与吴质书》："昔年疾疫，亲故多离其灾，…… 观其姓名，已为鬼录。"

④魂气：指人的精神意识。《左传·昭公七年》疏："附形之灵为魄，附气之神为魂。"

⑤空木：古时棺葬，此指棺。

## 原文　（二）

| | |
|---|---|
| 在昔无酒饮， | 先前在世没有酒饮， |
| 今但湛空觞[1]。 | 现在酒杯中徒然注满酒浆。 |
| 春醪生浮蚁[2]， | 春酒熟，蚂蚁似的酒糟浮起， |
| 何时更能尝？ | 只是我何时再能品尝？ |
| 肴案盈我前[3]， | 盛着菜肴的几案在我面前摆满， |
| 亲旧哭我傍[4]。 | 亲朋故旧哀哀哭泣在我身旁。 |
| 欲语口无音， | 想要讲话发不出声音， |
| 欲视眼无光。 | 想看一看眼中失去了光芒。 |
| 昔在高堂寝， | 先前在高堂之上寝卧， |
| 今宿荒草乡。 | 如今却横躺在荒野之乡。 |
| 荒草无人眠， | 荒草地上没有人来睡眠， |
| 极视正茫茫[5]。 | 竭力瞪视也只有一片空茫。 |
| 一朝出门去[6]， | 一旦离开家门而去， |
| 归来夜未央[7]。 | 再归来只能在半夜时光。 |

## 注释

①湛空觞：空湛觞，修饰词“湛”提至“空”前。湛，澄，深，引申为满。

②浮蚁：酒熟，糟浮于酒面上而似蚁。

③肴案：案上肴。案，供桌。肴，(熟)鱼肉之类。

④旧：故旧，指友人。

⑤荒草无人眠，极视正茫茫：李本无此两句，但云，一本有荒草无人眠，极视正茫茫二句；逯本据《乐府诗集》校加此两句。从逯本。

⑥一朝（zhāo）：一日，哪一天。

⑦夜：李本、焦本作夜，曾本、苏写本、逯本作良。从前者。未央：未尽。鬼魂夜归，这是依从民俗的说法。从上下文看，渊明并不相信有鬼魂。

## 原文　（三）

荒草何茫茫，　　茫茫一片的荒草，
白杨亦萧萧[1]。　　萧萧作响的白杨。
严霜九月中[2]，　　寒霜初降的九月，
送我出远郊[3]。　　送我的灵柩到远郊安葬。
四面无人居，　　四面都没有人居住，
高坟正嶕峣[4]。　　那是重重坟墓耸立的坟场。
马为仰天鸣[5]，　　马也为之仰头长嘶，
风为自萧条。　　风也为之萧瑟作响。
幽室一已闭[6]，　　坟坑一旦封闭，
千年不复朝[7]。　　千年也不会再见日光。
千年不复朝，　　千年也不会再见日光，
贤达无奈何。　　贤达的人也无法可想。

| | |
|---|---|
| 向来相送人[8]， | 先前来送葬的人们， |
| 各自还其家。 | 已各自还家，将我遗忘。 |
| 亲戚或馀悲， | 亲戚或者还留下些悲哀， |
| 他人亦已歌[9]。 | 别的人已在欢乐歌唱。 |
| 死去何所道， | 既已死去还有什么可说， |
| 托体同山阿[10]。 | 形体已回归到山峦叠嶂。 |

## 注释

①萧萧：寒风吹树木声。

②严霜：严，峻烈；霜杀百草，故云严。《礼记・肸》：季秋之月“草木黄落”。九月中：季秋之月中，节气在“霜降”。

③送我出远郊：此设想之辞。《淮南子・天文训》：“帝（天帝）张四维，运之以斗。月徙一辰，复反其所。”九月，“指戌。戌者灭也。律受无射。无射，入无厌也”（入无厌，意思是接受沉落没有满足的时候）。季秋，草木凋零，所以，诗人将自己的死设想在九月。

④嶕峣（jiāoyáo）：高而耸出的样子。

⑤马：此指拉棺柩的丧车的马。陆机《挽歌诗》之二：“素骖伫輀轩，玄驷骛飞盖。哀鸣兴殡宫，回迟悲野外。”（輀ér，指丧车。）

⑥幽室：指墓穴。

⑦朝：白天。

⑧向：刚才。

⑨歌：哼歌，意即悲伤之情消失。

⑩阿（ē）：陵阜。

# 联句

**题解**　这首诗或为陶渊明晚年所作，现暂系于南朝宋景平二年（424），是年六十岁（参见年谱本年注④）。

联句是作诗的方式之一。确定了某个诗题，二人以上，联句而咏。古诗体要求每句字数相同，句意连贯，基本押韵。刘勰《文心雕龙·明诗》：“联句共韵，则柏梁余制。”相传汉武帝与群臣在柏梁台联句而咏，称《柏梁台诗》。所以，后来这种联句的形式被称为柏梁体。

此诗很可能是渊明、愔（yīn）之、循之三人在园中见天边鸿雁飞过，于是联句而咏。渊明起四句是以雁兴悲；愔之四句是思与王乔遐飞；循之四句是以雁在霜露中力飞喻隐耕之艰辛；渊明再咏四句，补写人在园中观天，结束幻想。

**原文**

| | |
|---|---|
| 鸣雁乘风飞， | 鸣叫着的大雁乘风高飞， |
| 去去当何极[①]？ | 飞去又飞去当至何方？ |
| 念彼穷居士[②]， | 想起那穷困家居的贤士， |
| 如何不叹息！（渊明） | 怎能不大为叹伤！（渊明） |
| 虽欲腾九万[③]， | 虽然想腾飞九万里， |

| | |
|---|---|
| 扶摇竟何力[4]。 | 没有扶摇旋风哪来力量。 |
| 远招王子乔[5]， | 从远方招来仙人王子乔， |
| 云驾庶可饬[6]。（愔之） | 云驾才能整备，遨游天上。（愔之） |
| 顾侣正徘徊[7]， | 回顾伴侣正徘徊不进， |
| 离离翔天侧[8]。 | 整齐的雁群已行进在天之一方。 |
| 霜露岂不切[9]？ | 霜寒露重难道不冰冷彻骨？ |
| 务从忘爱翼[10]。（循之） | 要跟队顾不上爱惜翅膀。（循之） |
| 高柯擢条干[11]， | 高树上又抽出新的条干， |
| 远眺同天色。 | 远望如天空一片青苍。 |
| 思绝庆未看[12]， | 想象停止，庆幸再无所见， |
| 徒使生迷惑[13]。（渊明） | 免得徒然有所迷惘。（渊明） |

**注释**

①当：宜。极：止，栖息下来。

②念：思。彼：那，指上句问话。居士：有道德学问的处士。

③虽欲腾九万：九万里，指天之极高处。《庄子·逍遥游》："鹏之徙于南冥也，水击三千里，抟扶摇而上者九万里。"此句是看到雁飞也想腾举的意思。

④扶摇：盘旋而向上高飞。

⑤王子乔：仙人。见《连雨独饮》注③。

⑥云驾：云中车，传说仙人所乘。庶：庶几、差不多。饬（chì）：整治，整治车子，意即驾行。《诗经·小雅·六月》：

“戎车既饬。”

⑦顾侣正徘徊：此句词组倒置，实为正徘徊而顾侣。顾侣，旁顾自己的飞侣。徘徊，回环不前进的样子。本句及以下三句是以雁比况他们自己。

⑧离离：行列整齐的样子。《方言》：“罗谓之离，离谓之罗。”注：“皆行列物也。”

⑨霜露岂不切：露霜降在秋季。切，切肤，指寒气侵袭。《淮南子·时则训》：仲秋之月、季秋之月，“候雁来”。高诱注：“候时之雁从北漠中来，过周雒（luò），南至彭蠡也。”

⑩务从忘爱翼：李本、曾本、苏写本、陶本均作务从忘爱翼，曾本云一作徒爱双飞翼，逯本从一作。今从李本及诸本。务从：定必相随。

⑪高柯：高树，此指松。擢（zhuó）：特出。

⑫庆未看：看，视；庆幸未曾见到，指王子乔、云驾一类。

⑬徒使生迷惑：此为与上句相反的假设之辞，意思是假如看见，那么就迷惑不安了。

# 卷之五　赋辞

# 感士不遇赋（并序）

**题解**　本赋约作于晋义熙十二年（416），陶渊明五十二岁。

士，这一阶层，在封建社会，有它特定的浮沉规律。渊明结合自己大半生的遭遇，有很深刻的认识与感受，于是写下了这篇赋。所谓不遇，就是不遇时的意思。

序文精要地叙述了本赋的创作原因。士陷两难：或者忠而遭殃，否则就是“瞬息已尽”。其悲也夫！赋文分六层：一、“咨大块之受气”到“常傲然以称情”，借托古代理想社会叙士的欢畅；二、“世流浪而遂徂”到“甘贫贱以辞荣”，叙后代网罗施设，出现了逃禄归耕；三、“淳源汩以长分”到“已不在炎帝帝魁之世”，叙士（也包含自己）忠信直道而反蒙耻受谤；四、“独祇修以自勤”到“泪淋浪以洒袂”，由士之不平而历数前代贤士各种坎坷遭遇；五、“承前王之清诲”到“胡害胜其乃急”，悲士不幸之两类：一如夷齐、颜回贫困而死；一如李广、王商入仕遭忌而死。结尾“苍旻遐缅”到“谢良价于朝市”，叙仕途难测，只得固守穷困以称心意，决不沽价于朝市。

本赋控诉了封建社会正直的士（即知识分子）常陷于进退两难处境的极大不幸。写法上，理情并茂，具有很强的说服力和感染力。

**原文**

昔董仲舒作《士不遇赋》①，司马子长又为之②。余尝以三馀之日③，讲习之暇④，读其文，慨然惆怅。夫履信思顺⑤，生人之善行⑥；抱朴守静⑦，君子之笃素⑧。自真风告逝⑨，大伪斯兴⑩，闾阎懈廉退之节⑪，市朝驱易进之心⑫。怀正志道之士，或潜玉于当年⑬；洁己清操之人，或没世以徒勤⑭。故夷、皓有“安归”之叹⑮，三闾发“已矣”之哀⑯。悲夫！寓形百年，且瞬息已尽；立行之难，而一城莫赏⑰。此古人所以染翰慷慨⑱，屡伸而不能已者也。夫导达意气，其惟文乎？抚卷踌躇⑲，遂感而赋之⑳。

**注释**

①董仲舒：西汉广川（今河北景县）人。经学家。景帝时为博士，武帝时，屡对策问。著有《春秋繁露》《董子文集》。赋：文体的一种，它句式整齐，以铺叙为主，是介于诗文之间的样式。刘勰《文心雕龙·诠赋》：“赋者，铺也，铺采摛文，体物写志也。”（摛 chī，布写。）

②司马子长：司马迁，字子长。西汉夏阳（今陕西韩城）人，

史学家，任太史令。曾为李陵事（李陵率步卒五千，深入匈奴，被俘。司马迁为之陈述了难情）获罪于武帝，下狱，处宫刑。出狱后任中书令。含悲发愤完成巨著《史记》。又为之：指写作《悲士不遇赋》。该赋收于《艺文类聚》。

③三馀：西汉董遇，精《老子》《左氏传》，曾对学生讲：从学当利用三馀，“冬者岁之馀，夜者日之馀，阴雨者时之馀”（《三国志·魏书·王肃传》注）。

④讲习之暇：指教授生徒的空暇时间。渊明受人之请，以及贴补家用，回上京里后开始兼带教业。

⑤夫：句首助词。履：践。信：信义。思：时念。顺：指忠孝。《左传·隐公三年》：“君义、臣行、父慈、子孝、兄爱、弟敬，所谓六顺也。”《易经·系辞》：“履信思乎顺。”

⑥生人：生民，亦即众民。

⑦抱朴：怀抱淳朴。

⑧笃（dǔ）：厚实。素：心志。

⑨真风：淳朴的社会风尚。

⑩大伪：极度虚伪奸诈。《庄子·胠箧》：“彼窃钩者诛，窃国者为诸侯，诸侯之门而仁义存焉。”作者《示周续之》：“道丧向千载，今朝复斯闻。马队非讲肆，校书亦已勤”，就是这方面的实例。斯：乃。

⑪闾阎：闾，里门，里之当道门；阎，巷门。闾阎，代指

社会。

⑫市朝（cháo）：指官场、朝廷。易进：侥幸获取。

⑬潜玉：藏玉，喻隐居不做官。当年：正当有为之年。

⑭徒勤：徒然劳苦，意即不能建立丝毫业绩。

⑮夷：指伯夷，叔齐。皓：指商山四皓。“安归”之叹：伯夷、叔齐歌：“神农、虞、夏忽焉没兮，我安适归矣？”商山四皓歌：“唐虞世远，吾将何归？”

⑯三闾：三闾大夫，指屈原。战国时楚国屈原曾任此职，职掌王族屈、景、昭三姓之事。“已矣”之哀：已矣，算了罢，没奈何之叹。屈原忠谏怀王不听，反遭流放，忧愁幽思而作《离骚》，结尾云：“已矣哉！国无人莫我知兮，又何怀乎故都？既莫足与美政兮，吾将从彭咸之所居。”

⑰立行：建立功业。一城：城邑之地。一城莫赏：指不予赐爵封地。

⑱染翰：浸染于文翰，指诉之于诗文辞赋。翰，笔毫。

⑲踌躇：原意是犹豫，此处转为思索沉吟的意思。

⑳赋：抒写，此处用作动词。

## 译文

从前董仲舒作《士不遇赋》，司马迁亦作《悲士不遇赋》。我曾用“三余”的日子，讲习诗书的空闲时间，读他们的这些文章，不禁慨叹，不禁惆怅。实践信义，念及孝忠，是人们的善良行为；怀抱纯朴，坚守静默，是君子纯厚的素志。自从淳朴的风气消逝，伪诈的风俗大起，里巷民间忽视了廉洁退让的操行，朝廷上发展着侥幸升官的心理。心怀正义、志在道德的士人，或者正当有为之时就隐居起来；洁身自好，操守清高的人，或者白白劳苦一直到死。所以伯夷叔齐和商山四皓都有“我将回到何处”的叹喟，三闾大夫屈原发出“已矣哉！国无人莫吾知”的哀鸣。悲哀啊！寄托为人的形体不过百年，瞬息之间便已度尽；建立功业非常困难，并得不到封侯赐土的奖赏。这就是古人慷慨挥笔，一再申述而不能停止的缘故。传达思想，宣泄情绪，大概只有文章吧？抚着他们的文章意绪难平，故有感而作此赋。

**原文**

咨大块之受气[①]，何斯人之独灵[②]！禀神智以藏照[③]，秉三五而垂名[④]。或击壤以自欢[⑤]，或大济于苍生[⑥]；靡潜跃之非分[⑦]，常傲然以称情。

**注释**

①咨（zī）：叹。大块：大地。受气：我国古代的气生万物说，认为天地间阴阳之气合而赋形，产生万物。王充《论衡·自然》：“天地合气，万物自生。”

②斯：助词。

③藏照：藏其光照，即拥有智力的意思。

④三五：三，指三才，即天道、地道、人道。《易经·系辞》："易之为书也，广大悉备，有天道焉，有人道焉，有地道焉，兼三才而两之。"（两之，指阴阳之道。）五，指五常，仁、义、礼、智、信。

⑤击壤：皇甫谧《高士传》载，"壤父者，尧时人也。帝尧之时，天下太和，百姓无事。壤父年八十余而击壤于道中。观者曰：'大哉，帝之德也！'壤父曰：'吾日出而作，日入而息，凿井而饮，耕田而食；帝何德于我哉！'"击壤有两说：一、壤者，"以木为之，前广后锐，长尺三寸，其形如履。先侧一壤于地，遥于三四十步，以手中壤击之，中者为上"（王应麟《困学纪闻》引《风土记》）。二、"宋李龙眠《击壤图》长卷，绘古人跳舞之状……或所谓击壤云者，即是《礼记》所谓蒉桴（kuǎifú，束草为槌）土鼓之意，则野老相聚，且歌且舞"（郭绍虞《中国文学史纲要初稿》）。

⑥大济于苍生：指为民做大益事的贤臣，如八恺八元等。《史记·五帝本纪》："昔高阳氏有才子八人，世得其利，谓之八恺。高辛氏有才子八人，世谓之八元。此十六族者，世济其美，不陨其名。"舜用二十二贤臣，"远近众功咸兴"。

⑦潜：指隐居。跃：指出仕做官。非分（fèn）：不合乎理分。

**译文**　可叹大地万物禀受自然之气，为什么人独独成为万物之灵！禀受神明智慧而蕴藏其光辉，具有三才（天道、地道、人道）五常（仁、义、礼、智、信）而成就了他的声名。或者做“击壤”游戏以得自身快乐，或大展雄才拯救众生；不论隐居还是出仕，都没有非分之想，常常高傲地任随自己的性情。

**原文**　世流浪而遂徂[1]，物群分以相形[2]。密网裁而鱼骇[3]，宏罗制而鸟惊[4]；彼达人之善觉，乃逃禄而归耕。山嶷嶷而怀影[5]，川汪汪而藏声[6]；望轩唐而咏叹[7]，甘贫贱以辞荣。

**注释**　①徂（cú）：往，过去。

②物：指人。

③裁：制。

④罗：捕鸟的网。“罗”与前句的“网”，均指奸佞之人所设的残害贤能的阴谋诡计。

⑤嶷嶷（nì）：山势高峻的样子。影：指隐士身影。

⑥汪汪：水面宽广的样子。声：指隐士之声。

⑦轩：轩辕，是黄帝的名。唐：唐尧。帝喾次子，名放勋，号尧。初封陶，后徙唐，又称陶唐氏。史称唐尧。永叹：

长叹。

**译文** 时代动荡，好时光一去不返，人们区分为等级，有了高低之分。密密的渔网制成，游鱼惊怕；恢宏的罗网织就，飞鸟心惊。那通达的人感觉敏锐，于是就逃避做官，回家从事农耕。山峦重叠，环抱着我的身影，川流浩浩，掩盖了我的声音。向往着黄帝、唐尧的时代而长久叹息，甘于贫贱而辞去富贵尊荣。

**原文** 淳源汩以长分[①]，美恶作以异途：原百行之攸贵[②]，莫为善之可娱[③]。奉上天之成命[④]，师圣人之遗书，发忠孝于君亲，生信义于乡闾。推诚心而获显，不矫然而祈誉[⑤]。嗟乎[⑥]！雷同毁异[⑦]，物恶其上[⑧]，妙算者谓迷[⑨]，直道者云妄。坦至公而无猜[⑩]，卒蒙耻以受谤[⑪]。虽怀琼而握兰[⑫]，徒芳洁而谁亮[⑬]？哀哉！士之不遇，已不在炎帝帝魁之世[⑭]。

**注释** ①淳：清。汩（gǔ）：水流动的样子。

②原：推究。百行：各种行为。攸贵：所贵。

③可娱：可使本身感到欣慰。

④上天之成命：指天道，即天理。也就是前面所说的三才五

常。成，永恒不变的章思。

⑤矫（jiǎo）然：虚伪做作。

⑥嗟（jiē）乎：叹词。

⑦毁异：毁谤与自己意见不同的人。

⑧恶（wù）：忌恨。其上：胜于自己的人。

⑨妙算者：善于预见的人。谓：被认为。迷：糊涂。

⑩猜：指猜疑别人。

⑪卒：终于。蒙耻以受谤：逯本注“按，桓玄篡晋失败，与玄有关系者率被株连治罪，陶一度仕玄，亦受讥议”，可参考。

⑫琼：美玉，喻贞洁。兰：草本植物，其花幽香而不露，叶态潇洒，被誉为花中君子。屈原《九歌·礼魂》：“春兰兮秋菊，长无绝兮终古。”

⑬亮：明、理解。

⑭炎帝：神农氏，姜姓。以火德王，故号炎帝。帝魁：上古帝王名，史无确说。东汉张衡《东京赋》：“仰不睹炎帝帝魁之美。”

## 译文

清淳的源头汩汩流淌就会分流，美与恶产生了，形成两条道路。推究千百种行为中最可重视的，只有善行最令人感到欣慰。遵奉上天不变的道理，学习圣人留下的图书。对于君亲贡献忠孝，在乡里间复兴信义。推出诚心因而得到尊显，并不是靠伪装、欺骗而去希求荣誉。唉！人们习惯于同一个腔调而好攻击不同的意见，人们也总是嫉妒别人在自己之上。能深谋远虑的人被说成糊涂，正道直行的人被说成狂妄。坦然公正不去猜疑别人，终于蒙受耻辱受到诽谤。虽然是怀抱琼玉手握香兰，也只是徒然芳洁，又有谁来欣赏？悲哀啊！士人的不被知遇，炎帝、帝魁的时代还没有开始。

**原文**

独祗修以自勤①，岂三省之或废②；庶进德以及时，时既至而不惠。无爰生之晤言③，念张季之终蔽④；愍冯叟于郎署⑤，赖魏守以纳计⑥。虽仅然于必知⑦，亦苦心而旷岁⑧。审夫市之无虎⑨，眩三夫之献说⑩。悼贾傅之秀朗⑪，纡远辔于促界⑫；悲董相之渊致⑬，屡乘危而幸济⑭。感哲人之无偶⑮，泪淋浪以洒袂。

**注释**

①祗（zhī）：敬。

②三省（xǐng）：用三个问题检查自己。《论语·学而》："曾子曰：'吾日三省吾身，为人谋而不忠乎？与朋友交而不信乎？传不习乎？'"

③爰生：爰，同“袁”；袁生，指袁盎（àng），字丝。汉文帝时，任中郎将。景帝时，官至太常，时窦婴为大将军，两人素相与善。长安众官争附两人，车随者日数百乘。袁盎善说，甚得文帝、景帝信任。晤言：指袁盎在文帝面前推荐张季事。（见《汉书·袁盎列传》）

④张季：张释之，字季，西汉人。以骑郎事文帝，十年不得调，欲免归。袁盎知其贤，乃请徙释之补谒者（官名，掌宾赞受事），释之言秦失汉兴之事，文帝称善，任释之为谒者仆射，后任廷尉，处事多得当。（见《汉书·张释之列传》）

⑤愍（mǐn）：同“悯”。冯叟：老者称叟。冯唐为郎中署长，汉文帝辇过，问冯唐：“父老何自为郎？”推算冯唐该时约五十七岁。

⑥魏守：云中太守魏尚。纳计：接受谏言。魏尚守边有功，但只因报战功时多报杀敌六名，便削爵治罪。冯唐指出赏太轻，罚太重。文帝乃令唐持节赦魏尚，复以为云中太守，而任唐为车骑都尉。（见《汉书·冯唐列传》）

⑦仅然：几乎。知：知而用的意思。

⑧旷岁：空耗岁月。

⑨审：确实。夫：句中助词。

⑩眩：惑。三夫之献说：三夫，三人。此上下两句讲三人言而成虎的寓言。《韩非子·内储说上》：“（魏）庞恭与太子（将）

质于邯郸，谓魏王曰：‘今一人言市有虎，王信之乎？’曰：‘不信。’‘二人言市有虎，王信之乎？’曰：‘不信。’‘三人言市有虎，王信之乎？’王曰：‘寡人信之。’庞恭曰：‘夫市之无虎也明矣，然而三人言而成虎。今邯郸之去魏也远于市，议臣者过于三人，愿王察之。’庞恭从邯郸反，竟不得见。”

⑪贾傅：西汉贾谊，洛阳人。曾为长沙王太傅、梁怀王太傅，故称。秀朗：聪慧明察。《史记·屈原贾生列传》：“每诏令议下，诸老先生不能言，贾生尽为之对，人人各如其意所欲出。……孝文帝说（悦）之，超迁，一岁中至太中大夫。”

⑫纡远辔于促界：促界，狭窄界域。贾谊向文帝建议国政全面建制，削诸侯。于是旧臣尽害之，说贾“年少初学，专欲擅权，纷乱诸事”。乃疏而任长沙王太傅，后徙梁怀王太傅。

⑬董相：董仲舒，曾先后任江都王相、胶西王相，故称。渊致：渊博致用。《汉书·董仲舒传》：“仲舒遭汉承秦灭学之后，六经离析，下帷发愤，潜心大业，令后学者有所统一，为群儒首。”《礼记·大学》：“致知在格物。”

⑭屡乘危而幸济：董先为江都王相，王骄勇，董以礼义匡正他，幸未遇祸。后董任中大夫，因言灾异是天罚，下狱论死，后获赦。又为胶西王相，王尤纵恣，任意杀害属吏，因董为大儒，能较好地对待他。董恐久获罪，乞病归。

⑮偶：古人有数偶、数奇（jī）的说法。偶为谐（和合，指办

事往往成功），奇为蹇（跛、不平，指办事往往失败）。《史记·李将军列传》："以为李广老数奇，毋令当单于。"数奇，《索隐》："作事数不偶也。"

**译文** 独自勤勉恭敬地自修，"吾日三省吾身"不敢荒废；庶几增进品德以待时机，机会来了却又不能进取逐时。假使没有袁盎介绍当面向皇帝奏对，张释之的才能就始终被埋没；可怜冯唐老了还只做到郎中署长，靠着替魏尚论功而得以被采纳其献议。虽然可以相信他们必然会被知遇，但也苦心经营空度了许多年岁。明明知道集市上没有老虎，可经过三个人都说有虎便让人迷惑以至相信。哀悼贾谊是那样英拔俊朗，千里驹只能在狭小的地区踯躅。悲叹董仲舒的渊博精深，几次处境危险都得以侥幸度过。感叹哲人难有遇合，眼泪流淌洒满衣襟。

**原文** 承前王之清诲[①]，曰天道之无亲[②]；澄得一以作鉴[③]，恒辅善而佑仁。夷投老以长饥[④]，回早夭而又贫[⑤]；伤请车以备椁[⑥]，悲茹薇而殒身[⑦]。虽好学与行义，何死生之苦辛！疑报德之若兹，惧斯言之虚陈[⑧]。何旷世之无才[⑨]，罕无路之不涩[⑩]；伊古人之慷慨，病奇名之不立[11]。广结发以从政[12]，不愧赏于万邑[13]，屈雄志于戚竖[14]，竟尺土之莫及[15]！留诚信于身后[16]，动众人之悲泣[17]。商尽规以拯弊[18]，言始顺而患入[19]。奚良辰之易倾[20]，胡害胜其乃急[21]！

**注释**

①前王：指素王，即古代圣哲。《庄子·天道》："以此处下，玄圣素王之道也。"疏："夫有其道而无其爵者，所谓玄圣素王，自贵者也，即老君、尼父是也。"（自贵，自然而被人尊贵。）

②天道之无亲：天道对于任何人都无亲疏之分（但天公总将好运赐予为善之人）。《史记·伯夷列传》："或曰：'天道无亲，常与善人。'"

③澄：清，指天。得一：老聃将"一"看作"道"，《老子·道德经》载，"天得一以清，地得一以宁。"鉴：镜，明察，转为"监视"的意思。

④夷：伯夷、叔齐。投老：到老。

⑤回：颜回，字子渊，简称渊。

⑥请车以备椁（guǒ）：请车，请求（孔子卖掉）车子；椁，古之殓尸，用两重木，里面的叫棺，外面的叫椁。《论语·先进》："颜渊死，颜路请子之车以为之椁。"（颜路，颜回的父亲，也是孔子的学生。）

⑦茹（rú）薇：茹，吃；薇：山菜。茹薇指伯夷、叔齐隐于首阳山，采薇而食。殒（yǔn）身：死亡。《史记·伯夷列传》："采薇而食之，及饿且死，作歌。"

⑧斯言：指上面前王清诲之语。陈：设。

⑨旷世：空绝一世。才：指贤良突出之才。

⑩罕无：很少不是。涩：艰难。

⑪病：忧虑。

⑫广：李广，西汉名将。结发：即束发，古代男子二十岁束发戴冠。政：官府治事。《史记·李将军列传》："孝文帝十四年，匈奴大入萧关，而广以良家子从军击胡，用善骑射，杀首虏多，为汉中郎。""广结发与匈奴大小七十余战。"

⑬不愧赏于万邑：李广少时为武骑常侍，文帝曾说："惜乎，子不遇时！如令子当高帝时，万户侯岂足道哉！"此句也指李广后来的战功而言。李广战功累累，号称"飞将军"，匈奴避之。

⑭戚竖：戚，外戚、皇亲；竖，对年轻小人的蔑视。指卫青、霍去病。卫、霍是姨表兄弟，卫青是汉武帝卫皇后的同母弟。元狩四年，大将军卫青、骠骑将军霍去病出击匈奴，李广自请行，为前将军。卫令广出回远之东道，失道误期，急责广至幕府对簿受审。

⑮竟尺土之莫及：广弟李蔡封乐安侯，任丞相；广之军吏及

士卒或取封侯，而广不得爵邑，官不过九卿。

⑯留诚信于身后：李广将兵，乏绝之处，见水，士卒不尽饮，广不近水；士卒不尽食，广不尝食。司马迁赞李广："彼其忠实心诚信于士大夫也。"这句话的意思是：他的忠实诚信要胜过一般的士大夫。

⑰动众人之悲泣：李广至幕府，以年六十馀，不能复对刀笔吏，遂自刭。广一军皆哭，百姓闻之，皆为垂涕。

⑱商：王商，字子威，西汉时人。《汉书·王商传》载：商少为太子中庶子，以肃敬敦厚称。成帝立，任丞相，大将军王凤擅权。时传言大水至，长安大乱，王凤主速避，商独识讹言，于是全城安定。王凤姻亲琅邪太守失职，商力主罚罪。王凤便使人上书，日有蚀，是因王商执左道以乱政，并诬商与父妾私通等。乃下诏免相，商发病呕血死。尽：尽心尽力。规：谋划。

⑲患入：祸患接踵而来。

⑳奚良辰之易倾：奚，何。良辰，指才干得以施展的好时机。倾，覆。《汉书·王商传》云：惊水至事，成帝美壮商之固守，数称其议。王商威重，单于来朝有畏色，成帝闻而叹曰，此真汉相矣。后来王凤率人攻讦，遂至免相。

㉑胡：为什么。胜：超过自己的人。

**译文** 接受古代圣王明白的教诲，说的是“天道无亲，常与善人”；说是清天得“一”监视下方，总是辅助善行保佑仁人。但是伯夷老来却忍饥挨饿；颜回早死并且一生贫困。可叹颜父曾请求孔子给他车乘做棺椁，可悲夷、齐只吃薇菜结束了生命，虽然颜回好学，夷、齐履行仁义，何以他们的生与死都如此艰难悲苦！这样回报德行令人怀疑，恐怕“天道无亲”的话只是空论。何以空绝一世没有人才，实在是每一条路都蹇碍难行。那古人志向慷慨，忧虑的是未能建立卓越的名声。李广从结发时起就与匈奴作战，即使封他万户侯也当之无愧，英雄壮志竟受到小人的摧折，一尺土地的封赏也没能领受！他待人以诚信，留传于身后，他的死感动得众人为之悲泣。王商尽心规划拯救时弊，其言论开始被采纳，祸患就接踵而来。被信用的时机如此容易消逝，而谗害胜己者总是那么迫急！

**原文** 苍旻遐缅[①]，人事无已；有感有昧[②]，畴测其理[③]？宁固穷以济意[④]，不委曲而累己。既轩冕之非荣[⑤]，岂缊袍之为耻[⑥]？诚谬会以取拙[⑦]，且欣然而归止。拥孤襟以毕岁，谢良价于朝市[⑧]。

**注释** ①旻（mín）：李本作旻，陶本作昊，从前者。旻，天。缅：邈远。

②感：感应，董仲舒有天人感应之说。《汉书·董仲舒列传》："人之所为，其美恶之极，乃与天地流通而往来相应。"昧：暗。

③畴：谁。

④济：成、称合、满足。

⑤轩：官车。冕（miǎn）：礼帽，古代大夫以上戴，后代专指帝王所戴，此处用前意。

⑥缊（yùn）袍：一说以新旧絮合充，一说以乱麻充里的敝袍。《论语·子罕》："子曰：'衣敝缊袍，与衣狐貉者立，而不耻者，其由也与？不忮不求，何用不臧？'"（由，子路。最后两句出于《诗经·邶风·雄雉》。）

⑦谬：谬误。会：际遇。取拙：拙原意是笨，取拙即抱守本朴的意思，即弃官仍做百姓。

⑧谢良价于朝市：谢，辞。意谓决不任官谋爵。《论语·子罕》："子贡曰：'有美玉于斯，韫椟而藏诸？求善贾而沽诸？'子曰：'沽之哉！沽之哉！我待贾者也。'"

**译文** 苍天遥远，人事变化没有穷尽。有时有感应，有时又昏昧无觉，谁能测度它的道理？宁可"君子固穷"以完成自己的心意，也不委曲求全而糟蹋自己。既然认为高官厚禄并不一定光荣，怎么会觉得旧衣破裳令人羞耻？诚然是有所体会才守拙不仕，姑且高高兴兴地回到乡里。怀抱孤独的情怀过完余生，即使朝廷给以高官厚禄也自当退避。

# 闲情赋（并序）

## 题解

这篇赋约作于晋太元十六年（391），陶渊明二十七岁（参见年谱本年注①）。

闲,《说文》：从门中有木。防止、挡住的意思。序文说“始则荡以思虑，而终归闲正”就是本赋的写作思路。从继承楚辞香草美人的传统写法来说，它可能含有影射追求政治理想的用意，但占主要篇幅的奔放的情思，正从中反映了作者对爱情的渴望，对美好纯真的男女爱情生活的炽烈追求。本赋的可贵处是：思慕的女子德貌双全，是植根于现实社会的女性形象，不是神女之类的幻想；十个“愿为”，未得而先患失，真是痴诚感人。

全赋分四段落：一、“夫何瓌逸之令姿”到“举止详妍”，叙女之美貌、品德、愁叹、操瑟；二、“激清音以感余”到“徒契契以苦心”，叙炽烈的思慕之情；三、“拥劳情而罔诉”到“寄弱志于归波”，叙追寻芳踪而不得；结尾，“尤《曼草》之为会”到“憩遥情于八遐”，分清正、邪，收敛情思。

## 原文

初，张衡作《定情赋》①，蔡邕作《静情赋》②，检逸辞而宗澹泊[3]，始则荡以思虑[4]，而终归闲正[5]。将以抑流宕之邪心[6]，谅有助于讽谏。缀文之士[7]，奕代继作[8]，并因触类[9]，广其辞义[10]。余园闾多暇，复染翰为之。虽文妙不足，庶不谬作者之意乎[11]？

**注释**

①张衡：字平子，东汉南阳西鄂（今河南南召县南）人。天文学家，作浑天仪；文学家，有《二京赋》等。曾任侍中、河间相。《定情赋》：仅存《艺文类聚》十八，所录九句。

②蔡邕（yōng）：字伯喈，东汉陈留圉（今河南杞县南）人。博学，通天文，妙音乐，擅书法。董卓强辟为左中郎将。后因附董罪下狱，病死。有《蔡中郎集》。《静情赋》：亦作《检逸赋》，只存残句，见《艺文类聚》。

③检：约束。逸：放纵。宗：本。澹（dàn）泊：恬淡寡欲。

④荡：织情。思虑：想象、构思。

⑤闲正：闲而正，抑制住情思而端正。

⑥宕（dàng）：同“荡”。

⑦缀（zhuì）文：连缀词句成文，即作辞赋。

⑧奕（yì）代：奕，重叠。奕代，累代。《后汉书·刘焉袁术吕布列传》：“奕世克昌。”继作：不断地写作。张、蔡之后，魏代，陈琳、阮瑀作《止欲赋》，王粲作《闲邪赋》，应瑒作《正情赋》，曹植作《静思赋》；晋代，张华作有《永怀赋》。

⑨并：全都。因：李本作固，陶本、逯本作因，从后。因，因由，指动情。类，同类（主题），即爱情这一主题。

⑩广：扩展。

⑪谬：相悖、违背。作者之意：写这类赋的前人的本意，即“有助于讽谏”。

**译文** 早先张衡作《定情赋》，蔡邕作《静情赋》，都是约束放逸的文辞而归宗于恬静寡欲，开始放荡种种的遐想，最后则约束情思而归于雅正。将用来抑制放荡的邪心，想必对于讽谏会有所帮助。写文章的文士，各代都有承继的作品，都因触类旁通，而其辞藻及含义均有所扩展。我居乡耕种颇多闲暇，也挥笔写上一篇。虽然文章不够巧妙，也许还不至违背以前作者的用意吧！

**原文** 夫何瓌逸之令姿①，独旷世以秀群②；表倾城之艳色③，期有德于传闻。佩鸣玉以比洁，齐幽兰以争芬④；淡柔情于俗内⑤，负雅志于高云。

**注释** ①夫：彼，那位。瓌（guī）：同“瑰”，稀而珍贵。逸：风姿翩翩。令姿：美极的姿色。

②独：标特。旷世：绝世。秀群：秀拔于群。

③倾城：即倾国倾城，形容女子美色足以迷误君主倾覆邦国。《汉书·孝武李夫人传》："（李）延年侍上起舞，歌曰：'北方有佳人，绝世而独立，一顾倾人城，再顾倾人国。'"

④齐：与……一起。

⑤俗内：世俗社会。

**译文**　是那样地奇丽、飘逸，是那样惊人的美丽！绝代的秀色拔俗超群。表现出倾城的美艳，期望听到她大有美德的传闻。叮当作响的玉佩比喻高洁，和幽兰比赛谁更芳芬；在俗世中她的柔情淡泊，怀抱着高雅的凌云之心。

**原文**　悲晨曦之易夕，感人生之长勤①。同一尽于百年，何欢寡而愁殷②！褰朱帏而正坐③，泛清瑟以自欣④。送纤指之馀好⑤，攘皓袖之缤纷⑥；瞬美目以流眄⑦，含言笑而不分⑧。

**注释**　①长勤：多忧劳。《楚辞·远游》："惟天地之无穷兮，哀人生之长勤。"

②殷：多。

③褰（qiān）：拉开。帏（wéi）：室内幔幕。

④泛：随意弹奏。瑟（sè）：乐器名，与琴相似，二十五弦。

⑤馀：丰富而有馀。好：美妙。

⑥攘（rǎng）：扬动。皓：洁白。缤纷：美态纷呈。

⑦瞬（shùn）：闪动。眄（miàn）：顾盼。

⑧不分：难以辨清。宋玉《神女赋》："含然诺其不分兮。"

**译文** 悲哀的是阳光才照，倏忽又是夜晚，感慨的是人生是不断的忧勤。同样都是活过一世，何必缺少欢乐而忧愁频频！撩起红色的帏幔端坐在堂上，随弹奏的清瑟而自我欢欣。尖尖的手指传达着好听的声波，扬动雪白的手腕，奏出了繁富的乐音。美丽的眼睛一转，光彩流动，隐含着言语笑意难以区分。

**原文** 曲调将半，景落西轩①，悲商叩林②，白云依山。仰睇天路③，俯促鸣弦④。神仪妩媚⑤，举止详妍⑥。

**注释** ①景：同"影"，日影。轩：窗户。

②商：商音，五音之一。商为秋声，即秋天的风声。古以徵、角、商、羽配四季。《礼记·月令》：三秋之月，"其音商"。叩：敲，此处转为吹动的意思。

③睇（tī）：凝视。

④促：急速。

⑤妩媚（wǔmèi）：娇美可爱。

⑥详：安详。妍（yán）：美丽。

**译文**　演奏曲调将近一半，太阳不再照耀着西轩，悲凄的秋风吹动了树林，白云依恋着青山。仰头凝视着太阳走过的天上的道路，低头拨弄，奏出了急调繁弦。那神态气度多么娇媚，一举一动又是多么柔和安闲。

**原文**　激清音以感余，愿接膝以交言[①]。欲自往以结誓[②]，惧冒礼之为諐[③]；待凤鸟以致辞[④]，恐他人之我先[⑤]。意惶惑而靡宁，魂须臾而九迁[⑥]。

**注释**　①接膝：即促膝。古时席坐或据榻而坐，言谈时两人膝相接近，故云。

②结誓：订立相爱的誓约。

③諐（qiān）：同“愆”，过错。

④待凤鸟以致辞：传说古代帝王高辛氏（帝喾）欲娶有娀氏的女儿简狄，先以凤凰传送聘礼。此处是摹仿楚辞的写法。屈原《离骚》：“凤皇既受诒兮，恐高辛氏之先我。”（诒yí，传

送，指送聘礼。)

⑤我先：先我，先于我，宾语前置。

⑥须臾（yú）：片刻，一会儿。九：表示很多次数的意思。迁：移动。

**译文** 弹奏起清新的乐音使我感动，我愿和她挨坐着倾吐心声。想要自己前往和她结成山盟海誓，又担心违背礼制受到责谴。想等待凤鸟为媒传递话语，又恐怕别人抢在我的前面。心意惶惶不得安宁，灵魂一会儿来往九遍。

**原文** 愿在衣而为领，承华首之馀芳①；悲罗襟之宵离②，怨秋夜之未央。愿在裳而为带③，束窈窕之纤身④；嗟温凉之异气⑤，或脱故而服新⑥。愿在发而为泽⑦，刷玄鬓于颓肩⑧；悲佳人之屡沐，从白水以枯煎⑨。

**注释** ①华首：美丽的头面。

②罗：绸。襟：有领的内上衣。

③裳：下衣，即裙子。

④窈窕（yǎotiǎo）：优美。纤身：细腰。

⑤温：暖。异气：不同的气候。

⑥故：旧的（指身上束的）。

⑦泽：发脂。

⑧颓肩：颓，坠、水向下流；颓肩，削肩，古代女子双肩以削为美。曹植《洛神赋》："肩若削成，腰如约素。"

⑨枯煎：枯干。煎，《方言》："凡有汁而干谓之煎。"

**译文**　我愿在她的衣服上成为衣领，承受那美丽头颅余剩的芬芳；悲伤那罗衣襟晚上要暂时离开，因此怨恨那秋夜太长。我愿在她的裙裳上成为衣带，束缚着那窈窕纤细的腰身；可叹天气有冷热的变化，不免脱去旧带而更新。我愿在她的头发上成为发膏，涂刷黑色的两鬓披拂柔肩；悲哀的是佳人时常洗发，发膏随清水流逝而枯干。

**原文**　愿在眉而为黛①，随瞻视以闲扬；悲脂粉之尚鲜②，或取毁于华妆③。愿在莞而为席④，安弱体于三秋；悲文茵之代御⑤，方经年而见求。

**注释**　①黛（dài）：青黑色颜料，古代女子用以画眉。

②尚鲜：讲究时时鲜艳。

③取毁：被揩洗掉。华妆：（下一次）华美的梳妆。

④莞（guān）：蒲制粗席。《诗经·小雅·斯干》："下莞上簟。"（簟 diàn，竹席。）

⑤文茵（yīn）：茵，垫席。文茵，有花纹的皮褥，或曰虎皮褥。御：用。

**译文** 我愿在她的眉端成为黛色，随着她美丽的目光而展开；悲伤的是她所施脂粉讲究鲜艳，而黛色却又被华美的倩妆破坏。我愿在她的床垫上成为凉席，供她的弱体倚躺直到秋凉；悲哀的是要被有文采的皮褥所更换，经过一年才能重被铺上。

**原文** 愿在丝而为履[①]，附素足以周旋；悲行止之有节，空委弃于床前。愿在昼而为影，常依形而西东；悲高树之多荫，慨有时而不同[②]。愿在夜而为烛，照玉容于两楹[③]；悲扶桑之舒光[④]，奄灭景而藏明[⑤]。愿在竹而为扇，含凄飙于柔握[⑥]；悲白露之晨零[⑦]，顾襟袖以缅邈。愿在木而为桐[⑧]，作膝上之鸣琴；悲乐极以哀来，终推我而辍音[⑨]。考所愿而必违，徒契契以苦心[⑩]。拥劳情而罔诉[⑪]，步容与于南林[⑫]，栖木兰之遗露[⑬]，翳青松之馀阴。傥行行之有觌[⑭]，交欣惧于中襟[⑮]；竟寂寞而无见，独悁想以空寻[⑯]。

## 注释

①在丝而为履：化作丝而结成鞋。

②不同：不同在。

③楹（yíng）：堂屋前部的柱子。

④扶桑：东方海外有扶桑大树。神话传说中是日出的地方，此处代指太阳。见《读〈山海经〉》之六注②④。舒：放。

⑤奄：很快。景：同“影”。

⑥凄飙（biāo）：凉风。凄，寒凉；飙，本意为暴风。此处取“风”之意。《吕氏春秋·有始》：“西南曰凄风”，注：“坤气所生，一曰凉风。”

⑦白露：《礼记·月令》载，孟秋之月，“凉风至，白露降”。零：飘落。

⑧桐：落叶乔木，本质轻疏，老则纹理细密，古时做琴瑟多取此木。

⑨辍（chuò）：中止。

⑩契契：李本及诸本作契契，焦本作契阔，从前者。契契：忧苦的样子。《诗经·小雅·大东》：“契契寤叹，哀我惮人。”

⑪劳：忧。《文选·魏文帝与吴质书》：“虽书疏往返，未足解其劳结”，注：“结谓忧心之结。”罔（wǎng）：无。

⑫容与：徘徊不定的样子。

⑬木兰：落叶乔木，高丈余，晚春先花后长叶，今俗称紫玉兰。屈原《离骚》：“朝饮木兰之坠露兮，夕餐秋菊之落英。”

遗露：坠落的露水。

⑭傥（tǎng）：倘、或许。觌（dí）：相见。

⑮襟：李本作憷，陶本、逯本作襟，从后。

⑯悁（juān）：忧。

## 译文

我愿成为她的绢丝便鞋，穿在她雪白的脚上以供徜徉；悲哀的是行走终有停止，坐卧时白白地被弃置在床前地上。我愿在白昼成为她的影子，经常随着她的形体忽西忽东；悲伤的是高树有太多的树荫；慨叹啊，有时候便不能偕同。我愿在夜晚成为蜡烛，在厅堂的柱间照见她的玉容；悲哀的是扶桑树上太阳射出了光芒，掩盖了蜡烛的光影重重。我愿成为竹子制成的罗扇，被她轻轻握住摇出凉风；悲哀的是清晨飘落了白露，再看襟袖中罗扇已杳然无踪。我愿成为树木中的疏桐，制成她膝上的鸣琴，悲哀的是奏到最高兴的时候忽然悲从中来，终于推开我而停止了琴音。认真想一下，我所愿望的必然违背，徒然忧愁伤悲。这样的苦心向谁倾诉，独自徘徊在南面的树林，休止在坠露的木兰之下，遮蔽着青松的树荫。如果在行路中偶然相逢，在心中交织着喜与惧的感情。终于寂寞而一无所见，独自个忧郁地在空虚中向往找寻。

**原文**　敛轻裾以复路[①]，瞻夕阳而流叹。步徙倚以忘趣[②]，色惨凄而矜颜[③]。叶燮燮以去条[④]，气凄凄而就寒。日负影以偕没，月媚景于云端。

**注释**　①敛：收，此处是整理一下的意思。裾：衣的前后部分（主要指下摆）。复：回。

②徙（xī）倚：忧思徘徊。汉庄忌《哀时命》："独徙倚而彷徉。"忘：李本作志，陶本、逯本作忘，从后。趣：往前走。

③矜（jīn）：庄重。

④燮燮（xiè）：落叶声。

**译文**　整理一下衣服回到原路，眺望夕阳不免长长叹息。步履踟蹰忘记前进，形色凄惨表情严肃。树叶簌簌离开了枝干，天气凄凄逐渐寒冷。阳光带着影子一起消失，妩媚的月亮高挂在云端。

**原文**　鸟凄声以孤归，兽索偶而不还。悼当年之晚暮[①]，恨兹岁之欲殚。思宵梦以从之，神飘飘而不安，若凭舟之失棹，譬缘崖而无攀[②]。

**注释**　①悼：哀伤。当年：正当盛年。晚暮：临近结尾。《离骚》："惟草木之零落兮，恐美人之迟暮。”

②缘：爬。攀：抓物向上爬。

**译文**

鸟儿悲鸣孤独地归巢，走兽为寻找同伴而不肯归还，哀伤壮年将要衰老，怨恨这岁月已将过完。追想着要去寻找夜晚的梦境，神魂飘飘而不得安定。就像乘船失去了船桨，就像要爬上山崖却无可攀缘。

**原文**

于时毕昴盈轩[1]，北风凄凄。悯悯不寐[2]，众念徘徊。起摄带以伺晨[3]，繁霜粲于素阶[4]。鸡敛翅而未鸣，笛流远以清哀。始妙密以闲和，终寥亮而藏摧[5]。意夫人之在兹[6]，托行云以送怀；行云逝而无语，时奄冉而就过[7]。徒勤思以自悲[8]，终阻山而带河[9]。迎清风以袪累[10]，寄弱志于归波[11]。尤《蔓草》之为会[12]，诵《邵南》之馀歌[13]；坦万虑以存诚，憩遥情于八遐[14]。

**注释**

①毕昴（mǎo）：毕宿与昴宿，二十八星宿名。昴宿在黄道60°，毕宿在60°—70°，形似毕（三叉形猎网），冬夜可见于西南天空。

②悯悯（jiǒng）：悯，《篇海》载，“音扃，忆也。”悯悯，作形

容词，即思索而不安的样子。

③摄带：束带。

④粲（càn）：鲜明。

⑤寥亮：同“嘹亮”。藏摧：同“摧藏”，属连绵词，悲伤难过的意思。

⑥人：指吹笛人。

⑦奄冉（rǎn）：犹荏苒，形容时间的迁移。就过：随时过去。

⑧勤思：苦思。

⑨带：李本及诸本作带；曾本云一作滞，逯本从一作，作滞。从前者。带，河如带，即受阻的意思。

⑩袪（qū）：除去。

⑪弱志：柔弱的心志，意谓缠绵悱恻的相思之情。归波：退潮之水。

⑫尤：责过。《蔓草》：指《诗经·郑风·野有蔓草》。《蔓草》：“邂逅相遇，适我愿兮”；“邂逅相遇，与子偕臧”。（邂逅xiè hòu，不期而会。臧，同“藏”。）在封建社会，这种男女私会是被看作不合礼仪的错误行为。

⑬《邵南》：即《召南》，《诗经》十五国风之一。《召南》中关于男女的诗，有合于礼仪的，如《采蘋》，有不合于礼仪的，如《江有汜》。馀歌：遗诗。本句意谓当思考以往的教益。

⑭坦：表露。万虑：连绵不断的情思。存：保持。诚：诚实。

憩（qì）：休息，此处意为休止。八遐：遐远的八方。

## 译文

这时候毕星昴星临照着轩窗，北风正吹得凄紧。我焦灼着不能入睡，各种思虑在心中来回。穿戴了起来等候天亮，繁霜在白色台阶上闪亮。雄鸡收起翅膀还未啼鸣，远远地却传来清哀的笛声。开始时细致而且闲雅，最后却嘹亮而哀伤。猜想吹笛人就在这里，将心意托付行云传递。行云飘逝没有答话，时光也很快逝去。徒然苦苦思量，独自悲伤，终于被山所阻被河所滞不得前往。迎受着清风以排除忧虑，将那柔弱的情思付之退潮的流水。谴责《蔓草》中的私会，高诵《召南》留下的合乎正道的歌曲。表露连绵不断的情思以保持诚心，休止遥远的思念在极远的八荒之地。

# 归去来兮辞（并序）

**题解**

这篇辞作于晋义熙元年（405），陶渊明四十一岁。归去来兮，有两解：一、归去，来兮，“于官曰归去，于家曰归来，故曰归去来”（毛庆藩《古文学馀》）。二、来、兮都是语气助词。如“尝以语我来”（《庄子·人世间》），“来”即语气助词。今取后者。这里用两个语气助词，以加强体现归去的兴奋喜悦之情。辞：辞赋往往连称，源于“楚辞”，偏重于抒情的称辞。它要求句式整齐、粗协韵。

这年的十一月，渊明辞去彭泽令（自此就未再出仕），回家过躬耕自资的生活。这篇辞、并序，叙写了这件事的经过与感受。辞分五段：一、“归去来兮”到“恨晨光之熹微”，写归家途中；二、“乃瞻衡宇”到“抚孤松而盘桓”写归后之乐；三、“归去来兮”到“乐琴书以消忧”，写与污浊的官场断绝；四、“农人告余以春及”到“感吾生之行休”，拟想春耕；五、“已矣乎”到“乐夫天命复奚疑”，对今后躬耕生活的展望。

辞中渗透了高洁的德操，洋溢着淳朴而欢欣的情感，语言平易流畅，诗意盎然，因而赢得后人广泛的喜爱。

**原文**

余家贫，耕植不足以自给。幼稚盈室，缾无储粟[1]，生生所资[2]，未见其术。亲故多劝余为长吏[3]，脱然有怀[4]，求之靡途。会有四方之事[5]，诸侯以惠爱为德[6]，家叔以余贫苦[7]，遂见用于小邑[8]。于时风波未静[9]，心惮远役。彭泽去家百里，公田之利[10]，足以为酒[11]，故便求之。及少日，眷然有归欤之情。何则？质性自然，非矫励所得[12]；饥冻虽切，违己交病。尝从人事[13]，皆口腹自役[14]。于是怅然慷慨[15]，深愧平生之志。犹望一稔[16]，当敛裳宵逝。寻程氏妹丧于武昌[17]，情在骏奔，自免去职。仲秋至冬，在官八十馀日。因事顺心，命篇曰《归去来兮》。乙巳岁十一月也[18]。

**注释**

①缾（píng）：口小腹大的陶器皿。粟（sù）：小米，泛指谷类。

②生生：前面的“生”指生齿，即丁口；后面的“生”指生活。资：供养。

③长吏：吏员是佐治之小吏，长吏则是率吏治事的官长。不言官，而言吏，是自谦的用词。

④脱然：舒展的样子。《淮南子·精神训》：“则脱然而喜矣。”注：“脱，舒也。”有怀：牵怀，起念。

⑤四方之事：勤王与经略四方的大事，指刘裕“义军”讨伐

恒玄，晋室恢复各地的治理。晋元兴二年（403）十二月，桓玄篡晋称帝；次年二月，刘裕为盟主起兵讨玄，五月桓玄败亡；义熙元年（405）三月，晋安帝返建康复位。

⑥诸侯：周代，中央天子以下各方域均封侯领治，称诸侯；秦设郡，郡太守领管地区就相当于以往诸侯所治；东晋设州，州的最高行政长官为刺史，诗文中常用太守，间或也以诸侯称呼之。

⑦家叔：指陶夔（kuí），时任太常卿。

⑧小邑：小县，指彭泽县。

⑨风波未静：喻指桓玄余党及边疆均仍有战事。

⑩公田：供作俸禄一部分的官地。利：收益。

⑪足以为酒：够作酿酒之用。《晋书·隐逸传》：渊明“在县公田悉令种秫谷，曰：‘令吾常醉于酒足矣。’妻子固请种秔，乃使一顷五十亩种秫，五十亩种秔”。（秫shú，黏高粱。秔，同“粳”。顷：百亩。）

⑫矫励：矫，伪饰做作。矫励，矫情立节。得：能。

⑬尝：曾经。人事：指官场的应酬周旋。

⑭口腹自役：因口腹之需而强迫自己做不愿做的事。

⑮怅然慷慨：失意而感情激荡。

⑯一稔（rěn）：稔，庄稼成熟而收获；一稔，一次收获，即一年的意思。

⑰寻：不久。程氏妹：渊明同父异母的妹妹，嫁于程家，故称。见《祭程氏妹文》。武昌：今湖北鄂城。

⑱乙巳岁：以干支纪年，即晋义熙元年（405）。

## 译文

我家境贫困，靠耕田不足自给。年幼的孩子很多，米瓮里没有积蓄的粮食，养活全家老幼还找不到什么办法。亲戚朋友都劝我出去做官，豁然而有所考虑，但求取一官半职也还没有途径。恰遇到四方勤王的大事，诸侯大臣都以惠爱为美德。家叔父因为我贫苦，就举荐我任职于小县县令。这时讨伐桓玄的战争还未结束，心里也害怕出远差。彭泽县离我家只一百里地，公田里的黏高粱，足够酿酒，故而便向族叔谋求此职。到任后不久，很怀念家乡，便有归去的心愿。为什么呢？我本性真率，无法改变。饥饿寒冷虽也令人感觉痛切，但违背自己的意愿则更使我心身交病。先前曾在官场应酬周旋，那都是为了嘴巴肚子而役使自己。于是惆怅感慨，为平生的抱负未能实现而深感惭愧。本指望干完一年就整好衣服乘夜离去。不久程氏妹在武昌逝世，一心想赶快奔赴，于是自己免去了职务。从仲秋到入冬，任职一共八十多天。这件事办得顺心，因而写文章标题为《归去来兮》。时在乙巳岁十一月。

**原文**　归去来兮，田园将芜胡不归[①]？既自以心为形役[②]，奚惆怅而独悲！悟已往之不谏[③]，知来者之可追；实迷途其未远[④]，觉今是而昨非。舟遥遥以轻飏[⑤]，风飘飘而吹衣。问征夫以前路[⑥]，恨晨光之熹微[⑦]。

**注释**　①胡：为何。

②自：自己。此句是责怪自己。以心为形役：使心志被形体所役使。

③谏（jiàn）：正。《论语·微子》："往者不可谏，来者犹可追。"

④实：是，此处意谓"认识到"。《诗经·邶风·燕燕》："瞻望弗及，实劳我心。"迷途：指入仕。其：句中助词。

⑤遥遥：同"摇摇"，左右侧轻晃的样子。飏（yáng）：风向上吹，这里是形容船的前进。

⑥征夫：赶路的人。

⑦熹（xī）微：熹，光明；熹微，日光微明。

**译文**　归去啊，田园快要荒芜了，为什么还不归去？既然违背初衷自己拿"心"供给形体役使，又为何感到惆怅而独自伤悲！觉悟到已往的错误，知道将来还有改正的机会；认识到走上迷途还不太远，觉悟到今天为“是”，昨日为“非”。船微微摇动着轻快地行驶，风阵阵将衣襟吹起。借问路上行人到家还有多少路？抱怨晨光还只照亮些微。

**原文** 乃瞻衡宇[①]，载欣载奔，僮仆欢迎[②]，稚子候门[③]。三径就荒[④]，松菊犹存。携幼入室，有酒盈樽[⑤]。引壶觞以自酌[⑥]，眄庭柯以怡颜[⑦]。倚南窗以寄傲，审容膝之易安[⑧]。园日涉以成趣[⑨]，门虽设而常关。策扶老以流憩[⑩]，时矫首而遐观[⑪]。云无心以出岫[⑫]，鸟倦飞而知还。景翳翳以将入[⑬]，抚孤松而盘桓[⑭]。

**注释** ①瞻：远看。衡：衡门，横木为门。宇：屋舍。

②僮仆：年轻的仆人。萧统《陶渊明传》：陶渊明任彭泽令后，“不以家累自随，送一力给其子，书曰：‘汝旦夕之费，自给为难，今遣此力，助汝薪水之劳。此亦人子也，可善遇之。’”

③稚子：幼小的儿子。诗人共五子。这年，长子十三岁，幼子五岁。

④三径：径，小路。三径，用蒋诩（xǔ）三径典。汉赵岐《三辅决录·逃名》：汉代兖（yǎn）州刺史蒋诩，因王莽专权，

辞官隐居，在竹林中开三径，只与隐居的求仲、羊仲两人来往。就：近、即将。

⑤樽（zūn）：古辞书均注为“酒器”，已不明确。《礼记·明堂位》：“尊用牺象山罍”，指有工艺造型的储酒器。《左传·昭公十四年》：“樽以鲁壶”，乃指酒壶。本句之樽，可作储酒器解。

⑥引：取来。觞：饮酒器。酌：注酒以饮。

⑦眄（miǎn）：闲观。柯：树枝，代称树。

⑧审：深知，转为“真正是”的意思。容膝：容双膝得以舒展，极言居室之狭小。《韩诗外传》：“北郭先生妻曰：‘今如结驷列骑，所安不过容膝。’”易安：虽简而安。

⑨涉：走过，进入。

⑩策：拄着。扶老：手杖的别名。《山海经·中山经》：龟山下，“多扶竹”，注：“高节实中，中杖也，名之扶老竹。”（中杖，适合于制杖。）流：漫步。

⑪矫：举。

⑫岫（xiù）：峰峦。

⑬景：同“影”，指太阳。翳翳（yì）：昏暗的样子。

⑭盘桓：徘徊留恋。

**译文** 终于看到了简陋的家屋，心中高兴，加快了脚步。僮仆前来欢迎，年幼的儿女也在门口等候。庭院中的小路已渐荒芜，所种的松菊还依然挺秀。抱着幼儿进入室内，看到酒已注满瓶樽。取来杯壶自斟自酌。顾盼着庭中的树木，不禁浮现了笑容。倚着南窗以寄托高傲的情怀，真正是低小的居室却使人心安。天天前往后园感受到无穷的趣味。因无人来访，虽然有一扇大门却经常闭关。扶着手杖流连休憩，时时仰起头来眺望天边。云毫不在意地从山间飘出，鸟飞得疲倦了便知道归还。光线暗淡，太阳将要落山，我抚着那独立的松树徘徊留连。

**原文**

归去来兮，请息交以绝游①。世与我而相违②，复驾言兮焉求③？悦亲戚之情话④，乐琴书以消忧。农人告余以春及⑤，将有事于西畴⑥。或命巾车⑦，或棹孤舟⑧，既窈窕以寻壑⑨，亦崎岖而经丘⑩。木欣欣以向荣，泉涓涓而始流⑪。善万物之得时⑫，感吾生之行休⑬。

**注释**

①请：表委婉的谦敬副词，古人常用以引出表示自己意愿的话。息交、绝游：指与官场断绝。

②世：指当时的官场及依附它的社会圈子。相违：两相背逆。

③驾：驾车外出。言：句中助词。《诗经·邶风·泉水》：“驾言出游。”

④亲戚：指妻、子及其他亲属。

⑤春及：春天将临。

⑥有事：指耕种。西畴：西边的田地。

⑦或：有时。巾车：有帷的车子。

⑧棹：船桨。此处作动词用，划。

⑨窈窕：幽深曲折。壑：山谷。

⑩崎岖：山路不平。丘：小山。

⑪涓涓：细水缓缓流动的样子。

⑫善：赞美。得时：得天时，即与时相宜。

⑬行休：行将休止。此句意谓在世能有几多。

**译文**　归去啊，请断绝交游。既然这世道与我不投合，再出外远行又何所追求？喜听亲属充满感情的谈话，爱好琴书用来消解忧愁。农人告诉我春天节令已到，该要耕作去到西边的田头。有时套上有布幔的牛车，有时摇起一叶扁舟。曲折蜿蜒进入深邃的山谷之中，又沿着崎岖的道路登上山丘。树木茂盛生机蓬勃，涓涓的泉水也开始淌流。赞美万物都能适时萌生，感叹我的一生将要罢休。

**原文** 已矣乎[①]！寓形宇内复几时，曷不委心任去留[②]。胡为乎遑遑欲何之[③]？富贵非吾愿[④]，帝乡不可期[⑤]。怀良辰以孤往[⑥]，或植杖而耘耔[⑦]。登东皋以舒啸[⑧]，临清流而赋诗。聊乘化以归尽[⑨]，乐夫天命复奚疑[⑩]。

**注释** ①已：止、罢。

②曷：何。委心：顺着心意。

③遑遑（huáng）：急匆匆的样子。

④富贵：指高官厚禄。

⑤帝乡：天帝之境，指成仙。

⑥怀：企盼。良辰：好日子，指天气晴朗的佳日。

⑦或：那时将，拟想之词。植杖：将手杖靠在一起。耘：除草。耔（zī）：给禾苗培土。《论语·微子》：隐者荷蓧丈人“植其杖而芸”。（“芸”同“耘”，见《癸卯岁始春怀古田舍》第一首注⑩。）

⑧东皋：东，春天方位在东（古以四方配四季），此取春天之意；皋，水边高地，此指田旁高处。舒啸：敞开嗓子歌啸。

⑨聊：聊且。乘化：顺从大自然的运转变化。

⑩夫：句中助词，无义。

**译文** 算了吧，形体寄居在宇宙之内能有几时，何不随着心意听任是去还是留？遑遑然要往哪里奔走？富贵不是我的愿望，仙乡又不能期望。企盼着好天气独自前往，那时将把手杖插在地上去除草培苗。登上东边高地放声长啸。对着清澈的流水吟咏一首新诗。姑且随着造化而归于穷尽，乐天知命还有什么困惑怀疑？

# 卷之六　记传赞述

# 桃花源记[①]（并诗）

**题解**　陶渊明这篇记文并诗作于晚年，暂系于宋永初三年（422），时五十八岁。

经过较长时期的躬耕生活，目睹现实社会许多危害民生的灾难，或许由“载民之国”（见《读〈山海经〉》第七首注④）的启示，或许也听到民众避世乱而隐耕的传闻[见《年谱》永初三年（422）之注①]，等等，陶渊明酝酿成熟了这篇描绘理想社会的构思。记文并诗，描写了一个人人平等、人人劳作、富足和谐的农村社会。只有作为一个长期躬耕者，才能对农村淳朴的风土人情，摹写得这么真切！

记文并诗的内容，引人入胜，饶有情趣，令人生问津之想。唐代王维、韩愈，宋代王安石、苏轼等均有咏桃花源的诗文。“桃花源”已成为我国妇孺皆知的词语。

**原文**　晋太元中[②]，武陵人捕鱼为业[③]；缘溪行[④]，忘路之远近。忽逢桃花林，夹岸数百步，中无杂树，芳草鲜美[⑤]，落英缤纷。

**注释** ①桃花源记并诗：李本、逯本作桃花源记并诗，陶本作桃花源记并序，从前者。李本题下注：桃花经曰：桃源山在县南一十里。西北乃沅（陶本引录，作沅）水，曲流而南，有障山；东带钞锣溪。周回三十有二里，所谓桃花源也。

②太元：东晋孝武帝的年号。共二十一年，自376至396年。

③武陵：晋时郡名，郡治在今湖南常德西境。

④缘：沿着。溪：或称涧，两山之间一条流水。武陵多溪，据《水经注》载：武陵有五溪。

⑤草：李本、焦本作草，曾本、苏写本作华，逯本作华，从李本、焦本。

**译文** 晋朝太元年间，有一位以捕鱼为生的武陵人。一天，他沿着溪流前行，忘记已走了多远，忽然迎面见到河两岸大片的桃花林，几百步以内都没有其他杂树。芳草鲜亮美丽，飘落的桃花瓣就像缤纷的花雨。

**原文** 渔人甚异之。复前行，欲穷其林。林尽水源，便得一山。山有小口，仿佛若有光，便舍船从口入。初极狭，才通人，复行数十步，豁然开朗①。土地平旷②，屋舍俨然③，有良田、美池、桑竹之属。阡陌交通④，鸡犬相闻。其中往来种作，男女衣著⑤，悉如外人⑥。

黄发垂髫[7]，并怡然自乐。见渔人，乃大惊[8]，问所从来[9]，具答之[10]。便要还家[11]，设酒、杀鸡作食[12]。村中闻有此人，咸来问讯[13]。自云先世避秦时乱，率妻子邑人来此绝境[14]，不复出焉，遂与外人间隔。问今是何世，乃不知有汉，无论魏、晋。此人一一为具言所闻，皆叹惋。馀人各复延至其家，皆出酒食。停数日，辞去。此中人语云："不足为外人道也[15]。"既出，得其船，便扶向路[16]，处处志之[17]。及郡下，诣太守[18]，说如此。太守即遣人随其往，寻向所志，遂迷，不复得路。

## 注释

①豁（huò）然：一下子敞开。

②旷：宽广。

③俨（yǎn）然：整齐的样子。

④阡陌（qiānmò）：田间小道，南北为阡，东西为陌。

⑤衣著（zhuó）：同"衣着"，指穿的衣服。

⑥悉：都。外人：山外之人，即外面社会上的人。

⑦黄发：褐黄色的头发，指老人。垂髫（tiáo）：垂下来的头发，尚未总角，指幼童。

⑧乃：副词，表示上下文的顺承关系。

⑨所：此处作结构助词。从来：从何处来。

⑩具：陈述。

⑪要（yāo）：同“邀”。

⑫设酒、杀鸡作食：李本、焦本作设酒、杀鸡作食，曾本、逯本作为设酒、杀鸡作食，从李本、焦本。

⑬咸：都。

⑭妻子：妻及子女。邑人：同乡人。绝境：不与人间相通之境。

⑮不足：不必、不一定。否定的婉转说法。

⑯扶：摸索。向路：往日来的路。

⑰志：做标记。

⑱诣（yì）：到，这里是谒见的意思。

## 译文

渔人十分惊奇。再往前走，想走完这片桃林。桃林在溪水的源头处终止，便看到一座山。山有个小口子，里面好像有光亮。于是他就离船登岸，从小口子走进去。开始很狭窄，只够一个人通过。再走几十步，一下子开阔明亮起来。那里土地平坦广阔，房屋排列整齐。有肥沃的田地，美好的池塘和繁茂的桑竹之类。田间道路纵横交错，村舍间鸡鸣狗吠互相都能听到。往来耕种的男男女女穿衣着鞋和外面的人一样。老人小孩都显得十分快乐。有人见到渔人，十分惊讶。问他从哪里来的，渔人都作了回答。于是就邀请渔人到家中，摆酒杀鸡招待他。村里人听说有这样一位来客，便都来打听外界的消息。他们说自己是先代因逃避秦朝时期的大乱，带领着妻儿、乡亲来到这与世隔绝的处所，不再出去，也就和外面的人隔离开了。问他们如今是什么朝代，竟不知道有汉朝，更不用说魏晋了。渔人把自己在外面的见闻一件件地告诉了他们，他们都很感叹惋惜。之后，其他人也都分别请他到家，拿出酒食款待他。停留了几天，渔人便告辞离去。这里的人对他说道："用不着向外面的人提起。"渔人出山之后，找到自己的船，便顺着来路，处处留下记号。到了郡下，就去见太守，报告此事。太守即派人跟他前往，寻找原先留的记号，却迷失了方向，再也找不到那道路了。

**原文** 南阳刘子骥①，高尚士也。闻之，欣然规往②，未果③，寻病终④。后遂无问津者⑤。

**注释** ①刘子骥：名璘之，字子骥；南阳（晋为南阳国，相当于郡，在今河南邓州）人。桓玄请为长史，固辞不受。仁爱隐恻，闻于乡里。《晋书·隐逸传》：曾采药至衡山，深入忘返，见有一涧水，水南有二石囷（囷 qūn，石库）。迷失道路，问径，好不容易回到家。有人说囷中皆仙灵方药，要想再去寻索，最终已不能知道原处。本文结尾写法似受到这则传闻的影响。

②规：李本、苏写本作亲，曾本、陶本、逯本作规，从后。规往：规划前往。

③未果：没有结果，即没有成行。

④寻：不久。

⑤问津：津，渡口；问津，问路。

**译文** 南阳刘子骥是一位高尚之士，听说此事，高兴地计划着想要前往，没有去成，不久就病故了。后来就再没有去探寻桃花源的人了。

**原文**

| | |
|---|---|
| 嬴氏乱天纪①， | 秦王朝扰乱了天命的规律， |
| 贤者避其世。 | 贤者纷纷逃避这一乱世。 |
| 黄绮之商山②， | 黄公、绮里等隐士逃进了商山， |
| 伊人亦云逝③。 | 那些百姓也消逝无踪迹。 |
| 往迹浸复湮④， | 这些事早已湮没无闻， |
| 来径遂芜废。 | 当时进来的道路已经荒弃。 |
| 相命肆农耕⑤， | 互相约定致力于农耕， |
| 日入从所憩⑥。 | 太阳落山便各自休息。 |
| 桑竹垂馀荫， | 桑竹垂下枝条阴影相连， |

| | |
|---|---|
| 菽稷随时艺[7]。 | 豆子、谷物按时种下地。 |
| 春蚕收长丝， | 春蚕结茧收取长丝， |
| 秋熟靡王税[8]。 | 秋收后不用缴纳王税。 |
| 荒路暧交通[9]， | 荒芜的道路妨碍来往， |
| 鸡犬互鸣吠[10]。 | 互相却听得见鸡鸣狗吠。 |
| 俎豆犹古法[11]， | 祭祀用的俎豆还按古代的成法， |
| 衣裳无新制[12]。 | 衣裳也没有新的样式。 |
| 童孺纵行歌[13]， | 少年儿童边走边唱歌， |
| 斑白欢游诣[14]。 | 老人高高兴兴随意游憩。 |
| 草荣识节和， | 春草繁茂了知道是和暖季节， |
| 木衰知风厉。 | 树叶落了便知凄厉的寒风将至。 |
| 虽无纪历志[15]， | 虽无历书可供查检， |
| 四时自成岁。 | 春夏秋冬自然就是一年。 |
| 怡然有馀乐， | 乐陶陶地有享不尽的快乐， |
| 于何劳智慧？ | 干什么要劳神伤智？ |
| 奇踪隐五百[16]， | 奇异的踪迹隐藏了五百多年， |
| 一朝敞神界[17]。 | 一旦敞开竟是神奇境界。 |
| 淳薄既异源[18]， | 淳朴与浇薄既然是两个世界， |
| 旋复还幽蔽[19]。 | 神境不久当然又复归隐蔽。 |
| 借问游方士[20]， | 借问各处巡游的方士们， |
| 焉测尘嚣外[21]？ | 你们又哪能测度尘寰之外的事？ |

| | |
|---|---|
| 愿言蹑轻风[22]， | 我愿意踏着轻风， |
| 高举寻吾契[23]。 | 高高飞翔去寻找我的知己。 |

## 注释

①嬴（yíng）：秦国君主姓嬴，这里指嬴政，秦始皇。天纪：天道纲纪。

②黄绮：夏黄公与绮里季，这里指避战乱入商山的四皓。见《赠羊长史（并序）》注⑭。

③伊人：彼人，指桃源山中人。云：句中助词，无义。逝：离去，即逃隐至山中。

④浸：逐渐消隐。复：再，这里是“终于”的意思。湮：埋没。

⑤相命：相互招呼。肆：致力。

⑥从：相随（至）。所憩：休息的处所。

⑦菽：豆类。稷（jì）：谷类。艺：种植。

⑧靡：没有。

⑨暧（ài）：不明貌，意谓路若有若无。

⑩鸡犬互鸣吠：《老子·道德经》载，“邻国相望，鸡犬之声相闻，民至老死不相往来。”此处上下句化用《老子·道德经》此句。

⑪俎（zǔ）：古代祭祀时放祭品的器物。豆：古代祭祀时盛肉或其他食品的器皿。

⑫新制：新的款式。

⑬纵行歌：纵情边跳走边唱歌。

⑭斑白：头发花白，指老人。诣：走动。

⑮纪历：纪年、纪月、纪日的历书。

⑯五百：五百年。从秦始皇到晋太元中约五百多年。

⑰神界：神奇的界域。

⑱淳：淳厚，指桃源山中人情风尚。薄：浮薄，指现实社会的人情世态。源：根源。

⑲旋：旋即、很快。复：重新。

⑳游方士：游于方外之士。方：区域。此指生活在世俗社会外的人，如道士、和尚。《庄子·大宗师》："孔子曰：'彼，游方之外者也；而丘，游方之内者也。'"

㉑尘嚣（xiāo）：嚣，喧哗；尘嚣，喧哗的尘世。

㉒言：句中助词。蹑（niè）：踩。

㉓举：腾飞。契：契合，指志同道合的人。

# 晋故征西大将军长史孟府君传

**题解** 这篇传记约作于晋元兴元年（402），陶渊明三十八岁。

孟府君，指孟嘉。府君，西汉尊称太守为府君，后沿此称；子孙称其先祖、先父母也为府君。孟嘉是渊明的已故外祖父，故称。长史，孟嘉曾任征西大将军桓温的长史，乃冠此官衔。

渊明母是孟嘉第四女，上年冬去世。渊明既是为他外祖父留下史料，也是有纪念他的慈母的意思。诗人八岁丧父，他的德操与饱学显然自幼受到他慈母的教育与熏陶。文分十段落，写孟嘉的门第人品、不拘俗事细节、品貌超群、落帽趣事，帝召见之殊荣、高士交往、正顺奉公而风雅洒脱、具三公之才、写传原因，最后是赞语。全文描绘了孟嘉身在官场而清操自守、博雅平旷的形象。

**原文** 君讳嘉[①]，字万年，江夏鄂人也[②]。曾祖父宗，以孝行称，仕吴司马[③]。祖父揖[④]，元康中为庐陵太守[⑤]。宗葬武昌新阳县[⑥]，子孙家焉，遂为县人也。君少失父，奉母二弟居。娶大司马长沙桓公陶侃第十女[⑦]，闺门孝友[⑧]，人无能间[⑨]，乡闾称之。

**注释**

①君：府君之简称。讳（huì）：死者之名。

②江夏：郡名。郡治在今湖北安陆。鄂：宜作“鄳”字。按，《晋书·地理志》，江夏郡下，仅有鄳，而无鄂，鄂在武昌郡下。鄳县故城在今河南罗山县西南。下文云“中州有孟嘉者”，则此字以定为鄳为宜。《晋书·孟嘉列传》：“孟嘉，字万年，江夏鄳人。”

③吴：三国时吴国。司马：李本、陶本作司马；陶本注：毛晋曰《晋书》作司空，逯本作司空。从前者。司徒、司马、司空为三司，即三公。

④揖：读yī。

⑤元康：晋惠帝年号，自291至299年。庐陵：郡名，郡治在今江西吉水。太守：郡的最高行政长官。

⑥宗：曾祖父孟宗。武昌：郡名。新阳县：宜作阳新县。据《晋书·地理志》，武昌郡下有阳新县，而无新阳县。

⑦桓公：陶侃谥封。参见《赠长沙公》注①。

⑧闺（guī）门：内室之门。《礼记·乐记》：“在闺门之内，父子兄弟同听之，则莫不和亲。”

⑨间：隔，指摘。

**译文** 已故孟君，名“嘉”，字万年，江夏郡鄂县人。曾祖父孟宗，因孝行而受称道，做过吴国的司马。祖父孟揖，元康年间做庐陵太守。孟宗葬在武昌新阳县，子孙在那里安家，于是就成了新阳县人。孟嘉少年丧父，侍奉着母亲和二弟住在一起。他娶了大司马长沙桓公陶侃排行第十的女儿。夫人在闺门内孝顺父母、友爱同辈，别人无可指摘，得到乡邻的称誉。

**原文** 冲默有远量[①]，弱冠，俦类咸敬之[②]。同郡郭逊，以清操知名，时在君右[③]，常叹君温雅平旷[④]，自以为不及。逊从弟立[⑤]，亦有才志，与君同时齐誉[⑥]，每推服焉。由是名冠州里[⑦]，声流京邑[⑧]。

**注释** ①冲：淡泊。默：沉静。

②俦类：朋辈。

③右：上。左右两词，古时以右为尊。

④旷：旷达。

⑤从弟：堂弟。立：名，即郭立。

⑥君：指孟嘉。此句意谓郭立与孟嘉齐名。

⑦州里：乡里。《论语·卫灵公》：“言不忠信，行不笃敬，虽州里，行乎哉？”

⑧京邑：京城，指东晋都城建康。

**译文**　孟嘉君澹泊沉静，有超俗的度量，年少时同辈都尊重他。同郡郭逊清高有操守，当时名声在孟嘉之上。郭逊常赞叹他温文尔雅，平易旷达，自认为不如。郭逊的堂弟郭立也有才志，与孟嘉同时，并声名相当，郭立也常常推崇佩服他。因此他的声名在州里数第一，并且远播到京城。

**原文**　太尉颍川庾亮[①]，以帝舅民望[②]，受分陕之重[③]，镇武昌，并领江州[④]，辟君部庐陵从事[⑤]。下郡还[⑥]，亮引见[⑦]，问风俗得失[⑧]，对曰："嘉不知，还传[⑨]，当问从吏。"亮以麈尾掩口而笑[⑩]。诸从事既去，唤弟翼语之曰[⑪]："孟嘉故是盛德人也[⑫]。"

**注释**　①太尉：最高军事长官，庾亮死后追赠太尉。颍川：郡都名，郡治在许昌。庾亮：字元规，颍川鄢陵（今河南鄢陵）人。

②帝舅：庾亮妹为晋明帝皇后；晋成帝立，他便作为皇帝的舅父。

③分陕：陕，陕县，今河南山门峡市陕州区。周成王幼时，周公旦与召公奭（shì）辅佐朝政。两人分陕而治：陕之东，

由周公主政；陕之西，由召公主政。以后凡君主幼小，大臣辅主朝政，均用此典故。太宁三年，晋成帝初立而幼，王导、卞壸（kǔn）、庾亮三大臣受遗诏辅政，故云。

④镇武昌，并领江州：原先，太尉陶侃兼督江州，镇武昌，咸和九年，陶侃卒，乃以庾亮都督江、荆等州军事，封号征西将军，镇武昌。

⑤辟（bì）：征召任官。部：属下，指隶属于江州府。庐陵从事：庐陵郡从事。庐陵郡故城在今江西吉安市南，郡属江州。从事，官名。

⑥下：下察。此指孟嘉。

⑦引见：召见。

⑧风俗得失：民情及官吏理政好坏。

⑨传：传舍，驿站的住处。

⑩麈（zhǔ）尾：驼鹿（俗名“四不像”）的尾毛承接之以木柄，可用来拂尘、驱蚊。魏晋时名士多喜执持以助言谈挥指。

⑪弟翼：庾亮之弟庾翼。

⑫故：原本是。

**译文** 太尉颍川人庾亮，以皇帝舅父的身份和受到民众信仰，而被委以重任，与丞相王导共同辅佐晋朝，并兼任江州刺史。庾亮征聘孟嘉为庐陵郡从事。一次，他下郡回来，庾亮接见他，问他地方风俗的好坏。他回答："孟嘉不知道，回到传舍我当问问跟从我的小吏。"庾亮拿着麈尾挡着嘴巴笑了。诸位从事离去之后，庾亮喊来弟弟庾翼，对他说："孟嘉原来是位有盛德的名流啊。"

**原文**　君既辞出外，自除吏名[①]，便步归家。母在堂，兄弟共相欢乐，怡怡如也[②]。旬有馀日[③]，更版为劝学从事[④]。时亮崇修学校，高选儒官，以君望实，故应尚德之举[⑤]。

**注释**　①吏：从事为刺史之佐吏。名：李本无"名"字，他本有，从他本。

②怡怡：愉悦的样子。如：助词。

③旬（xún）：十天为一旬。

④版：官名册。

⑤应：适。举：举用，指任劝学从事。

**译文**　孟嘉辞别庾亮出来，便自己将从事的名义除去，步行回家。有老母在堂，兄弟在一起欢聚，很是高兴。十几天后，又被改任为劝学从事。当时庾亮正提倡修学校，重视选择儒官，因看重他的名望与才能，故推举他做崇尚德行的儒官。

**原文** 太傅河南褚裒[①]，简穆有器识[②]，时为豫章太守，出朝宗亮[③]，正旦大会州府人士[④]，率多时彦[⑤]，君在坐次甚远[⑥]。裒问亮："江州有孟嘉，其人何在?"亮云："在坐，卿但自觅[⑦]。"裒历观，遂指君谓亮曰："将无是耶[⑧]?"亮欣然而笑，喜裒之得君[⑨]，奇君为裒之所得，乃益器焉[⑩]。

**注释** ①褚裒（chǔpóu）：裒，李本、陶本作褒;《晋书·外戚列传》载，褚裒，逯本作裒。从后。褚裒，字季野，阳翟（今河南禹州）人。女为晋康帝皇后。曾任豫章郡太守，后任徐、兖都督。死后追赠太傅。

②穆：清和。器：度量。

③朝：州刺史召见各郡太守的例会。宗：下级晋见上级。这时地方行政编制是州下设郡，郡下设县。

④正旦：元旦，正月初一。

⑤率多：很多是。时彦：闻名当时的贤俊。

⑥在：李本、陶本有"在"字，逯本无，从前者。在，所在。远：指离主座。

⑦卿：君，为下属的尊称。

⑧将无：将，犹“得”；将无，得无，岂不是。是：那个人，代词。

⑨得：慧识。

⑩益：更加。器：器重、看重。

**译文**　太傅河南人褚裒，简贵沉默，而且善于知人，当时正做豫章太守。他由豫章来进见庾亮。正月初一，庾亮大会州府人士，有许多当时的才俊之士在座，孟嘉的座位离主座很远。褚裒问庾亮说：“江州有位孟嘉。此人现在何处？”庾亮回答：“就在席上，请你自己去找。”褚裒一个一个看过去，指着孟嘉对庾亮说：“莫不就是这一位？”庾亮高兴地笑了，既喜褚裒能发现孟嘉，也奇怪孟嘉竟被褚裒所发现。因此就更加器重孟嘉。

**原文**　举秀才[①]，又为安西将军庾翼府功曹[②]，再为江州别驾[③]、巴丘令[④]、征西大将军谯国桓温参军[⑤]。君色和而正，温甚重之。九月九日，温游龙山[⑥]，参佐毕集，四弟、二甥[⑦]咸在坐。时佐吏并著戎服[⑧]，有风吹君帽堕落，温目左右及宾客勿言[⑨]，以观其举止。

君初不自觉，良久如厕[10]，温命取以还之。廷尉太原孙盛为咨议参军[11]，时在坐，温命纸笔，令嘲之。文成示温，温以著坐处[12]。君归，见嘲笑而请笔作答，了不容思[13]，文辞超卓，四座叹之。

**注释**

①秀才：秀拔之才。

②庾翼：咸康六年，庾亮卒，庾翼接任都督江、荆等军州事，以安西将军号兼荆州刺史，镇武昌。府：州府。功曹：官名。

③别驾：州刺史的佐吏。

④巴丘：县名，在今江西峡江县北。令：县令。

⑤桓（huán）温：字元子，谯（qiáo）国（相当于郡）尤亢（今安徽怀远）人。娶晋明帝女南康长公主，为驸马都尉。穆帝永和元年（345），庾翼卒，桓温都督荆、梁等州军事，以安西将军号兼荆州刺史。帅师平蜀汉后，于永和四年（348），加征西大将军。

⑥龙山：在荆州（今湖北江陵）西北。

⑦四弟：桓温四个弟弟，桓云、桓豁、桓秘、桓冲。二甥：两个外甥，名不详。

⑧戎（róng）服：军服。

⑨目：以目暗示。

⑩如厕：到厕所去。

⑪孙盛：字安国，太原（郡）中都（今山西平遥县西北）人，始任佐著作郎，有盛名。原为侃、亮参军，庾翼代亮，迁州廷尉正；桓温代翼，留盛为参军。七十二岁卒，著有《魏氏春秋》《晋阳秋》。

⑫著：放在。

⑬了不：丝毫也不。容思：见加思索。

**译文**　孟嘉被举荐为秀才，又做安西将军庾翼军府的功曹，再度做江州别驾、巴丘令以及征西大将军谯国桓温的参军。他的表情平和而端庄，桓温很看重他。九月九日桓温游龙山，部下幕僚都来到。桓温的四个弟弟、两个外甥都在座。当时下属官吏都穿军服。忽然一阵风吹落了孟嘉的帽子。桓温用目光示意左右和宾客不要讲，看一看孟嘉怎么办。他开始自己没有感觉，过了一阵他到厕所去了，桓温才叫人拿了帽子还给他。廷尉太原人孙盛，当时任咨议参军，其时在座。桓温让拿来纸笔，命孙盛作文嘲笑他。文章写成后呈给桓温，桓温将它放在孟嘉的坐处。孟嘉从厕所回来，见到嘲笑的文字，便请求给笔墨作答，竟全然不需要构思，文辞超绝，受到四座的赞叹。

**原文** 奉使京师[①]，除尚书删定郎[②]，不拜[③]。孝宗穆皇帝闻其名[④]，赐见东堂[⑤]。君辞以脚疾，不任拜起[⑥]，诏使人扶入。

**注释** ①京师：京都建康。

②除：授封。

③不拜：固辞不受。

④孝宗穆皇帝：晋穆帝司马聃（dān），庙号孝宗，谥穆。

⑤东堂：东宫议事堂。穆帝幼，太后临朝，故见大臣均在东堂。

⑥任：李本误刻成仕，陶本、逯本作任，从后。任，胜任，能做到。

**译文** 孟嘉奉差遣到京师，被委任为尚书删定郎，他不肯受职。晋穆帝知道他的大名，要在东堂召见他。他推辞说脚有毛病，不能行跪拜之礼。皇帝又下诏，派人搀扶他进内。

**原文** 君尝为刺史谢永别驾。永，会稽人[①]，丧亡，君求赴义[②]。路由永兴[③]。高阳许询有隽才[④]，辞荣不仕，每纵心独往，客居县界[⑤]，尝乘舡近行[⑥]，适逢君过。

叹曰："都邑美士，吾尽识之，独不识此人。唯闻中州有孟嘉者[7]，将非是乎？然亦何由来此？"使问君之从者，君谓其使曰："本心相过[8]，今先赴义，寻还就君[9]。"及归，遂止信宿[10]，雅相知得[11]，有若旧交。

**注释**

①会稽：郡名，郡治在今浙江绍兴。

②求：为了。赴：赶赴。义：道义之行，指吊丧。

③由：经过。永兴：县名，故城在今浙江萧山区西。

④许询：字元度，高阳国（相当于郡，在今河北蠡县南）人，当时名士。好游山水，而体便登陟。时人云：询非徒有胜情，实有济胜之具。隽（jùn）：同"俊"。

⑤客居：指许询游至此而客居。县界：永兴县境内。

⑥舡（gāng）：李本作舡，陶本、逯本作船，从李本。舡，船。近行：在相近处行舟。

⑦中州：今河南省地，古为豫州，处九州之中心，故称中州。

⑧过：过访，造访。

⑨寻：不久。就：趋见。

⑩信宿：一宿为宿，再宿为信。

⑪雅：儒雅。相：相互。知：知心。得：相得。

**译文**

他曾做过刺史谢永的别驾。谢永，会稽人，不幸去世。他要求去吊丧送葬，以尽下属的情义。途经永兴。高阳人许询，有俊才，推辞掉做官的荣耀，常随心意，独自游览，当时正客居永兴县境。许询乘船途经附近，恰逢孟嘉经过，许询感叹说："都邑的优秀人士我都认识，偏偏不认识这个人。只听说中州有孟嘉其人，莫不就是他吧？然而他为何来到此地？"派人问孟嘉的随从。孟嘉对许询派来的人说："本心要去拜访，今先去尽下属的情义，不久回来就去拜望。"他回来，就在永兴停留了两宿，和许询很谈得来，就像老朋友一样。

**原文** 还至[①]，转从事中郎，俄迁长史[②]。在朝隤然[③]，仗正顺而已，门无杂宾。尝会神情独得[④]，便超然命驾，径之龙山[⑤]，顾景酣饮，造夕乃归。温从容谓君曰："人不可无势，我乃能驾御卿。"

**注释** ①还至：指回到荆州桓温幕府。

②俄：俄顷、不久。迁：升迁。长史：都督、刺史佐吏。晋制，都督兼刺史下一般设长史一名。

③在朝：指在州府。隤（tuí）然：柔和的样子。

④尝：李本、陶本作尝，逯本作常，从李本、陶本。尝，曾

经。会：遇到。神：心神。情：情怀。

⑤径：直。

**译文**

他回到荆州，转为从事中郎，很快又升迁为长史。在衙门中，他颇随便，全仗着公正谦和而已，门前没有闲杂的来访者。每当有独特体会的时候，就让驾车，径直去到龙山，眺望风景痛饮一番，到天晚才回来。桓温像是不经意地对他说："人不能没有势力，我就能够驾驭您。"

**原文**

后以疾终于家，年五十一。始自总发，至于知命，行不苟合，言无夸矜①，未尝有喜愠之容②。好酣饮，逾多不乱③，至于任怀得意，融然远寄，傍若无人。温尝问君："酒有何好，而卿嗜之？"君笑而答曰："明公但不得酒中趣尔④！"又问听妓⑤，"丝不如竹，竹不如肉⑥"，答曰："渐近自然⑦。"中散大夫桂阳罗含赋之曰⑧："孟生善酣，不愆其意⑨。"光禄大夫南阳刘耽⑩，昔与君同在温府，渊明从父太常夔尝问耽⑪："君若在，当已作公否⑫？"答云："此本是三司人⑬。"为时所重如此。渊明先亲，君之第四女也。凯风寒泉之思⑭，实钟厥心⑮。谨按采行事⑯，撰为此传。惧或乖谬，有亏大雅君子之德[17]，所以战战兢兢，若履深薄云尔[18]。

**注释**

①夸：浮夸。矜（jīn）：自大。

②愠（yùn）：怨、怒。

③逾多：超过酒量。

④明公：对居高位的尊者的称呼。

⑤听妓：听妓歌。

⑥丝不如竹，竹不如肉：丝，弦奏；竹，管乐；肉，歌喉。这是桓温的问话，问何以故。竹、肉，同为屋韵，故以肉代喉字。

⑦渐近自然：弦奏用手，管乐用口，人歌用喉，故云渐近自然。自然，指人的感情本色。

⑧罗含：字君章。桂阳（郡）耒阳（今湖南耒阳）人。桓温雅重其才，誉为“江左之秀”。年老致仕（离职），加中散大夫。

⑨愆（qiān）：差错。

⑩刘耽（dān）：南阳（晋为南阳国，相当于郡，郡治在今河南邓州）人，曾任晋陵太守、东海王司马道让的司马，封光禄大夫。其史散见于《晋书》他传。

⑪从父：伯父或叔父，此处指叔父。夔，陶夔。见《归去来

兮辞·序》注⑦。

⑫公：三公。否：李本作否，逯本作不，从李本。不与否同，也念fǒu。

⑬三司人：三司中人。三司，即三公，见注第一段③。

⑭凯风寒泉之思：母恩之思。《诗经·邶风·凯风》："凯风自南，吹彼棘心。棘心夭夭，母氏劬劳。""爰有寒泉，在浚之下。有子七人，母氏劳苦。"诗中以凯风、寒泉喻母养育之恩。

⑮钟：聚。厥：其。

⑯按：验、核实。行事：生平行操事迹。

⑰大雅：博大儒雅。

⑱履深薄：临深渊，履薄冰。《诗经·小雅·小旻》："战战兢兢，如临深渊，如履薄冰。"云尔：句末助词。

**译文**

后来他因疾病而寿终于家中，年五十一岁。从童年起到五十岁，他行为不和人苟且附和，言语没有夸大自是。未曾有过高兴或怨怒的表情。喜欢酣饮，即使过量也不失态。而是任凭胸怀抒发，自得心意，畅然寄心于世外，好像旁边无人一般。桓温曾问他："酒有什么好，而您这样嗜好它？"他笑着回答说："明公您只是没有得到酒中的真趣。"桓温又问听歌妓唱歌，丝弦不如竹管，竹管不如人声，是为什么。他回答说："因为逐渐接近自然。"中散大夫桂阳人罗含称颂他说："孟君善于酣醉，而不失中心主旨。"光禄大夫南阳人刘耽过去与他同在桓温府中，我的叔父太常卿陶夔曾问刘耽："孟嘉若还在，是否应已作到三公的官位了？"刘耽回答："他本应是三司中的人。"他在当时就是这样地被推崇。渊明我的先母，是孟嘉排行第四的女儿。对母亲的思念，充满我的心中，故而谨慎地采录核实他的事迹，撰写成这篇传记。害怕或许有错误之处，有损于大雅君子的德行，所以真是战战兢兢，如临深渊，如履薄冰啊！

**原文**

赞曰[①]：孔子称："进德修业，以及时也[②]。"君清蹈衡门，则令闻孔昭[③]；振缨公朝[④]，则德音允集[⑤]。道悠运促，不终远业[⑥]。惜哉！仁者必寿[⑦]，岂斯言之谬乎！

**注释**

①赞：《史记》有"太史公曰"，《汉书》有"赞曰"，这是史传的体式，在传文末附写的评论。

②进德修业，以及时也：《易经·文言·乾》："子曰：……君子进德修业，欲及时也。"及时，赶上用才之时。

③令闻：美名流传。孔：很、非常。昭：显著。

④振缨：振动官帽上的缨带，指任官。公朝：官府朝廷。

⑤允：确然。

⑥不终远业：指仕途未终。因前有刘耽语，故云。

⑦仁者必寿：《论语·雍也》载，“知者乐，仁者寿。”（知，同“智”。）

**译文**

赞曰：孔子说：“增进德行，研修学业，以及时地被任用。”君隐居在柴门之内时，美好的声名就已很显著；一旦出仕于朝堂，道德高尚的声誉也集中于他。天道悠远，而生命短促，他未能完成自己远大的事业，真可惜啊！“仁人必然长寿”，这话岂不是说错了么！

# 五柳先生传

**题解** 这篇传文约作于晋义熙六年（410），陶渊明四十六岁。

从文中描写的居处环境推断，此宅可能为园田居。本文描绘了淡泊名利，安贫守志，唯以读书、饮酒、著文赋诗而遣怀的自我形象。“不戚戚于贫贱，不汲汲于富贵”，可说是本文的主题思想。就全文的写作特点说来，是依照传记的顺序进行叙述，而使用的语言却十分自由洒脱。所谓“不知何许人也”“不详其姓字”等等，都不能作真实记载来看待，而只能视作艺术性语言。作者是在通过这些语言表现一种自然适性而达到欢畅忘怀的境界。

本文采用了传记的形式，实际上，这是一篇表志抒怀的散文。

**原文** 先生不知何许人也[①]，亦不详其姓字[②]。宅边有五柳树，因以为号焉。闲静少言，不慕荣利。好读书，不求甚解[③]，每有会意[④]，便欣然忘食。性嗜酒，家贫不能常得。亲旧知其如此，或置酒而招之。造饮辄尽[⑤]，期在必醉。既醉而退，曾不吝情去留[⑥]。

**注释**

①何许：何处。许，处也，许、处音近而通借。《墨子·非乐》："既已成矣，曰：'吾将恶许用之？'"（恶许，何处。）

②详：十分清楚。姓字：姓、名与字。

③不求甚解：意指不在字里行间死钻牛角尖。实际上，渊明思维缜密，对于经史诗文之意义及训诂通达而精到。

④会：领悟。意：指所读诗文之内容及意旨。

⑤造：往。辄：就、总是。

⑥曾：则、乃。吝：惜。此句写自己兴尽便洒然而去，不拘泥于俗礼。

**译文**

先生不知是什么地方的人，也不清楚他的姓名。住宅边有五株柳树，于是就以此为别号了。他悠闲静默，很少说话，不羡慕荣华利禄。喜欢读书，而不去钻求过深的解释。每当有了心得，便高兴得忘了吃饭。习性好喝酒，而家贫不能常有酒喝。亲朋老友知道他这样，有时就准备了酒招呼他去喝。他去喝就喝个尽兴，希望一定喝醉，醉了就走，并不以去留为意。

**原文**

环堵萧然[①]，不蔽风日。短褐穿结[②]，箪瓢屡空[③]，晏如也[④]。常著文章自娱，颇示己志[⑤]。忘怀得失，以此自终。

**注释** ①环堵：四周墙壁，指室内。萧然：空荡无物的样子。

②短褐（hè）：褐，粗布；短褐，粗布短衣。穿：洞。结：成结块，指补丁。

③箪（dān）：古代盛饭的圆竹器。瓢：舀水的器具，将葫芦一剖为二而成。本句取《论语·雍也》意，"一箪食，一瓢饮，在陋巷，人不堪其忧，回也不改其乐。贤哉，回也！"

④晏：安。如：助词。

⑤志：心志。指不图爵禄，隐居躬耕，陶于自然。

**译文** 家中四壁空空，又遮不住风吹日晒。粗布短衣穿破了补丁摞着补丁，饭筐水瓢经常是空的。而他却安逸自在。他常写文章来自我娱乐，也颇能显示自己的心志。得与失不在心中，这种作风一直保持到他生命的终结。

**原文** 赞曰：黔娄之妻有言[①]："不戚戚于贫贱，不汲汲于富贵[②]。"其言兹若人之俦乎[③]？酣觞赋诗[④]，以乐其志。无怀氏之民欤？葛天氏之民欤[⑤]？

**注释** ①黔娄之妻有言：各本无之妻二字；曾本云一有之妻二字，逯本从之。从逯本。黔娄，见《咏贫士》第四首注①。

②不戚戚、不汲汲两句：戚戚，忧惧的样子；汲汲，急于营求。《高士传》：黔娄死，曾子往吊，问称什么谥号，其妻云："康。"曾子不解，其妻云："彼先生者，甘天下之淡味，安天下之卑位；不戚戚于贫贱，不忻忻于富贵；求仁而得仁，求义而得义。其谥为康，不亦宜乎?"（"忻忻",《太平御览·礼仪》作"急急"。）

③其言兹若人之俦乎：李本及多本均作其言兹若人之俦乎；逯本据一作作极其言兹若人之俦乎；今本或据一作作味其言，兹若人之俦乎。从李本及多本。此句式如同：其言兹，彼人乎？其言兹，她说的这些话。若人之俦乎：也指那些与黔娄一类的人罢。若人：那个人。指黔娄。俦：同类。他本或将"兹"注为此人，指五柳先生，则"其言"前加"极"加"味"以求通，然似非原文。

④酣：李本作酬，陶本、逯本作酣，从后。

⑤无怀氏、葛天氏：传说中的远古帝王名。晋皇甫谧《帝王世纪》："女娲氏没，大庭氏王有天下，次有柏皇氏……有巢氏、朱襄氏、葛天氏、阴康氏、无怀氏凡十五世，皆袭庖牺氏之号。"宋罗泌《路史》载，葛天氏，"其为治也，不言而自信，不化而自行"。无怀氏，"当世之人，甘其食，乐其俗，安其居，而重其生"；"形有动作，心无好恶。鸡犬之音相闻，而民至老死不相往来"。

**译文**　赞曰：黔娄的妻子有这样的话：“不为贫贱忧虑愁烦，不为富贵去营求奔忙。”她所说的话，也指黔娄同类的人吧！酣饮赋诗以使自己的心志愉悦，他是上古无怀氏的子民呢？还是葛天氏的子民呢？

# 扇上画赞（附尚长禽庆赞）

**题解**

这首赞约作于南朝宋元嘉元年（424），陶渊明六十岁。

起首八句是写达人有时而隐的原因。下面分别以四句咏一人物（沮、溺是两人）。依次而咏，共为八组。结尾八句写自己隐、游之乐。

这九位人物，荷蓧丈人与沮、溺是隐耕者，后面六位基本上都是不仕而隐者，所以如此取材，与渊明本身不仕而归耕的行事有关。诗人将三位隐耕者置于前列，体现了他自食其力的主张，这是陶渊明精神可贵的地方。

**原文**

荷蓧丈人　长沮桀溺　於陵仲子　张长公
丙曼容　郑次都　薛孟尝　周阳珪

三五道邈[①]，　三皇五帝的道德远离了，
淳风日尽。　淳朴的风习一天天消尽。
九流参差[②]，　九流学派说法不同，
牙相推陨[③]。　互相排斥纷纷论争。
形逐物迁[④]，　人们随外物的变化而变化，

| | |
|---|---|
| 心无常准[5]。 | 心中并无一定的标准。 |
| 是以达人， | 所以通达的人士， |
| 有时而隐[6]。 | 有时就必须归隐。 |
| “四体不勤， | “肢体不肯劳动， |
| 五谷不分[7]”。 | 五谷也不能区分”。 |
| 超超丈人[8]， | 越出流俗的老人， |
| 日夕在耘[9]。 | 早晚都在耕耘。 |
| 辽辽沮溺[10]， | 心志高远的长沮桀溺， |
| 耦耕自欣[11]。 | 并亩耕种自在高兴。 |
| 入鸟不骇， | 他们和鸟儿在一起鸟不惊骇， |
| 杂兽斯群[12]。 | 和小兽在一起也很合群。 |
| 至矣於陵[13]， | 道德最高的於陵仲子， |
| 养气浩然[14]。 | 善养他的正气浩然。 |
| 蔑彼结驷[15]， | 来聘请他的高车大马都不在眼中， |
| 甘此灌园[16]。 | 却甘心替人灌园。 |
| 张生一仕[17]， | 张长公曾经为官， |
| 曾以事还[18]。 | 托言有事及时归还。 |
| 顾我不能[19]， | 因想到与当世不合， |
| 高谢人间[20]。 | 从此就远离尘寰。 |
| 岧岧丙公[21]， | 品格高超的丙曼容， |
| 望崖辄归[22]。 | 能够悬崖勒马，及时引退。 |

| | |
|---|---|
| 匪骄匪吝[23]， | 不是骄傲也不是吝惜心力， |
| 前路威夷[24]。 | 他是看清了前路艰危。 |
| 郑叟不合[25]， | 郑敬老人不肯合时， |
| 垂钓川湄[26]。 | 垂纶钓鱼在河边。 |
| 交酌林下， | 邓敬专来造访坐在林下， |
| 清言究微[27]。 | 饮酒清谈精微妙言。 |
| 孟尝游学[28]， | 后汉薛孟尝曾四方游学， |
| 天网时疏[29]。 | 眼见得朝纲混乱。 |
| 眷言哲友[30]， | 顾念贤智的友人， |
| 振褐偕徂[31]。 | 整整粗布衣一同退还。 |
| 美哉周子[32]， | 值得叹美的周阳珪， |
| 称疾闲居。 | 自称有病辞职闲居。 |
| 寄心清商[33]， | 寄心于清商乐调， |
| 悠然自娱。 | 悠悠然自得欢娱。 |
| 翳翳衡门， | 柴门下面可以休息， |
| 洋洋泌流[34]。 | 解除饥渴有那涌出的泉流。 |
| 曰琴曰书， | 有那琴，有那书， |
| 顾盼有俦。 | 看看这些，都是我的好友。 |
| 饮河既足[35]， | “偃鼠饮河，不过满腹”， |
| 自外皆休。 | 除此之外都可以罢休。 |
| 缅怀千载， | 遥念千年以来， |

托契孤游㊱。　　我独自个与古代的心友交游。

**注释**

①三五：指三皇五帝。

②九流：先秦时期九个学术流派，儒家、道家、阴阳家、法家、名家、墨家、纵横家、杂家、农家（见《汉书·艺文志》）。参差（cēncī）：长短不齐，此处转为异见纷呈的意思。

③牙相：李本作牙相，陶本作互相。从李本。牙相，相反相成如牙相对。推陨（yǔn）：陨，坠落；推陨，推进与驳退。《汉书·艺文志》：诸子“其言虽殊，辟（譬）犹水火，相灭亦相生也”，“异家者各推所长”。

④形：形貌，指九家学派对某问题的说法。物：指具体的事物情况。

⑤常准：恒久的标准。

⑥有时：指国无道之时。《史记·仲尼弟子列传》：“子思问耻。孔子曰：‘国有道，谷；国无道，谷，耻也。’”（谷，官禄。）

⑦四体：身体的四肢。五谷：稻、黍、稷、麦、菽。此两句出自《论语·微子》，子路与孔子失散，子路冒失地同荷蓧丈人：“子见夫子乎”，丈人用这两句话反责子路。

⑧超超：高超不凡的样子。丈人：荷蓧丈人。见《癸卯岁始春怀古田舍二首》第一首注⑩。

⑨耘：除草。

⑩辽辽：高远的样子。《楚辞·九叹》："山修远其辽辽兮。"沮（jù）：长沮。溺（nì）：桀溺。

⑪耦（ǒu）耕：两人并臿而耕。《考工记》："二耜为耦。"疏："两人耕为耦。"（耜sì，臿，翻土工具。）自欣：自愉。《论语·微子》载：孔子使子路问津，沮、溺问明他们的身份后，说："而与其从辟人之士也，岂若从辟世之士哉！"接着，耰而不辍。（而，同"尔"。辟，同"避"；辟人，避坏人。耰yōu，布种子后再用土掩平。）

⑫骇：惊。杂兽：混杂于动物之中。斯：句中助词。此两句由孔子语而来。接上注引《论语·微子》：孔子听了子路的传言后，云："鸟兽不可与同群，吾非斯人之徒与而谁与？"（后句意为：我不与这类人打交道，跟谁打交道？）

⑬至：极。此赞道德修养到达最高境。於（wū）陵：故城在今山东邹平市长山镇西南。齐国人陈仲子隐居于於陵，自谓於陵仲子。

⑭养气浩然：《孟子·公孙丑》："我善养吾浩然之气。"《高士传》：陈仲子兄名戴，为齐卿，食禄万钟，仲子以为不义，适楚而居于於陵。穷不苟求，岁饥乏粮，匍匐而食井上李，三咽而能视。

⑮蔑彼结驷：结驷，连结四匹马驾车，指高官车乘。《高士传》：楚王听说陈仲子贤，遣使持金百镒聘他为相。仲子入告

妻，其妻曰："夫子左琴右书，乐在其中矣。结驷连骑，所安不过容膝，食方丈于前，所甘不过一肉。今以容膝之安、一肉之味而怀楚国之忧，乱世多害，恐先生不保命也"。

⑯甘以灌园：甘，情愿。灌园：浇水施肥于菜园。《高士传》：陈妻言后，"于是，出谢使者，遂相与逃去，为人灌园"。

⑰张生：张挚，字长公，西汉名臣张释之（任廷尉）之子。《史记·张释之列传》：张挚"官至大夫，免。以不能取容当世，故终身不仕"。

⑱事：指"不能取容当世"。《索隐》："谓性公直，不能曲屈见容于当世，故至免官不仕也。"

⑲顾：反问。我：自己，代张挚自称。

⑳高：高举双手作揖。人间：指官场。

㉑岧岧（tiáo）：山高高的样子。此处借以形容道德品格。丙公：邴曼容，西汉末琅邪（今山东诸城）人，丙为"邴"之借字。《汉书·两龚传》："汉兄子曼容亦养志自修，为官不肯过六百石，辄自免去，其名过出于汉。""汉"指邴汉，是他的叔父。邴汉以清行征用，至京兆尹，后为太中大夫，年老致仕。当时王莽专擅朝政，邴曼容不肯做高官，恐与此有关。

㉒崖：悬崖。比喻王莽时朝廷高官处境。

㉓匪：同"非"。吝：贪。

㉔威夷：艰险。

㉕郑叟：郑敬，字次都，东汉末汝南郡人。新迁（即新蔡县，今河南固始县东）都尉逼为功曹。县厅前树时有清汁，以为甘露。郑云："明府政未能致甘露，此清木汁耳。"辞病去。隐处精学，渔钓自娱。同郡邓敬因折芰为坐，以荷荐肉，瓠瓢盈酒，言谈弥日。（芰qí，菱叶。荐，陈放。事见《后汉书·郅恽传》及注。）

㉖湄：岸边。

㉗微：深入精微的学问。

㉘孟尝：薛包，字孟尝，东汉汝南（今河南汝南东南）人。好学笃行，孝悌闻于乡里。游学：远出学习。建光中，公车特征，至，拜侍中。薛性恬虚，故以游学言其游宦。学指"学仕"，《饮酒》之十九："投耒去学仕。"

㉙天网：喻指朝廷法令制度。疏：疏漏。此指薛包称疾不起，以死乞归。朝廷让他返归居里。

㉚哲友：贤智之友。

㉛偕徂：偕同而往，指归隐。此句非实指，意思是与前面的毛义一起走归隐之路。庐江毛义，字少节，家贫，因孝养母而任官。后举贤良。公车征，遂不至。建初中，诏褒毛义，赐谷千斛，常以八月长吏问起居，如赐羊酒。寿终于家。薛包侍中乞归，"有诏赐告归，加礼如毛义。年八十余，以寿终"。（以上薛孟尝事迹均见《后汉书·刘赵淳于江刘周赵列

传》）或疑史传有缺载，今姑且据诗句译注。

㉜周子：周阳珪。生平事迹不详。

㉝清商：李本、逯本作清尚。《艺文类聚》作清商，从后。尚、商音近形似，疑原文为清商，《咏贫士》："清歌畅商音"，可佐证之。商，五音之一，商音凄凉，配时为秋。参见《咏贫士》第三首注④。

㉞洋洋：水流源源不断的样子。泌（mì）：泉水。《诗经·陈风·衡门》："衡门之下，可以栖迟。泌之洋洋，可以乐饥。"（乐饥，乐以忘饥。）

㉟饮河：饮河水。《庄子·逍遥游》："偃鼠饮河，不过满腹。"

㊱契：契合，指志同道合者。

## 原文　尚长禽庆赞[1]

| | |
|---|---|
| 尚子昔薄宦[2]， | 向子平曾做小官吏， |
| 妻孥共早晚[3]。 | 和妻子儿女团聚早早晚晚。 |
| 贫贱与富贵[4]， | 富贵不如贫贱， |
| 读易悟益损[5]。 | 他读《易》"损""益"卦彻悟人间。 |
| 禽生善周游， | 禽庆喜欢周游四方， |
| 周游日已远。 | 周游的地方都很遥远。 |
| 去矣寻名山， | 去啊！去找一座名山， |
| 上山岂知反[6]。 | 上了山就不再回还。 |

## 注释

①尚长禽庆赞：此篇李本不载;《艺文类聚》载，逯本载，从之。尚长:《后汉书》作向长，字子平，朝歌（今河南淇县北）人。隐居不仕。性尚中和，爱好并深通《老子》《周易》。(见《高士传》）禽庆：字子夏，东汉北海郡（都治在今山东昌乐东南）人。王莽篡汉，辞官隐居。

②薄宦：鄙薄为官。《高士传》:“大司空王邑辟之，连年乃至。欲荐之于王莽，固辞乃止。潜隐于家。”

③孥（nú）：子女。

④贫贱与富贵：与,《艺文类聚》缺字，何注本有“与”字。此句是说“读易悟损益”后，深明贫贱与富贵的道理。尚长家贫,“贫无资食，好事者更馈焉，受之取足而反其馀”(《高士传）。

⑤易：书名，五经之一，称《易经》，或称《周易》。我国古代一部占蓍而内含哲理的经典著作。益损：益卦与损卦。《高士传》说尚长“读易至损益卦，喟然叹曰:‘吾已知富不如贫，贵不如贱，但未知死何如生耳。’”

⑥上山岂知反：反，同“返”。《高士传》载：尚长在建武中将儿女嫁娶事办毕，便敕断家事，并云当如我死。“于是遂肆意与同好北海禽庆俱游五岳名山，竟不知所终”。

# 读史述九章（并序）

**题解** 这九章四言韵文约作于南朝宋永初元年（420），陶渊明五十六岁。

“史”是指《史记》,“述”是述怀。在《史记》众多的历史人物中，作者选咏了这九章的人物，显然对他们的为人及事迹深有所感，并且述而赋之，正寄寓着学习与警戒的意思。九章的人物，一方面依历史先后顺序而排列，一方面又体现着意义的组合:《夷齐》《箕子》是易代时的节操,《管鲍》《程杵》是义交的高模,《七十二弟子》是士人的先贤,《屈贾》《韩非》是士不遇甚至丧生的前鉴,《鲁二儒》《张长公》是坚贞养志以隐居者。

**原文** 余读《史记》[①]，有所感而述之。

**译文** 我读《史记》，有所感而加以记述。

**夷齐**[②]

二子让国[③]，　　伯夷叔齐互让王位，

| | |
|---|---|
| 相将海隅④。 | 相互搀扶着来到北海之滨。 |
| 天人革命⑤， | 周武王应天顺人革商之命， |
| 绝景穷居⑥。 | 他们消失了行踪，隐居困贫。 |
| 采薇高歌⑦， | 一边采薇菜一边高歌， |
| 慨想黄虞⑧。 | 慨叹追怀黄虞太平。 |
| 贞风凌俗⑨， | 高洁风格超越俗世， |
| 爰感懦夫⑩。 | 使懦怯的人志气倍增。 |

## 注释

①《史记》：我国最早的一部纪传体通史，西汉司马迁撰。全书一百三十篇，分为本纪、世家、列传、表、书等五种体式，记叙了上自黄帝，下至汉武帝太初年间大约三千年的历史。

②夷齐：伯夷与叔齐，见《饮酒》第二首注②。

③二子：指夷、齐兄弟二人。让国：孤竹（《括地志》：孤竹古城在卢龙县南十二里，殷时诸侯孤竹国也）国君欲立叔齐，及君父卒，叔齐让伯夷。伯夷曰："父命也。"遂逃去。叔齐亦不肯立而逃之。国人立其中子。

④相将：相与、一齐。海隅：隅，角落；海隅，海滨。《孟子·尽心》："伯夷避纣，居北海之滨。"北海，今渤海。

⑤天人革命：天人，顺天应人，《易经·革卦·象》："汤武革命，顺乎天而应乎人。"革命，古人认为王者受命于天，王者易姓，改换朝代，是变革天之所命。此句指周武王伐纣，周

朝代替商朝。

⑥绝：隐匿。景：同“影”。穷：偏僻处。

⑦歌：《史记·伯夷列传》载，“隐于首阳山，采薇而食之。及饿且死，作歌。其辞曰：‘登彼西山兮，采其薇矣。以暴易暴兮，不知其非矣。神农、虞、夏忽焉没兮，我安适归矣？于嗟徂兮，命之衰矣！’”

⑧黄虞：黄帝、虞舜。

⑨凌：越。俗：指苟且偷生。

⑩爰：句首助词。感懦夫：感振懦弱之人。《孟子·万章》：伯夷“当纣之时，居北海之滨，以待天下之清也。故闻伯夷之风者，顽夫廉，懦夫有立志”。

**原文**

**箕子**①

| | |
|---|---|
| 去乡之感， | 离开故乡免不了心中留恋， |
| 犹有迟迟。 | 尚且会走走停停。 |
| 矧伊代谢②， | 何况朝代的更替， |
| 触物皆非！ | 遇到的一切都不是原来的情景。 |
| 哀哀箕子， | 忧伤的箕子， |
| 云胡能夷③？ | 心中怎能平静？ |
| 狡童之歌④， | 他唱那首狡童之歌， |
| 凄矣其悲。 | 表达了悲凄的心情。 |

**注释**　①箕子：名胥馀，商纣的诸父（伯或叔），任太师。纣淫乱暴虐，箕子数谏不听。少师比干强谏，纣剖比干，观其心。箕子乃被发佯狂，做了奴隶，纣又囚之。后周武王伐纣，释之。（事见《史记·殷本纪》《宋微之世家》）

②矧（shěn）：况且。伊：句中助词。代谢：指改朝换代。

③云：句首助词。夷：平。

④狡童之歌：即《麦秀》诗。《史记·宋微子世家》："其后箕子朝周。过故殷墟，感宫室毁坏，生禾黍，箕子伤之，欲哭则不可，欲泣为其近妇人，乃作《麦秀》之诗以歌咏之。其诗曰：'麦秀渐渐兮，禾黍油油。彼狡童兮，不与我好兮！'所谓狡童者，纣也。"

**原文**　**管鲍**[①]

| | |
|---|---|
| 知人未易， | 了解人很不容易， |
| 相知实难[②]。 | 互相了解实在困难。 |
| 淡美初交[③]， | 初次相识常以淡泊为美， |
| 利乖岁寒[④]。 | 利害相违总在世势危艰。 |
| 管生称心[⑤]， | 管仲称其心愿， |
| 鲍叔必安[⑥]。 | 鲍叔必然心安。 |
| 奇情双亮[⑦]， | 情操非常，交相辉映， |
| 令名俱完[⑧]。 | 完美的好名声长久流传。 |

**注释**

①管鲍：管仲与鲍叔牙，春秋时齐国人。管仲，名夷吾，字仲，颍上（今安徽颍上）人。管仲始困时，与鲍叔经商，分财自取多，鲍叔不以他为贪，知道他家贫且有老母。管仲辅公子纠逃于鲁，败而囚；鲍叔辅公子小白返齐居君位，欲以鲍叔为相，鲍叔竭力举荐管仲。管仲得以返齐并任相，助齐桓公以霸，九合诸侯，一匡天下。管仲曾说："生我者父母，知我者鲍子也。"（事见《史记·管晏列传》）

②相知：相互知心。

③淡美：清淡而美，此指初交情谊状况。

④乖：违。岁寒：以严寒喻处境恶劣。

⑤管生称心：称心，满足心愿。管仲有大志。支持公子纠的鲁国败，公子纠自杀，管仲自入囚车而回到齐国，曾说：吾不羞小节而耻功名之不立。称心盖指任相理政之事。

⑥鲍叔必安：指鲍叔见管仲之才得以发挥，齐国得以大治，于是心安。《史记·管晏列传》："鲍叔既进管仲，以身下之。子孙世禄于齐，有封邑者十余世，常为名大夫。"

⑦奇情：世上难见到的高尚情操。双亮：交相辉映。

⑧令：美。完：周全无缺。管仲受到齐国举国上下的拥戴，名垂史册。鲍叔牙也美名闻天下，《史记·管晏列传》："天下不多管仲之贤而多鲍叔能知人。"（多，称赞，此处转为"惊讶"的意思。）

## 原文

**程杵**[①]

| | |
|---|---|
| 遗生良难[②]， | 舍出生命真是困难， |
| 士为知己。 | 士为知己慷慨赴死。 |
| 望义如归， | 钦慕大义视死如归， |
| 允伊二子[③]。 | 程婴、杵臼真能如此。 |
| 程生挥剑， | 程婴报赵既毕挥剑自杀， |
| 惧兹馀耻[④]。 | 是害怕留下畏死的羞耻。 |
| 令德永闻， | 他们的美德永久流传， |
| 百代见纪[⑤]。 | 百代记载，为人所知。 |

## 注释

①程杵（chǔ）：程婴与公孙杵臼，春秋时晋国人。程为赵朔友，公孙为赵朔门客。司寇屠岸贾害赵朔，灭其族。公孙因领养赵朔孤儿（其实是以假充真）被处死，程抚养孤儿赵武。赵武长成，攻灭屠岸贾，复嗣（后任正卿）。程婴以公孙杵臼先死，当以死报于地下，遂自杀。（事见《史记·赵世家》）

②遗：舍弃。良：实。

③允：诚信。《诗·小雅·车攻》："允矣君子。"

④馀：生之馀。《史记·赵世家》：先时，公孙杵臼与程婴设计，公孙携养伪孤儿，程婴报官，公孙与伪孤儿死，程婴抚养孤儿。所以程婴认为大功已成，如不以死相随公孙，便是自己的耻辱。

⑤百代：指百代以后。纪：记载。

原文

## 七十二弟子[①]

| | |
|---|---|
| 恂恂舞雩[②]， | 恭敬谨慎风乎舞雩的弟子， |
| 莫曰匪贤[③]。 | 没有一个不是大德大贤。 |
| 俱映日月[④]， | 他们都与日月相辉映， |
| 共餐至言[⑤]。 | 共同含咀至理名言。 |
| 恸由才难[⑥]， | 哀恸由于人才难得， |
| 感为情牵[⑦]。 | 感动是被情所系牵。 |
| 回也早夭[⑧]， | 颜回过早地夭亡， |
| 赐独长年[⑨]。 | 子贡则独得长年。 |

注释

①七十二弟子：据《史记·孔子世家》载："孔子以诗书礼乐教，弟子盖三千焉，身通六艺者七十有二人。"

②恂恂（xún）：忠信厚实的样子。舞雩（yú）：雩，古代求雨的祭祀。祭时用乐舞。舞雩，此处指舞雩坛，出于《史记·仲尼弟子列传》，"曾蒧（《论语·先进》作曾点，蒧diǎn），字皙。子曰：'何伤乎？亦各言其志也！'蒧曰：'莫春者，春服既成，冠者五六人，童子六七人，浴乎沂，风乎舞雩，咏而归。'夫子喟尔叹曰：'吾与蒧也！'"此句代指七十二弟子。

③莫：无、没有。匪：同"非"。

④映日月：与日月共辉映，指七十二弟子的道德人品。

⑤餐：吃，这里转为“仔细体味”的意思。至言：至理之言，指孔子的教诲之语。

⑥恸（tòng）由才难：恸，极度的悲哀。才难，成才之难。《史记·仲尼弟子列传》：“回年二十九，发尽白，蚤死。孔子哭之恸。”“鲁哀公问：‘弟子孰为好学？’孔子对曰：‘有颜回者好学，不迁怒，不贰过。不幸短命死矣，今也则亡。’”（蚤，同“早”。亡，同“无”。）

⑦感为情牵：此句指诸弟子离开后孔子始终挂念他们，如：闻卫国乱，孔子曰“嗟乎，由死矣！”已而果死。子羽貌恶，孔子轻视了他。后子羽从弟子三百人，名施乎诸侯。孔子闻之，曰：“（吾）以貌取人，失之子羽。”等等。

⑧回也早夭：回，颜回；夭，死。《史记》《索隐》：“按，《家语》亦云：‘年二十九而发白，三十二而死。’”王肃云：“此久远之书，年数错误，未可详也。校其年，则颜回死时，孔子年六十一。”《史记·仲尼弟子列传》：“颜回者……少孔子三十岁。”则一说颜回死时三十一岁。

⑨赐独长年：赐指端木赐，字子贡。长年，长寿。子贡少孔子三十一岁，卒年不详。

## 原文

**屈贾**①

| | |
|---|---|
| 进德修业， | 君子增进德行研修学业， |
| 将以及时②。 | 是想建立功业能够及时。 |
| 如彼稷契③， | 舜时的贤臣稷与契， |
| 孰不愿之？ | 谁都愿像他们那样为君所知。 |
| 嗟乎二贤！ | 可叹屈、贾二位贤人， |
| 逢世多疑④。 | 偏偏遇到多疑好忌之世。 |
| 候詹写志⑤， | 问卜詹尹，作《卜居》以写志， |
| 感鹏献辞⑥。 | 鹏鸟入舍，有所感而赋辞。 |

## 注释

①屈贾：屈原、贾谊。屈原，名平，战国时楚国人。楚怀王时任左徒，参议国事，应对诸侯，王甚任之。遭谗而疏，出使齐国。楚数败于秦，怀王死。顷襄王立，召回，可能于此时任三闾大夫。又遭谗，迁逐之。后投汨罗江殉国。著有《离骚》《天问》《九歌》等。贾谊：西汉雒阳（今河南洛阳）人。文帝时召为博士，一年超迁至太中大夫。奏议革定制度，削列侯，遭大臣嫉害，贬为长沙王太傅，后迁梁怀王太傅。死年三十三。著有《治安策》《吊屈原赋》《鹏鸟赋》等。（以上二人事见《史记·屈原贾生列传》）

②及时：赶上举用之时。

③稷（jì）：后稷，名弃。尧时举用，舜续用为农官，掌播时

百谷。契（xiè）：尧时举用，舜续用为司徒，掌人伦教化。

④疑：疑忌。

⑤候詹：李本作候瞻，馀本作候詹，从后。候，占验。《列子·周穆王》："梦有六候。"詹（zhān），太卜郑詹尹。《楚辞·卜居》："屈原既放，三年不得复见。…… 乃往见太卜郑詹尹曰：'余有所疑，愿因先生决之。'詹尹乃端策拂龟。"写志：写出了屈原的心志。《楚辞·卜居》：詹尹问卜何事，屈原作了"将游大人以成名乎，宁正言不讳以危身乎"等正反鲜明的长篇陈词。

⑥感鵩（fú）献辞：鵩，猫头鹰一类的鸟，古时迷信认为不祥之鸟。《史记·屈原贾谊列传》载：贾谊为长沙王太傅三年，有鵩鸟飞入贾舍，止于坐隅。长沙低湿，贾自以为寿不得长，伤悼之，乃作《鵩鸟赋》以排遣。

## 原文

**韩非**[①]

| | |
|---|---|
| 丰狐隐穴[②]， | 大狐隐藏在巢穴之中， |
| 以文自残[③]。 | 因为有漂亮的皮毛而受到残害。 |
| 君子失时， | 君子不能为世所用， |
| 白首抱关[④]。 | 只得看门守关等到头白。 |
| 巧行居灾[⑤]， | 机巧的行为照样遇到祸患， |
| 忮辩召患[⑥]。 | 巧辞善辩也能招致灾害。 |

| | |
|---|---|
| **哀矣韩生，** | 可悲啊，韩君， |
| **竟死“说难”[⑦]！** | 因说而死，即如《说难》所载。 |

**注释**

①韩非：战国末期韩国诸公子，先秦法家集大成者，著《孤愤》《五蠹》等十余万言（后人辑成《韩非子》）。他数以书谏韩王，不用。后秦王嬴政见其著篇，通韩国派遣韩非作为使节去秦。非至，李斯陷非不为秦用，下狱。给药，使自杀，死。（事见《史记·老子韩非列传》）

②丰狐：大狐狸。隐穴：藏身于岩穴中。《庄子·山木》：“夫丰狐、文豹，栖于山林，伏于岩穴。”

③以文自残：文，花纹，指有花纹的毛皮。《韩非子·喻老》：“翟人有献丰狐玄豹之皮于晋文公，文公受客皮而叹曰：‘此以皮之美自为罪。’”《史记》本传：早先韩非“与李斯俱事荀卿，斯自以为不如非”。此上下句喻韩非法治之理大备，辨析奸伪权诈也十分周详，因而反而给自己招来了祸害。

④白首抱关：抱关，守关，属位卑禄薄的小吏。《史记·魏公子列传》：魏国隐士侯嬴，年七十，家贫，为大梁夷门监者。

⑤巧行：机巧的行为。

⑥忮（zhì）：李本、陶本作忮，焦本作枝，从前者。忮，逆；辩，辩说。忮辩，忮异之辩说。

⑦说（shuì）难：《韩非子》中以此为篇名，专述游说之难，

指出游说人君可能招致杀身之祸者有六。《史记》本传引列了《说难》之文，并云："然韩非知说之难，为《说难》书甚具，终死于秦，不能自脱。"

**原文**　**鲁二儒**①

| | |
|---|---|
| 易代随时②， | 朝代改变就应随时改变， |
| 迷变则愚③。 | 因世变生迷惑实在愚鲁。 |
| 介介若人④， | 耿介孤高的这两个人， |
| 特为贞夫⑤。 | 是特出贞洁的大丈夫。 |
| 德不百年， | 他们坚持树德不到百年不能制礼， |
| 污我诗书⑥。 | 任何曲解都是污蔑诗书。 |
| 逝然不顾⑦， | 断然拒聘，不屑看一看， |
| 被褐幽居⑧。 | 穿着粗布衣隐居在荒僻之处。 |

**注释**　①鲁二儒：鲁地（今山东曲阜地区）两位儒生。《史记·刘敬叔孙通列传》载：汉五年，已并天下。群臣争功，醉或妄呼，高祖（刘邦）患之。于是命叔孙通与诸儒定朝仪。叔孙征召鲁诸儒生三十馀人，有两儒生不肯行，曰："公所事者且十主，皆面谀以得亲贵。今天下初定，死者未葬，伤者未起，又欲起礼乐。礼乐所由起，积德百年而后可兴也。吾不忍为公所为。公所为不合古，吾不行。公往矣，无污我！"叔孙通笑曰：

“若真鄙儒也，不知时变。”

②易代：李本及诸本作易代，逯本从《艺文类聚》作易大，从前者。

③迷变则愚：迷于变迁而忘记节操也是愚蠢的。此上下句是针对叔孙通讥刺鲁二儒的话而发的。

④介介：耿直貌。若人：指鲁二儒。

⑤特为贞夫：贞夫，品格高洁而坚定的人。此将鲁二儒与叔孙通及诸儒比较而言。叔孙通好谀，原为秦博士，改从项梁、怀王、项羽，再降汉。定朝仪，“诸侍坐殿上皆伏抑首”等，刘邦云：“吾迺今日知为皇帝之贵也。”于是封叔孙为太常，赐金五百斤。诸儒生均任郎官，赐金。诸生皆喜曰：“叔孙生诚圣人也，知当世之要务。”（《史记·刘敬叔孙通列传》）

⑥诗书：指历史上相传的反映传统道德、历史、学术、生活的典籍。

⑦逝：同“誓”，决。《高士传》“鲁二征士”一章也记述叔孙通征鲁二儒之事，鲁二儒拒言后，文云：“通不敢致而去。”

⑧被：穿。褐：粗布衣。

**原文**

## 张长公①

| | |
|---|---|
| 远哉长公， | 胸怀远大的张长公， |
| 萧然何事？ | 默默隐居为了何事？ |

| | |
|---|---|
| 世路多端[②]， | 世路多歧花样繁多， |
| 皆为我异[③]。 | 都和我的愿望相异。 |
| 敛辔朅来[④]， | 收起缰绳回到故乡， |
| 独养其志。 | 独自来修养我的心志。 |
| 寝迹穷年[⑤]， | 踪迹不见，直到离开人间， |
| 谁知斯意？ | 谁能知道这深刻的含意？ |

**注释**

①张长公：西汉人张挚，字长公。见《扇上画赞》注⑰。

②世路多端：端，头绪。此言世路多歧，取《列子·说符》杨子悲歧路之意。杨子之邻人亡羊，众人追寻无着，杨子戚然变容，以为“大道以多歧亡羊，学者以多方丧生”。

③皆为我异：为，是；我异，与我相异。《史记·张释之列传》《索隐》：张长公“性公直，不能曲屈见容于当世”。

④辔：马缰绳。朅（qiè）来：朅，去；朅来，归去来。指张长公官至大夫，辞归。

⑤寝迹：匿迹。穷年：直到离世。

# 卷之七　疏祭文

# 与子俨等疏

**题解**　这篇疏文约作于晋义熙十一年（415），陶渊明五十一岁。

俨，陶俨，是渊明的长子。疏，文体的名称，内容是分析与说清道理。唐代公文的名称，叫“奏疏”（简称“疏”），是臣属谏说政事的上书。但那是下对上，而“疏”的取义与此同。

本文分四层：首句至“寿夭永无外请故耶”叙生死有常的道理；“吾年过五十”至“良独内愧”，叙隐贫而累及儿子；“少学琴书”至“眇然如何”，叙羲皇上人怀抱；“疾患以来”至尾，诫勉五子友爱互助。

历代评家都赞颂羲皇上人这一段，其洁净高雅情怀，适自然而极愉悦，诚是优秀文辞；此外，本文眷眷父子之情，殷殷诫勉友爱之心，读后也感人肺腑。

**原文**　告俨、俟、份、佚、佟[①]：天地赋命[②]，生必有死，自古圣贤，谁能独免[③]？子夏有言[④]：“死生有命，富贵在天[⑤]。”四友之人[⑥]，亲受音旨[⑦]，发斯谈者，将非穷达不可妄求，寿夭永无外请故耶[⑧]？

**注释** ①俨、俟（sì）、份（bīn）、佚（yì）、佟：渊明五子名，他们的小名依次是舒、宣、雍、端、通，呼名前均加“阿”，如阿舒。小名已见《责子》诗。

②赋：给予。

③能独：李本作能独，逯本作独能，从李本。

④子夏：姓卜名商，子夏是字。擅长文学，通《诗》《易》《春秋》《礼》，孔子殁，子夏居西河（今山西龙门）教授，为魏文侯师。（见《史记·仲尼弟子列传》）言：李本“言”后无“曰”，曾本、逯本有曰，从李本。

⑤死生、富贵两句：见《论语·颜渊》。

⑥四友之人：孟懿子问孔子：《尚书》上说敬四邻，何意？孔子答：四邻即四近，王者要敬重他们。周文王就有起四种作用的人，聚附、奔集、辅助、保卫。孟问：夫子亦有四邻？孔子答：吾有四友，颜回、子贡、子张、子路。（见《孔丛子·论书》）子夏也属四友一类的弟子，故云。

⑦旨：要义。指孔子教诲的意义核心。

⑧外请：分外期求。

**译文** 告诉俨、俟、份、佚、佟：天地赋给人以生命，有生也一定有死。自古以来的圣贤，谁也不能避免死亡。子夏曾说过：“死生有命，富贵在天。”他是孔夫子四友之列的人，必定亲自接受了孔子的教诲，发表这一言论，岂不是因为富贵不可妄自追求、寿命也永不能额外地去祈请的缘故吗？

**原文**

吾年过五十，少而穷苦，每以家弊[①]，东西游走[②]。性刚才拙，与物多忤[③]，自量为己[④]，必贻俗患[⑤]。僶俛辞世[⑥]，使汝等幼而饥寒。余尝感孺仲贤妻之言[⑦]，败絮自拥[⑧]，何惭儿子[⑨]？此既一事矣[⑩]。但恨邻靡二仲[⑪]，室无莱妇[⑫]，抱兹苦心[⑬]，良独内愧[⑭]。

**注释**

①以：因。弊：贫乏。

②游走：远出奔波。

③物：物类，代指官场中人。忤：逆。

④为己：给自己。

⑤贻（yí）：留。俗患：官场常见的祸害。

⑥僶俛（mǐnmiǎn）：同“黾勉”，努力。僶俛辞世，指黾勉自己顾全操守而辞官隐退。

⑦孺仲贤妻之言：孺仲，指东汉王霸，孺仲是其字，太原人，少有清节。王莽篡位，弃官还家；光武帝时连征召不至。郡友令狐子伯为楚相，使子车马奉书信至。相形之下，霸子蓬垢而不知礼，霸愧疚。其妻闻之，曰：“君少修清节，不顾荣

禄。今子伯之贵孰与君之高？奈何忘宿志而惭儿女乎！”霸起身而笑，遂共终身隐居。（见《后汉书》之《逸民传》《列女传》）

⑧败絮：破烂的棉絮，指破棉衣。拥：裹身。此句意为自己因为坚守洁操，虽贫无愧。

⑨何惭儿子：何惭儿子之不如。

⑩此：指败絮自拥与儿子蓬垢而不知礼。既：乃、是。

⑪靡：没有。二仲：指汉代求仲、羊仲。见《归去来兮辞》第三段注④。

⑫莱妇：老莱子的妻子。春秋时，楚国人老莱子避乱，隐耕于蒙山之阳。楚王闻其贤，亲往聘之，老莱子允。妻劝说：“可食以酒肉者，可随以鞭捶；可授以官禄者，可随以铁钺。今先生食人酒肉，受人官禄，为人所制也，能免于患乎？”于是，老莱子变更了主意，夫妻一起逃隐于江南。（事见《高士传》《列女传》）

⑬兹：此。

⑭良：甚、很。

## 译文

我年岁已过五十，少年时穷苦，后常因家贫而东西奔波。我秉性刚强，才能短少，与外间人事多有矛盾，自己替自己掂量，做官吏必然留下祸患，于是努力做到辞去官职过隐居生活。因此，使你们从小就过着忍饥受寒的生活。我常被王孺仲贤妻的话所感动：既然自己也拥着破棉絮御寒，又何必为儿子的不如别人而感到惭愧呢？这是同样的事情嘛。遗憾的是邻居中没有求仲、羊仲那样的高士，家中又没有劝丈夫却楚王之聘的老莱子妻那样的妻室。怀抱着这样的苦心，内心实在惭愧。

**原文** 少学琴书，偶爱闲静，开卷有得，便欣然忘食。见树木交荫，时鸟变声，亦复欢然有喜。常言五六月中①，北窗下卧，遇凉风暂至②，自谓是羲皇上人③。意浅识罕④，谓斯言可保⑤。日月遂往，机巧好疏⑥，缅求在昔⑦，眇然如何⑧！

**注释** ①言：说。

②暂：短时，指风一阵间歇一阵地轻拂。

③羲（xī）皇：伏羲氏、神农氏、黄帝为三皇。羲皇上人：伏羲氏之前的人。

④罕：少。

⑤谓：以为。斯言：这话，指“五六月中”至“羲皇上人”所写的极为自适的生活。保：保持，保持下去。

⑥机巧：机心巧谋。好（hǎo）：很、十分。疏：生疏、远。《饮酒》之二十："羲农去我久，举世少复真。"

⑦缅求：怀念并期求。缅求在昔，这一句指过去自谓羲皇上人那段时间的状况。

⑧眇：同"渺"，远。如何：奈何。

**译文** 少年时曾学习琴、书，间或喜爱闲静，打开书卷，有所心得，便高兴得忘记了吃饭。看见树木枝荫交叉，随时节的不同，鸟鸣声也在改变，我也十分高兴。常说五六月中，在北窗下躺着，遇到凉风一阵阵吹来，便自以为是生活在伏羲氏以前的人。我思想肤浅，见识也不高明，以为这样的自在生活可以一直保持下去。时光逐渐逝去，希望疏远那些投机取巧的事，然而追念以往的情形，已很渺茫无可如何了。

**原文** 疾患以来，渐就衰损。亲旧不遗[①]，每以药石见救[②]，自恐大分将有限也[③]。汝辈稚小家贫，每役柴水之劳[④]，何时可免，念之在心，若何可言[⑤]。然汝等虽不同生[⑥]，当思四海皆兄弟之义[⑦]。鲍叔、管仲，分财无猜[⑧]；归生、伍举[⑨]，班荆道旧[⑩]：遂能以败为成[⑪]，因丧立功[⑫]。他人尚尔，况同父之人哉！颍川韩元长[13]，汉末名士，身处卿佐[14]，八十而终[15]，兄弟同居，至于没齿[16]。济北氾稚春[17]，晋时操行人也[18]，七世同财，家人无怨色。《诗》曰：“高山仰止，景行行止[19]。”虽不能尔[20]，至心尚之[21]。汝其慎哉[22]！吾复何言。

**注释**

①不遗：不弃。

②药石：草药及石类药。石类药如钟乳、矾、磁石等。

③大分（fèn）：分，界限；大分，寿命。

④每：常。

⑤若何：如何。若何可言，意即有什么话可说呢？

⑥不同生：不，李本作曰，陶本、逯本作不，从后。不同生，不是一母所生。长子俨为渊明前妻所生，后四子为续弦翟氏所生。

⑦四海皆兄弟：《论语·颜渊》：“司马牛忧曰：‘人皆有兄弟，我独亡。’子夏曰：‘商闻之矣：死生有命，富贵在天。君子敬而无失，与人恭而有礼。四海之内，皆兄弟也。君子何患乎无兄弟也？’”（亡，同“无”。）

⑧鲍叔、管仲，分财无猜：猜，疑忌。管鲍分金事见《读史述九章》之《管鲍》注。

⑨归生、伍举：春秋时楚国人。归生，又名声子，楚国公孙、大夫；伍举，楚国大夫。两人友善。伍举娶于子牟，子牟有

罪而逃亡，楚康王以为伍举送之，伍举惧而先奔郑，再奔晋。在郑郊与出使晋国的归生相遇。两人班荆坐食，归生说定使伍举返楚而安全。归生返楚后，说服令尹子木，不要楚材晋用，对楚不利，子木同意，并增益伍举的爵禄，伍举终于回到楚国。（事见《左传·襄公二十六年》《国语·楚语》）

⑩班：列、铺。荆：落叶灌木，此处指其枝条。

⑪以败为成：管仲辅齐公子纠逃于鲁，齐公子小白先回到齐都做了国君，鲁国派军队护送公子纠攻齐，被齐打败，鲁君受胁于齐而杀公子纠，囚管仲。管仲靠鲍叔的帮助回到齐国并任相，齐国大治，成为五霸之一。

⑫因丧立功：丧，失，指伍举惧祸逃晋。立功，指伍举回楚国后，致力于国政，后辅助公子围做了国君（楚灵王），并谏说灵王造章华台为靡费不当等。（见《左传·昭公元年》《国语·楚语》）

⑬韩元长：名融，字元长，东汉颍川舞阳（今河南舞阳西）人。其父韩韶，为县官，民饥为盗，韶开仓赈济，有德名。元长不为章句学而能辨理，声名甚盛，五府并荐举，后官至太仆，年七十卒。（见《后汉书·韩韶列传》）

⑭卿佐：汉代太仆为九卿之一，掌管皇帝车马。

⑮八十：李本作七十，陶本作八十，并注：惠氏栋后汉书补注谓彼处七当作八。从陶本。

⑯没齿：齿，年；没齿，没世。

⑰汜（fàn）稚春：名毓，字稚春，西晋济北庐（今山东长清西南）人。少履高操，安贫著述，召仕不就。其家累世儒素，敦睦九族，到汜毓已七世，时人称其家“儿无常父，衣无常主”。（见《晋书·儒林传》）

⑱操行人：有操守洁行的人。

⑲高山、景行两句：见于《诗经·小雅·车辖》（辖，车轮轴键）。止，句尾助词。景行：大道。两句原意为仰见高山，车行于大道；司马迁于《孔子世家》以此赞美孔子，两句乃生新义。

⑳尔：如此。

㉑至心：至诚之心。尚：崇慕、企望。

㉒汝：此处作多数，你们。其，句中助词，无义。

**译文**

我生病以来，日渐衰弱。亲朋故旧不遗弃我，时常用药石给我医治，自己则担心生死大数已很有限了。你们从幼小时即遇家中贫困，每每要承担打柴挑水的劳动，也不知何时能免除。我心里想着此事，有什么话好说呢？然而你们虽然不是一母所生，应想到“四海之内皆兄弟也”的大义。古时鲍叔、管仲分钱财，谁多谁少毫无猜忌；归生与伍举二人在路边铺上荆条坐下畅叙旧情，以至于管仲被俘靠鲍叔推荐而得成就事业；伍举奔郑，经归生帮助，得以返国并建立大功。异姓之人尚能如此，何况你们同父的人呢！颍川的韩元长是汉末名士，他身为卿佐之官，八十岁才去世。他兄弟同居不分家直到去世。济北的氾稚春是晋代有操守的人，七代不分家，家中人都没有相怨的表情。《诗云》："像仰望高山，像行走在光明大道上"，虽然我们没达到那样的高度，也应该诚心诚意地尊崇效法他们。你们要谨慎啊！我没有什么话好说了。

# 祭程氏妹文

**题解**　这篇祭文作于晋义熙三年（407），陶渊明四十三岁。

程氏妹，是陶渊明的庶母（父之妾）所生，比渊明小三岁。因嫁给程家，故称程氏妹。父、庶母早逝，兄妹自幼格外关爱。自渊明生母去世，兄妹各处一方，更是相依慰藉。

文分七层：首五句叙祭时、被祭者、祭者；下至“人逝焉如”，叙妹死后悲凉景象；下至“抚髫相成”，叙兄妹情深；下至“而不斯报”，叙妹德范；下至“兴言泣血”，叙兄妹再失慈亲；下至“谁主谁祀”，叙妹死后遗物、遗事、遗孤；尾五句致哀痛。祭文字字句句浸透着哀痛，渊明的兄妹之情、怀母之思，摧心断肠。

本篇祭文用四言韵文写成。祭文的常规形式是四言韵文，但也可用散体。

**原文**　维晋义熙三年①，五月甲辰②，程氏妹服制再周③，渊明以少牢之奠④。俯而酹之⑤。呜呼哀哉⑥！

## 注释

①维：句首助词，无义。

②五月甲辰：古人用干支纪日，据陈垣《二十史朔闰表》，五月甲辰为该年农历五月六日。

③服制：丧服及服期的制度。根据生者与死者的血缘亲疏关系，丧服分成五等《参见《赠长沙公》注⑥），服期也有规定。再周：按服制规定，已嫁姊妹死，服大功服，为期九月。渊明妹约死于义熙元年十一月（见《归去来兮辞·序》），至义熙三年四月，有十八个月，为大功服期九月之倍，故云再周。此见渊明哀思之深。

④少（shào）牢：祭用羊、猪二牲。“丧从死者，祭从生者。”（《礼记·王制》）“下大夫之虞也，犆牲。卒哭成事，附，皆少牢。”（《礼记·杂记》）［虞，丧事。犆（tè）牲，一牲。卒哭成事，指服期满。附，同“祔”，祭后死者附于祖。］渊明曾任县令，故比以下大夫之祭。奠（diàn）：对死者陈设祭品致敬悼。

⑤酹（lèi）：将酒洒于地以表示祭奠。

⑥呜呼哀哉：悲呼辞，祭文中常用。

## 译文

晋代义熙三年五月甲辰日，服程氏妹之丧已逾十八个月。渊明以少牢之具祭奠，躬身以酒酹地。呜呼悲哀啊！

**原文**　寒往暑来，日月寖疏[①]，梁尘委积，庭草荒芜。寥寥空室，哀哀遗孤[②]，肴觞虚奠[③]，人逝焉如[④]！

**注释**　①寖（jìn）疏：寖，同“浸”，渐渐地。疏：远。

②遗孤：丢下的孤女。见后文“藐藐孤女”。

③肴（yáo）：熟鱼肉之类。觞：原为饮酒器，此指酒。

④焉如：何往。

**译文**　寒往暑来，时日渐远。屋梁上尘土堆积，庭院中花草已荒芜。空空落落的屋子里，哀哀啼哭的是她遗下的孤儿。菜肴酒醴只能作虚空的奠祭，人去了，已不知去往何处！

**原文**　谁无兄弟[①]，人亦同生[②]，嗟我与尔，特百常情[③]。慈妣早世[④]，时尚孺婴[⑤]，我年二六[⑥]，尔才九龄。爰从靡识[⑦]，抚髫相成[⑧]。

**注释**　①兄弟：古代以“兄弟”概称兄弟姊妹，姊可称女兄，妹可称女弟。

②亦：句中助词，无义。此句谓兄弟都是同胞。

③百：百倍。常情：指一般的兄妹之情。

④妣：父死曰考，母死曰妣。此指程氏妹之生母，渊明之庶母。世：下世之略词。下世，去世。

⑤孺：幼童。婴：怀中小儿。两词用以比指。

⑥二六：十二岁。

⑦靡识：无知。

⑧髫（tiáo）：古代儿童垂发。

**译文**

谁个没有兄弟，一般都是同父母所生。可叹我和你虽然同父异母，却有着百倍于一般的感情。（你的）慈母早年去世，你还很稚小，我年十二，你才九岁。从无知的童年时代，我们就互相关怀、互相帮助。

**原文**

咨尔令妹[①]，有德有操。靖恭鲜言[②]，闻善则乐。能正能和，惟友惟孝。行止中闺[③]，可象可效[④]。我闻为善，庆自己蹈[⑤]。彼苍何偏[⑥]，而不斯报！

**注释**

①咨（zī）：嗟叹。令：贤良。

②靖（jìng）：安静。恭：谨而有礼。鲜：少。

③行止：动与静，指程氏妹的行为举止。闺：女子起居的内室。

④象：法、楷模。效：仿。

⑤庆：福。自：由。己：本人。蹈：履。

⑥彼苍：指天。《诗经·秦风·黄鸟》："彼苍者天，歼我良人"，后乃以"彼苍"，为天之代称。

**译文**

我的善良的妹妹，有德行又有操守，安静恭敬少言语，听到善行就高兴。她能作表率又能协调，能友爱能孝顺，动静起居在闺阁之中，可作榜样可供仿效。我曾听说："作善降祥，福由自取。"那苍天何其偏颇，竟不给她以好报！

**原文**

昔在江陵[①]，重罹天罚[②]，兄弟索居[③]，乖隔楚越[④]。伊我与尔，百哀是切[⑤]。黯黯高云，萧萧冬月[⑥]，白雪掩晨[⑦]，长风悲节[⑧]。感惟崩号[⑨]，兴言泣血[⑩]。

**注释**

①昔在江陵：隆安五年（401），渊明三十七岁，七月销假还江陵任署。

②重（chóng）罹（lí）天罚：重，再一次。罹，蒙受。天罚：上天的惩罚。指这年冬天，渊明生母卒。因父、庶母早故，现生母又故，所以用"重"。

③兄弟：指兄妹。索居：散居。

④乖：相离。楚越：楚指今湖北湖南一带，越指今浙江一带。

《庄子·德充符》:“自其异者视之，肝胆楚越也。”此处用词出于《庄子》，但非实指楚地与越地，而是代说居于两地。

⑤切：迫。

⑥萧萧：寒风声。

⑦雪：李本及诸本作云，曾本云一作雪，逯本作雪。从后。掩：遮。

⑧节：节令。

⑨感：指感悲。崩：山坏，形容悲恸之剧烈。号：号哭。

⑩兴：起，指举哀。言：句中助词。泣血：血出无声，以此形容咽泣之极度悲哀，此词一般用作居父母丧期（三年）的哀辞。

**译文** 从前在江陵时，再一次遭到上天的惩罚 —— 母亲辞世，兄弟离居，异地相隔。只有我和你，经受着种种哀痛，黯黯的是高天的积云，萧萧的是隆冬的气氛，白雪暗淡了清晨，长风呼啸着悲音。悲恸时叩头号哭，一举哀就血泪交迸。

**原文** 寻念平昔[①]，触事未远，书疏犹存[②]，遗孤满眼[③]。如何一往，终天不返[④]！寂寂高堂[⑤]，何时复践。藐藐孤女[⑥]，曷依曷恃[⑦]？茕茕游魂[⑧]，谁主谁祀[⑨]？

**注释**

①寻念：追思。

②书：信。疏：字条之类。

③满眼：满，充溢；满眼，眼前惟见遗孤，悲其不幸也。

④终天：永久。

⑤堂：堂屋。

⑥藐藐：幼小的样子。

⑦曷：何。恃：靠。失父为失怙，失母为失恃。《诗经·小雅·蓼莪》："无母何恃。"

⑧茕（qióng）茕：孤单的样子。

⑨主：掌事，指掌祭之事。祀：祭。

**译文**

追念平日，互相来往的事都像不久前才发生。互通的书信依然还在。你遗下的孤儿也都在眼前。怎么你一去就永远不返！寂寞的高堂上，何时再有你的足迹？小小的孤女，靠谁抚养？孤独的游魂，谁主祭祀？

**原文**

奈何程妹，于此永已[①]。死如有知，相见蒿里[②]。呜呼哀哉！

**注释**

①已：完。

②蒿（hāo）里：乐府相和曲名，古代的挽歌。《乐府诗集》：

"蒿里，山名，在泰山南。"按，蒿里为死者埋葬之地，意即"地下"。

**译文** 无可如何啊，程氏妹，就此永远结束了生命！如果死而有知，我们在魂魄集聚的蒿里相见吧。呜呼悲哀啊！

# 祭从弟敬远文

**题解**　这篇祭文作于晋义熙七年（411）八月，陶渊明四十七岁。

从弟，即堂弟。敬远比渊明小十六岁，死年仅三十一岁。两人之父是兄弟，两人之母是姐妹（陶本注:《豫章书》: 孟嘉以二女妻陶侃子茂之二子，一生渊明，一生敬远），这种血缘关系使他俩情胜手足，加之两人幼并丧父，一房生活，长大后又志趣相投，现在敬远溘然早逝，怎不使渊明恻怆万分！

这篇祭文写于送葬的前夕。文分五层：首句至“祖其将行”，叙祭时、被祭者、祭者；下至“邈无还期”，叙敬远品德、爱好、洁行，并哀其早逝，下至“先我离世”，叙两人自幼相依相勉，及秋收往事；下至“制我祖行”，叙即将安葬、悲遗妻稚；下至尾句，致以哀痛。祭文俱以事寓情，体现了渊明的真朴本色。

**原文**　岁在辛亥①，月惟仲秋②，旬有九日③，从弟敬远，卜辰云窆④，永宁后土⑤。感平生之游处⑥，悲一往之不返，情恻恻以摧心，泪愍愍而盈眼⑦。乃以园果时醪⑧，祖其将行⑨。呜呼哀哉！

**注释** ①辛亥：以干支纪年，辛亥岁，即义熙七年（411）。

②惟：句中助词。仲秋：八月。

③旬有九日：一旬再有九日，一旬十天，加起来十九天，即八月十九日。

④卜辰：占卜择日。辰，指时或日，此处指日。云：句中助词。窆（biǎn）：埋葬。

⑤后土：地下。后，同“厚”。

⑥游：往来、结伴。处：相处。

⑦愍愍（mǐn）：哀念的样子。

⑧时醪（láo）：刚酿成的酒。

⑨祖：送行时祭路神，并饯行者。这里指送敬远灵柩安葬。

**译文** 辛亥年八月十九日，选定了日子，堂弟敬远下棺安葬，永远安息在后土之中。感叹我们平日同游共处，哀伤你一去再不回还。心情悲戚，摧伤胸怀，眼泪汪汪充满了眼帘。乃以园中的疏果与酿成的酒醪，祖奠路神为他送行。呜呼悲哀啊！

**原文** 於铄吾弟[①]，有操有概[②]，孝发幼龄，友自天爱[③]。少思寡欲[④]，靡执靡介[⑤]，后己先人，临财思惠[⑥]。心遗得失[⑦]，情不依世[⑧]。其色能温[⑨]，其言则厉[⑩]，乐胜朋高[11]，好是文艺[12]。遥遥帝乡[13]，爰感奇心，绝粒委务[14]，考槃山阴[15]。淙淙悬溜[16]，暧暧荒林，晨采上药[17]，夕闲素琴[18]。曰“仁者寿”[19]，窃独信之，如何斯言，徒能见欺[20]。年甫过立[21]，奄与世辞[22]，长归蒿里[23]，邈无还期。

**注释**

①於铄（wūshuò）：赞美的感叹词。铄，美、光明。

②概：节概。

③友：指对兄弟友爱。天爱：出自天性（本性）的爱。

④少：自小时起。

⑤靡：不。执：固执。介：僻。

⑥惠：惠及他人，将好处分给别人。

⑦遗：忘、不计较。

⑧不依世：不随俗浮沉。

⑨色：面容态度。

⑩厉：严于事理。

⑪乐：乐于接近。胜：指胜友，才俊异常的友人。朋：结友。高：指道德学问高超者。

⑫好：爱好。文：指诗词文章。艺：指琴棋书画。

⑬帝乡：天帝所在的仙国。

⑭绝粒：不食米谷，道教称为“辟谷”，认为唯此才可脱凡胎，

修炼成仙。委：弃。务：家庭琐事。

⑮考槃（pán）：考，敲；槃，同“盘”。《诗经·卫风·考槃》：“考槃在涧，硕人之宽。”考槃是敲着盘子唱歌，《考槃》是写隐士的诗。此处用以指敬远隐居。山阴：山之阴，山的北面。此处山阴系指山林深处。

⑯淙（cóng）淙：流水声。悬溜：山泉。

⑰上药：升举成仙之药。

⑱闲：闲而拨弄。素：淡雅。

⑲仁者寿：仁厚的人长寿。语见《论语·雍也》。

⑳能：乃。《管子·权修》：“二者不失，则民能可得而官也。”（能，乃。官，管。）见欺：被欺，意谓所言不实。

㉑甫：刚刚。立：而立之年。《论语·为政》：“三十而立。”年甫过立，即三十一岁。

㉒奄：忽然，突然。

㉓蒿里：见《祭程氏妹文》末段注②。

**译文** 光明磊落的我的弟弟，有节操又有气概。幼年时即知孝顺尊亲，自然而然就懂得友爱。自少年起即想到清心寡欲，不固执，不孤僻，有利益先尽别人，自己靠后，面对财物，先考虑惠及他人，心里不计较得与失，好恶不附和世俗。他的表情是温和的，其批评的言辞却很严格。以结交胜友，高明之友为乐，爱好文章和琴棋书画。遥远的神仙境界，激动了他的好奇之心，从事辟谷、委弃事务，隐居在山林深处。淙淙的瀑布，蒙蒙的荒林，早上采摘仙药，晚上研习素琴。前人曾说“仁者寿”，我偏偏相信，怎么相信这句话竟徒然被欺。敬远年龄才过三十，忽然就与世长辞，魂魄永归蒿里，邈然没有回还的时期。

**原文**　惟我与尔，匪但亲友，父则同生[①]，母则从母[②]。相及龆齓[③]，并罹偏咎[④]。斯情实深，斯爱实厚！念彼昔日，同房之欢，各无缊褐[⑤]，夏渴瓢箪[⑥]，相将以道[⑦]，相开以颜[⑧]。岂不多乏，忽忘饥寒。余尝学仕[⑨]，缠绵人事[⑩]，流浪无成[⑪]，惧负素志。敛策归来[⑫]，尔知我意，常愿携手，置彼众议[⑬]。每忆有秋[⑭]，我将其刈[⑮]，与汝偕行，舫舟同济[⑯]。三宿水滨，乐饮川界[⑰]。静月澄高，温风始逝。抚杯而言[⑱]，物久人脆[⑲]。奈何吾弟，先我离世！

**注释**　①父则同生：两人的父亲都是陶茂之子。

②母则从母：各人的母亲是对方的姨母。从母：姨母。两人的母亲都是孟嘉之女。

③龆龀（tiáochèn）：李本、逯本作龆齿，苏写本作龀齿，陶本作龆龀。从陶本。龆、龀，意思都是毁齿，指儿童乳齿脱落长出恒齿。《韩诗外传》："男子八月生齿，八岁而龆齿；女子七月生齿，七岁而龀齿。"龆龀，指童年。

④偏咎（jiù）：咎，凶、祸；偏咎，偏丧，指丧父。

⑤缊褐：粗布棉衣。

⑥瓢箪：瓢饮箪食。箪，盛饭竹器。《论语·雍也》："一箪食，一瓢饮。"

⑦相将：相扶、相携。道：指以儒学为主，各家学说为辅的做人根本道理。

⑧开：悦。

⑨学仕：仕，做官；学仕，入仕途，从而习之，故云。

⑩缠绵：纠缠不绝。人事：指官场中应酬来往。

⑪流浪：羁旅奔波，指赴江陵、建康、丹阳、彭泽等地。

⑫敛策：收起马鞭，指弃官。

⑬众议：议，李本作意，焦本、逯本作议，从后。众议，世俗的议论。渊明弃官归耕，当时颇受非议，参见《饮酒》第六首、第九首。

⑭有秋：秋收。

⑮刈（yì）：割，此处指收割庄稼。

⑯舫（fǎng）：两船并行。

⑰川界：河边。

⑱杯：指酒杯。

⑲脆：弱，指生命不长。“每忆有秋”以下至此，写敬远帮助渊明收割往事，该田地可能在下潠，渊明五十二岁时仍往收割，参见《丙辰岁八月中于下潠田舍获》。

## 译文

我和你不仅是亲爱友善，我们的父亲是亲兄弟，我们的母亲又是彼此的姨母。我们幼小时又都失去了父亲。我们的感情实在很深，我们的友爱实在很厚，想起往昔的日子，同住在一起的欢娱，冬天没有粗布棉衣，夏天只靠瓢饮箪食勉强度日。互相以道义相勉励，互相解忧以得欢乐。生活难道不是多有困乏，但我们忘记了饥寒。我曾出外去做小官，不得不在人事中纠缠，流浪不定也没有成就，害怕辜负了平日的志愿。收起马鞭回到家乡，你知道我的心意，常愿与我携手同隐，而不管世俗的议论。每每想起秋收之时，我将从事收割，和你一同前往，两船并行渡水，在江边停留了三夜，快乐地在河边饮酒。静静的月亮高悬在澄明的天宇，夏天的热风刚刚消逝。我们持杯闲话，说到自然永存，人生脆弱。无奈我的弟弟竟在我之前离开了世界！

**原文** 事不可寻[1]，思亦何极[2]，日徂月流[3]，寒暑代息[4]。死生异方，存亡有域，候晨永归[5]，指涂载陟[6]。呱呱遗稚[7]，未能正言[8]，哀哀嫠人[9]，礼仪孔闲[10]。庭树如故，斋宇廓然[11]。孰云敬远[12]，何时复还？余惟人斯[13]，昧兹近情[14]。蓍龟有吉[15]，制我祖行[16]。

**注释** ①寻：觅而得之。

②极：尽、终。

③徂：往。

④代息：代谢。

⑤晨：早晨，指八月十九日早晨。永归：指安息于地下，即前云“永宁后土”。

⑥涂：同“途”，指出殡之路。载：句中助词。陟：登、升。陟是送柩上路入土，并含祝魂上天之意。

⑦呱呱：婴儿哭声。

⑧正言：学会讲话。

⑨嫠（lí）人：寡妇。

⑩孔：十分、很。闲：同“娴”，熟知。

⑪斋：戒洁。宇：屋舍。廓然：空荡荡的样子。

⑫孰：谁。云：语。

⑬惟：独。斯：句末助词。

⑭昧（mèi）：蒙、遮蔽，转为“忘记”的意思。近情：浅近的实情，指死者去后不可能再回还。

⑮蓍（shī）：蓍草，占卦用之。龟：龟甲，卜占用之。有吉：已指明了安葬之吉日，即八月十九日。

⑯制：制定，筹划并做好准备工作的意思。

**译文**　人事既不可追寻，思念又如何能停止。日月流逝，寒暑更替，一死一生分隔在不同的地方，一存一亡有着明显的界域。选定这个早晨，你将永归后土，指引着道路送你去墓地。你留下呱呱啼哭的幼儿，还不大会讲话，留下悲哀的未亡人则很知礼，庭院中树木还如往常一样，房舍内外却显得空空荡荡。谁说敬远再也不能回还？偏偏我这人啊，忘掉了这简单的实情。占卜择定吉日，做好准备为你送行。

**原文**　望旐翩翩①，执笔涕盈。神其有知②，昭余中诚③。呜呼哀哉！

**注释**　①旐（zhào）：旗名，上绣龟蛇，辟邪。此处指出殡时，在棺柩前引路的丧旗。此句预想明日之出殡情景。

②神：神魂，指敬远之灵。其：如。

③昭：明。中：心。

**译文** 仰望着飘飘的柩前的旌旐，举起笔涕泪难禁，你的灵魂如有知觉，当知我的诚心。呜呼悲哀啊！

# 自祭文

**题解**

本祭文作于南朝宋元嘉四年（427），陶渊明六十三岁。

祭文九月作，十一月逝世，故可视本文为诗人的绝笔。陶渊明的人生观、生死观于此最集中地表现出来，他胸怀旷达，躬耕隐居，贫贱不移，惜时珍年。

祭文一般是生者祭死者之作，但这篇祭文却是生者为自己死后所准备的。我们不能把此文仅仅作为一篇诙谐幽默的作品，它蕴含了庄重悲沉的情调，抒发了作者同黑暗世俗绝不同流合污的胸怀，因而成为一篇千古流传的杰作。

**原文**

岁惟丁卯①，律中无射②。天寒夜长，风气萧索，鸿雁于征，草木黄落③。陶子将辞逆旅之馆④，永归于本宅⑤。故人凄其相悲⑥，同祖行于今夕⑦。羞以嘉蔬⑧，荐以清酌⑨，候颜已冥⑩，聆音愈漠⑪。呜呼哀哉！

**注释**

①惟：为、在。丁卯：南朝宋元嘉四年（427）。

②律：律吕，律是总称。古人定十二律，以十二律管奏出，

作为十二阶标准音。古人又认为大自然的音响与一年四季的气温气流密切相关，乃将十二律与十二月相配，并以律代指月份。（参见《和胡西曹示顾贼曹》注②）中（zhòng）：合。无射（yì）：十二律名之一，代指农历九月。《礼记·月令》：季秋之月，“其音商，律中无射”。

③鸿雁于征，草木黄落：李本无此八字，曾本、焦本、逯本有，从后。于：句中助词，无义。征：远飞，大雁秋寒而南飞。

④陶子：渊明自称。逆旅之馆：指世间，世间如人生寓宿之客舍。逆，迎。

⑤宅：墓穴也称宅。《礼记·杂记》：“大夫卜宅与葬日。”

⑥故人：旧友。其：句中助词。相：交相。

⑦同：大家一起，指家属亲友。祖行：见《祭从弟敬远文》第一段注⑨。

⑧羞：进、供。嘉蔬：稻，“嘉蔬”为祭祀用稻之专称。《礼记·曲礼》：“稻曰嘉蔬”，注：“蔬与疏同，立苗疏，则茂盛；嘉，美也。”

⑨荐：进、供。清酌：祭时用的清酒。《礼记·曲礼》：“酒曰清酌。”

⑩候：目望。冥：昏暗。

⑪漠：低微。此上下句为拟想自己死时情状，《拟挽歌辞》：

“欲语口无音，欲视眼无光”，可参证。

**译文**　岁在丁卯，乐律正合无射之月。天寒夜长，风气萧索，大雁南飞，草木黄落。陶子将要辞别人生旅途中的客舍，永远回到自己本来的住处。亲朋凄怆悲哀，在今晚为我祖奠送行。设置了供饭供菜，献上了清酒，眼看着面色已模糊暗淡，声音已越发低微。呜呼悲哀啊！

**原文**　茫茫大块[①]，悠悠高旻[②]，是生万物[③]，余得为人。自余为人，逢运之贫[④]，箪瓢屡罄[⑤]，絺绤冬陈[⑥]。含欢谷汲[⑦]，行歌负薪，翳翳柴门，事我宵晨[⑧]。春秋代谢，有务中园[⑨]，载耘载耔[⑩]，乃育乃繁[⑪]。欣以素牍[⑫]，和以七弦[⑬]。冬曝其日，夏濯其泉。勤靡馀劳[⑭]，心有常闲[⑮]，乐天委分[⑯]，以至百年[⑰]。

**注释**　①大块：大地。《庄子·齐物论》：“夫大块噫气，其名为风。”

②旻（mín）：天。

③是：代词，指天地之间。

④运：指家运。

⑤罄（qìng）：空。

⑥绨（chī）：细葛布。绤（xì）：粗葛布。《诗经·周南·葛覃》：“为绨为绤。”葛布衣为夏天穿。阵：设、列，此处意为“穿”。

⑦谷：溪谷。汲（jí）：取水。

⑧事我：事，作动词，从事、做。事我，做本分的事。宵晨：两词位置互换，晨宵，从早到晚。

⑨务：农务。中园：园中，指园田。

⑩载：又。耘：除草。耔（zǐ）：培土。

⑪乃：语助词。育：使植物生长。繁：使植物成果滋多。

⑫素牍（dú）：素，写书之精绢；牍，书版、木简。两字合指书籍。

⑬七弦：琴，琴有七弦。

⑭靡：无。馀：剩。劳：勤。

⑮常：恒久。闲：自在闲适。

⑯委分：委随本分。

⑰百年：终身。

## 译文

茫茫大地，悠悠高天，万物在这里生长，我则得以成为一个“人”。从我成为一个人，就遭遇到贫困的命运，饭筐水瓢经常空空，夏季的粗麻布衣服冬天还得穿在身上。在山谷中汲水也很高兴，背着柴禾一边走一边歌吟。在简陋的柴门之内，从早到晚忙个不停。

春秋更替，在园田中农作，除草培土，作物生长十分茂盛。有时高兴地捧起书本，或者和谐地弹奏七弦琴。冬天晒晒太阳，夏天在泉边濯洗。勤力耕作不遗余力，心情则自得悠闲，乐从天道，委随本分，这样度过一生。

**原文**　惟此百年①，夫人爱之②，惧彼无成③，愒日惜时④。存为世珍⑤，没亦见思⑥。嗟我独迈⑦，曾是异兹⑧。宠非己荣⑨，涅岂吾缁⑩？捽兀穷庐⑪，酣饮赋诗。识运知命，畴能罔眷⑫，余今斯化⑬，可以无恨。寿涉百龄⑭，身慕肥遁⑮，从老得终，奚所复恋⑯。

**注释**　①惟：句首助词。

②夫：句首助词。人：有的人。

③彼：代指人的一生。无成：没有成就。

④愒（kē）：贪。《左传·昭公元年》："玩岁而愒日。"诗中此处转为"珍爱"之意。

⑤存：在世时。珍：宝、贵。

⑥没：李本、陶本作没，逯本作歿，从前者。没，同"歿（mò）"，死。见思：被思念。

⑦嗟：慨叹。迈：行进，指走归耕之路。

⑧曾：一直、一向。异：不同。兹：此，指以上所云“存为世珍，没亦见思”者。

⑨宠（chǒng）：过分的爱。己：我。荣：引以为荣。

⑩涅（niè）岂吾缁（zī）：涅岂缁吾。涅，可做黑色染料的矾石，此处作黑色染水。缁，黑色。《论语·阳货》：“不曰白乎，涅而不缁。”

⑪捽（zuó）：抵触，指与世俗不合。兀（wù）高而特出，指坚守洁操。穷庐：穷居于家庐。

⑫畴（chóu）：句首助词，无义。《礼记·檀弓》郑玄注：“畴，发声也。”罔：无。眷：贪恋，指对于人世。

⑬斯：句中助词。化：大化，指死。

⑭涉：及。百龄：百岁，指长寿。《礼记·曲礼》：“六十曰耆”，“七十曰老”。（耆qí，年老。）陶渊明六十三岁，故云及于长寿者。

⑮肥遁（dùn）：隐退。肥：宽裕自得。遁，退避。《易经·遁卦》：“上九，肥遁，无不利。”

⑯奚：何。

**译文** 短暂的一生，人们十分珍惜，害怕无所成就，不放松一点光阴。生存时是世上的珍宝，死后亦为人们纪念。慨叹我一向独自行进，和一般人很不相同。外界的荣宠并不是自己的光荣，污浊的世道岂能把我染黑？坚守节操住在草庐之中，饮酒赋诗。能够识运知命，就能无所眷念。现在死去，也可以无所遗憾。如能享寿百年，仍然企望着隐居，由年老而得寿终，还有什么眷恋。

**原文**　寒暑逾迈[①]，亡既异存[②]，外姻晨来[③]，良友宵奔[④]，葬之中野，以安其魂。窅窅我行[⑤]，萧萧墓门[⑥]，奢耻宋臣[⑦]，俭笑王孙[⑧]。廓兮已灭[⑨]，慨焉已遐[⑩]，不封不树[⑪]，日月遂过[⑫]。匪贵前誉[⑬]，孰重后歌[⑭]。人生实难，死如之何[⑮]？呜呼哀哉！

**注释**　①逾迈：渐进。逾，越。

②亡：死。异：不同于。存：生。

③外姻：外姓姻亲，女方亲属，此处代指亲属们。

④奔：指赶来吊丧。

⑤窅窅（yǎo）：深远的样子。我：指含我之柩。

⑥萧萧：寒风声。

⑦耻：李本作侈，各本作耻，从后。耻：以之为耻。宋臣：春秋时宋国司马桓魋（tuí）。桓魋侈于葬，《孔子家语》：“孔子在宋，见桓魋自为石椁，三年而不成，工匠皆病。夫子愀

然曰：'若是其靡也，死不如速朽之愈也。'"（椁，外棺。）

⑧笑：以之为可笑。王孙：杨王孙，西汉武帝时人。他主张裸葬，病将亡，嘱子："死则布囊盛尸，入地七尺，既下，从足引脱其囊，以身亲土。"后从之。（见《汉书·杨王孙传》）

⑨廓：空阔。

⑩慨：慨叹。遐：远。

⑪不封：不堆土为高坟。不树：不在坟周围植林。《礼记·王制》："庶人县封，葬不为雨止，不封不树。"（县封，以绳悬棺入窆。县，同"悬"，封为"窆"之借用字。不为雨止，不因雨而停止。）渊明自祭以庶人处之。

⑫遂过：迁移而过。

⑬匪：同"非"，没有。前誉：生前的美誉。

⑭孰：谁。后歌：死后的歌颂。

⑮如之何：之，句中助词。如之何，如何，怎样。

**译文** 寒暑更代前行，死亡自然不同于生存，姻亲早晨赶来，好友也连夜来奔。人们将我葬在野外，以安定我的灵魂，装我的棺柩在空虚寂寞中向前，萧萧树声表明已到墓门。丧葬过奢，当以作石棺的宋臣桓魋为可耻；过于节俭也要讥笑提倡裸葬的杨王孙。空虚一片，我已经消灭，人们慨叹死者已无踪影。用不着起坟头、栽墓树，随着光阴逝去将被遗忘。既不看重先前的名誉，又怎会重视身后的褒扬。人生实在艰难，死去又怎么样呢？呜呼悲哀啊！

# 附录

# 陶渊明年谱

◎ 陶潜，字渊明，又字元亮、深明，以字渊明行①。东晋江州浔阳柴桑（今江西九江市西南）人②。曾祖陶侃，西晋八州都督、荆江二州刺史，封长沙郡公，死后追赠大司马③。祖父名茂，武昌太守④。父名佚而不悉，或谓名逸，安城太守⑤。母孟氏，西晋征西大将军长史孟嘉之第四女⑥。

**注释**

①诗人的名字，根据正史本传是较清楚的。沈约《宋书·隐逸传》:“陶潜，字渊明。或云渊明字元亮。”令狐德棻等《晋书·隐逸传》:“陶潜，字元亮。”李延寿《南史·隐逸传》:“陶潜，字渊明。或云字深明，名元亮。”按史书体例，前名后字，三书均云名潜，潜为名，当无问题。二书云字渊明，一书云字元亮，渊、元音同，明、亮义同，故字渊明，也较明确。《宋书》《南史》的两个“或云”，乃显示了歧异。后世产生了名渊明，又名潜，字元亮的说法，但未得确证。按，陶侃、陶茂均以单字命名，陶父也为单字名，五子也取单名，诗人名取单字，当较可靠。陶父“淡焉虚止”（《命子》），故名逸（如此说成立），为子取名“潜”，潜为“藏”之意，也甚顺理。《孟府君传》《祭程氏妹文》，诗人均自称“渊明”，字为

亲称，此正为渊明是字的明证。萧统《陶渊明传》及《南史》载，诗人对檀道济自称“潜”，名为正言而称，此为潜是名的佐证。吴仁杰《陶靖节先生年谱》认为宋元嘉年间对檀道济自称“潜”，说明“入宋更名潜”。查宋立国，诗人已五十六岁，元嘉三年，则为六十二,《礼记·曲礼》:“君子已孤不更名”(孤，父死)，从礼与年龄特征上说，均不合理。而颜延之《陶征士诔(并序)》称“渊明”，颜陶挚友，呼之以字，是晋宋间的言语习惯，不足以证明渊明是名。所以，渊明是名的说法，迄今为止，论据不足。

②《宋书》、萧统《陶渊明传》《南史》均载陶潜为浔阳柴桑人。《晋书·陶侃传》:“陶侃，字士行，本鄱阳人也。吴平，徙家庐江之浔阳。”《晋书·地理志》:“永兴元年，分庐江之浔阳、武昌之柴桑两县入柴桑县，柴桑仍为郡。”据此，陶潜曾祖迁住浔阳，诗人生时，浔阳郡治为柴桑。唐时，浔阳县在湓城，即今九江市,《元和郡县志》:“柴桑故城在县西南二十里”，则柴桑在今九江市西南二十里，在马回岭境内，其地有柴桑山。

③《宋书·隐逸传》:“陶潜…… 曾祖侃，晋大司马。”萧统《陶渊明传》《晋书》《南史》均同。《命子》:“桓桓长沙，伊勋伊德。天子畴我，专征南国”，即叙曾祖侃事。《赠长沙公·序》:“长沙公于余为族，祖同出大司马”，亦证史载为

事实。

④《晋书·隐逸传》:“陶潜……祖茂，武昌太守。”《命子》:“肃矣我祖，慎终如始。直方二台，惠和千里”，史、诗所叙相符。祖父陶茂是武昌郡太守，武昌郡在今湖北鄂城。

⑤诗人的父亲，史书均不见载。《命子》:“於皇仁考，淡焉虚止。寄迹风云，冥兹愠喜。”据南宋邓名世《古今姓氏书辩证》云：陶渊明父名逸，曾任安城太守。李公焕注引陶茂麟《家谱》亦云陶父名逸。然此说无确据，姑载之。

⑥见《故征西将军长史孟府君传》。

## 晋哀帝兴宁三年乙丑（365）生
## 一岁

◎ 陶渊明出生[①]，生于柴桑，具体生地可能是上京里（或云栗里），无确考[②]。

◎ 前秦慕容氏攻战，东晋尽失河南诸地，失洛阳。哀帝崩，司马奕即皇帝位（后谥“废”）。大司马桓温镇姑孰（今安徽当涂），弟豁监荆州、扬州诸军事，弟冲监江州、豫州等八郡诸军事。

**注释** ①《宋书·隐逸传》:“潜,元嘉四年卒,时年六十三。”萧统《陶渊明传》:“元嘉四年将复征命,会卒,时年六十三。”《晋书·隐逸传》:“以宋元嘉中卒,时年六十三。”据以上推,则生于此年。

②渊明出生之地,无可确考。从《还归居》《悲从弟仲德》看,上京里为亲族、故旧群居之里,诗人生于此故宅较为可能。栗里在上京里附近,“潜尝往庐山,弘令潜故人庞通之赍酒具,于半道栗里要之”。朱自清《陶渊明年谱中之问题》云:“陈舜俞《庐山记》遂直以为渊明所居;后世从之,实无确证也。”故有云渊明生于栗里,然无从立信。

## 晋废帝(海西公)太和三年戊辰(368)四岁

◎ 程氏妹生[①]。

◎ 晋与前秦、前燕、代几国之间,连年均有战事。

**注释** ①《祭程氏妹文》:“我年二六,尔才九龄”,渊明较程氏妹年长三岁,知程氏妹生于此年。

◎ 太和四年（369）孟夏，桓温帅步骑五万伐前燕。七月，攻至枋头（今河南浚县西南）。前秦、前燕结盟，十月，桓温败还。次年十一月，前秦苻坚灭前燕。咸安元年（371）春，桓温收复寿春（今安徽寿县）；十一月，温入建康，废司马奕（次年封为海西县公），立司马昱为帝，是为简文帝。

## 晋简文帝咸安二年壬申（372）
## 八岁

◎ 父丧[①]。

◎ 七月，简文帝病死，子司马曜（字昌明）接位，为孝武帝。

---

**注释** ①《祭从弟敬远文》：“相及龆龀，并罹偏咎。”《韩诗外传》：男子“八岁而龆齿”，母孟氏在，故定是年丧父。

◎ 孝武帝宁康元年（373）七月，桓温死。桓冲代温，尽忠王室。谢安执政。

## 晋孝武帝太元元年丙子（376）
## 十二岁

◎ 庶母卒[①]。

◎ 八月，前秦苻坚以十三万步骑灭前凉，张天锡降。

**注释**

①《祭程氏妹文》:“谁无兄弟，人亦同生；嗟我与尔，特百常情。慈妣早世，时尚孺婴，我年二六，尔才九龄。爰从靡识，抚髫相成。”“慈妣”指程氏妹之母，渊明之庶母也。王质《栗里谱》、吴仁杰《陶靖节先生年谱》均误为生母孟氏。

◎ 时前秦日强。太元二年（377），谢安以兄子玄应诏组新军，刘牢之为参军，号“北府兵”，骁勇善战。太元四年（379），秦兵六万围三阿，去广陵（今江苏扬州）仅百里，朝廷大震。兖州刺史谢玄率军大破之，诏进冠军将军。

## 太元六年辛巳（381）

## 十七岁

◎ 从弟敬远生[①]。

◎ 无麦禾，天下大饥[②]。

◎ 北方佛学大师道安的弟子慧远来庐山居留传教。晋帝初奉佛法，立精舍于殿内，引诸僧居之。

**注释**

①《祭从弟敬远文》:“岁在辛亥，月惟仲秋，旬有九日，从弟敬远，卜辰云窆”,“年甫过立，奄与世辞”，辛亥年为411年，“年甫过立”约为三十一岁，上溯至此则为生年。

②见《晋书·五行志》。

## 太元八年癸未（383）

## 十九岁

◎ 五月，桓冲帅兵十万伐秦，攻襄阳一带，前秦各部救而拒之，战事息。

◎ 八月，前秦王苻坚以百余万兵伐晋。东晋以陆军八万、水军五千拒之。十一月，两军隔淝水而陈，谢玄诱秦兵稍退，晋军渡而击之，秦兵乱而大败。

## 太元九年甲申（384）
## 二十岁

◎ 时乱而无所为，家庭经济拮据[①]。

◎ 此后北方：慕容垂建后燕。姚苌建后秦。慕容冲建西燕。拓拔珪建北魏。吕光建后凉。战乱不已。

◎ 谢安以谢玄、刘牢之率部开拓中原。后，玄还镇淮阴。

**注释** ①《怨诗楚调示庞主簿邓治中》:“弱冠逢世阻。”《有会而作》:“弱年逢家乏。”

## 太元十年乙酉（385）
## 二十一岁

◎ 外有战事，朝纲无饬。国子学生放火焚学舍[①]。

◎ 五月，大水。饥荒[②]。

◎ 作《乞食》诗[③]。

◎ 会稽王司马道子专权，谢安被排挤出建康，出镇广陵。八月，谢安死，司马道子都督中外军事，东晋乱败自此始。太元十三年（388）春，谢玄卒。

**注释**

①《晋书·五行志》:“太元十年正月，国子学生因风放火，焚房百余间。是后考课不厉，赏黜无章。盖有育才之名，而无收贤之实，此不哲之罚先兆也。”

②《晋书·五行志》:“自八年破苻坚后，有事中州，役无宁岁，愁怨之应也。”

③《乞食》一诗，有的系于晚年，此与内容不合；也有的系于婚前一年，也不合于事理。诗中云:“情欣新知欢，言咏遂赋诗”，是具有成年人的特点；再云“感子漂母惠，愧我非韩才”，是年轻将有为之时；又云:“衔戢知何谢，冥报以相贻”，与诗人后来思想成熟大不相类；并据《与子俨等疏》“少而穷苦，每以家弊，东西游走”，故系该诗于此甫冠时荒之年。

## 太元十五年丙寅（390）
## 二十六岁

◎ 经学家范宣、范宁先后在江州倡导勤学经学[①]。

**注释**

①《资治通鉴》：中书侍郎范宁指斥奸佞，太元十四年十一月，“（王）国宝大惧，与道子共谮范宁出为豫章太守”。《晋书·范宣传》：“范宣，字宣子，陈留人。家于豫章，尝以读诵为业。谯国戴逵等闻风宗仰，自远而至。讽诵之声，有若齐鲁。太元中，顺阳范宁为豫章太守。宁亦儒博通综，在郡立乡校教授，恒数百人。由是江州人士，并好经学，化二范之风也。”

## 太元十六年辛卯（391）
## 二十七岁

◎ 作《闲情赋（并序）》[①]。

◎ 朝廷任侍中王国宝为中书令，不久，兼中领军。晋帝溺于酒色，崇佛奢费。司马道子专政，贿赂公行，赏滥刑乱。江州刺史王凝之崇佛信道，主持庐山翻译佛经[②]。

**注释** ①逯本认为本篇“以追求爱情的失败表达政治理想的幻灭”，因此定此作于彭泽致仕以后。本赋反映了诗人对纯真爱情的炽烈追求，可能作于青年时期。有的年谱将它系于三十岁丧妻的同年，从道德与感情的转移上讲，甚为不妥。根据该赋描写爱情的炽烈特征，是为未婚时的作品，现系于本年。

②逯本引《出三藏记集·阿毗县心经序》:“泰元十六年，岁在单阏，贞于重光。其年冬，于浔阳南山精舍，提婆自执胡经，先诵本文，然后乃译为晋语……时众僧上座竺法根、支僧纯等八十八人。地主江州刺史王凝之、优婆塞西阳太守任固之为檀约，并共劝佐而兴立焉。”《晋书·王羲之传》:“王氏世事张氏五斗米道，凝之弥笃。”

## 太元十八年癸巳（393）
## 二十九岁

◎ 长子俨出生，一岁[①]。

◎ 初次入仕，任江州之祭酒，不久即辞归。州召任主簿，辞不就[②]。初仕前后均在浔阳柴桑上京里家读览经史子集，并参加耕作。

**注释** ①渊明有五个儿子：俨、俟、份、佚、佟（见《与子俨等疏》），乳名依次为：阿舒、阿宣、阿雍、阿端、阿通。（见《责子》）渊明三十岁时前妻亡故，《怨诗楚调示庞主簿邓治中》："始室丧其偏"，那么长子出生在渊明三十岁以前，再根据《责子》诗所述的五子年龄，将长子生年定于本年。

②《饮酒》第十九首："畴昔苦长饥，投耒去学仕……是时向立年，志意多所耻。遂尽介然分，终死归田里。"《宋书·隐逸传》："亲老家贫，起为州祭酒；不堪吏职，少日自解归。州召主簿，不就。""向立年"意为二十九岁。祭酒一职，逯本认为是"居僚职之上"的职位较高的官，查"祭酒"于《晋书·职官志》中不列，志中有云："州置刺史，别驾、治中从事，诸曹从事等员。……又有主簿、门亭长、录事、记室书佐、诸曹佐、守从事、武猛从事等。凡吏四十一人，卒二十人。"而渊明辞祭酒后，召他任主簿，说明所谓"祭酒"最多相当于从事一级之小官。

## 太元十九年甲午（394）
## 三十岁

◎ 丧妻[①]。

**注释** ①《怨诗楚调示庞主簿邓治中》：“始室丧其偏。”《礼记·曲礼》：“三十曰壮，有室”，室是家室。“始室”指三十岁，“偏”指配偶。

## 太元二十年乙未（395）
## 三十一岁

◎续娶翟氏①。次子俟生，一岁②。长子俨三岁。

**注释** ①萧统《陶渊明传》：“其妻翟氏亦能安勤苦，与其同志。”《南史·隐逸传》：“其妻翟氏，志趣亦同，能安苦节，夫耕于前，妻锄于后云。”梁启超《陶渊明年谱》云：“续娶或即在丧偶之年”，似不合情理。续娶在丧偶之次年则或可，长子才三岁，需续弦照顾，哀丧之情渐逝，也合乎人情。

②《责子》诗：“阿舒已二八，懒惰故无匹。阿宣行志学，而不爱文术。”阿舒十六岁时，阿宣十四岁（行志学，行将志于学，志于学是十五岁，见于《论语·为政》），推知俨三岁时，俟一岁，故为本年生。

## 太元二十一年丙申（396）
## 三十二岁

◎ 三子份、四子佚生，一岁[①]。

◎ 九月，孝武帝暴死，太子司马德宗继位，为晋安帝。安帝年幼愚昧。司马道子进位太傅，王国宝参管朝政；王恭入朝，双方暗伏杀机。恭为安帝舅，都督青、兖、幽、并、冀五州诸军事、兖、青二州刺史，镇京口。

**注释** ①《责子》诗："阿宣行志学，而不爱文术。雍、端年十三，不识六与七。"由此知雍、端为孪生子，小阿宣一岁，故为本年生。

## 晋安帝隆安元年丁酉（397）
## 三十三岁

◎ 司马道子与仆射王国宝等纳贿穷奢，不知纪极。王恭于京口兴兵讨伐，荆州刺史殷仲堪响应。道子委罪于王国宝，赐死。恭乃罢兵。道子子元显被擢为征虏将军，准备兵力以谋伐王、殷。

## 隆安二年戊戌（398）
## 三十四岁

◎ 桓温之子南郡公桓玄在江陵，司马道子命为广州刺史，受命而不行。

◎ 王恭为讨国宝兄王愉再度举兵，殷仲堪、南郡相杨佺期、桓玄起兵响应，沿江而下。司马元显利诱刘牢之倒戈，俘杀王恭。刘牢之代恭为七州都督。司马道子瓦解西军，任桓玄为江州刺史；殷、杨、玄盟于浔阳，俱不受朝命，玄被推为盟主，屯兵夏口。

## 隆安三年乙亥（399）
## 三十五岁

◎ 十月，孙恩起义，占领浙东八郡。刘牢之、刘裕率军镇压，恩退入海岛。

◎ 国库虚竭，司马元显仍聚敛不已，富逾帝室。

◎殷、杨、玄火并，殷、杨败，桓玄据荆州。

## 隆安四年庚子（400）
## 三十六岁

◎ 春，诏任桓玄都督七州军事、荆州及江州刺史。渊明参加州府任职[①]。奉命使建康后还，作《庚子岁五月中从都还阻风于规林》二首。

◎ 孙恩率农民起义军复起，占余姚临海一带。朝廷命刘牢之进击，恩复退入海岛。诏司马元显为开府仪同三司、都督十六州军事，骄恣横行。

◎ 年尾，渊明自江陵返柴桑家度岁。

**注释**

①渊明二次出仕，逯本《系年》定在隆安三年（399），此时，桓玄正与殷、杨攻战，可能性甚小。渊明出仕，应在桓玄任荆、江州刺史之后，故改系于本年。有的年谱确定地点在江陵，因无确据，故难书明。较有可能的是，先在江州州府，不久再调至江陵荆州州府。

## 隆安五年辛丑（401）
## 三十七岁

◎ 正月初五，与邻友同游斜川，作《游斜川（并序）》[①]。

◎ 五子佟生，一岁[②]。

◎ 七月销假还江陵，作《辛丑岁七月赴假还江陵夜行涂口》。

◎ 冬，生母孟氏卒。辞官奔丧回柴桑家[③]。

◎ 孙恩部转移攻丹徒，逼京师。刘牢之、刘裕还卫，恩退。诏以刘裕为下邳太守。桓玄壮大，元显大治水军，谋讨玄。

**注释**

①《游斜川（并序）》：因在流传中有擅改，以致系年相异甚大。按，李本较为合理，故从之。此诗可与王羲之《兰亭集序》参验，便可少生歧测。李本及诸本均作“辛丑正月五日”，“开岁倏五日，吾生行归休”。则此诗自应系于本年，渊明三十七岁。王羲之作《兰亭集序》，时年三十二岁，文中亦议生死，兴悲痛之怀。渊明之行归休不为怪。逯本将序文

首句改为“正月五日辛酉”，诗首句定为“开岁倏五十”，因此系为义熙十年甲寅（414）渊明五十岁时所作。此有不妥者二：其一,五日辛酉，纪日重复，无此必要；其二，渊明“与二三邻曲”同游，序、诗兼代他人述怀，诗首如即云自己，有如此不尊重同游者的吗？有的年谱改依“辛酉”系为渊明五十七岁时所作，以合“吾生行归休”意。查渊明晚年贫而病弱，很难想象会远游并作出该诗轻快文字。故依李本及诸本系年为合理。

②《责子》诗:“雍、端年十三，不识六与七。通子垂九龄，但觅梨与栗。”雍、端十三岁时，通八岁，相差五岁，则本年生通子。

③《祭程氏妹文》:“昔在江陵，重罹天罚。”“黯黯高云，萧萧冬月。”李公焕注:“晋安帝隆安五年秋七月赴假还江陵，是冬，母孟氏卒。”

## 元兴元年壬寅（402）
## 三十八岁

◎ 居丧在家。作《晋故征西大将军长史孟府君传》①，以此纪念生母孟氏。作《和郭主簿》二首②、《止酒》③。

◎ 春，诏讨桓玄，司马元显为征讨大都督，以刘牢之为前都督；桓玄抗表东下。刘暗降玄。玄攻入建康，掌朝政，任太尉，斩元显，徙流道子，鸩杀之。刘牢之自杀。子敬宣与司马休之逃依后秦。刘裕还京口。孙恩死，其妹夫卢循继之，玄令刘裕击之。玄封豫章公。

**注释**

①《晋故征西大将军长史孟府君传》："渊明先亲，君之第四女也。凯风寒泉之思，实钟厥心。谨按采行事，撰为此传。"据此估计，去冬办丧事，今春作成此文。

②《和郭主簿》其一："此事真复乐，聊用忘华簪"，语合诗人年龄及二次辞仕思想特征；又云："弱子戏我侧，学语未成音"，是时五儿阿通两岁。

③《止酒》："居止次城邑，逍遥自闲止"，"坐止高荫下"，"好味止园葵"，这些居住环境特征与《和郭主簿》中所云："蔼蔼堂前林"，"园蔬有馀滋"相合，是处为上京里老家；"大欢止稚子"与"弱子戏我侧"也相合，故系此诗与《和郭主簿》同年。

## 元兴二年癸卯（403）
## 三十九岁

◎ 春，躬耕于南亩。作《癸卯岁始春怀古田舍》二首、《劝农》①。冬，作《癸卯岁十二月中作与从弟敬远》，内容反映了秋收不佳。

◎ 九月，桓玄为楚王，加九锡。十二月，桓玄即皇帝位，国号楚，改元永始。封晋安帝为平固王，迁于浔阳。

◎ 柴桑令刘程之，辞官隐居庐山，改名遗民②。

**注释**

①以往渊明也参加农作，但未视为专务。本年春似尝试以务农为生的开始。《怀古田舍》："秉耒欢时务，解颜劝农人"，进而写作《劝农》以劝世人重农，故《劝农》系于本年。

②释元康《肇论疏》："庐山远法师作刘公传云：刘程之，字仲思，彭城人，汉楚元王裔也。陈郡殷仲文、谯郡桓玄，诸有心之士，莫不崇拭。禄浔阳柴桑，以为入山之资。未旋几时，桓玄东下，格称永始。逆谋始，刘便命孥，考室山薮。义熙公侯辟命，皆逊谢以免。九年，太尉刘公知其野志衡邈，乃以高尚人望相礼，遂其初心。居山十有二年卒。有说云：入

山以后，自谓是国家遗弃之民，故改名遗民也。”

## 元兴三年甲辰（404）
## 四十岁

◎ 自春开始，战事不休，音讯阻隔。作《停云》《时运》《连雨独饮》①。五月作《和胡西曹示顾贼曹》②。六月作《荣木》③。

◎ 二月，刘裕联合原东晋官将起事于京口、广陵。三月攻入建康。桓玄挟安帝逃至江陵。刘敬宣归投刘裕。刘裕军克溢口，进据浔阳。以刘敬宣为江州刺史。五月，玄复东下，刘、桓两军激战于峥嵘洲。玄逃回江陵被杀。

◎ 六月受辟举赴京口作镇军军府参军，途中作《始作镇军参军经曲阿》④。

**注释**

①《停云》《时运》序文格式及四言句式都和《荣木》相同，《荣木》云：“四十无闻”，则知同作于本年。《连雨独饮》：“自我抱兹独，僶俛四十年”知此诗亦作于本年。

②《和胡西曹示顾贼曹》的景物描写与情怀，同前数篇相似；

“感物愿及时”,“猖狂独长悲”，寓有功名之志，所以排除了写于第三次辞归（为建威参军）第四次辞归（为彭泽令）的可能。根据以上特点而系于本年。

③《荣木》序:“已复九夏”，诗:“四十无闻”，知作于本年六月初。

④两篇“参军”诗的写作时间相近，乙巳岁三月为建威参军，始作镇军参军，有“初为参军是作镇军参军”的意思，则《始作镇军参军经曲阿》，必在之前而作于甲辰年。据《资治通鉴》，元兴三年，刘裕军急需主簿及诸文职官。这是渊明被辟举赴京口的客观原因。关于刘裕为镇军将军,《宋书·武帝本纪》记述不明确。隆安五年（401），刘裕受诏为下邳太守讨孙恩，元兴元年（402），刘裕仍为刘牢之的参军。《资治通鉴》元兴三年(404):“裕向无忌曰:‘今急须一府主簿’”,“穆之曰:‘贵府始建，军吏实须其才’”，足见刘裕军已建立新军府。又据《宋书·檀韶传》:“高祖建义，韶及弟祗、道济等从平京口城，行参高祖建武将军事。都邑既平，为镇军参军”;《宋书·武帝本纪》: 义熙二年（406),“尚书奏封唱义谋主镇军将军裕豫章郡公，食邑万户，赐绢三万匹”；元兴三年三月入建康后，众“推裕为使持节、都督扬徐兖豫青冀幽并八州诸军事、领军将军、徐州刺史”。综合这些史料，刘裕先由行建武将军，再行镇军将军，再行领军将军，由尚书奏封看,

主要行镇军将军号。这样，渊明曾赴任刘裕的镇军军府为参军，便没有疑问。关于渊明赴任镇军参军的具体时间，《荣木》序："日月推迁，已复九夏"，诗："四十无闻，斯不足畏。脂我名车，策我名骥。千里虽遥，孰敢不至"，《始作镇军参军经曲阿》："我行岂不遥，登降千里馀"，两诗正相应，故并定为同年六月。

## 义熙元年乙巳（405）
## 四十一岁

◎ 刘毅、何无忌等平复江陵，得晋安帝，杀桓振。三月，安帝还至建康。封有功之官将，刘裕为车骑将军、都督中外诸军事，刘毅为左将军，何无忌为右将军，等。刘毅使人言于刘裕，刘敬宣不豫建义，不宜为江州刺史。刘敬宣不自安，乃自表解职。

◎ 渊明已调任刘敬宣建威将军军府参军。衔命使都，作《乙巳岁三月为建威将军参军使都经钱溪》。作《赠长沙公》[1]。

◎ 三四月间，刘敬宣改授宣城内史，渊明归家。

◎ 八月，为彭泽令。妹程氏卒于武昌。十一月，弃官。作《归去来兮辞》②。

**注释**

①《赠长沙公》：关于长沙公，史书有两条重要记载。《宋书·何承天传》："义旗初，长沙公陶延寿以为其辅国府参军，遣通敬于高祖。"（参军，指何承天。高祖，指刘裕）《宋书·武帝纪》："义熙五年，刘裕征燕，慕容超率铁骑万余袭战，公（刘裕）命兖州刺史刘藩、咨议参军陶延寿等齐力击之。"据此，《赠长沙公》宜系于本年，具体理由归纳有三：其一，这段时间陶延寿政治上较活跃。本年三月，安帝返跸建康，作为长沙郡公理应觐上，于是经过浔阳。其二，渊明在州府任职，原未见面的两人才有机会相识。其三，在颂祖内容与四言文体上说，与次年所作的《命子》甚近。

②《归去来兮辞·序》："寻程氏妹丧于武昌，情在骏奔，自免去职。仲秋至冬，在官八十馀日，因事顺心，命篇曰《归去来兮》。乙巳岁十一月也"，由此知本年八月任官，十一月弃官。

## 义熙二年丙午（406）
## 四十二岁

◎ 彭泽令辞归，是第四次辞归，也是最末一次辞归。自此渊明决心躬耕以自资，不再涉足官场。为便于田间耕作管理，渊明于本年年初自上京里家移居园田居（即怀古田舍）。作《归园田居》五首[①]。又作《归鸟》[②]。作《酬丁柴桑》[③]。作《命子》[④]。

◎ 十月，尚书论建义功，奏封刘裕豫章郡公，刘毅南平郡公，何无忌安成郡公，等。十二月，以何无忌为都督八郡军事、江州刺史。

**注释**

①《归园田居》："误落尘网中，一去三十年"，"开荒南野际，守拙归园田"。"一去三十年"为一去三又十年，即十三年，自二十九岁作江州祭酒至四十一岁作彭泽令恰为十三年，故知本诗作于辞彭泽令次年春天耕种之时。

②《归鸟》一诗为四言，遣词用句与《停云》《时运》《荣木》相近，内容则与《归园田居》相近，"矰缴奚施，已卷安劳"，则知作于永辞官场之本年。

③《酬丁柴桑》：本诗的欢快情绪显示了该诗作于归耕而未历

艰辛的早期。原柴桑令刘遗民于元兴二年（403）弃官，因刘的关系，陶丁相交。丁令在地方上秉公施惠，谦恭纳善，私交上又投契，因此，两人"匪惟谐也，屡有良游"。而在地点上，以离县城较近的园田居为宜。据上述两点，系该诗作于本年。

④《命子》:《命子》诗是写给长子陶俨的。按，陶俨生于太元十八年（393），渊明二十九岁。本诗云:"渐免于孩"，而《礼记·内则》注,"成童，十五以上"，十五以下为孩，而本年陶俨十四岁。据"渐免于孩"句，则《命子》应是作于本年。参见《命子》注㊶。

## 义熙三年丁未（407）
## 四十三岁

◎ 五月，作《祭程氏妹文》①。

◎ 南燕入寇。刘裕府将骆冰谋作乱，裕族诛诸有关官将。

**注释**

①《祭程氏妹》:"维晋义熙三年，五月甲辰，程氏妹服制再周，渊明以少牢之奠。俯而酹之。"

## 义熙四年戊申（408）

## 四十四岁

◎ 四月，作《读山海经》十三首[①]。

◎ 六月，园田居失火。七月，作《戊申岁六月中遇火》[②]。

◎ 作《责子》[③]。

◎ 刘毅意抑刘裕，议以他人为扬州刺史，未成。刘裕加领扬州刺史。

**注释**

①《读山海经》第一首所写环境甚似园田居，如“穷巷隔深辙，颇回故人车”，与《归园田居》之二：“野外罕人事，穷巷寡轮鞅”相似，等等；首句云：“孟夏草木长”，孟夏为四月。据此，将本诗暂系于本年。

②《戊申岁六月中遇火》：“正夏长风急，林室顿烧燔”，“迢迢新秋夕，亭亭月将圆”。

③《责子》：“阿舒已二八，懒惰故无匹”，二十九岁生长子阿舒（俨），至今阿舒已十六岁。家中失火，生活困难，既缺帮手，子多又烦，不符期望，难怪诗人不悦而作此诗。

## 义熙五年己酉（409）
## 四十五岁

◎ 春，作《和刘柴桑》[1]。秋，作《酬刘柴桑》[2]。重阳节作《已酉岁九月九日》。

◎ 二月，南燕两次掠晋北边，俘男女共约四千人，选伎，或作奴。四月，刘裕率兵伐燕。

**注释**

①《和刘柴桑》："山泽久见招"，"茅茨已就治"，火灾后，刘遗民招渊明作邻，渊明告灾屋已修整，则知此诗作于本年。"谷风转凄薄，春醪解饥劬"，则知作于春天。

②《酬刘柴桑》："间庭多落叶，慨然知已秋"，"新葵郁北墉，嘉穟养南畴"，知作于是年秋天。

## 义熙六年庚戌（410）
## 四十六岁

◎ 作《五柳先生传》[1]。作《庚戌岁九月中于西田获早稻》。由园田居移居南村[2]。作《移居》二首[3]。

◎ 二月，刘裕部攻下广固（今山东青州市益都镇西北），南燕亡。斩王公以下三千人。卢循起义军由岭南乘虚北上。三月，卢部徐道复攻占江州，何无忌战死。四月，刘裕还至建康。五月，刘毅部与卢部战于桑落州，毅大败。卢循以十万众攻建康，久未下，还据浔阳。刘裕亲率诸将追卢循，卢败还岭南。

**注释**

①《五柳先生传》：本文三处，可据以系年：其一，五柳树，其二，亲旧招饮；其三，环堵萧然，不蔽风日。具有此三特点的，莫如园田居。《归园田居》："榆柳荫后檐"；《和刘柴桑》："直为亲旧故，未忍言索居"；《戊申岁六月中遇火》："一宅无遗宇，舫舟荫门前"，《和刘柴桑》："茅茨已就治。"据此，将此诗暂系于园田居遭火灾后之第二年。

②关于陶渊明的居处，逯本《系年》作了探索，有较高的参考价值。根据陶诗文对居住环境的描写以及有关史料，渊明居处可确定者有三：其一，上京里老家；其二，园田居；其三，南村村舍。上京里老家：地点在柴桑城廓，《止酒》："居止次城邑"，《饮酒》："结庐在人境，而无车马喧"，所述甚明确。此室庐较好，庭前宽敞，高树成荫。前有庭，后有园。后园较大，种植蔬菜；园东植松，园西秋有葵。如以下诗句所描述："斯晨斯夕，言息其庐。花药分列，林竹翳如。清琴横床，浊酒半壶"（《时运》），"蔼蔼堂前林，中夏贮清阴""园

蔬有馀滋”(《和郭主簿》),“乃瞻衡宇”“三径就荒”“眄庭柯以怡颜”“倚南窗以寄傲”“园日涉以成趣”“门虽设而常关”“抚孤松而盘桓”等(《归去来兮辞》),“啸傲东轩下”“青松在东园”“班荆坐松下”(《饮酒》)。园田居:又称怀古田舍。地点在上京里老家之南,离柴桑城较远。屋舍为草庐,有八九间室;屋前植桃李,屋后种榆树、柳树。园门为柴扉,室内陈设简少。门前有河,河边有树多株。草庐旁有自家十余亩地。屋旁连结多户人家,也成一里巷。不少亲旧也住在这里。戊申岁遭火灾即此草庐。居住环境如以下诗所描述:《癸卯岁始春怀古田舍》二首、《归园田居》五首、《戊申岁六月中遇火》《和刘柴桑》《酬刘柴桑》等。南村村舍:地点离柴桑城更远。房舍少且小。周遭环境如一般农舍,无甚特点。如《移居》二首所述:“弊庐何必广,取足蔽床席。”至于栗里,有谓渊明生于栗里,史无确据,渊明诗文中无见。白居易《访陶公旧宅·序》:“今游庐山,经柴桑,过栗里,思其人,访其宅。”是宅在栗里,抑上京里在栗里,均不明。《宋书·隐逸传》:“潜故人庞通之赍酒具,于半道栗里要之”,则渊明家并不在栗里,抑栗里境较大,上京里在其境乎?故栗里之名存疑。据现存诗文资料,陶渊明一生大约是生于上京里老家,至四十一岁,均住该处。四十二岁,移居园田居(怀古田舍)。四十六岁(可能在秋收后)移居南村。四十八岁,还居上京里老家，至死。须补充者，战乱因素，过去多未考虑。按，再迁南村，在义熙六年，时卢循部大至，并占领浔阳，浔阳境战乱，南村离浔阳城为最远，故殷景仁等均安家于此。

③《与殷晋安别》:“去岁家南里，薄作少时邻”，殷景仁于义熙七年（411）任太尉参军，故《移居》二首作于本年。渊明移居南村原因，诗中已明言卜邻而居，南村多素心人。除此之外，前年园田居火灾，虽经修葺，不免焦败之象，而本年浔阳地区战乱，南村更为偏僻，恐怕这些也是迁居的原因。

## 义熙七年辛亥（411）
## 四十七岁

◎ 春，殷景仁任太尉行参军，携眷东下赴建康，作《与殷晋安别》赠之[①]。八月，从弟敬远去世，作《祭从弟敬远文》[②]。

◎ 三月，刘裕接受太尉职。刘毅任江州刺史。夏，卢循战败投水死。

**注释**

①《资治通鉴》：义熙七年，“三月，刘裕始受太尉、中书监，

以刘穆之为太尉司马，陈郡殷景仁为行参军”。

②《祭从弟敬远文》：“岁在辛亥”“卜辰云窆”。

## 义熙八年壬子（412）
## 四十八岁

◎ 迁还上京里，作《还旧居》[①]。又作《悲从弟仲德》[②]。

◎ 四月，以刘毅为卫将军、都督四州军事、荆州刺史。刘裕翦除异己，九月先杀兖州刺史刘藩、尚书左仆射谢混，再率军亲讨以往共同“勤王”的刘毅，使豫州刺史诸葛长民监太尉留府事。十月，刘毅自杀。十一月，裕至江陵。加裕太傅、扬州牧。

**注释**

①《还旧居》：“畴昔家上京，六载去还归”，离上京至园田居那年是义熙二年，至今义熙八年，相隔六载，故定于本年。

②《还旧居》：“履历周故居，邻老罕复遗”，《悲从弟仲德》：“衔哀过旧宅，悲泪应心零”，是知本诗作于还归上京里旧宅之当年。

## 义熙九年癸丑（413）
## 四十九岁

◎ 春，作《诸人共游周家墓柏下》[①]。夏，作《五月旦作和戴主簿》[②]。作《形影神》三首[③]。

◎ 征著作郎，不就。与雁门周续之、彭城刘遗民并称“浔阳三隐”[④]。

◎ 二月，刘裕主军还建康；三月，裕轻舟先至。于府中伏壮士杀曾共同“勤王”的另一将领诸葛长民。刘裕上表整顿郡县所属州府。七月，刘裕部收复益州，成都王谯纵自杀，西南归于东晋版图。

**注释**

①《晋书·隐逸传》：“顷之，征著作郎，不就。”“既绝州郡觐谒，其乡亲张野及周旋人、羊松龄、庞遵等，或有酒要之，或要之共至酒座，虽不识主人，亦欣然无忤。酣醉便反，未尝有所造诣，所之唯至田舍及庐山游观而已。”征著作郎在本年。游墓地，一般在春天，从诗内容看，也似写于春天，故该诗暂系于本年春。

②《五月旦作和戴主簿》：“发岁始俛仰，星纪奄将中”，星纪是丑年（见该诗注）推估而系于癸丑之本年。

③《形影神》诗针对庐山东林寺住持慧远的《形尽神不灭论》《三报论》《明报应论》等而发。本年西林寺立佛影石，慧远并作《万佛影铭》，莲社高贤多作歌咏。铭云："廓矣大象，理玄无名。体神入化，落影离形"，认为形影离而神在。《莲社高贤传》："时远法师与诸贤结莲社，以书招渊明，渊明曰：'若许饮，则往。'许之，遂造焉。忽攒眉而去。"根据这些资料，将本诗暂系于本年。

④《晋书·隐逸传》："顷之，征著作郎，不就。"《宋书·周续之传》："时彭城刘遗民遁迹庐山，陶渊明亦不应征命，谓之'浔阳三隐'。"又据元康《肇论疏》引庐山远法师作刘公传云："义熙公侯咸辟命，皆逊辞以免。九年，太尉刘公知其野志冲邈，乃以高尚人望相礼，遂其初心。"所以，这一年刘裕因局势基本稳定，便开始整理朝野，征召名士，以巩固统治。在征召刘遗民的同时，估计也征召了陶渊明。

## 义熙十年甲寅（414）
## 五十岁

◎ 作《杂诗》十二首[①]。作《咏二疏》《咏三良》《咏荆轲》[②]。

◎ 东晋宗室司马休之在江陵颇得民心，裕令江州刺史孟怀玉监督六郡军事以备之。

◎ 东林寺主持慧远刘遗民等一百二十三人结白莲社，同求登西方极乐世界。刘遗民撰《同誓文》[3]。

**注释**

①《杂诗》之六:“奈何五十年，忽已亲此事”，之七:“素标插人头，前途渐就窄”，说明作于本年。之九、之十或疑为回忆羁役，之十一喻说时局人事，之十二咏新生一代。似也作于本年。王瑶编注《陶渊明集》，将十二首分编两处：前八首系于本年，后四首系于隆安五年（401），陶渊明时年三十七。现两说并陈，存疑。

②这三首咏史诗似作于同时,《咏二疏》有云:“问金终寄心”“遑恤身后虑”，与《杂诗》之六:“有子不留金，何用身后置”相同，故系三诗于本年。

③李公焕《杂诗》注:“义熙十年甲寅初，庐山东林寺主释慧远，集缁素百二十三人，于山西岩下般若精舍结白莲社……及是秋七月二十八日，命刘遗民撰《同誓文》，以申严斯事。其间誉望尤著、为当世推重者，号社中十八贤。”

## 义熙十一年乙卯（415）

## 五十一岁

◎ 痁疾发作，困于床[①]。

◎ 作《与子俨等疏》[②]。

◎ 春，刘裕率军攻伐晋帝室旧臣、荆州刺史司马休之，克江陵。五月，司马休之逃降后秦。八月，裕还建康。

◎ 刘遗民卒[③]。

**注释**

①颜延之《靖节先生诔》："年在中身，疢维痁疾"（疢，病而常发。痁，有热无寒之疟）。《与子俨等疏》："吾年过五十……疾患以来，渐就衰损。"

②《与子俨等疏》："吾年过五十"，结合颜延之《诔》文记载（见上注），本疏暂系于此年较妥。是年，俨二十三岁，佟十五岁。

③慧远所作刘传（见元兴二年注）桓玄称帝之年（元兴二年）入山，"居山十有二年卒"，至此为十二年。

## 义熙十二年丙辰（416）
## 五十二岁

◎ 教授生徒，讲习诗文①。

◎ 作《丙辰岁八月中于下潠田舍获》《饮酒》二十首②、《示周续之祖企谢景夷三郎》③《感士不遇赋》④。

◎ 是时，后军将军刘柳任江州刺史，颜延之为后军功曹，与渊明常往来。六月，刘柳卒，颜延之他任⑤。左将军檀韶接任为江州刺史。

◎ 八月，刘裕率大军北征后秦。十月，刘裕部将檀道济克洛阳。

◎ 慧远卒。

**注释**

①《感士不遇赋序》："余尝以三馀之日，讲习之暇，读其文，慨然惆怅"，估计接受生徒约在本年。

②《丙辰岁八月中于下潠田舍获》："曰余作此来，三四星火颓"，诗人从四十一岁算起，辞官归田已十二年；《饮酒》之十九："遂尽介然分，终死归田里。冉冉星气流，亭亭复一纪"，一纪为十二年，故从四十一岁算起，辞官归田已十二

年。两诗纪时相同，故并系于本年。

③《资治通鉴》义熙十二年八月，“时檀韶为江州刺史”，故该诗约作于本年秋，或作于明年春。

④《感士不遇赋》，逯本定此为四十二岁归田后所写，此嫌过早，既自辞而归，何来“不遇”之愤？又或系于五十八岁，又嫌过迟，已入暮年，何须再谈“不遇”？按，此赋之序云：“讲习之暇”，则颇有精力，赋云“谢良价于朝市”，则尚可有为；其间对不遇之愤慨，对归止之坚定，与《饮酒》甚相类，即词句亦有相类者：“雷同毁异”（《感士不遇赋》），“雷同共誉毁”（《饮酒》之六）等。据此，暂系于本年。

⑤《宋书·隐逸传》：“颜延之为刘柳后军功曹，在浔阳与潜情款。”颜延之《陶征士诔（并序）》：“自尔介居，及我多暇。伊好之洽，接阎邻舍，宵盘昼憩，非舟非驾。”又据《晋书》《宋书》载，刘柳任江州刺史时，颜延之为行参军，后转主簿，义熙十二年六月，刘柳卒，檀韶接任江州刺史，颜延之转任豫章公世子中军行参军。刘裕北伐，授宋公，延之奉使至洛阳祝贺。

## 义熙十三年丁巳（417）
## 五十三岁

◎ 八月，刘裕部攻克长安，后秦亡。九月，裕至。

送姚泓斩于建康。左将军、江州刺史檀韶遣长史羊松龄赴关中称贺。作《赠羊长史》[1]。

◎ 十二月，刘裕班师还建康。三秦父老诣军门流涕，不果。裕留子义真与诸将守长安，时义真仅十二岁。

◎ 作《岁暮和张常侍》[2]。

**注释**

①《赠羊长史·序》:“左军羊长史，衔使秦川，作此与之。”

②清陶澍《靖节先生集》本诗注云:“野以义熙十四年卒，题不应云‘和’。详味诗意，亦似哀挽之辞，或‘和’当作‘悲’。”按，张野原任散骑常侍，为侍奉晋帝室之臣，刘裕还，晋室危，此所以云:“市朝凄旧人，骤骥感悲泉”，非为悲张野之亡，现将该诗改系于张野未卒之今年。

## 义熙十四年戊午（418）
## 五十四岁

◎ 生活困顿，作《怨诗楚调示庞主簿邓治中》[1]。征著作佐郎，不就[2]。

◎ 六月，太尉刘裕受相国、宋公、九锡之命。十一月，大夏军攻入长安，夏王勃勃即皇帝位。刘裕驻军及援军覆没，刘义真逃归。十二月，刘裕以谶云："昌明之后尚有二帝"，使人缢死安帝，立其弟司马德文为帝，是为恭帝。

◎ 本年，王弘受命以抚军将军任江州刺史③。

## 注释

①《怨诗楚调示庞主簿邓治中》："结发念善事，僶俛六九年"，六九为五十四，故此诗系于本年。

②《宋书·隐逸传》："义熙末，征著作佐郎，不就。"又据《资治通鉴》载义熙十四年，"六月，太尉裕始受相国、宋公、九锡之命，赦国中殊死以下"，"行参军殷景仁为秘书郎"，殷景仁以往曾与渊明为邻，适逢大举之时（大赦之时必有大举），可能举荐渊明，则征著作佐郎之事约在本年六月之后。

③《资治通鉴》：义熙十四年六月："左长史王弘为仆射，领选"，《宋书·王弘传》："十四年，迁监江州豫州之西阳新蔡二郡诸军事、抚军将军、江州刺史。至州，省赋简役，百姓安之。"

## 晋恭帝元熙元年己未（419）
## 五十五岁

◎ 生活艰难，无酒。九月九日作《九日闲居》[1]。

◎ 七月，刘裕进爵为宋王；十二月，宋王裕被加殊礼。

**注释**

①《宋书·隐逸传》:“尝九月九日无酒，出宅边菊丛中坐久，值弘送酒至，即便就酌，醉而后归。”萧统《陶渊明传》:“尝九月九日出宅边菊丛中坐，久之，满手把菊，忽值弘送酒至，即便就酌，醉而归。”《南史·隐逸传》载略同,《晋书·隐逸传》未载。《世说新语》注引《续晋阳秋》云:“陶元亮九日无酒，宅边东篱下菊丛中摘菊盈把，坐其侧。未几，望见白衣人至，乃王弘送酒也。即便就酌，醉而后归。”按，王弘去年受命任江州刺史，据上述所载，而将该诗暂系于此。或云:《九日闲居·序》:“秋菊盈园，而持醪靡由”，渊明缺酒，难定何年，而本诗诗句多不类五十岁后所作诗之贫苦状，抑或沈约及后作者杜撰以作佳话乎？故亦述之以存疑。

## 宋武帝永初元年庚申（420）
## 五十六岁

◎ 六月，宋王刘裕即皇帝位，国号宋，改元永初。晋恭帝逊位为零陵王，即宫于故秣陵县。东晋亡。

◎ 诏晋氏封爵，当随运改。其中降长沙公为醴陵县侯，以奉陶侃之祀。

◎ 作《拟古》九首①、《读史述九章》②。

**注释**

①《拟古》之九:“种桑长江边”“忽值山河改”。姚培谦《陶谢诗集》引：翁同龢曰:“此数首皆在晋亡之后，故有饥食首阳薇，忽值山河改之语。”今将此诗暂系于本年。

②《读史述九章》第二首《箕子》:“矧伊代谢，触物皆非”，“狡童之歌，凄矣其悲”，最具有时间特征的示知作用，后面的《程杵》《韩非》反映了封建政权斗争的残酷性,《鲁二儒》《张长公》也能够反映晋宋易代时诗人的心志。根据这些，故将该组诗暂系于此。

## 永初二年辛酉（421）
## 五十七岁

◎ 秋，作《于王抚军座送客》[1]。

◎ 九月，宋武帝刘裕以毒酒使人鸩零陵王，王不肯饮，兵入以被掩杀之。

◎ 作《述酒》[2]。

◎ 作《蜡日》[3]。

**注释**

①李公焕注："此诗永初二年辛酉秋作也。《宋书》：王弘为抚军将军、江州刺史：庾登之为西阳太守，被征还；谢瞻为豫章太守，将赴郡。王弘送至湓口，三人于此赋诗叙别。是必休元要靖节豫席饯行。故《文选》载谢瞻即席集别诗，首章纪坐间四人。"陶考："案今《文选》，瞻序仅记三人，无先生名字。岂宋本有之，今本夺去耶？"陶说是一种可能，抑或李公焕误述为四人，谢瞻确记为三人，因渊明已沦为布衣而被瞻轻视而不记乎？

②《述酒》一诗句意隐晦，自韩子苍提出"山阳归下国，盖用山阳公事，疑是义熙以后有所感而作"之后，汤汉乃明确

指为“零陵哀诗”(《陶靖节先生诗》)，经后代学人考注已为定论。据《资治通鉴》，刘裕使人鸠杀零陵王，事在本年九月，则作《述酒》必在九月以后，不出今年。

③《蜡日》寓意略近隐晦。清吴骞认为其意与《述酒》相似，亦为因刘裕鸩杀零陵王有感而作。(见《拜经楼诗话》)今暂系于此。吴之释文近于穿凿附会，并较长，故不引。

## 永初三年壬戌（422）
## 五十八岁

◎春，作《桃花源记并诗》[①]。

◎檀道济为镇北将军、南兖州刺史，悉监淮南诸军。五月，宋武帝刘裕病死。长子义符继位，是为少帝。司空徐羡之、中书令傅亮、领军将军谢晦、镇北将军檀道济同被顾命。

**注释**

①《桃花源记并诗》：清姚培谦《陶谢诗集》引翁同龢曰：“义熙十四年，刘裕弑晋安帝，立恭帝。逾年，晋室遂亡。史称义熙末，潜征著作郎，不就。桃花源避秦之志，其在斯时欤?”陈寅恪在《桃花源记旁证》(《清华学报》11卷1期，

1936年1月）中论述了西北百姓为避战乱而筑坞堡以自耕食，是陶渊明作桃花源记的素材来源，并认为陶公是从义熙末随刘裕征后秦入关的故友那里获悉这些情况的。由这些意见，可知多数研究者都认为桃花源记为陶晚年之作。《拟古》之二所咏的田子泰就是率民入山耕食的人物，它既印证了陈说的可靠性，又提示了《桃》文可能作于与它相近的年代。又据《桃花源记并诗》的内容，不仅如翁同龢所云感发于易代，而且是目睹耳闻了当时种种丑恶的社会现象，由此激发出完美和谐的理想，故此将它置于《述酒》之后，并据对桃花源逼真的描写，又以断为作于春天为宜。由上述种种根据，今将该篇暂系于本年之春。

## 宋少帝景平元年癸亥（423）
## 五十九岁

## 景平二年（424），八月改元，宋文帝元嘉元年甲子（424）
## 六十岁

◎ 颜延之赴任始安郡（郡治在今广西桂林）太守，经浔阳逗留，日造渊明居处欢叙。走时馈赠钱二万，渊明悉送酒家，随时取饮[①]。

◎ 春，作五言诗《答庞参军》。秋，作四言诗《答庞参军》[2]。

◎ 作《扇上画赞》[3]。或作《联句》，暂系于本年[4]。

◎ 少帝居丧无礼，游戏无度。徐羡之、谢晦等密谋废之。次立者应在武帝第二子义真，因少帝与义真有隙，先使少帝废义真为庶人。五月，召檀道济入朝，共与废帝，帝废为营阳王。六月，杀营阳王于吴。又遣人杀义真于新安。八月，迎武帝第三子宜都王义隆至建康，立为帝，是为文帝。谢晦进号卫将军，任荆州刺史。

**注释**

①《宋书·隐逸传》：颜延之"后为始安郡，经过，日日造潜。每往，必酣饮至醉。临去，留二万钱与潜；潜悉送酒家，稍就取酒"。据《资治通鉴》，颜延之为员外常侍，与太子左卫率谢灵运均在南豫州刺史庐陵王义真处，徐羡之谋图义真，乃先出灵运为永嘉太守，延之为始安太守，此载于《通鉴》元嘉元年（424）初。又据《宋书·颜延之传》："少帝立，始出为始安太守。延之之郡，道经汨潭，为刺史张邵作《祭屈原文》。"而《祭屈原文》首句："惟有宋五年月日"，由以上两端可推知颜延之赴郡经浔阳与渊明饮叙事在本年春或孟夏。

②此二诗系年有两种意见：陶考认为作于景平元年（423），时卫军将军王弘镇浔阳，刘义隆为宜都王，任荆州刺史镇江陵。庞参军奉王弘命使江陵，又奉宜都王之命使京都，故诗云："大藩有命，作使上京"，非宜都王不得称大藩。此说问题是：既为王弘之命赴江陵，宜都王何可转命赴京，不合上下隶属差遣制度。逯本《系年》认为作于元嘉元年（424）。据《宋书·少帝纪》《文帝纪》《谢晦传》载：景平二年（424）七月，宜都王镇西将军刘义隆由荆州刺史入篡皇统，即帝位；八月，抚军将军谢晦为荆州刺史，进号卫将军，封建平王。知庞此春赴江陵乃为刘义隆镇西参军，陶以五言诗酬答，此冬，庞以谢晦卫军参军使都，陶以四言诗酬答。谢为卫将军，建平王，与四言诗所谓"卫军""大藩"相吻合。比较之下，以逯说为近是，故将该两诗系于本年。另补充一点，谢晦爵号应是建平郡公。按，卫将军、建平郡公亦可称"大藩"，理由见四言诗《答庞参军》注⑲。

③《扇上画赞》诗意萧淡老沉，诗句"翳翳衡门""曰琴曰书"与《答庞参军》"衡门之下，有琴有书"相近，故系于此。

④《联句》：陶本引何注："愔之、循之，集内不再见，莫知其姓考，晋宋书及南史亦无此人，意必晋书潜本传所谓其乡亲张野及周旋人、羊松龄、裴（庞）遵等辈中人也。"按，联句诗在本集中为孤见，愔之、循之也未见于史传，其真与伪甚

难确证，现依李本及诸本而列入。诗中云“念彼穷居士”,《答庞参军》有云:“我实幽居士”，现暂将《联句》与《答庞参军》并系之。

## 元嘉三年丙寅（426）
## 六十二岁

◎ 贫病交困。五月，檀道济任江州刺史。檀道济探望陶渊明，赠以粱肉。渊明拒不接受①。作《有会而作》②。作《咏贫士》七首③。

◎ 正月，诏暴徐羡之、傅亮、谢晦杀少帝、庐陵王之罪。羡之自刭，亮被杀。二月，文帝亲率军讨江陵谢晦，不计檀道济前罪，转使伐谢。江陵克，谢晦被俘，诛于市。五月，以檀道济为征南大将军、开府仪同三司、江州刺史。文帝遣散骑常侍袁渝等十六人分行诸州郡县，观察吏政，访求民隐。

**注释**

①萧统《陶渊明传》及《南史·隐逸传》均载此事，见《有会而作》注①。

②《有会而作·序》:“颇为老农，而值年灾”“旬日已来，始

念饥乏”。诗:“常善粥者心，深念蒙袂非。嗟来何足吝?徒没空自遗。斯滥岂彼志，固穷夙所归。馁也已矣夫，在昔余多师!”其述饥乏与拒受两点与檀道济赠粱肉事相类，故暂系于此。

③《咏贫士》七首:本诗专写贫穷苦况。它有两个特点:其一，诗中颇呈老态，如“拥褐曝前轩”;其二，穷至极点，如“倾壶绝馀沥，窥灶不见烟”。这两个特点与《有会而作》甚相似，据此，将该诗暂系于本年。

## 元嘉四年丁卯（427）
## 六十三岁

◎ 病势加重，渊明自感将于秋天离世，乃先作《拟挽歌辞》三首及《自祭文》[①]。十一月，卒。不久，颜延之著《陶征士诔（并序）》，诸友好谥之“靖节征士”[②]。

**注释**

①《拟挽歌辞》:“严霜九月中，送我出远郊”;《自祭文》:“岁惟丁卯，律中无射”，这些都是渊明对自己死期的预估，恐诗文作于本年九月之前。

②《陶征士诔·序》:“元嘉四年某月日，卒于浔阳县之某里。”

《宋书·隐逸传》:“潜，元嘉四年卒，时年六十三。”萧统《陶渊明传》:“元嘉四年将复征命，会卒，时年六十三。世号靖节先生。”朱熹《通鉴纲目》:丁卯，宋元嘉四年,“冬十一月，晋征士陶潜卒”。又，据《资治通鉴》元嘉三年三月，宋文帝征谢灵运为秘书监，颜延之为中书侍郎。是时王弘为车骑大将军，在朝，殷景仁为侍中。《陶征士诔·序》:“夫实以诔华，名由谥高，苟允德义，贵贱何算焉。若其宽乐令终之美，好廉克己之操，有合谥典，无愆前志。故询诸友好，宜谥曰:靖节征士。”

**图书在版编目（CIP）数据**

陶渊明集全译 /（东晋）陶潜著；郭维森，包景诚译注. -- 贵阳：贵州人民出版社，2022.12
（中国历代名著全译丛书）
ISBN 978-7-221-17543-4

Ⅰ.①陶… Ⅱ.①陶… ②郭… ③包… Ⅲ.①中国文学－古典文学－作品综合集－东晋时代 Ⅳ.①I213.722

中国版本图书馆CIP数据核字（2022）第219907号

责任编辑：任蕴文　谢丹华
装帧设计：晓笛设计工作室　舒刚卫　刘清霞
责任监印：尹晓蓓　唐锡璋

书　　名：陶渊明集全译
著　　者：[东晋]陶潜
译　　注：郭维森　包景诚
出版发行：贵州出版集团　贵州人民出版社
地　　址：贵州省贵阳市观山湖区会展东路SOHO办公区A座
印　　刷：天津创先河普业印刷有限公司
开　　本：880mm×1230mm　32开
印　　张：17.5
字　　数：318千字
版　　次：2022年12月第1版
印　　次：2022年12月第1次印刷
书　　号：ISBN 978-7-221-17543-4
定　　价：62.00元